KENDRA ELLIOT

MERCIFUL DEATH

ERBARME DICH IHRER

Thriller

Aus dem Englischen von
Kerstin Fricke

Die amerikanische Originalausgabe ist 2017 unter dem Titel
»A Merciful Death« bei by Montlake Romance, Seattle erschienen.

Besuchen Sie uns im Internet:
www.droemer-knaur.de

Deutsche Erstausgabe März 2025
© 2017 Kendra Elliot
© 2025 der deutschsprachigen Ausgabe Knaur Verlag
Ein Imprint der Verlagsgruppe
Droemer Knaur GmbH & Co. KG
Maria-Luiko-Straße 54, 80636 München
Alle Rechte vorbehalten. Das Werk darf – auch teilweise –
nur mit Genehmigung des Verlags wiedergegeben werden.
Die Nutzung unserer Werke für Text- und Data-Mining
im Sinne von § 44b UrhG behalten wir uns explizit vor.
Redaktion: Birgit Förster
Covergestaltung: ZERO Werbeagentur GmbH, München
Coverabbildung: Composing von ZERO Werbeagentur unter
Verwendung von Motiven von Shutterstock.com und Midjourney
Satz: Daniela Schulz, Gilching
Druck und Bindung: GGP Media GmbH, Pößneck
ISBN 978-3-426-44947-9

Kontaktadresse nach EU-Produktsicherheitsverordnung:
produktsicherheit@droemer-knaur.de

2 4 5 3 1

*Für meine Mutter,
die mich gelehrt hat,
wie man Apfelmus macht und Gurken einweckt.*

*Für meinen Vater,
der mir gezeigt hat,
wie man Holz fällt und es perfekt stapelt.*

EINS

Mercy Kilpatrick fragte sich, wem sie beim Portland-FBI auf die Füße getreten war.

Sie stieg aus dem Wagen und ging an zwei SUVs des Deschutes County Sheriffs vorbei, um sich das Grundstück genauer anzusehen, auf dem das einsame Haus auf der bewaldeten Ostseite der Vorläufer der Cascade Mountains lag. Der Regen prasselte auf Mercys Kapuze, und ihr Atem kondensierte vor ihrem Gesicht. Sie stopfte sich die Enden ihrer langen dunklen Locken unter den Mantel und bemerkte den vielen Schutt hinter dem Haus. Was für jeden anderen wie überwucherte Hecken und unachtsam weggeworfener Müll ausgesehen hätte, fiel ihr auf den ersten Blick als sorgfältig geplantes Leitsystem ins Auge.

»Was für ein Chaos«, sagte Special Agent Eddie Peterson, der ihr vorübergehend zugewiesen worden war. »Anscheinend wohnt hier ein Messie.«

»Das ist kein Chaos.« Sie zeigte auf die Dornenhecke und einen riesigen Haufen verrosteten Altmetalls. »In welche Richtung möchten Sie bei diesem Anblick gehen?«

»In jede außer in diese«, antwortete Eddie.

»Ganz genau. Der ganze Müll wurde bewusst dorthin gelegt, um Besucher in den freien Bereich vor dem Haus zu leiten und daran zu hindern, sich an den Seiten oder dahinter umzusehen. Und jetzt schauen Sie mal nach oben.« Sie deutete auf das zugenagelte Fenster im ersten Stock, das nur noch eine schmale Öffnung genau in der Mitte aufwies. »Sein Müll bewirkt, dass Fremde genau dort auftauchen, wo er sie sehen kann.« Eddie nickte und musterte sie erstaunt.

Ned Faheys Haus war nicht leicht zu finden gewesen. An den ungeteerten Straßen standen keine Schilder, und sie hatten präzise, nahezu metergenaue Anweisungen des County-Sheriffs befolgen müssen, um zu dem tief im Wald versteckten Haus zu gelangen. Mercy bemerkte das feuerfeste Metalldach und die Sandsäcke, die anderthalb Meter hoch vor dem Haus gestapelt worden waren. Die heruntergekommen wirkende Hütte lag weit von allen Nachbarn entfernt, dafür jedoch in direkter Nähe einer natürlichen Quelle.

Was Mercy nur gutheißen konnte.

»Was sollen die Sandsäcke?«, murmelte Eddie. »Wir sind hier in einer Höhe von tausendzweihundert Metern.«

»Dabei geht es um Masse. So hält man Geschosse auf und verlangsamt die bösen Jungs. Außerdem sind Sandsäcke billig.«

»Also war er verrückt.«

»Er war gut vorbereitet.«

Vom Hof drang leichter Verwesungsgeruch an ihre Nase, und als sie die Verandastufen erklomm, wurde der Gestank immer intensiver. *Er ist schon seit mehreren Tagen tot.* Ein Deputy vom Deschutes County hielt ihr und Eddie mit versteinerter Miene ein Klemmbrett mit einer Liste entgegen, auf der sie sich eintragen sollten. Mercy beäugte den schlichten Ehering des Deputys. Da wäre jemand alles andere als begeistert, wenn er heute Abend mit Leichengeruch in der Kleidung nach Hause kam.

Eddie, der neben ihr stand, atmete schwer durch den Mund ein. »Nicht übergeben«, warnte sie ihn leise und streifte sich Einwegüberschuhe über die Gummistiefel.

Er schüttelte den Kopf, wirkte jedoch skeptisch. Sie mochte Eddie. Er war ein kluger Agent mit positiver Einstellung, allerdings auch ein Junge aus der Stadt, der hier draußen in der Provinz mit seiner Hipsterfrisur und der Nerdbrille umso mehr auffiel. Seine teuren Lederschuhe mit dickem Profil würden nach dem Schlamm in Ned Faheys Garten nie mehr dieselben sein.

Aber sie sahen gut aus.

Zumindest hatten sie bis vor Kurzem gut ausgesehen.

Im Haus verharrte sie und nahm die Eingangstür in Augenschein. Die Tür bestand aus Stahl und wies vier Scharniere und drei Bolzenschlösser auf, wobei die beiden zusätzlichen Bolzen oben und unten an der Tür angebracht waren.

Fahey hatte sich eine hervorragende Verteidigung aufgebaut und dabei alles richtig gemacht, dennoch war es jemandem gelungen, die Barrieren zu durchbrechen.

Das hätte überhaupt nicht möglich sein dürfen.

Mercy hörte Stimmen im oberen Stockwerk und ging auf sie zu. Zwei Mitarbeiter der Spurensicherung wiesen sie und Eddie durch den Flur zu einem Schlafzimmer im hinteren Teil des Hauses. Als Mercy das beständige Summen hörte, drehte sich ihr der Magen um; zwar hatte sie schon von diesem Geräusch gehört, es jedoch noch nie vernommen. Eddie fluchte leise, als sie Faheys Schlafzimmer betraten, und die Rechtsmedizinerin, die gerade die auf dem Bett liegende aufgeblähte Leiche untersuchte, blickte auf.

In Bezug auf die Ursache des Geräuschs hatte Mercy recht behalten. Der Raum vibrierte förmlich vom tiefen Summen der Fliegen, die sich um die Körperöffnungen des Toten ballten. Mercy vermied es, den aufgetriebenen Bauch genauer anzusehen, der beinahe die Knöpfe an der Kleidung sprengte. Das Gesicht bot hingegen den schlimmsten Anblick und war unter der schwarzen Fliegenmasse nicht mehr zu erkennen.

Die Rechtsmedizinerin nickte den Agenten zu, während Mercy sich und Eddie vorstellte. Mercy vermutete, dass die

Frau ungefähr in ihrem Alter sein musste. Sie war so winzig und adrett, dass sich Mercy ungewöhnlich groß vorkam.

Dr. Natasha Lockhart nannte ihren Namen, zog sich die Handschuhe aus und legte sie auf die Leiche. »Meines Wissens war er dem FBI bekannt«, sagte sie und musterte die Agenten fragend.

»Er stand auf der Flugverbotsliste«, erwiderte Mercy. Die Liste gehörte zu den wenigen, die das FBI nutzte, um Personen zu überwachen, die des Terrorismus verdächtigt wurden. Ned Fahey hatte schon seit einigen Jahren darauf gestanden. Der Tote auf dem Bett war bereits mehrmals mit der Bundesregierung in Kontakt gekommen. Zudem umgab er sich bevorzugt mit Staatsverweigerern und Angehörigen rechter Milizen. Den Berichten, die Mercy auf der langen Fahrt nach Portland gelesen hatte, war zu entnehmen gewesen, dass Fahey zwar große Reden schwang, jedoch keine Taten folgen ließ. Er war mehrfach wegen Zerstörung von Bundeseigentum verhaftet worden, allerdings hatte es sich stets um kleinere Delikte gehandelt, und er war nie der Rädelsführer gewesen. Faheys Anklagen waren jedes Mal von ihm abgeperlt, als wäre er mit Teflon beschichtet.

»Tja, da muss wohl irgendjemand beschlossen haben, dass Mr Fahey nicht länger gebraucht wird«, meinte Dr. Lockhart. »Entweder hatte er einen sehr tiefen Schlaf, oder er hat einfach nicht gehört, wie der Mörder das Haus betreten und ihm eine Waffe an die Stirn gedrückt hat.«

»Ist das erwiesen?«, hakte Mercy nach.

»Ja. Trotz der Fliegen kann ich das Schießpulver rings um das Einschussloch auf seiner Haut erkennen. Ein schönes Loch als Eintrittswunde und ein ebenso schönes beim Austritt. Die Kugel ging einmal durch den Schädel. Da muss eine beachtliche Durchschlagskraft am Werk gewesen sein.« Dr. Lockhart grinste Eddie an, der leicht schwankend neben

Mercy stand. »Die Fliegen ließen sich problemlos wegwischen, kamen aber sofort wieder.«

»Kaliber?«, fragte Eddie mit gepresster Stimme.

Dr. Lockhart zuckte mit den Achseln. »Groß. Keine winzige Zweiundzwanziger. Sie werden die Kugel bestimmt irgendwo finden, wo sie sich reingebohrt hat.«

Mercy trat vor, hockte sich neben das Bett, leuchtete mit ihrer Taschenlampe darunter und versuchte zu erkennen, ob die Kugel in den Boden eingedrungen war, doch der Platz unter dem Bett war voller Plastikbehälter. *Was zu erwarten gewesen war.*

Sie schaute sich im Raum um und bemerkte die Schwerlastkisten, die sich in jeder Ecke stapelten. Wie es in den Schränken aussah, wusste sie auch, ohne die Türen zu öffnen. Sie würden vom Boden bis zur Decke mit Lagerbehältern gefüllt sein, die ordentlich beschriftet und sortiert wären. Fahey hatte allein gelebt, aber Mercy wusste, dass sie genug Vorräte finden würden, um eine kleine Familie ein Jahrzehnt lang durchzubringen.

Fahey war kein Hamsterer; er war ein Prepper. Sein Leben drehte sich vor allem darum, auf TEOTWAWKI vorbereitet zu sein.

The End of the world as we know it – das Ende der Welt, wie wir sie kennen.

Und er war der dritte Prepper im Deschutes County, der innerhalb der letzten zwei Wochen in seinem eigenen Haus ermordet worden war.

»Haben Sie auch die ersten beiden Todesfälle untersucht, Dr. Lockhart?«, fragte sie.

»Sagen Sie ruhig Natasha«, erwiderte die Rechtsmedizinerin. »Sie meinen die anderen beiden Preppermorde? Beim ersten war ich am Tatort, beim zweiten ein Kollege. Und ich kann Ihnen versichern, dass der erste Tod nicht so schön und sauber war wie dieser hier. Der Mann hat um sein Leben gekämpft. Glauben Sie, es gibt eine Verbindung zwischen den Fällen?«

Mercy lächelte nur unverbindlich. »Genau das wollen wir herausfinden.«

»Mit dem ersten Todesfall hat Dr. Lockhart verdammt recht«, sagte eine neue Stimme.

Mercy und Eddie drehten sich zu einem großen, kantigen Mann mit Sheriffstern um, der sie beide musterte. Seine Miene wirkte verdutzt, als er Eddies dicken schwarzen Brillenrahmen beäugte. Die Einwohner des Deschutes County bekamen vermutlich nur selten hippe 1950er-Reminiszenzen zu sehen. Mercy stellte sie einander vor. Sheriff Ward Rhodes musste über sechzig sein. Die jahrzehntelange Sonneneinstrahlung hatte tiefe Falten und raue Stellen in seinem Gesicht hinterlassen, aber seine Augen sahen klar, wachsam und neugierig aus.

»Dieser Raum ist ein Traum im Vergleich zum Tatort des Biggs-Mords. Dort stießen wir auf ein Dutzend Einschusslöcher in den Wänden, und der alte Biggs hat sich mit einem Messer gewehrt.«

Mercy wusste, dass Jefferson Biggs fünfundsechzig Jahre alt gewesen war, und fragte sich, wieso der Sheriff, der in dieselbe Altersklasse fallen musste, ihn als *alt* bezeichnete.

Wahrscheinlich bezieht sich das eher auf Biggs' abweisende Art als auf sein Alter.

»Keines der Häuser – dieses eingeschlossen – wies Hinweise auf gewaltsames Eindringen auf, richtig?«, erkundigte sich Eddie höflich.

Sheriff Rhodes nickte. »So ist es.« Er starrte Eddie irritiert an. »Hat Ihnen schon mal jemand gesagt, dass Sie wie James Dean aussehen? Nur mit Brille?«

»Das höre ich häufiger.«

Mercy biss sich auf die Unterlippe. Eddie tat so, als würde ihn der Vergleich überraschen, doch sie wusste, dass er sich darüber freute. »Aber wenn sich hier niemand mit Gewalt Zutritt verschafft hat und Ned Fahey tief und fest schlief«, warf sie ein, »muss der Täter gewusst haben, wie man ins Haus gelangt, oder er hat ebenfalls hier geschlafen.«

»Der Tote trägt einen Schlafanzug«, stimmte Dr. Lockhart zu. »Ich kann noch nichts zur genauen Todeszeit sagen. Die Putrefaktion ist sehr weit fortgeschritten. Nach den Labortests weiß ich mehr.«

»Wir haben das Haus untersucht«, sagte Sheriff Rhodes. »Wir konnten keine Anzeichen dafür entdecken, dass eine andere Person hier geschlafen hat oder eingebrochen ist. Es gibt noch ein zweites Schlafzimmer, doch das scheint schon seit Jahrzehnten niemand mehr benutzt zu haben. Auf dem Sofa unten liegen keine Kissen oder Decken, die darauf hindeuten würden, dass noch jemand hier gewesen ist.« Er hielt inne. »Die Haustür stand weit offen, als wir herkamen.«

»Gehe ich recht in der Annahme, dass Ned Fahey ein Mensch war, der seine Türen stets gut verriegelt hat?«, fragte Mercy halb im Spaß. Der kurze Weg durch das Haus hatte ihr bereits gezeigt, dass der Mann sehr großen Wert auf seine Sicherheit gelegt hatte. »Wer hat den Tod gemeldet?«

»Toby Cox. Er geht Ned hier manchmal zur Hand. Heute Morgen sollte er Ned beim Verlagern von Holz helfen. Er sagte, die Tür hätte offen gestanden, und als er die Situation erkannt hatte, rief er uns an. Ich habe ihn vor ein paar Stunden nach Hause geschickt. Er ist nicht ganz richtig im Kopf, und diese Sache hat ihn schwer erschüttert.«

»Kennen Sie die meisten Anwohner?«

Der Sheriff zuckte mit den Achseln. »Die meisten schon, aber bestimmt nicht alle. Ich kenne die Leute, die ich kenne«, erwiderte er nüchtern. »Dieses Haus steht weit außerhalb jeglicher Stadtgrenzen, daher rief Ned uns beim County an, wenn er ein Problem hatte.«

»Ein Problem? Mit wem hatte Ned denn Probleme?«, hakte Mercy nach. Sie kannte die Politik und die gesellschaftlichen Normen von Kleinstädten und ländlichen Gemeinden, da sie die ersten achtzehn Jahre ihres Lebens in einer Kleinstadt verbracht hatte. Die Leute versuchten ständig, die Nase in die Angelegenheiten anderer hineinzustecken. Heute lebte sie in einem großen, urbanen Wohnkomplex, in dem sie gerade mal die Namen zweier Nachbarn kannte. Die Vornamen, wohlgemerkt.

So gefiel ihr das.

»Jemand ist mal in einige von Neds Außengebäuden eingebrochen. Sein Quad und mehrere Benzinkanister wurden gestohlen. Er war deswegen ziemlich sauer. Wir konnten den Fall nie aufklären. Ansonsten rief er manchmal an und beschwerte sich über Leute, die auf seinem Grundstück jagten oder es unberechtigt betraten. Ihm gehören hier vier Hektar, und die Grundstücksgrenzen sind nicht gut markiert. Ned hat zwar einige *Betreten verboten*-Schilder aufgestellt, aber das reicht natürlich bei Weitem nicht aus. Früher hat er hin und wieder versucht, die Leute mit einer Schrotflinte zu verscheuchen. Aber nachdem das mehrmals passiert war, baten wir ihn, vorher uns anzurufen. Eine Familie, die beim Wandern war, hat er damit nämlich fast zu Tode erschreckt.«

»Keine Hunde?«

»Ich habe ihm geraten, sich ein paar zuzulegen, aber er fand, dass sie zu viel fressen.«

Mercy nickte. *Weniger Mäuler zu füttern.*

»Einkommen?«

»Sozialhilfe.« Sheriff Rhodes schürzte die Lippen.

Mercy verstand, was er meinte. Es war allgemein üblich, dass diese Antiregierungstypen zwar strikt dagegen waren,

Steuern zu bezahlen oder Lizenzen zu erwerben, aber wehe, man wollte ihnen die Sozialhilfe entziehen.

»Fehlt irgendetwas?«, fragte Eddie. »Gibt es jemanden, der uns sagen könnte, ob etwas entwendet wurde?«

»Soweit ich weiß, war Toby Cox die einzige Person, die das Haus in den letzten zehn Jahren betreten hat. Wir können ihn fragen, aber ich muss Sie warnen: Er gehört nicht gerade zu der aufmerksamen Sorte.« Rhodes räusperte sich und verzog das Gesicht. »Ich kann das nicht besonders ernst nehmen, aber Toby hatte schreckliche Angst und faselte etwas von einem Höhlenmenschen, der Ned getötet hat.«

»Wie bitte?« Eddie starrte ihn verdutzt an. »Ein Höhlenmensch? Wie ein Neandertaler?«

Mercy sah den Sheriff nur ruhig an. In jeder Gemeinde gab es Gerüchte und Legenden, doch diese war ihr bisher unbekannt.

»Nein. Aus dem Gespräch mit Toby schloss ich, dass es sich eher um einen Bergbewohner handeln muss. Aber ich sagte ja schon, dass er schnell verwirrt ist. Der Junge ist nicht ganz richtig im Kopf, daher kann ich der Aussage keine große Bedeutung beimessen.«

»Hat er diesen Höhlenmenschen gesehen?«, wollte Mercy wissen.

»Nein. Ich hatte eher den Eindruck, dass Ned Toby die Geschichte erzählt hat, um ihm Angst einzujagen. Hat funktioniert, würde ich behaupten.«

»Verstehe.«

»Aber eine interessante Sache gibt es da noch«, fuhr der Sheriff fort. »Jemand ist draußen in einen Lagerraum eingebrochen. Folgen Sie mir.«

Mercy atmete die frische Luft tief ein, als sie dem Sheriff die Verandastufen hinunter folgte. Er führte sie durch den von Müll gesäumten Trichter und fünfzehn Meter die nicht asphaltierte Straße entlang, um dann auf einen Weg abzubiegen. Mercy stellte zufrieden fest, dass sie in ihren bunten Gummistiefeln noch immer trockene Füße hatte. Eddie hatte ihre Warnung, sich entsprechend anzuziehen, hingegen abgetan. Doch hier hatten sie es nicht wie in der Innenstadt von Portland mit Regen auf betonierten Bürgersteigen zu tun, sondern mit Regengüssen in den Cascades. Schlamm, dichtem Gestrüpp, wandernden Flüssen und noch mehr Schlamm. Sie schaute sich um und bemerkte, dass Eddie sich Regentropfen von der Stirn wischte und mit schiefem Grinsen auf seine mit Schlamm bedeckten Schuhe zeigte.

Tja.

Sie bückten sich unter einem gelben Polizeiabsperrband hindurch, das um einen kleinen Schuppen gezogen worden war. »Die Spurensicherung ist hier schon fertig«, teilte Sheriff Rhodes ihnen mit. »Aber passen Sie trotzdem auf, wohin Sie treten.«

Mercy betrachtete das Durcheinander aus sich überkreuzenden Stiefelabdrücken und konnte keine freie Stelle erkennen. Da der Sheriff einfach hindurchging, folgte sie ihm. Der Schuppen war etwa viereinhalb Meter breit und sechs Meter lang und hinter großen Rhododendronbüschen verborgen. Von außen erweckte er den Anschein, als könnte ein starker Wind das winzige Außengebäude dem Erdboden gleichmachen, aber als Mercy darin stand, erkannte sie, dass die Wände drastisch verstärkt worden waren und dass Sandsäcke auf dem Boden aus festgetretener Erde lagen.

»Die Kette an der Tür war durchtrennt worden. Genauer gesagt hatte man alle *drei* Ketten zerstört«, korrigierte der Sheriff sich. Er deutete auf ein großes Loch im Boden in der Nähe der Rückwand des Schuppens. Der Deckel einer uralten geöffneten Gefriertruhe ragte heraus.

Leichen?

Mercy spähte in die vergrabene Truhe, die jedoch leer war. Sie schnüffelte und nahm den pfefferminzigen Geruch eines Waffenfetts wahr, von dem sie wusste, dass einige Waffenenthusiasten darauf schworen, sowie einen Hauch von Schießpulver. Ned hatte ein Arsenal im Boden versteckt.

»Waffen«, erklärte sie mit ausdrucksloser Stimme. Auf Fahey waren drei Gewehre registriert. Aber er hätte sich nicht so viel Mühe gegeben, um diese hier zu verstecken. Die riesige Gefriertruhe bot mühelos Platz für mehrere Dutzend Waffen. Mercy fragte sich, wie Ned die Waffen vor Feuchtigkeit geschützt hatte. Was die Lagerung betraf, war dies hier alles andere als ideal.

»Da drin befand sich einer dieser kabellosen Verdunster«, erklärte Rhodes, als hätte er ihre Gedanken gelesen. »Aber irgendjemand scheint gewusst zu haben, wo er graben muss, um die Truhe zu finden.« Er zeigte auf die Haufen frisch ausgehobener Erde. »Ich wüsste zu gern, wie gut das Waffenlager versteckt war. Dies ist jedenfalls kein Ort, an dem ich mich auf die Suche nach Waffen gemacht hätte.«

»Wusste irgendjemand, wie viele Waffen er wirklich besaß?«, fragte Mercy.

Der Sheriff sah achselzuckend in die Gefriertruhe. »Verdammt viele, würde ich vermuten.«

»Sie sagten etwas von drei Ketten, die vor der Tür hingen?«, warf Eddie ein. »Für mich ist das ein eindeutiger Hinweis darauf, dass hier etwas Wertvolles versteckt wurde.« Er deutete auf eine schmale Stahlstange, die auf dem Boden lag. »Wenn ich drei Ketten zerstört habe, nur um dahinter einen leeren Schuppen vorzufinden, würde ich auch so lange den Boden ausheben, bis ich irgendwas finde.«

Demzufolge klafften auch mehrere kleinere Löcher gut verteilt im Schuppenboden.

»Er ist Prepper«, sagte Mercy. »Da rechnet man doch damit, dass er irgendwo ein Waffenlager hat.«

»Sie mussten ihn aber nicht im Bett ermorden, um an seine Waffen zu gelangen«, warf Rhodes ein.

»Sie?«, wiederholte Mercy und merkte auf.

Der Sheriff hob abwehrend die Hände. »Dafür gibt es keine Beweise. Ich schlussfolgere das allein aus der vielen Arbeit, die hier aufgewendet wurde, und der Anzahl von Fußabdrücken, die wir vor dem Schuppen gesichert haben. Die Forensiker vergleichen sie mit Faheys und Toby Cox' Stiefeln, um die beiden auszuschließen, und werden uns danach sagen können, wie viele Personen noch hier gewesen sind.«

»Cox können wir nicht ausschließen«, sagte Eddie.

Sheriff Rhodes nickte, aber Mercy entging seine betrübte Miene nicht. Sie vermutete, dass er diesen Toby Cox mochte, der »nicht ganz richtig im Kopf« war.

Innerlich setzte sie Toby Cox ganz oben auf die Liste der Personen, die sie verhören wollte.

ZWEI

»Ich würde mir gern die anderen beiden Tatorte ansehen«, sagte Mercy zu Eddie, als sie in Richtung Eagle's Nest fuhren.

Sie sah ihn aus dem Augenwinkel nicken, während er sich weiter auf eine Akte konzentrierte, die er auf dem Schoß liegen hatte.

»Sie befinden sich beide auf der anderen Seite von Eagle's Nest«, erwiderte er. »Ich suche die Adresse des ersten gleich raus.«

Die beiden Agenten waren aus Portland direkt zu Ned Faheys Versteck gefahren, nachdem Mercys Büro mehrmals mit dem Supervisory Senior Resident Agent (SSRA) in Bend telefoniert hatte. Die anderen beiden Morde waren deutlich näher an der Stadt Eagle's Nest verübt worden, dennoch lagen sie eine gute halbe Stunde vom Büro in Bend entfernt. Das Bend-Büro brauche Hilfe, hatte Mercys Supervisorin erklärt und die beiden Agenten vorübergehend dorthin ausgeliehen. Dort gab es nur fünf Agenten, einige Angestellte und niemanden, der auf Inlandsterrorismus spezialisiert war.

»*Aufgrund der Vorgeschichte der Opfer könnte die Vielzahl der von allen drei Tatorten verschwundenen Waffen darauf hindeuten, dass jemand einen Terroranschlag im Inland plant.*«

Die Worte ihrer Vorgesetzten gingen ihr noch immer durch den Kopf. Mehrere Dutzend Waffen waren allein an den ersten beiden Tatorten gestohlen worden, und auch Ned Fahey hatte ein großes illegales Arsenal auf seinem Grundstück vergraben.

Einen Anschlag plant. So konnte man es natürlich auch ausdrücken, dass sich möglicherweise eine Gruppe dafür ausstattete, ein Bundesgebäude anzugreifen – oder Schlimmeres vorhatte.

Die Regenwolken waren fortgeweht worden, als sie Ned Faheys Haus verließen und bergabwärts aus dem dichten Wald herausfuhren, und der jetzt blaue Himmel war jenseits der Baumwipfel zu erkennen. Beim Verlassen des Vorgebirges sah Mercy die weißen Berggipfel der Cascades im Rückspiegel und freute sich darüber, dass es gleich mehrere gleichzeitig waren. Als Kind hatte sie diesen Anblick als selbstverständlich erachtet, aber in Portland sah sie meist nur einen Gipfel, höchstens an sehr schönen Tagen mal zwei oder drei. In diesem Teil von Central Oregon, wo der Himmel meist blau war, ließen sich jedoch mehrere Gipfel erkennen.

Auch die Luft fühlte sich sauberer an.

Sie fuhr einen geraden Abschnitt des Highways entlang, der an beiden Seiten von hohen Kiefern gesäumt war.

»Hey. Die Bäume haben die Farbe verändert«, stellte Eddie fest, der aus dem Fenster schaute.

»Das ist schon so, seitdem wir die Cascade Range überquert haben. Dies sind Gelb-Kiefern, die etwas heller sind als die Bäume, die Sie von unserer Seite der Cascades kennen. Außerdem sind die Stämme auch röter.«

»Was sind das für struppige silbrige Büsche, die hier überall stehen?«

»Das ist Wüstenbeifuß.«

»Die Wälder kommen mir hier auch anders vor«, merkte Eddie an. »Zwar stehen hier ebenfalls lauter riesige grüne Bäume, doch das Unterholz ist bei Weitem nicht so dicht wie auf der Westseite. Außerdem gibt es hier jede Menge Felsen.«

»Die Kiefern werden bald spärlicher. Dann sehen Sie vor

allem weites Farmland, Lavagestein und Büsche, je nachdem, welche Richtung Sie einschlagen.«

Mercy bemerkte, dass ihre Fingerknöchel weiß anliefen, weil sie das Lenkrad so fest umklammerte. Sie fuhr, ohne nachzudenken, und hielt instinktiv auf die Stadt zu, in der sie die ersten achtzehn Jahre ihres Lebens verbracht hatte.

»Bei der nächsten Kreuzung links abbiegen«, wies Eddie sie an.

Ich weiß.

»Ich bin in Eagle's Nest aufgewachsen.«

Eddie hob ruckartig den Kopf, und sie spürte, wie sich sein Blick in ihre Schläfe bohrte. Aber sie sah weiter auf die Straße.

»Ich kann es nicht fassen, dass Ihnen diese bemerkenswerte Tatsache eben erst eingefallen ist«, erwiderte Eddie. »Wieso haben Sie das nicht früher erwähnt? Weiß der Boss davon?«

»Sie weiß Bescheid. Ich bin mit achtzehn von zu Hause weggegangen und war seitdem nicht mehr da. Familienprobleme, Sie verstehen?«

Er drehte sich auf dem Beifahrersitz zu ihr um. »Das hört sich doch nach einer guten Geschichte an, Special Agent Kilpatrick. Ich bin ganz Ohr.«

»Es gibt keine Geschichte.« Sie weigerte sich, ihn anzusehen.

»So ein Quatsch. Sie waren mit achtzehn das letzte Mal zu Hause? Wurden Sie geschlagen? Haben Sie einer Sekte angehört?«

Sie lachte kurz auf. »Weder noch.« *Nicht so ganz.*

»Was war es dann? Sie reden schon noch mit Ihrer Familie, oder? Schreiben sich E-Mails? Textnachrichten? Dass Sie von zu Hause weggegangen sind, bedeutet doch nur, dass Sie seitdem nicht mehr in der Stadt waren, richtig?« Er blickte durch die Windschutzscheibe auf die Bäume hinaus. »Ich habe hier draußen jedenfalls nichts gesehen, was mir eine vierstündige Fahrt wert wäre.«

Mercy presste die Lippen aufeinander und bereute es, dieses Gespräch angefangen zu haben. »Es gab seitdem keinerlei Kontakt. Absolut gar keinen.«

»*Wie bitte?* Haben Sie Geschwister?«

»Vier.«

»*Vier?* Und sie haben nie angerufen oder eine E-Mail geschrieben?«

Sie schüttelte den Kopf und brachte keinen Ton heraus.

»Was stimmt mit Ihrer Familie nicht? Meine Mom würde mich umbringen, wenn ich mich nicht wenigstens einmal im Monat melde.«

»Meine Familie ist anders.« *Was für eine Untertreibung.* »Könnten wir das bitte nicht jetzt besprechen?«

»Sie haben doch damit angefangen.«

»Das ist mir bewusst, und ich werde Ihnen später auch mehr erzählen.« *Vielleicht.* Sie bog um die letzte Kurve nach Eagle's Nest und über die zweispurige Straße, die sie durch die Stadtmitte führen würde, wie sie genau wusste.

Dabei hielt sie sich an die vorgeschriebene Geschwindigkeitsbegrenzung von 40 km/h. Der Name Eagle's Nest ließ vermuten, dass die Stadt auf einem Hügel lag und auf ein Tal herabblickte, doch das war gelogen. Eagle's Nest lag auf Flachland, und zwar in knapp eintausend Metern Höhe, was allerdings auch für die vielen Hundert Hektar ringsherum galt. Sie fuhr an den Schulen vorbei und reckte den Hals, um mehr zu erkennen. Laut den verrosteten Schildern befanden sich im älteren Gebäude noch immer die Highschool und im größeren »neuen« die Klassenstufen vom Kindergarten bis zur achten Klasse. Allerdings stammte das »neue« Gebäude aus den Siebzigern und war schon vor Mercys Geburt errichtet worden. Hinter dem alten Schulgebäude sah sie die Laternen des Footballfelds und die alten Tribünen, während auf einer Spielfeldseite eine neue überdachte rote Tribüne gebaut worden war.

September. *Dieses Wochenende müsste ein Footballspiel stattfinden.*

»Sind Sie hier zur Schule gegangen?«, erkundigte sich Eddie.

»Ja.«

Die Straße machte eine scharfe Biegung. Zu ihrer Linken befand sich das noch immer geschlossene Sägewerk. Das Dach war noch weiter eingesackt, als sie es in Erinnerung hatte, und verwitterte Spanplatten verdeckten alle Fenster. Das vertraute Schild war verschwunden. Das Sägewerk war noch in ihrer Kindheit aufgegeben worden, doch davor hatte immer ein großes Schild mit einer Informationstafel gestanden. Während ihrer Teenagerzeit hatte die Stadt an der Tafel Ereignisse in ungleich großen Buchstaben angepriesen, während auf dem Schild sehr lange schlichtweg stand: **WIR KOMMEN WIEDER.**

Nun war nur noch der schartige, zerbrochene Metallpfosten übrig, und Mercy spürte einen leichten Stich in der Brust. Früher hatten es sich alle Einwohner zur Gewohnheit gemacht, auf der Tafel nachzusehen, um über die Geschehnisse in der Gemeinde im Bilde zu sein: Geburtstage von Senioren. Jahrmärkte. Kuchenbasare.

Heute posten sie so was vermutlich auf der Facebook-Seite der Stadt.

Alle hier hatten geschworen, dass das Sägewerk wieder öffnen würde. Wie oft hatte sie die Leute davon reden hören? Einmal hatte die Stadt sogar das Gelände ringsherum vom Müll befreit und die von dummen Kindern eingeschlagenen Fenster ersetzt. »Irgendjemand wird das Gebäude kaufen. Es muss nur der Richtige kommen.«

Die fehlende Informationstafel bedeutete, dass die Stadt den Glauben daran verloren hatte.

Das Sägewerk war ein Opfer der schlechten Wirtschaftslage, der Bundespolitik in Bezug auf das Fällen von Bäumen und verstärkter Naturschutzmaßnahmen. Inzwischen hätte es auch ein gutes Spukhaus für eine Halloweenparty abgegeben.

Mercy fuhr weiter. Auf einmal standen ein- und zweistöckige Häuser entlang der Straße. Sie überflog die Schilder davor. Einige waren neu, andere hatten sich nicht verändert. **POLIZEIREVIER VON EAGLE'S NEST, RATHAUS VON EAGLE'S NEST, GROSSES KINO, POST, JOHN-DEERE-GESCHÄFT.** Sie bemerkte, dass eine Kirche in ein Seniorenzentrum umgewandelt worden war. Das alte Norwood-Haus hieß nun »Sandy's Bed & Breakfast«.

Eddie deutete auf einen winzigen Laden. »Hey, das sieht vielversprechend aus. Ich könnte einen Kaffee vertragen. Halten Sie mal an.«

Mercy bog auf einen schräg zur Straße angelegten Parkplatz ein und erinnerte sich daran, wie sie nach dem Umzug nach Portland das parallele Parken gelernt hatte. In Kleinstädten musste man diese Fähigkeit nicht beherrschen. Das *Coffee Café* befand sich in einem Gebäude, in dem sie als Teenager stundenlang in Büchern gestöbert hatte. Das Haus schien frisch renoviert zu sein, und das Illy-Schild im Fenster ließ vermuten, dass die Besitzer Wert auf guten Kaffee legten. Das Café glich einer kleinen bunten Blume inmitten des deprimierenden Graus der Straßen und alten Gebäude. Mercy schaute sich davor nach allen Seiten um. Einige Pick-up-Trucks fuhren vorbei, aber der Bürgersteig war leer.

Die Glocke über der Tür klingelte, als sie eintraten. Mercy zog den Reißverschluss ihrer Jacke auf und genoss die Wärme und den Kaffeeduft.

»Hi.« Ein Mädchen im Teenageralter kam durch eine Tür hinter dem Tresen. »Was darf's sein?«

Sie sah niedlich und freundlich aus und trug einen kecken Pferdeschwanz. Auch wenn sie die beiden Agenten neugierig musterte, war sie zu höflich, um Fragen zu stellen. Mercy betrachtete die Speisekarte auf der Kreidetafel gleich hinter der Tür, während Eddie vortrat und etwas mit einem dreifachen Espresso bestellte. Das Mädchen machte sich daran, sein Getränk zuzubereiten, und Eddie warf Mercy einen Blick über die Schulter zu. »Das könnten Sie vor zwanzig Jahren sein«, meinte er leise und mit fragender Miene.

Oh, oh.

Mercy trat näher und nahm die Barista genauer in Augenschein. Das Mädchen hatte helleres Haar, doch die Augen und Gesichtsform passten perfekt. *Ist das Pearls Tochter? Oder Owens?* Sie bewunderte das kleine Schmuckstein-Nasenpiercing. Wer immer sie war, sie hatte offensichtlich eine rebellische Ader. Mercys Eltern hätten ihr das Piercing jedes Mal aufs Neue herausgerissen.

»Ich nehme einen Americano. Haben Sie auch Schlagsahne oder nur Kaffeesahne?«, fragte Mercy und trat näher. Die Barista sah ihr in die Augen, nickte enthusiastisch und fuhr damit fort, das beste Getränk aller Zeiten zuzubereiten.

Wer immer sie auch war, Mercy schien sie nicht zu erkennen.

Mercy atmete erleichtert auf.

»Leben Sie hier in der Stadt?«, erkundigte sich Eddie bei der Barista, wofür Mercy ihn innerlich verfluchte. Der Agent mochte Menschen und hörte sich nur zu gern ihre Geschichten an. Selbst in einer Schlange im Supermarkt plauderte er mit anderen.

Das Mädchen lächelte. »Gleich außerhalb der Stadt.«

»Sie arbeiten hier doch nicht ganz allein, oder?«

Als die Barista ihn alarmiert ansah, knuffte Mercy ihn gegen den Arm.

»Ich meinte ... Ich bin kein Freak, sondern mache mir nur Sorgen um Ihre Sicherheit«, fügte Eddie verlegen hinzu.

»Ignorieren Sie ihn einfach.« Mercy schenkte dem Mädchen ein Lächeln, um sie zu beruhigen. »Er meint es nur gut und ist völlig harmlos.«

»Mein Vater ist hinten«, behauptete die Barista zaghaft. Der Sonnenschein war aus ihrem Gesicht gewichen, und sie beäugte Eddie misstrauisch.

»Das ist gut«, erklärte Eddie. »Ich wollte Sie wirklich nicht verunsichern.«

Die Barista reichte ihnen die Becher. Mercy nahm beide entgegen und bemerkte, dass das Mädchen auf die Wölbung unter Mercys Jacke schaute. »Sie sind Gesetzeshüter«, sagte die Barista und deutete mit dem Kopf auf die Waffe.

»Sind die Leute hier denn nicht bewaffnet?«, erkundigte sich Eddie leicht amüsiert.

»Sie tragen meist Revolver und keine Glocks.« Nun wirkte das Mädchen interessiert. »Sind Sie wegen der Männer hier, die vor Kurzem ermordet wurden? Ich habe gehört, dass man Ned Fahey heute früh tot aufgefunden hat.«

Es hatte sich anscheinend schon rumgesprochen.

»Kaylie? Ist alles okay?«, fragte ein großer Mann und trat hinter der Barista in den Türrahmen, den er mit seinen breiten Schultern ausfüllte.

Mercy blieb beinahe das Herz stehen, als sich ihre Blicke begegneten. Der Mann starrte sie schockiert an.

»Verdammt noch mal!«, murmelte er.

»Dad!«

»Entschuldige, Schatz.«

Er war groß und dunkelhaarig und hatte einen dichten

Bart, der noch kein Grau aufwies. Mercy hatte ihn noch nie mit Bart gesehen, erkannte ihren Bruder aber trotzdem sofort. Sie sagte nichts und überließ es Levi, eine Entscheidung zu treffen. Er blickte von ihr zu seiner Tochter und wieder zurück zu Mercy, um sich dann Eddie zuzuwenden.

»Sind Sie von außerhalb und ermitteln wegen der Morde?«, fragte er Eddie. »Ich wusste gar nicht, dass man das FBI hinzugezogen hat. Seltsam.«

Mercy schluckte schwer. Ihr Bruder hatte sie ignoriert. *Aber* er wusste, dass sie vom FBI waren. Was bedeutete, dass er darüber informiert war, womit sie ihren Lebensunterhalt verdiente. Er hatte sie nicht vollständig aufgegeben.

»Wir kommen, wenn man unsere Hilfe anfordert«, antwortete Eddie unverbindlich.

»Ich wusste nicht, dass das jemand getan hat.« Levi sah Mercy an und ließ sich nicht länger anmerken, dass er sie erkannt hatte. »Der Kaffee geht heute aufs Haus.«

»Das ist sehr freundlich von Ihnen, aber wir bezahlen lieber«, erklärte Eddie. Er zog etwas Bargeld aus der Tasche und warf Mercy einen fragenden Seitenblick zu. *Was in aller Welt geht hier vor sich?*

Sie konnte sich nicht bewegen. Oder etwas sagen. Ihre Finger schienen an den heißen Bechern in ihren Händen festzukleben.

»Schönen Tag noch«, sagte Kaylie automatisch und reichte Eddie das Wechselgeld.

Er warf es ins Trinkgeldglas. »Den wünsche ich Ihnen auch.« Dann nahm er Mercy seinen Becher aus der Hand und musterte sie weiterhin irritiert.

Mercy warf noch einen letzten Blick auf ihre Nichte und ihren Bruder. Levi drehte sich um und ging, ohne ihr weitere Aufmerksamkeit zu schenken. Sie folgte Eddie hinaus in die Kälte und zu ihrem Wagen. Dann umklammerte sie den warmen Becher mit beiden Händen und schaffte es nicht, den anderen Agenten anzusehen.

»Dieser Mann hat Sie eindeutig erkannt, aber Sie haben kein Wort gesagt«, stellte Eddie fest. »Und da die Barista, die genauso aussieht wie Sie, seine Tochter ist, gehe ich davon aus, dass er Ihr Bruder sein muss, oder?« Er wirkte ein wenig fassungslos.

Mercy nickte nur und nippte an ihrem Kaffee. *Verdammt.* Sie hatte die Schlagsahne vergessen.

»Wieso hat er seine Schwester nicht begrüßt? Allerdings haben Sie ja auch nichts zu ihm gesagt«, murmelte er. »Daher gehe ich mal davon aus, dass beide Seiten ein Problem haben, richtig? Wussten Sie, dass es sein Café ist?«

»Nein.«

Seufzend trank Eddie einen großen Schluck. »Tut mir leid, Mercy. Das geht mich alles nichts an.« Er hielt kurz inne. »Wussten Sie wenigstens, dass das Ihre Nichte ist?«

»Nein. Ich hatte so etwas vermutet, als Sie mich auf die Ähnlichkeit hingewiesen haben, aber ich wusste nicht, wessen Tochter sie ist.«

»Sie wussten aber, dass dieser Bruder Kinder hat?«

»Er hat eins.«

»Er trug keinen Ehering. War er verheiratet?«

»Nein. Als ich von hier wegging, wollte seine ehemalige Freundin nicht, dass er Kontakt zu ihrer einjährigen Tochter hat. Das ist heute offenbar anders.« Mercy stellte ihren Becher ab und ließ den Motor an. »Wir sollten zum anderen Tatort fahren, bevor es richtig dunkel wird.« Sie setzte zurück. Vor lauter Scham und auch etwas Wut schoss ihr das Blut in die Wangen. Ihre Familie hatte sich seit fünfzehn Jahren nicht bei ihr gemeldet.

Welche Überraschungen erwarteten sie in Eagle's Nest noch?

DREI

Truman Daly fluchte leise.
Er war dem alten Ford-Pick-up gute anderthalb Kilometer über die holprige Landstraße gefolgt, und der Fahrer ignorierte das Blaulicht und die Sirene von Trumans Wagen geflissentlich. Nun musste er bald eine Entscheidung treffen, bevor der Ford in einen belebteren Teil der Stadt fuhr. Truman kannte den Fahrer und rechnete damit, ordentlich was zu hören zu bekommen, wenn er Anders Beebe endlich an den Straßenrand bekam. So, wie er es in seinen sechs Monaten als Polizeichef von Eagle's Nest schon mehrfach erlebt hatte. Der alte Ford geriet mit einem Reifen auf den unbefestigten Seitenstreifen, und Anders riss das Lenkrad so weit herum, dass er bis in die Gegenfahrbahn ausscherte, bevor er wieder auf seiner Spur blieb.

Anders muss betrunken sein.

Truman hatte eine Entscheidung getroffen, beschleunigte und zog mit dem Tahoe des Departments auf die andere Spur, da er vorhatte, den Oldtimer an der hinteren rechten Stoßstange zu rammen und ins Schleudern zu bringen. Doch bevor Truman den Ford auch nur anvisieren konnte, wallte eine riesige Rauchwolke unter Anders' Motorhaube auf, und der alte Mann fuhr von der Straße ab und ließ den Wagen ausrollen. Truman parkte hinter ihm und bedauerte es, dass sich sein Department keine Bodycam leisten konnte, mit der er die bevorstehende verrückte Unterhaltung hätte aufzeichnen können.

Mit einer Hand am Griff seiner Waffe ging er auf das Fahrzeug zu. Das Fenster wurde gerade heruntergekurbelt. »Anders? Ist alles in Ordnung?«, erkundigte er sich.

»Was zum Teufel haben Sie mit meinem Wagen gemacht?« Der alte Mann nuschelte stark, und Truman konnte den Biergeruch aus anderthalb Metern Entfernung riechen. »*Wie beim Allmächtigen haben Sie das geschafft?*«

»Ich habe überhaupt nichts mit Ihrem Wagen angestellt. Irgendetwas scheint mit Ihrem Motor nicht zu stimmen.«

»Und ob Sie das waren! Sie von der Polizei haben doch bestimmt schon ein schickes neues Gerät, mit dem Sie Bürger illegal anhalten können. Wie viele Steuergelder sind dafür draufgegangen?«

»Würden Sie bitte aus dem Wagen aussteigen?«, forderte Truman ihn auf. Er wusste, dass Anders im Allgemeinen harmlos war, hatte ihn jedoch noch nie betrunken erlebt und verhielt sich daher besonders wachsam.

»*Ich bin nicht einverstanden!*«, kreischte Anders. Truman trat nahe genug heran, um die leeren Bierdosen auf der Sitzbank des Fords sehen zu können.

»Wie viel haben Sie heute getrunken, Anders?«, fragte er ihn.

»*Ich bin nicht einverstanden! Vorschriften und Statuten sind keine Gesetze, solange ich sie nicht anerkenne!*«

Truman seufzte. Selbst betrunken hielt Anders an seinen Staatsverweigereransichten fest.

»Ihr Fahrzeug wird sich heute nicht mehr von der Stelle bewegen, Anders. Ich kann Sie mitnehmen und dafür sorgen, dass Sie jemanden anrufen, der es repariert.«

Die rot geränderten blassblauen Augen des alten Mannes zuckten wild umher. Die Falten in Anders' Gesicht wirkten heute tiefer als sonst, und sein graues Haar ragte unter seinem Hut in alle Richtungen hervor. »Ich beabsichtige nicht, eine Verbindung mit Ihnen einzugehen«, erklärte er.

Truman musste sich zusammenreißen. Die Staatsverweigerer hatten eine ganze Litanei von verwirrenden pseudolegalen Begriffen, mit denen sie um sich warfen, wann immer sie einem Regierungsvertreter gegenüberstanden. Als Truman zum ersten Mal gehört hatte, dass man keine Verbindung mit ihm eingehen wollte, hätte er beinahe erwidert, dass er auch nicht auf eine feste Beziehung aus wäre. »Ich will auch keine Verbindung mit Ihnen eingehen, Anders, aber ich helfe Ihnen, zurück in die Stadt zu kommen. Wären Sie damit einverstanden?«

»I'm a Freeman on the land«, trällerte der Alte.

»Wir sind alle freie Menschen, Anders. Wieso steigen Sie nicht aus und wir sehen mal nach, was unter Ihrer Motorhaube los ist?« Zumindest schrie Anders ihn nicht mehr an, dafür schwankte er nun heftig auf seinem Sitz. Truman bezweifelte, dass er noch laufen konnte.

Vermutlich hatte Anders deshalb den Wagen genommen.

Die Tür des Fords ging mit einem lauten Quietschen auf, und Anders versuchte auszusteigen, taumelte stattdessen jedoch nach vorn und in Trumans Arme.

»Ich hab Sie.« Truman drehte den Kopf weg, um die Alkoholfahne und Körpergerüche nicht einatmen zu müssen. »Schaffen wir Sie erst mal zu meinem Wagen.« Er leitete den Mann zur hinteren Tür seines Tahoe und tastete ihn auf dem Weg dorthin geschickt nach Waffen ab.

»Ich will keine Verbindung mit Ihnen eingehen«, murmelte Anders, als Truman mit den Händen über seinen ausgeblichenen Jeansoverall fuhr.

»Dann wären wir ja schon zwei«, erwiderte Truman. Zwei Gewehre lagen im Waffenregal am Heckfenster des Fords, aber Anders hatte keine weitere Waffe bei sich. Truman legte ihm Handschellen an und kehrte zum Ford zurück. Er holte die Waffen heraus, kurbelte das Fenster wieder hoch, zog den Schlüssel aus dem Zündschloss und verriegelte den Wagen.

Als er zu seinem Wagen zurückkehrte, hing Anders schnarchend auf dem Rücksitz.

Umso besser. Staatsverweigerer fochten ihre Kämpfe lieber mit Worten aus. Ihre Aussagen klangen für Truman stets wie vollkommener Blödsinn, aber er wusste, dass sie felsenfest daran glaubten, durch diverse mündliche Erklärungen gewöhnlichen Anklagen entgehen zu können. Sie waren in der Lage, ihren juristischen Blödsinn stundenlang von sich zu geben, und die unablässigen Auseinandersetzungen waren ermüdend.

Daher war er sehr erleichtert, dass er auf dem Rückweg in die Stadt nur Anders' Schnarchen hören musste.

* * *

Truman führte Anders durch das kleine Polizeirevier und brachte ihn gerade in einer der drei Arrestzellen unter, als Officer Royce Gibson den Kopf durch die Tür steckte und die Nase rümpfte.

»Himmel, was stinkt denn hier so?«

»Das ist nur der übliche Cocktail aus Alkohol und Körpergeruch«, antwortete Truman. Er verließ die Zelle und verriegelte die Tür.

»Hey, Anders«, meinte Royce. »Wann haben Sie das letzte Mal geduscht?«

Truman warf ihm einen tadelnden Blick zu, und der junge Officer besaß wenigstens den Anstand, geknickt zu wirken.

»Ich unterstehe nicht der Regierung und erkenne die US-Gesetze nicht an«, nuschelte Anders.

»In diesem Fall betrachten Sie die Zelle doch einfach als sichere Zuflucht, bis Sie wieder ohne Hilfe stehen können«, schlug Truman vor. Der ältere Mann nickte, legte sich auf die Pritsche und schlief sofort wieder ein.

»Keine Verbindung«, sagte Truman amüsiert.

»Ich habe nicht die geringste Ahnung, was er meint, wenn er das sagt«, gab Royce zu. »Daher ignoriere ich es einfach.«

»Er bildet sich ein, sich dann nicht unseren Gesetzen unterwerfen zu müssen. Das hat irgendetwas damit zu tun, dass es keine legale Vereinbarung zwischen ihm und uns gibt.« Truman schüttelte den Kopf. »Behalten Sie ihn im Auge. Ich mache Feierabend und fahre nach Hause.«

»Augenblick noch. Ich wollte Ihnen noch ausrichten, dass das FBI in Bend angerufen hat; sie haben zwei Agenten aus Portland zum … Biggs-Tatort geschickt und wollen, dass sie jemand herumführt, weil der Mord schon vor zwei Wochen verübt wurde … und weil die Tür abgeschlossen ist.«

Das Abendessen aus Steak und Backkartoffel, von dem Truman geträumt hatte, wurde unverhofft um eine Stunde verschoben. Vielleicht auch um zwei. Sein Magen knurrte protestierend. »Muss das heute Abend sein?«

»Soweit ich weiß, warten sie schon vor dem Haus.«

Truman nickte knapp und ging zur Tür, wobei er sich noch seinen Cowboyhut schnappte, den er beim Reinkommen mit Anders aufgehängt hatte, und aufsetzte. Er würde jeden genau im Auge behalten, der um Jefferson Biggs' Haus herumschnüffelte.

* * *

Fünf Minuten später parkte Truman hinter einem anderen schwarzen Tahoe vor dem Tatort von vor zwei Wochen.

Zwei Personen stiegen aus dem anderen Fahrzeug aus, und er stutzte kurz, als er erkannte, dass eine davon eine Frau war.

Lebe ich schon zu lange in Eagle's Nest? In seinem alten Job und in der Army hatte er mit vielen Frauen zusammengearbeitet. Doch nach gerade mal sechs Monaten in diesem abgelegenen Teil des Landes verwandelte er sich nach und nach in einen Redneck. Zu seinem Trupp gehörten keine weiblichen Officers, und er hatte gehört, dass sich dort auch noch nie eine Frau beworben hatte.

Der Mann trug eine Brille und einen dicken Wollmantel. Keinen Hut. Er kam auf Truman zu und streckte die Hand aus. »Special Agent Eddie Peterson. Wir wissen es sehr zu schätzen, dass Sie uns ins Haus lassen.« Sein Händedruck war kräftig, der Blickkontakt direkt.

Als die Frau vortrat, musste sich Truman zusammenreißen, um nicht die Hutkrempe anzutippen, da er merkte, dass sie ihm die Hand reichte. »Special Agent Mercy Kilpatrick.« Ihr Händedruck war weniger fest, doch ihre grünen Augen wirkten aufmerksam und intelligent. Truman hatte den Eindruck, sie würde ihn von innen und außen begutachten und mit einem einzigen langen Blick all seine Geheimnisse in Erfahrung bringen. Sie war ebenso groß wie ihr Partner, hatte sich allerdings schlauerweise einen Regenmantel mit Kapuze angezogen. Und Gummistiefel.

»Truman Daly. Ich bin der Polizeichef von Eagle's Nest. Ein bisschen mehr Vorwarnzeit wäre beim nächsten Mal sehr nett.« Er konnte sich diesen leisen Tadel nicht verkneifen, denn sie nahmen seine Zeit in Anspruch, und er hatte Hunger.

»Das tut uns sehr leid«, sagte Special Agent Peterson. »Aber wir kamen gerade vom Fahey-Tatort und wollten uns die beiden vorherigen Mordschauplätze ansehen, solange der Eindruck noch frisch ist.«

Truman runzelte die Stirn. »Ich habe schon gehört, dass Ned Fahey ermordet wurde. Sie glauben also, es besteht eine Verbindung zwischen den Fällen?« Innerlich fluchte er darüber, dass Sheriff Rhodes vom Deschutes County alle Details über Faheys Tod für sich behalten hatte. Jetzt kam Truman wie ein uninformierter Idiot rüber. Zugegebenermaßen lag Faheys Grundstück im Zuständigkeitsbereich des Countys, aber Truman hatte den alten Mann als Ehrenbürger von Eagle's Nest betrachtet, da er hin und wieder den John-Deere-Laden aufsuchte und mit den anderen Einheimischen plauderte, die sich dort an jedem Werktag morgens bei einer Tasse schlechtem Kaffee zum Tratschen trafen.

Special Agent Kilpatrick drehte sich um und nahm das Haus in Augenschein. »Es wäre möglich«, antwortete sie. Er konnte aufgrund ihrer Kapuze nicht erkennen, wie sie die Lippen bewegte, sondern sah gerade mal den Regen, der auf einigen herausgerutschten schwarzen Locken funkelte.

In den letzten Minuten des Tageslichts sahen das Haus und die Nebengebäude sehr einsam aus. Als würden sie auf die Rückkehr ihres Besitzers warten. Die Leere legte sich schwer auf Truman und drohte ihn unter Erinnerungen zu begraben. Jefferson Biggs würde nie wieder nach Hause kommen. Truman war erst vor Kurzem nach Eagle's Nest gezogen, um Onkel Jefferson näher zu sein, und jetzt war er fort. *Was hält mich noch hier?* Truman hatte in den sechs Monaten nicht wirklich Wurzeln geschlagen.

»Ist der Strom im Haus noch an?«, erkundigte sich Kilpatrick. »Es sieht so dunkel aus.«

»Ja, ist er. Das Haus ist ans städtische Stromnetz angeschlossen, verfügt aber auch über einige Back-up-Systeme, falls die Versorgung ausfallen sollte«, erklärte Truman.

»Gut.« Ihre Kapuze wackelte, als sie nickte. »Waren Sie einer der Ersten vor Ort? Haben Sie den Tatort gesehen, bevor die Spurensicherung hier war?«

»Ich habe ihn gefunden«, antwortete Truman knapp. »Als er nicht zum verabredeten Kaffeetrinken aufgetaucht ist, habe ich mich selbst reingelassen.«

Kilpatrick drehte sich zu ihm um und musterte ihn neugierig. »Sie haben einen Schlüssel?«

Der durchdringende Blick ihrer grünen Augen war ihm nicht ganz geheuer. »Er war mein Onkel.«

Sie musterte ihn mitfühlend. »Mein Beileid. Wie schrecklich für Sie. Haben Sie sonst noch Familie in der Stadt?«

Truman spürte, wie sich die unsichtbaren Mauern um sein Herz wieder aufbauten. Das war seit Onkel Jeffersons Tod schon mehrfach passiert. »Nein, wir waren die einzigen beiden, die hier in Oregon lebten.«

»Und Sie haben die Ermittlungen nicht abgegeben?«, fragte Peterson.

»Dies ist eine Kleinstadt. Ich habe keinen ganzen Stall voller Ermittler zur Verfügung. Außerdem wollte ich jeden Schritt überwachen, um sicherzustellen, dass alles richtig läuft.«

Kilpatrick beäugte ihn einen Moment lang. Er hielt ihrem Blick stand. Sie konnte ihn tadeln, so viel sie wollte; dies war seine Stadt, und er hatte das letzte Wort.

»Dann sehen wir uns hier mal um«, meinte sie. »Gehen Sie bitte voraus und schildern uns, was Sie wie vorgefunden haben.«

Truman nickte steif und führte die beiden Außenstehenden um das Haus herum.

»Haben Sie schon irgendwelche Verdächtigen?«, wollte Peterson wissen, während sie im schwachen Licht um mehrere teichgroße Pfützen herumgingen.

»Nein. Ich habe Dutzende Fingerabdrücke nehmen lassen. Neunundneunzig Prozent davon stammten von meinem Onkel oder von mir. Für die anderen gab es keine Treffer.«

»Aber sein Arsenal wurde leer geräumt«, merkte Kilpatrick an.

»Ja. Bis auf die letzte Waffe.« Eine Woche zuvor hatte Truman herausgefunden, dass sein Onkel nur zwei Waffenregistrierungen besessen hatte, dabei wusste er, dass sich gut dreißig unterschiedliche Waffen in seinem Besitz befunden hatten.

Er blieb an der Tür stehen und holte die Schlüssel aus der Manteltasche. Seine Schlüssel zum Haus seines Onkels hingen an einem uralten *Pabst Blue Ribbon*-Schlüsselanhänger, den Truman als Teenager immer hatte haben wollen. Er ging die Schlüssel durch, steckte den richtigen ins Schloss und warf den Agenten einen Blick über die Schulter zu. »Sind Sie bereit?«

VIER

Mercy musste an Sheriff Rhodes' Worte denken. Er hatte den Ned-Fahey-Tatort als Traum im Vergleich zum Tatort des Biggs-Mords bezeichnet.

Was erwartet uns hier?

»Seit dem Tag, an dem ich ihn gefunden habe, wurde hier nichts verändert«, warnte Truman sie.

Mercy nickte bestätigend. »Wir sind bereit.« Truman hielt noch eine Sekunde inne, dann drückte er die Tür auf und trat ein.

»Überschuhe?«, fragte Eddie vor dem Überqueren der Türschwelle. Schon beim Gang durch den Garten hatten Mercy und er Handschuhe getragen.

»Wir haben jeden noch so kleinen Beweis vom Boden aufgesaugt. Der Tatort ist eigentlich freigegeben, aber ich weiß die Handschuhe zu schätzen.« Er schaltete das Licht ein, und zwei Lampen im Wohnzimmer gingen an.

»Der Tatort ist *eigentlich* freigegeben?«, hakte Mercy nach.

Wann immer die Sprache auf seinen Onkel kam, blitzte Schmerz in den Augen des Chiefs auf. »Jefferson hat mir alles hinterlassen. Da es nun mein Haus ist, werde ich hier erst alles aufräumen, wenn ich weiß, wer das getan hat.«

Mercy malte sich aus, wie sich in dem alten Haus Staub auf den Tatort herabsenkte und alles von Spinnweben überzogen wurde. *Wie lange wird er warten?*

Der Neffe trauerte ganz eindeutig noch.

Vielleicht sollten wir jemand anderen bitten, uns den Tatort zu zeigen.

Aber ein Blick in das entschlossene Gesicht des Chiefs, der sich im Haus umschaute, verriet ihr, dass er ihre beste Informationsquelle in Bezug auf Jefferson Biggs darstellte. Sie musste nur aufhören, sich Gedanken über seine Gefühle zu machen.

Im Haus roch es stark nach Pfeifentabak. Dieser Geruch war Mercy aus ihrer Kindheit noch sehr vertraut. Ihre Großmutter hatte die »stinkende Pfeife« ihres Großvaters nie gemocht und ihn zum Rauchen immer nach draußen geschickt, doch der Geruch hatte trotzdem an seiner Kleidung gehaftet.

Im kleinen Wohnzimmer standen ein altes Sofa und zwei Sessel, aber kein Fernseher, und an den Wänden hingen verblichene Drucke von Elchen. Der dunkelbraune Teppich war sehr fleckig und vor einem ziemlich verschlissenen bequemen Sessel fast vollständig abgenutzt. Nirgendwo waren Hinweise auf eine weibliche Handschrift zu erkennen.

Wenn das Opfer alles seinem Neffen überlassen hat, können wir wohl davon ausgehen, dass es keine Kinder gibt.

Sie beschloss, sich die Biggs-Akte noch einmal genauer anzusehen.

»Er wurde da vorn gefunden.« Truman ging durch einen schmalen Flur, und Mercy und Eddie folgten ihm.

Ein dunkler rötlich brauner Fleck zog sich im Zickzack über eine Wand und endete in einem deutlich erkennbaren Handabdruck. Ausgefranste Einschusslöcher zogen sich um einen Türrahmen in der Mitte des Flurs. Auch die Tür war mit Löchern durchsiebt. Truman drückte sie mit einem Finger auf, trat zurück und deutete in den dunklen Raum.

Mercy machte einen Schritt hinein und tastete blind nach einem Lichtschalter. Es handelte sich um ein kleines Badezimmer, dessen Boden mit dicken, verwirbelten Mustern aus getrocknetem Blut bedeckt war. An der hinteren Wand zeichneten sich weitere Einschusslöcher ab. Mehrere Kugeln schienen auch ins alte Linoleum eingedrungen zu sein.

Der Anblick war heftig.

»Er hat Zuflucht im Badezimmer gesucht?«, fragte Eddie, der hinter ihr stand.

»Ja. Nachdem er in seiner Küche von jemandem angegriffen worden war. Die Blutspur beginnt dort. Ich habe eines seiner Küchenmesser neben ihm auf dem Badezimmerboden gefunden. Man hat elf Mal auf ihn geschossen.« Die Stimme des Chiefs klang monoton. »Da sich auch Blut einer anderen Person am Messer befand, wissen wir, dass er seinen Angreifer verletzt hat.«

Mercy drehte sich zu ihm um. »Ihr Onkel war ein Kämpfer.«

»Ganz eindeutig. Er hat sich von niemandem etwas gefallen lassen. Wenn Sie mich fragen, war er stinksauer, dass ihn jemand umbringen wollte, und hat allein aus Wut zurückgeschlagen und nicht etwa, um sich zu verteidigen.«

Sie musste bei seiner Beschreibung grinsen, und die Anspannung des Chiefs schien ein wenig nachzulassen.

»Ich vermute, dass er jetzt im Himmel sitzt und verdammt stolz darauf ist, bis zum Ende gekämpft zu haben, sich aber auch darüber ärgert, dass es ihn trotzdem erwischt hat«, fügte Truman hinzu.

»Er scheint ein richtiges Original gewesen zu sein«, stellte Mercy fest.

»Sie werden bald herausfinden, dass es in dieser Gegend nur so von Originalen wimmelt. Ich hätte nie damit gerechnet, dass es in einer derart kleinen Gemeinde solch eine vielfältige Bevölkerung gibt.«

»Sehen wir uns die Küche an«, schlug Eddie vor. Sie liefen im Gänsemarsch durch den schmalen Flur zur Küche im hinteren Teil des Hauses.

Mercy bemerkte das schmutzige Geschirr im Spülbecken und einige Blutspritzer auf dem Boden und den Unterschränken. »Hat er das Messer aus dem Block auf der Arbeitsfläche gezogen?«

»Ja.«

Sie ging vorsichtig durch den Raum. »Hier wurden keine Einschusslöcher gefunden?«

»Nein«, antwortete Truman. »Nur im Bereich um das Badezimmer.«

»Gewaltsames Eindringen?«, fragte sie.

»Dafür gibt es keine Anzeichen.«

»Stammt das Blut hier von Ihrem Onkel oder von seinem Angreifer?«, erkundigte sich Eddie.

»Sowohl als auch.«

»Also brachte jemand in der Küche Ihren Onkel dazu, ein Messer zu schwingen. Das muss ein angeregtes Gespräch gewesen sein«, bemerkte Mercy.

»Angesichts des Endes vermute ich, dass es recht hitzig zuging«, meinte Truman trocken. Er wirkte nicht beleidigt, und Mercy war erfreut, dass dem Chief Scherze trotz der traurigen Situation nichts ausmachten. Mit Humor ließ sich vieles leichter bewältigen, weshalb auch viele Polizisten darauf zurückgriffen. Das hatte nichts mit mangelndem Respekt zu tun, vielmehr wollten die Ermittler ihr Herz bloß vor dem Schrecklichen schützen, das sie auf der dunklen Seite der Gesellschaft zu sehen bekamen.

»Warum interessiert sich das FBI auf einmal für den Mord an meinem Onkel?«, fragte Truman leise. »Wegen der verschwundenen Waffen, richtig? Ich weiß, dass Ned Fahey da draußen am Arsch der Welt förmlich in einer gut ausgestatteten Festung gehaust hat. Wurden seine Waffen ebenfalls gestohlen?«

Eddie sah Mercy in die Augen und zog kurz eine Schulter hoch.

»Ned Fahey ist schon häufiger wegen regierungsfeindlicher Proteste aufgefallen«, erklärte Mercy. »Diese Tatsache hat in Kombination mit der Menge an verschwundenen Waffen unsere Abteilung für Inlandsterrorismus aufhorchen lassen.«

»Ned war kein Terrorist«, widersprach Truman, dessen Augen zornig funkelten. »Er war ein eigensinniger alter Mann, der bei jedem Wetterumschwung höllische Knieschmerzen bekam. Aber er gehörte nicht zu den Leuten, die Bundesgebäude in die Luft jagen.«

»Wie lange leben Sie schon in Eagle's Nest?«, erkundigte sich Mercy.

»Seit sechs Monaten.« Truman reckte das Kinn in die Luft. »Aber ich habe während der Highschool dreimal die Sommerferien hier in diesem Haus verbracht und weiß, wie diese Gemeinde tickt.«

Mercy blieb kurz das Herz stehen. Falls er sie erkannt hatte, ließ er sich das nicht anmerken. Sie konnte sich nicht daran erinnern, dass Jefferson Biggs' Neffe in den Sommerferien hier gewesen war. Truman Daly schien einige Jahre älter zu sein als sie … Er war vermutlich eher im Alter eines ihrer Geschwister und hätte sie damals überhaupt nicht zur Kenntnis genommen.

»Als Sommerbesuch wären Sie trotzdem ein Außenseiter gewesen«, sagte sie. »Man hieß Sie in der Stadt willkommen, weihte Sie jedoch nicht in Geheimnisse ein. Sie bekamen nur zu sehen, was Sie auch sehen sollten.«

Er musterte sie mit zusammengekniffenen Augen. »Wie kommen Sie darauf?« Sein Tonfall deutete an, dass sie seiner Meinung nach keine Ahnung hatte, wovon sie sprach.

Sie zuckte mit den Achseln. »Ich bin in einer Kleinstadt aufgewachsen und kenne die Mentalität dieser Menschen. Es braucht einige Jahrzehnte und sehr viele familiäre Wurzeln, bis man in den inneren Kreis aufgenommen wird.«

Etwas Seltsames zuckte kurz in seinem Gesicht auf, als hätte sie einen Nerv getroffen, und sie vermutete, dass der Polizei-Chief in den bisherigen sechs Monaten schon auf zahlreiche Barrieren gestoßen war statt auf die Akzeptanz, die er sich von den Einwohnern erhoffte.

»Irgendwann werden sie Ihnen vertrauen«, fügte sie ermutigend hinzu. »Es braucht einfach Zeit.«

»Mir ist die Großstadt deutlich lieber«, schaltete sich Eddie ein. »Wenn man den Blick stur auf den Bürgersteig richtet, kommen alle gut miteinander aus.«

Truman erwiderte nichts, und Mercy wusste, dass sie eine Tatsache angesprochen hatte, die er sich nicht eingestehen wollte. Allerdings sprach auch vieles für den Polizeichef. Er war direkt, hatte ein vertrauenswürdiges Gesicht und trug seinen Cowboyhut, als wäre er damit auf die Welt gekommen. Das waren drei Pluspunkte in Eagle's Nest. Sie sah keinen Ehering, daher war er zweifellos sofort an die Spitze der Liste verfügbarer Junggesellen geschossen. Sein kurzes dunkles Haar und die braunen Augen machten ihn durchaus attraktiv. Die ledigen Frauen in dieser Stadt waren immer auf der Suche nach einem gut aussehenden Kerl mit einem festen Job.

»Von allen drei Tatorten sind sehr viele Waffen verschwunden«, kam Eddie auf Trumans eigentliche Frage zurück.

»Sie glauben also, da baut sich jemand ein Waffenlager auf?«, fragte der Chief.

»Das wissen wir nicht«, antwortete Mercy. »Wir sind hier, um den Grund dafür herauszufinden. Wurden diese Männer wegen ihrer Waffen ermordet? Oder hatte da nur jemand dreimal in Folge Glück?«

»Ich hätte gedacht, dass es mehr als verschwundene Waffen braucht, damit das FBI zusätzliche Agenten herschickt«, meinte Truman. »Die Agenten aus Bend hätten sich doch bestimmt auch um die Sache kümmern können. Was verschweigen Sie mir? Es geht um Aliens, nicht wahr? Sie sind die wahren Mulder und Scully.«

Mercy wünschte sich, dies wäre das erste Mal, dass sie diesen Witz zu hören bekam.

»Ich kann Ihnen versichern, dass wir ebenso wie Sie daran interessiert sind, den Mord an Ihrem Onkel aufzuklären«, sagte Eddie entschieden.

Truman warf ihm einen Blick zu, der Stahl schmelzen konnte.

»Da Sie wissen, dass jemand mit dem Messer Ihres Onkels verletzt wurde, gehe ich davon aus, dass in den Tagen nach dem Mord an Jefferson niemand mit einer Schnitt- oder Stichwunde gesehen wurde.« Mercy versuchte, den Polizeichef abzulenken, bevor er Eddie noch die Brille von der Nase riss, weil er ihn derart herablassend behandelte.

»Ich bin dem nachgegangen. Es ist niemand in der Notaufnahme aufgetaucht, und ich habe auch verlautbaren lassen, dass ich nach jemandem mit solchen Verletzungen suche.«

Mercy hatte während der Highschool mal einen Sommer lang an der Rezeption des Krankenhauses von Eagle's Nest gearbeitet. Es hatte sieben Betten, und die Buchhaltung bestand aus handgeschriebenen Berichten, die in einem einzigen Aktenschrank Platz fanden. Sie hatte gewusst, wer in der Stadt jeden Monat fünf Dollar bezahlte, um eine Tausend-Dollar-Krankenhausrechnung abzustottern, und das waren ziemlich viele Leute gewesen.

»Ich würde mit einer Verletzung, die ich mir bei der Ermordung eines Menschen zugezogen habe, auch nicht in die Notaufnahme gehen«, kommentierte Eddie.

»Ich habe mich auch bei den Tierärzten erkundigt. Aber die meisten Menschen, die hier leben, können sich ganz gut selbst verarzten. Wenn man verletzt wird, ist professionelle Hilfe meist nur sehr weit entfernt zu finden.«

Mercy nickte. Als sie zehn war, hatte sie zugesehen, wie ihre Mutter eine tiefe Schnittwunde am Bein ihres Vaters genäht hatte. Dabei hatte er eine Flasche mit Alkohol umklammert und auf ein dickes Lederstück gebissen, das er nur hin und wieder aus dem Mund nahm, um einen Schluck aus der Flasche zu trinken. Er hatte keinen Arzt bezahlen wollen, wo seine Frau doch dazu in der Lage war, ihn wieder zusammenzuflicken. Ihre Mutter war als Hebamme und autodidaktische Sanitäterin sehr hoch angesehen gewesen.

»Was glauben Sie, wer das getan hat?« Sie sah dem Chief angespannt ins Gesicht.

Die Atmosphäre in der Küche veränderte sich leicht, und auch Eddie musterte den Polizei-Chief erwartungsvoll. Mercy fragte sich, ob der Neffe ihnen überhaupt eine direkte Antwort geben würde. Es war in seinem besten Interesse, ihnen alles zu erzählen, was er wusste oder vermutete, allerdings vertraute man Außenstehenden in Eagle's Nest nicht. Zugegeben, Truman war ebenfalls ein Außenstehender, aber die Buchstaben »FBI« hätten genauso gut in Grellgelb auf dem Rücken ihrer dunklen Jacken stehen können.

Truman mahlte leicht mit dem Kiefer, und Mercy konnte seine Frustration förmlich sehen. »Ich weiß es nicht«, gab er leise zu. »Und ich kann Ihnen versichern, dass ich nächtelang wach lag und versucht habe, es herauszufinden. Ich habe mir jedes noch so kleine Stück Papier in diesem Haus angesehen und auch seine Bankkonten überprüft. Aber es gibt einfach kein Motiv. So ungern ich es zugebe, komme ich doch langsam zu dem Schluss, dass er sich mit einem Freund gestritten haben muss und die Sache eskaliert ist. Ich vermute, dass der Schütze das Waffenlager allein wegen des Werts der Waffen leer geräumt hat.«

Mercy hätte ihm nur zu gern geglaubt. Die in seiner Stimme mitschwingende Verzweiflung gab ihr zu verstehen, dass er wirklich nicht weiterwusste. Und seine Augen wirkten aufrichtig. Sie hatte in ihren sechs Jahren beim FBI schon sehr viele Lügner verhört. Einige schafften es, sie reinzulegen, andere nicht.

Vorerst würde sie davon ausgehen, dass er ihnen alles gesagt hatte.

»Kann man die Waffen zurückverfolgen?«, wollte Eddie wissen.

Truman verzog das Gesicht. »Er hat nur zwei registriert.«

Laut der Uhr über dem Herd war es beinahe 20 Uhr. Mercy und Eddie mussten noch in ihr Hotel einchecken. »Ich würde gern morgen bei Tageslicht noch einmal herkommen und mir das restliche Grundstück ansehen«, sagte sie zum Chief. »Außerdem sollten wir auch noch den dritten Tatort aufsuchen.«

»Hinterlassen Sie mir einfach eine Nachricht auf dem Polizeirevier, dann können wir uns dort treffen«, schlug Truman vor. Er wirkte langsam müde und ließ resigniert die Schultern hängen. Das Haus wirkte irgendwie ruhiger als zuvor.

»Danke.« Dieser Tatort und Trumans Anwesenheit hatten den Fall zu einer persönlichen Angelegenheit werden lassen. Mercy war jetzt fest entschlossen, den Mord an Jefferson Biggs aufzuklären, und zwar ebenso dem Neffen wie dem Opfer zuliebe.

FÜNF

»Bitte sehr, Chief.«
Mit einem Augenzwinkern und einem Lächeln stellte Diane ein Bierglas vor ihm ab und eilte auch schon zum nächsten Gast weiter, bevor sich Truman bei ihr bedanken konnte. Er legte die Finger um das kalte Glas und hielt es sich einige Sekunden lang unter die Nase. Der Hopfen- und Zitrusgeruch ließ den Stress nach dem Besuch im Haus seines Onkels verschwinden. Die Bar machte nicht viel her, war jedoch die einzige in Eagle's Nest. Der Holzboden musste dringend mal repariert werden, und sämtliche Tische wackelten, aber der Service war hervorragend, und die Burger schmeckten besser als alles, was er je in San Jose zu sich genommen hatte. Nach dem Deere-Laden war dies der Haupttreffpunkt der männlichen Stadtbewohner. Hier konnte man sagen, was man dachte, ohne viele Konsequenzen befürchten zu müssen. Manchmal kam es zu einer kurzen Schlägerei, doch bislang hatte Truman noch niemanden deswegen verhaften müssen.

Dies war ein guter Ort.

Als ihm jemand auf den Rücken schlug, schwappte das Bier in seiner Hand über, und Mike Bevins nahm breit grinsend auf dem Stuhl neben ihm Platz.

»Arschloch.« Truman wischte sich mit einer Serviette die Hand ab.

»Entschuldige. Ich hab das Bier nicht gesehen.« Mike schob die Krempe seiner *Oregon Ducks*-Kappe etwas höher.

»Und ob du das gesehen hast.«

Mike erregte Dianes Aufmerksamkeit, zeigte auf Trumans

Glas und reckte einen Finger in die Luft. Sie nickte und schob ein Glas unter den entsprechenden Zapfhahn.

Mike war einer der Jungen gewesen, mit denen Truman in den drei Sommerferien in Eagle's Nest viel Zeit verbracht hatte. In jedem Sommer knüpften sie an ihre Freundschaft an, als wäre Truman nie weg gewesen. Als Truman die Stelle des Polizeichefs angenommen hatte, war Mike einer der ersten Gratulanten gewesen und hatte ihn behandelt, als wäre er einer der Einheimischen. Ihre Freundschaft war schon immer entspannt und aufrichtig gewesen, und sie hatte Truman den Umzug in die Kleinstadt ein wenig erleichtert. Mike war jederzeit bereit, Truman jemanden vorzustellen oder ihn bei den Ratssitzungen zu unterstützen.

Truman wusste Mike gern hinter sich.

»Wie läuft's bei der Arbeit?«, fragte er Mike.

»Immer derselbe Mist.« Mike nickte Diane dankend zu, die ihm sein Bier brachte. »Der Alte sitzt mir mal wieder im Nacken.«

Truman wusste, dass Mikes Vater von seinem Sohn erwartete, mehr Verantwortung auf der großen Bevins-Ranch zu übernehmen. Die Ranch glich einer gewaltigen Maschine, die nur mit einem Dutzend Händen in Bewegung gehalten werden konnte. Er wusste aber auch, dass Mike am liebsten aus der Stadt verschwinden würde. Er sehnte sich danach, in Portland zu leben und Vorstadtbewohnern aus der Mittelschicht mit zu viel Geld Kurse für Überlebenstraining zu geben. Mike tat nichts lieber, als zwei Wochen lang in der Wildnis zu verschwinden und nur mit dem Inhalt seines Rucksacks zu überleben. Truman hatte das mit achtzehn cool gefunden, aber mittlerweile zog er sein bequemes Bett, eine heiße Dusche und frischen Kaffee vor.

Mikes Vater hielt nichts von diesem Traum, sondern wollte, dass sein Sohn sein Nachfolger wurde.

Da Mike auf die vierzig zuging, fragte sich Truman, ob er jemals von hier verschwinden würde.

»Was hast du vor?«, fragte Truman, da er genau wusste, dass Mike Luft ablassen musste.

»Keine Ahnung.« Mike stürzte ein Drittel seines Biers herunter. »Ich werde es spüren, wenn die Zeit reif dafür ist. Aber ich hab gehört, das FBI hätte ein paar Agenten aus Portland hergeschickt, um wegen der Morde zu ermitteln.«

Truman hatte nichts gegen den Themawechsel. »Das stimmt, und ich bin sehr froh darüber. Wir können bei diesen Prepper-Morden jede Hilfe gebrauchen.«

»Dann hast du keine Angst, dass sie dich rausdrängen und alles übernehmen?«

»Nein, natürlich nicht. Weißt du überhaupt, wie wenig Ressourcen mir hier in Eagle's Nest zur Verfügung stehen? Ich muss mich bei fast allem ans Deschutes County und die Bundespolizei wenden und bin daran gewöhnt, gut mit anderen zusammenzuarbeiten.«

Mike starrte in sein Bierglas. »Das mit Jefferson tut mir leid. Ich weiß, dass ich das schon mal gesagt habe, aber ich kann mir gar nicht vorstellen, wie hart das für dich sein muss.«

»Danke.«

Ein angenehmes Schweigen senkte sich einige Sekunden lang auf sie herab. Bei Mike hatte Truman nie das Gefühl, Small Talk machen zu müssen.

»Wie viele FBI-Agenten haben sie geschickt?«

»Zwei.«

»Mehr nicht?« Mike sah ihn verdutzt an. »Macht das wirklich einen Unterschied?«

Truman dachte an Mercy Kilpatrick und die intensive Konzentration, die er in ihrem Gesicht gesehen und in ihren Fragen gespürt hatte. »Ich glaube schon. Solange sie hier sind, beschäftigen sie sich mit nichts anderem. Ich hingegen muss mich ständig um andere Dinge kümmern, genau wie der County-Sheriff und das FBI-Büro in Bend. Doch die Hauptaufgabe dieser beiden Agenten ist es, die Mörder zu finden.«

»War es denn mehr als einer?« Mike beugte sich vor und kniff die Augen zusammen. Er roch nach frisch geschlagenem Holz, und Truman bemerkte nun auch die Sägespäne auf seiner dicken dunklen Jacke.

»Keine Ahnung. Darauf darfst du mich nicht festnageln.«

Mike nickte langsam und schien sich Trumans Worte durch den Kopf gehen zu lassen.

»Ganz im Ernst«, fügte Truman hinzu. »Wir wissen nicht, ob es mehr als einen Täter gab.«

»Ich hab gehört, dass bei Ned Fahey eine ganze Wagenladung Waffen verschwunden ist. Das hört sich für mich schon nach mehr Leuten an. Warst du heute früh dort?«

»Nein. Dafür ist das County zuständig, aber ich werde mir die Akte später ansehen, da der Fall etwas mit Jeffersons Tod zu tun haben könnte.« Er hörte, wie seine Stimme beim Namen seines Onkels leicht brach. *Es ist so schwer, ihn auszusprechen.*

»Das muss frustrierend sein«, sagte Mike. »Da die letzte Stadt, in der du gearbeitet hast, so groß war, bist du es bestimmt nicht gewohnt, dich mit so vielen Zuständigkeiten auseinandersetzen zu müssen.«

»Da hast du nicht ganz unrecht«, gab Truman zu. »Ich bin hier weitaus eingeschränkter, habe dafür aber die Leute besser im Griff. Hier muss ich mich nicht in jeder neuen Situation mit anderen Gesichtern auseinandersetzen, sondern habe innerhalb weniger Monate alle gut kennengelernt.«

»Und nach einer Weile wirst du innerhalb von Minuten wissen, wer welches Verbrechen begangen hat. Die Menschen hier sind nicht besonders originell.«

»Auf originelle Verbrechen kann ich auch gut verzichten«, erwiderte Truman. Eine Erinnerung blitzte vor seinem inneren Auge auf, er verdrängte sie und wischte sich etwas Feuchtigkeit von der Oberlippe.

Ist das Bierschaum?

»Du hast bestimmt schon krasse Sachen gesehen.«

Truman spürte, wie sich Schweiß unter seinen Achseln bildete. »Eigentlich nicht.« Er trank noch einen großen Schluck Bier und überlegte, worüber sie stattdessen reden sollten. *Sport. Autos. Frauen.*

»Was ist das Ungewöhnlichste, was du je gesehen hast?«, wollte Mike wissen, bevor Truman in der Lage war, eine schlüssige Frage zu stellen. »Ich hab mal von einem Polizisten gelesen, der eine Hand im Rucksack eines Verdächtigen gefunden hat. Eine ganze gottverdammte Hand mit Ringen und allem Drum und Dran.«

»So etwas ist mir nie passiert. Entschuldige mich kurz.« Truman eilte in Richtung Toilette, da er Abstand zu Mike und der grässlichen Erinnerung brauchte, die sein Gehirn bestürmte. Er schlug mit dem Handballen gegen die Tür der Herrentoilette und stürzte hinein, als sich die Erinnerung Bahn brach.

Dicke graue Rauchwolken drangen unter der Motorhaube des brennenden Fahrzeugs hervor, das Truman am Ende der Sackgasse verlassen vorgefunden hatte. Officer Selena Madero traf soeben ein, als er seine Ankunft über Funk meldete. Fast ein Dutzend Menschen standen in der Nähe herum und betrachteten den brennenden Wagen; einige machten Videos, andere telefonierten.

»Zurück!«, rief Truman den Schaulustigen zu. »Alle weg vom Wagen. Was ist passiert?«, fragte er die Frau, die ihm am nächsten stand und ein Kleinkind auf der Hüfte hatte. Sie

drückte ihre Tochter mit einer Hand an sich und umklammerte mit der anderen ein Amulett, das sie um den Hals trug.

Ihre Antwort auf Spanisch war viel zu schnell, als dass er ihr folgen konnte, und sie hatte die Augen weit aufgerissen.

»Sie weiß es nicht«, schaltete sich Officer Madero ein. »Sie sagt, sie hätte Schreie gehört und dann den Rauch gerochen.«

»Ist noch jemand im Wagen?«, fragte Truman rasch.

Die Frau warf ihm einen verängstigten Blick zu, zuckte mit den Achseln und schüttelte den Kopf.

»Weiß einer von Ihnen, ob sich noch jemand im Wagen befindet?«, rief er den anderen zu. Flammen leckten an den Radkästen und drangen durch den Kühlergrill. Die dicken Rauchschwaden wurden immer schwärzer.

Keiner antwortete. Einige hoben nur die Hände, um ihre Unwissenheit zu verdeutlichen.

»Scheiße«, murmelte Truman und sah Officer Madero an. Sie war noch jung, eine der neuesten Rekrutinnen, und sie konzentrierte sich auf ihn und schien auf seine Anweisungen zu warten.

»Was machen wir denn jetzt?«, fragte sie leise.

»Schaffen Sie alle weiter vom Wagen weg. Die Sicherheit der Menschen hat oberste Priorität.«

Ein ohrenbetäubender Schrei ließ ihn herumwirbeln. Eine grauhaarige Frau kam auf den Wagen zugerannt und kreischte etwas auf Spanisch. Ein Mann legte ihr einen Arm um die Taille, als sie an ihm vorbeilief, und hielt sie fest. Sie schlug mit den Fäusten auf ihn ein, doch er ließ sie nicht los.

»Sie sagt, ihre Tochter wäre noch im Wagen!« Officer Madero lief bereits zum Fahrzeug.

»Madero!«, brüllte Truman. Er machte zwei Schritte, um ihr zu folgen, blieb dann jedoch stehen und konnte keinen klaren Gedanken fassen. Was mache ich denn jetzt? Immer mehr Flammen schossen aus der Motorhaube, und der dichte

schwarze Rauch wurde immer erschreckender. Feuerlöscher. *Truman rannte zum Kofferraum seines Wagens und hoffte, die richtige Entscheidung getroffen zu haben.*

Die Menge schrie entsetzt auf.

Truman gefror das Blut in den Adern, als er einen Blick über die Schulter warf.

Eine junge Frau saß auf dem Rücksitz und drückte die Nase gegen die Fensterscheibe. Sie hatte den Mund weit aufgerissen und wirkte völlig panisch. So, wie sie an der Scheibe lehnte, wusste Truman sofort, dass man ihr die Hände hinter dem Rücken gefesselt hatte. Das Kreischen der Mutter wurde immer lauter. Der Mann, der die Frau festhielt, sah Truman fragend an und schien zu überlegen, ob er sie zum Wagen laufen lassen sollte. Truman schüttelte den Kopf.

Madero rüttelte am Griff der hinteren Tür. »Ist verschlossen!«, rief sie. Der schwarze Rauch waberte um ihren Kopf und ihre Schultern herum und verhüllte sie kurz.

Einige Schaulustige kamen näher und untersuchten die anderen Türen.

Truman schnappte sich den Feuerlöscher und den Nothammer, um die Scheibe einzuschlagen, und hastete zum Wagen zurück. Die Flammen schlugen immer höher, und die Menschen wichen zurück und schirmten ihre Gesichter mit den Händen und Armen vor der Hitze ab.

Madero versuchte es weiter. Sie hämmerte wild mit ihrer kleinen Taschenlampe auf die Fensterscheibe ein. Die Frau im Wagen sah Truman in die Augen, und er rannte noch schneller.

Der Wagen explodierte.

Maderos Umriss blitzte auf, bevor eine Mauer aus Hitze Truman mit Wucht nach hinten schleuderte.

Er kam mit dem Kopf auf dem Beton auf, und alles wurde schwarz.

Truman wusch sich die Hände im eiskalten Wasser, nahm sich ein Papiertuch, hielt es in den Wasserstrahl und rieb sich damit das Gesicht ab.

Das Zittern hörte auf.

Er starrte sein Spiegelbild an. *Ich hätte Madero wegzerren müssen, statt den Feuerlöscher zu holen.* Er konnte noch immer Maderos Silhouette im grellen Licht sehen. Und das Gesicht der im Wagen eingesperrten Frau. Wieder und wieder schossen diese Bilder durch seinen Kopf. Sein Herz raste.

Zähl fünf Dinge auf, die du berühren kannst.

Er legte eine Hand auf den kalten Metallwasserhahn und hielt die andere Hand ins kalte Wasser, um sich auf dieses Gefühl zu konzentrieren. Danach fuhr er sich mit der nassen Hand durch das kurze Haar, berührte den rauen Stoff an seinem Ärmel und schlug bewusst mit dem Knie gegen das Waschbecken, wobei er den Schmerz sogar genoss.

Zähl vier Dinge auf, die du sehen kannst.

Er konzentrierte sich auf die kleine Narbe an seinem Kinn. *Eins.* Die anderen Gesichtsverletzungen waren verheilt und so gut wie verschwunden, doch er wusste trotzdem, wo genau sie sich befanden. Eine blasse Linie hier, eine flache Kerbe dort. *Zwei, drei, vier.* Seine Atmung beruhigte sich.

Zähl drei Dinge auf, die du hören kannst.

Verzerrte Musik drang durch den Lautsprecher in der Decke. Das Wasser rauschte im Waschbecken. Die leisen Stimmen aus der Bar.

Zähl zwei Dinge auf, die du riechen kannst.

Er beendete die mentale Übung. Nach dem dritten der fünf Schritte, die ihm der Psychiater beigebracht hatte, um seine Panikattacken in den Griff zu bekommen, hatte sich sein Herzschlag verlangsamt, und er schwitzte nicht länger. Rasch überprüfte er seine Gefühle. *Alles ruhig, ich bin wieder geerdet.* Er machte mental einen Schritt nach hinten, um einen sachlichen Blick auf all die Erinnerungen zu werfen, die er noch weggesperrt hatte.

Officer Selena Madero war zwei Tage später an ihren Verbrennungen gestorben.

Die Frau im Wagen war von ihrem Freund gefesselt und absichtlich im brennenden Wagen sitzen gelassen worden, weil sie sich von ihm getrennt hatte. Beim Eintreffen der Rettungssanitäter war sie längst tot gewesen.

Truman hatte sich nach der Entlassung aus dem Krankenhaus krankschreiben lassen und viel Zeit mit dem Psychiater des Departments verbracht. Dank seiner Weste war er zwar vor den meisten der herumfliegenden brennenden Trümmer geschützt gewesen, hatte aber dennoch zwei Verbrennungen an den Oberschenkeln davongetragen. Selbst nach einem Jahr waren diese Stellen noch empfindlich und juckten und brannten immer mal wieder.

Was ihn ständig daran erinnerte.

Die grauenvollen letzten Augenblicke des Opfers vor der Explosion schienen ihn von innen heraus zu zerfressen.

Er konnte beim besten Willen nicht verstehen, was in jemandem vorging, der einem anderen Menschen so etwas antat. Erst recht einer Frau, die er angeblich einst geliebt hatte.

Der Freund wurde vor Gericht gestellt und verurteilt. Abgesehen von seiner eigenen kurzen Aussage bekam Truman nichts vom Prozess mit. Er hätte die Aussagen der Mutter des Opfers, die ihre Tochter angefleht hatte, nichts mit diesem Mann anzufangen, oder die Worte des Rechtsmediziners über den Zustand des Leichnams nicht ertragen.

Wäre ich doch nur früher dort eingetroffen.

Hätte ich doch zuerst den Feuerlöscher aus dem Kofferraum geholt.

Hätte ich sie dann noch retten können?

Der Psychiater hatte ihm gezeigt, wie er das Überlebendensyndrom in den Griff bekam und mit welchen Techniken er die Panikattacken bewältigen konnte, doch es war ihm nicht gelungen, Trumans Vertrauen in die Menschheit wiederherzustellen. Stattdessen hatte Truman kurz davorgestanden, seinen Job bei der Polizei ganz an den Nagel zu hängen.

Bis er den Anruf aus Eagle's Nest erhielt und das Gefühl hatte, jemand habe ihm einen Rettungsring zugeworfen. Eine Kleinstadt, in der jeder jeden kannte. Eine Stadt, in der die Einwohner auf ihre Nachbarn aufpassten und ihre Partner nicht in Brand steckten.

Für ihn wurde sie zu einem Fanal der Veränderung. In dieser Stadt würde er sich nicht mit Gangs oder Unmengen an Obdachlosen herumschlagen müssen.

In dieser Stadt konnte er eine Person sein, die anderen half, und nicht nur ein Uniformträger.

»Schlimme Menschen gibt es überall«, hatte der Psychiater zu Truman gesagt, als sie über das Jobangebot sprachen. »In Kleinstädten genau wie in Großstädten oder afrikanischen Dörfern. Sie können nicht vor ihnen davonlaufen.«

Truman hatte gewusst, dass dem so war, doch ein kurzer Besuch in Eagle's Nest, wo er während der Highschool mehrere Sommerferien verbracht hatte, schien das Feuer in ihm wieder zu entfachen, das seit der Explosion des Wagens so gut wie erloschen gewesen war. Er sah keine andere Option, als dieser neuen Energie zu folgen und sich an ihre Quelle zu klammern. Seit der Explosion war er verloren gewesen und ziellos durchs Leben getrieben, immer auf der Suche nach etwas, das ihn dazu brachte, sich lebendig zu fühlen.

Er war bereit gewesen, diesem Gefühl nach Eagle's Nest zu folgen.

Jetzt ging er über den knarrenden Boden der Bar. Es war die richtige Entscheidung gewesen. In dieser kleinen Stadt hatte er sich willkommen gefühlt. Er hatte den Eindruck, dass man ihn hier haben wollte und brauchte. Heute war er nicht länger ein anonymes Gesicht mit Uniform und Dienstmarke, stattdessen hatte er Freunde, ein Ziel und konnte nachts wieder gut schlafen.

Allerdings könnte die heutige Nacht nach dieser Panikattacke eine Ausnahme darstellen.

SECHS

Mercy spähte aus der Tür ihres Motelzimmers und hielt Ausschau nach Eddie. Es sah ganz danach aus, als hätte er es sich in seinem Zimmer bequem gemacht. Mit leisen Schritten ging sie an seiner Tür vorbei und über die Eisentreppe hinunter zum Parkplatz. Sie öffnete die Heckklappe des Tahoe und reckte sich, um die Decke von dem robusten Rucksack zu ziehen, den sie vor ihrem Aufbruch aus Portland noch gepackt hatte. Zwanzig Minuten zuvor hatte Eddie ihr geholfen, ihre Koffer aus dem Kofferraum zu nehmen, und eine Flasche Wasser von ihr angenommen, die aus dem Vorrat im Heck ihres SUVs stammte, sich jedoch nicht erkundigt, was sich unter der Decke befand.

Das ist doch keine große Sache. Jeder nimmt zusätzliche Vorräte mit, wenn er in die Cascade Mountain Range aufbricht.

Aber wieso versteckte sie sie dann? Sie nahm das Dörrfleisch, das Mandelmus und den frischen Sellerie aus dem Rucksack und ließ nur die gefriergetrockneten Lebensmittel zurück. Eigentlich behagte es ihr gar nicht, den Rucksack im Wagen zu lassen. In Fahrzeuge wurde eingebrochen. Aber sie wollte auch nicht, dass Eddie Fragen stellte, wenn er sie morgen früh damit sah, und im Motelzimmer sollte er erst recht nicht bleiben. Der gesunde Menschenverstand riet ihr, nicht ohne den Rucksack irgendwohin zu fahren.

Der gesunde Menschenverstand oder meine Paranoia?

Sie ging innerlich den Inhalt durch und überlegte, was sie auf ihrem Zimmer noch brauchen würde, um dann ein

Leatherman-Werkzeug aus einer Seitentasche zu nehmen. Danach schob sie den Rucksack wieder in den Wagen und legte die Decke darüber.

Der Rucksack beruhigte sie. Falls sie mitten im Nirgendwo liegen blieben, würden sie Vorräte für einige Tage dabeihaben.

Sie hatten Zimmer in einem armseligen kleinen Motel zehn Minuten von Bend entfernt gemietet. In der Stadt fand irgendeine Konferenz statt, daher war jedes halbwegs anständige Zimmer schon seit Monaten gebucht. Die FBI-Verwaltungsassistentin in Portland hatte sich bei der Auftragserteilung wortreich entschuldigt und versprochen, ihnen eine bessere Unterkunft näher am FBI-Büro in Bend zu besorgen, sobald sie eine fand.

Mercy machte das nichts aus. Klein war gut. So erregten sie weniger Aufmerksamkeit, zudem zog sie es vor, ihren Wagen aus dem Zimmer sehen zu können. Wenn es zu Problemen kam, konnte sie sich in zwanzig Sekunden ihren Rucksack schnappen und vom Motelgelände verschwinden.

Als sie wieder in ihrem Zimmer war, verriegelte sie die Tür, schob den Bolzen vor und schloss auch die Kette. Die Tür bestand aus erstaunlich dickem Holz und ließ keinen kalten Windzug durch. Sie zog einen Stuhl heran und stellte ihn unter den Türgriff. Danach öffnete und schloss sie das große Schiebefenster neben der Tür und überprüfte das Gewicht und das Schloss. Es war ebenfalls so gebaut worden, dass es die Kälte aussperrte, was aufgrund der kalten Winter in Bend unabdingbar war.

Bend war ein Paradies für Outdoor-Fans. In den Bergen konnte man hervorragend Ski fahren, in den Flüssen Wildwasserkanu fahren, und es gab kilometerlange Fahrrad- und Laufwege. Das Hochwüstenklima war im Allgemeinen trocken und sorgte für kühle Nächte, sonnige Tage und etwas Schnee im Winter. Meist gab es in Bend Ende September einen wunderschönen Indian Summer, aber Eddie und sie waren direkt nach einem Sturm eingetroffen. Laut der Wettervorhersage sollte den Rest der Woche die Sonne scheinen.

Sie zog die dicken Vorhänge zu und erkundete jede Ecke und jeden Winkel des kleinen Raums, spähte unter das Bett und öffnete alle Schubladen. Sobald sie alles in Augenschein genommen hatte, ließ sie sich seufzend aufs Bett sinken, öffnete das Mandelmus und stippte den Sellerie hinein. Die Kombination aus Salz, knackigem Gemüse und Öl auf ihrer Zunge bewirkte, dass sie vor Wonne die Augen schloss. Sie hatten an einem Drive-in in Bend angehalten, damit sich Eddie einen Burger holen konnte, doch sie hatte behauptet, keinen Hunger zu haben. Dabei war sie in Wirklichkeit am Verhungern und sehnte sich nach ihrem mitgebrachten *richtigen* Essen.

Kauend klappte sie ihren Laptop auf und rief die Websites der Lokalnachrichten auf. Der Mord an Ned Fahey wurde nirgends erwähnt. Im Anschluss überprüfte sie die nationalen Schlagzeilen und die Aktienkurse, bevor sie sich den internationalen Nachrichten zuwandte.

Ihr fiel nichts Beunruhigendes ins Auge. Heute schien auf der ganzen Welt alles beim alltäglichen Alten zu sein.

Sie würde ruhig schlafen können.

Mercy kombinierte das Dörrfleisch mit dem Sellerie, nahm einen Bissen und ging den Tag noch einmal durch, während sie sich ans Kopfende des Bettes legte.

Sie war seit fünfzehn Jahren nicht mehr in Eagle's Nest gewesen. Auf der Fahrt von Portland hierher hatte sie sich innerlich dafür gewappnet, ihrer Familie zu begegnen, allerdings nicht damit gerechnet, dass dies keine zwei Minuten nach ihrer Ankunft passieren würde. Levi war älter geworden, doch sie hatte ihren Bruder sofort wiedererkannt. Dass er ihr gegenüber keine Reaktion gezeigt hatte, schmerzte durchaus, aber sie hatte das Erlebnis vorerst verdrängt. In der Stille des Hotelzimmers wagte sie es nun, sich dem zu stellen, und wartete auf den Schmerz.

Der nicht kam.

Irritiert biss sie ein Stück Dörrfleisch ab und konzentrierte sich auf das leichte Verlustgefühl. War sie erwachsen geworden und hatte sich an die Ablehnung ihrer Familie gewöhnt? Levi stand ihr altersmäßig am nächsten. Er war derjenige gewesen, mit dem sie in der Scheune Verstecken gespielt hatte, der ihr ein Baumhaus gebaut und mit ihr im Bach schwimmen gegangen war. Bis zu seinem vierzehnten Lebensjahr war er ihr wichtigster Spielkamerad gewesen, doch dann hatten ihn seine Freunde gedrängt, seine zwölfjährige Schwester nicht mehr mitzubringen.

Wie Kaylie wohl ist?

Levis Tochter war ein Jahr alt gewesen, als Mercy die Stadt verlassen hatte. Kaylie war unehelich zur Welt gekommen, worüber sich alle Klatschbasen der Stadt den Mund zerrissen hatten. Die Eltern seiner Freundin hatten den Wunsch ihrer Tochter, Levi aus dem Weg zu gehen, unterstützt und behauptet, der junge Mann wäre ein Höllenhund und würde es nie zu etwas bringen. Auch Mercys Eltern waren wütend gewesen, allerdings aus anderen Gründen.

Mercy hatte eines Abends das Ohr an die Schlafzimmertür ihrer Eltern gedrückt und mit angehört, wie sie den neunzehnjährigen Levi in der Luft zerrissen.

»*Wie willst du ein Kind ernähren, wenn du nicht mal einen festen Job hast?*«

»*Gott hat die Pille aus gutem Grund erfunden!*«

»*Du bist jetzt für ein Kind verantwortlich. Sei ein Mann.*«

Ihnen war es egal, dass die Frau Levi nicht sehen wollte, trotzdem erwarteten sie, dass er für sein Kind sorgte. Wie auch immer.

Die Familie kam stets an erster Stelle, die Gemeinde an zweiter.

Mercys Eltern Karl und Deborah lebten für dieses Credo und hatten sich eine kleine, eng verbundene Gemeinde innerhalb der Bevölkerung von Eagle's Nest aufgebaut. Jeder trug etwas Nützliches zur Kilpatrick-Gemeinschaft bei. Wenn man nur nahm oder unzuverlässig war, bekam man irgendwann keine Einladung zu Grillfesten und Picknicks mehr. Karl umgab sich mit Männern und Familien, die nur ein einziges Ziel verfolgten: Überlebe, was immer auch passiert. Sie glaubten an gute Vorbereitung, persönliche Gesundheit und ans Lernen. Die Mantras ihrer Eltern gingen ihr durch den Kopf.

Suche Macher, keine Redenschwinger.
Wähle deine Freunde mit Bedacht.
Sei genügsam.
Die Familie kommt immer zuerst.
Es sei denn, es geht um mich.

* * *

Er saß in seinem Fahrzeug vor dem Motel und schaute zu dem schmalen Lichtstrahl hinüber, der zwischen den Vorhängen von Zimmer 232 hervordrang. Vor zwei Stunden war Mercy Kilpatrick zusammen mit dem anderen Agenten hier eingetroffen. Sie hatten sich einige Minuten lang vor ihrer Zimmertür unterhalten, danach war der Agent auf sein Zimmer gegangen. Etwas später hatte Mercy ihr Zimmer kurz verlassen, um etwas aus einer Tasche in ihrem SUV zu holen, aber seitdem hatte er keinen der beiden wieder gesehen.

Zuerst hatte er sich gefragt, ob der Mann wohl ihr Zimmer aufsuchen würde, aber vor einer Stunde war in seinem

Zimmer das Licht ausgegangen. Das flackernde Licht verriet ihm, dass der Agent den Fernseher eingeschaltet hatte.

23 Uhr. *Wieso bin ich immer noch hier?* Er rutschte auf dem Sitz herum, wackelte in den Stiefeln mit den Zehen und versuchte, sie zu wärmen. Es war arschkalt, und er wagte es nicht, den Motor einzuschalten, damit es im Wagen wärmer wurde.

In Mercys Zimmer ging das Licht aus.

Er starrte das große Fenster an. *Geht sie schlafen? Soll ich verschwinden?*

Dann geschah es.

Ihre Zimmertür öffnete sich, und sie kam heraus. Nicht in Schlafanzug und Bademantel, um an die Zimmertür ihres Partners zu klopfen. Sie war ganz in Schwarz gekleidet und hatte eine kleine Tasche in der Hand. Nachdem sie die Tür geschlossen hatte, stand sie schweigend draußen auf dem Gang und schien gebannt zu lauschen und sich umzusehen.

Er rührte sich nicht und hatte das Gefühl, sie könnte direkt in seinen Wagen blicken. Dabei hatte er im Schatten geparkt und darauf geachtet, nicht im Licht der Scheinwerfer auf dem Hotelparkplatz zu stehen.

Sie kann mich nicht sehen.

Aber sie starrte sehr lange Zeit in seine Richtung. Sein Herz schlug schneller, und kleine Schweißtropfen standen auf seinen Schläfen. Endlich ging sie zur Treppe und schnellen Schrittes nach unten. Er lauschte angespannt, doch sie erzeugte kein Geräusch. Als sie ihren Tahoe aufschloss und die Tür öffnete, blieb die Innenbeleuchtung ausgeschaltet.

Clever.

Sie ließ den Wagen an und fuhr vom Parkplatz. Er drehte ebenfalls den Schlüssel im Zündschloss und folgte ihr mit ausgeschalteten Scheinwerfern, wobei er sich keine Sorgen machte, andere Fahrer würden ihn nicht bemerken. In dieser

Gegend wurden abends um acht die Bürgersteige hochgeklappt.

Ihm war sofort klar, dass sie weder nach Eagle's Nest noch nach Bend fuhr. Vierzig Minuten später beäugte er kritisch seine Tankanzeige und überlegte, ob er besser umkehren sollte. Sie hatte ihn in Richtung Cascades gelockt, war eine Weile dem Vorgebirge gefolgt, nur um dann mehrmals auf verwirrende Weise abzubiegen. Da ihre Geschwindigkeit die ganze Zeit gleich blieb, ging er davon aus, dass sie ihn nicht bemerkt hatte.

Wo in aller Welt will sie hin?

Er fuhr um eine scharfe Rechtskurve und rechnete damit, ihre Rücklichter vor sich zu sehen. Aber sie waren nicht da.

»Scheiße!« Sofort fuhr er schneller und hielt Ausschau nach einer Seitenstraße, auf die sie abgebogen sein konnte. Sie hatte ihn in ein unbekanntes und dicht bewaldetes Gebiet im Vorgebirge geführt, in dem es zahlreiche Forststraßen gab. Selbstverständlich stand nirgendwo ein Straßenschild.

Es würde verdammt schwer werden, den Rückweg zu finden.

Er ging ein Risiko ein und bog abermals rechts ab. Noch immer keine Rücklichter. Fluchend fuhr er an den Straßenrand und starrte in die Dunkelheit.

Und was jetzt?

Hat sie das mit Absicht gemacht? Hat sie mich entdeckt?

Erbost schaltete er die Scheinwerfer an und wendete. Heute Nacht würde er nicht herausfinden, warum sie nach fünfzehn Jahren nach Eagle's Nest zurückgekehrt war.

Was nicht hieß, dass er es morgen Nacht nicht erneut versuchen würde.

SIEBEN

Am nächsten Morgen saßen Mercy und Eddie in einem kleinen, dem Geruch nach neuen Besprechungszimmer im FBI-Büro in Bend. Ihnen gegenüber hatten Supervisory Senior Resident Agent Jeff Garrison und Intelligence Analyst Darby Cowan Platz genommen. Zum Büro gehörten insgesamt fünf Agenten, der Intelligence Analyst, ein taktischer Analyst und eine Verwaltungsassistentin.

Da war es kein Wunder, dass sie in Portland Unterstützung angefordert hatten.

Im Bend-Büro gab es ganz offensichtlich keine strengen Kleidervorschriften. Jeff trug Jeans und Darby eine Hose aus einem wetter- und reißfesten Hightech-Material, das Mercy schon in Outdoor-Stores gesehen hatte. Darby sah auch nicht aus wie eine Datenjongleurin, sondern eher so, als würde sie lieber auf einen der Three-Sisters-Berge klettern. Sie hatte ihr langes Haar zu einem lockeren Zopf gebunden und bewegte sich so athletisch wie jemand, der jedes Wochenende einen Marathon lief. Mercy schätzte sie auf etwa vierzig.

Jeff Garrison schien etwa in Mercys Alter zu sein und wirkte recht sanft für einen SSRA. Obwohl er in diesem Außenbüro die ganze Verantwortung trug, wirkte er nicht so angespannt wie viele andere Supervisors, denen Mercy schon begegnet war. Tatsächlich entspannte sie sich sogar, kaum dass er ihr die Hand geschüttelt und sie angelächelt hatte. Mercy beneidete ihn um diese Gabe. Er und Eddie hatten sogleich herausgefunden, dass sie beide gern Sushi aßen, und führten ein angeregtes Gespräch, nachdem Eddie um eine Restaurantempfehlung gebeten hatte. Mercy hörte ihnen nicht zu und beobachtete Darby, die einige Unterlagen verteilte.

»Da Sie aus Portland kommen, habe ich mir erlaubt, einige der *Einwohnergruppen* zu beschreiben, denen Sie auf dieser Seite der Cascades begegnen werden. Ich bezeichne sie nur ungern als Lager, da dies meiner Ansicht nach einen negativen Beigeschmack hat und auch nicht auf alle zutrifft«, sagte die große Analystin. »Danach reden wir darüber, inwiefern die Verbindungen der Opfer sie in die Schusslinie gebracht haben könnten.«

Mercy hatte niemandem erzählt, dass sie aus Eagle's Nest stammte und keine Erklärungen brauchte, aber sie war sich nicht sicher, ob Jeff über ihren Hintergrund informiert war. Dennoch wollte sie Darbys Beschreibung der *Gruppen* gern hören.

»Alle drei Opfer waren bekannte Prepper«, berichtete Darby. »Hier draußen gibt es viele verschiedene Arten von Preppern, aber im Grunde genommen glauben diese Leute, dass sie auf Naturkatastrophen oder von Menschen herbeigeführte Unglücke vorbereitet sein müssen, durch die ihr Leben vorübergehend oder dauerhaft verändert werden kann.

Sie kennen bestimmt die Berichte aus dem Fernsehen über diese Leute. Einige von ihnen sind nicht ganz richtig im Kopf, aber beim Großteil handelt es sich um gute, hart arbeitende Menschen, die vorausplanen. Sie konzentrieren sich auf die Versorgung mit Lebensmitteln, ihren Schutz, die persönliche Gesundheit und die Suche nach einem idealen Ort zum Leben. Im Allgemeinen bekommen wir mit dieser Gruppe keine Probleme. Diese Leute bleiben unter sich, bezahlen meist ihre Steuern und machen durch ihre Art zu leben nicht auf sich aufmerksam. Sie mögen es gern ruhig. Wenn es nach ihnen geht, müssen andere nichts davon erfahren, dass sie viele Vorräte angelegt haben, damit sie nicht überrannt werden, wenn Aliens die Großstädte zerstören.«

Eddie schnaubte.

»Sie verfügen auch über ausreichend Waffen, sind generell aber nicht gewalttätig«, fügte Darby hinzu.

Mercy sagte nichts und richtete den Blick auf die Ausdrucke.

»Dann haben wir da noch die Staatsverweigerer.« Darby seufzte. »Trotz meiner Nachforschungen begreife ich nicht, wie sie ticken. Ich weiß nur, dass sie unsere Gesetze und die Verfassung völlig anders interpretieren, als wir es tun. Sie bilden sich ein, sie wären keine US-Bürger, müssten keine Steuern zahlen und könnten für viele Verbrechen nicht zur Rechenschaft gezogen werden. Viele bezeichnen sich als Freemen. Einige Behörden halten sie für gefährlich, aber sie sind hauptsächlich damit beschäftigt, jede Menge Papierkram auszufüllen, um unser Rechtssystem zu behindern. Sie sind sehr gut darin, aus einem Knöllchen über vierzig Dollar zwei Kartons voller Akten zu machen und vielleicht sogar für mehrere Nächte im Gefängnis zu landen, weil sie den Richter mit ihrer Missachtung des Gerichts in den Wahnsinn treiben. Größtenteils neigen sie jedoch nicht zu Gewalt.«

»Gehörte eines der Opfer zu dieser Gruppe?«, erkundigte sich Eddie.

»Nicht direkt, aber Ned Fahey hat einige entfernte Verwandte, die sich mit dieser Gruppe identifizieren.« Darby warf einen Blick auf ihre Akte. »Als Letztes gibt es da noch die Militanten. Dabei handelt es sich um eine Vielzahl unterschiedlichster Splittergruppen. Sie reichen von Anti-Föderalisten bis hin zu übereifrigen Verrückten, die einen eigenen Staat gründen wollen. Ich kann diese Gruppe nur schlecht zusammenfassen, da sich ihre Überzeugungen und Taten zum Teil stark unterscheiden. Jede Splittergruppe ist hinsichtlich ihrer Beschwerden und Gewaltbereitschaft anders.« Darby lehnte sich auf ihrem Stuhl zurück. »Das wäre eine kurze Zusammenfassung unseres Gebiets. Sie werden außerdem auf sehr viele Rancher, amerikanische Ureinwohner und alternde Hippies treffen.«

»Keine Crips, Bloods oder die Mafia?«, witzelte Eddie.

»Nein.« Ein leises Lächeln umspielte Darbys Lippen.

»Was ist mit normalen Menschen?«, fragte er.

»Davon gibt es jede Menge«, antwortete Jeff. »Das Gebiet rings um Bend ist voller Familien und Rentner, die wegen der schönen Landschaft und der vielen Outdoor-Aktivitäten hergezogen sind. Sie lieben die unterschiedlichen Jahreszeiten und die saubere Luft. Draußen in Eagle's Nest ist es ländlicher und isolierter, und die Menschen, die dort leben, haben meist schon vor langer Zeit Wurzeln geschlagen. Es zieht nur selten jemand Neues hin, da es der Gemeinde wirtschaftlich schlecht geht und es kaum Industrie gibt, die Arbeiter anziehen könnte.« Er sah Mercy mit seinen freundlichen braunen Augen an. »Aber das wissen Sie ja längst.«

Darby merkte auf und blickte von Mercy zu Jeff. »Wie bitte? Ist mir da etwas entgangen?« Sie musterte Mercy aufmerksam.

»Ich bin in Eagle's Nest aufgewachsen, war aber seit fünfzehn Jahren nicht mehr dort.«

Darby zog die Augenbrauen hoch. »Ist nicht Ihr Ernst. Wie fanden Sie meine Zusammenfassung der Bevölkerung?«

»Hervorragend. Allem Anschein nach hat sich nicht viel verändert«, erwiderte Mercy.

»So ist es«, bestätigte Jeff. »In Bend gab es in den letzten dreißig Jahren ein gewaltiges Bevölkerungswachstum, aber in Eagle's Nest stagniert die Einwohnerzahl.«

Mercy beugte sich vor. »Sie haben die Einheimischen studiert, Darby. Wer würde Prepper angreifen?«

Darby faltete ihren Ausdruck dreimal und fuhr mit den Fingern über die Knicke, während sie über Mercys Frage nachdachte. Mercy kannte mehrere Intelligence Analysts, die zehntausend Fakten präzise zusammenfassen und dabei einen überragenden Tiefblick an den Tag legen konnten. Darby wirkte auf sie wie eine dieser Datenspezialistinnen.

»Das weiß ich nicht«, gab Darby zu. »Das Schweigen nach jedem Mord ist erschreckend. Normalerweise gibt es immer irgendjemanden, der redet, wenn derartige Verbrechen verübt werden. Der Kerl, der seinen Freunden seine neue Waffe vorführt ... Der Mann, der damit prahlt, dass ein gewisser Jemand kein Problem mehr darstellen wird. Irgendetwas passiert immer.«

»Glauben Sie, es war immer derselbe Täter?«, hakte Mercy nach.

Jeff verzog den Mund. »Wir haben keine handfesten Beweise, die auf eine Verbindung zwischen den Fällen hindeuten. Erst seit heute Vormittag ist uns bekannt, dass drei verschiedene Waffen benutzt wurden – die alle ein anderes Kaliber haben. Auch die an den Tatorten gefundenen Finger- und Fußabdrücke sind unterschiedlich ... aber wer kann schon sagen, ob der Mörder überhaupt Fingerabdrücke hinterlassen hat? Die einzigen Gemeinsamkeiten sind die verschwundenen Waffen und dass alle drei Opfer bekannte Prepper waren.«

»Könnte Ihnen möglicherweise ein Opfer entgangen sein?«

Darby schüttelte den Kopf. »Unsere Mordrate ist sehr niedrig. Es gab dieses Jahr noch keine anderen unaufgeklärten Mordfälle.«

»Wir haben gestern erst die Verbindung hergestellt«, sagte

Jeff. »Uns war bekannt, dass im Deschutes County zwei Männer ermordet worden waren, aber weder der Sheriff noch der Polizeichef hatten um Hilfe gebeten. Und ich kann auch verstehen, warum das so war: Sie gingen davon aus, es mit einem isolierten Mordfall zu tun zu haben. Die verschwundenen Waffen vom ersten Mord, dem an Enoch Finch, kamen erst später zur Sprache.«

»Das ist mir aufgefallen«, erwiderte Mercy. »Was ist passiert?«

»Niemand wusste, dass Waffen verschwunden waren, weil Enoch allein lebte und nur wenig Kontakt zu anderen hatte. Ein Cousin kam eine Woche nach seinem Tod in die Stadt, um den Nachlass zu regeln. Er ist auch derjenige, der behauptet hat, es wären Waffen verschwunden. Der County-Sheriff wusste, dass eine auf Enoch registrierte Waffe verschwunden war, aber der Cousin schwört Stein und Bein, dass Enoch ihm bei seinem letzten Besuch mindestens zwanzig Gewehre und Pistolen gezeigt hätte.«

»Das ist in allen drei Fällen identisch«, warf Mercy ein. »Jeder dieser Männer besaß deutlich mehr Waffen, als offiziell bekannt war.« Sie tippte mit dem Stift auf den Tisch. »Wussten die Diebe, dass sich dort illegale Waffen finden ließen?« *Diesen Ansatz dürfen wir nicht außer Acht lassen.*

»Wurde sonst noch etwas entwendet?«, fragte Eddie.

»Da war sich der Cousin nicht sicher. Das restliche Haus kam ihm unverändert vor.«

Mercy beäugte Darby. »Und sobald Sie von den verschwundenen Finch-Waffen erfahren hatten, fragten Sie sich, ob die ersten beiden Fälle etwas miteinander zu tun haben könnten.«

Darby nickte. »Als ich dann auch noch erfuhr, dass am dritten Tatort ein großes Waffenlager ausgeräumt worden war, sprach ich Jeff deswegen an, und er entschied, dass wir mehr Agenten brauchen. Diese Sache hat das Potenzial, sich zu einem Inlandsterrorismusalbtraum zu entwickeln.«

»Mein Büro ist schon jetzt überfordert«, fügte Jeff hinzu. »Außerdem habe ich keinen Agenten, der auf Inlandsterrorismus spezialisiert ist. Ich verlasse mich darauf, dass Darby uns mit Informationen versorgt, was jedoch keine Erfahrungen in diesem Bereich ersetzen kann.«

»Sie wissen schon, dass ich eigentlich in der Abteilung für Cyberkriminalität arbeite?«, entgegnete Eddie. »Ich wurde nur für einige Wochen ausgeliehen.«

»Soll das bedeuten, dass Sie vermutlich nutzlos sein werden?«, wollte Darby mit einem Glitzern in den Augen wissen.

»Stellen Sie mich auf die Probe.« Er grinste sie breit an.

»Kommen wir zurück zu meiner Frage, ob wir es mit einem einzigen Mörder zu tun haben«, schaltete sich Mercy wieder ein. »Was sagt Ihnen Ihr Bauchgefühl? Wenn Sie die harten Fakten mal außer Acht lassen?«

»Das kann ich Ihnen nicht sagen. Es erscheint mir logisch, dass der Mord an drei Männern innerhalb von zwei Wochen in einem County, in dem normalerweise drei Morde im Jahr verübt werden, kein Zufall sein kann, erst recht nicht, da jedes Mal sehr viele Waffen entwendet wurden.« Darby rutschte auf ihrem Stuhl herum. »Für mich hört es sich nicht wie das Werk einer einzigen Person an, allein schon wegen der Menge an Waffen. Was will ein Mensch mit so vielen Waffen anstellen?«

»Vielleicht ist es eine kleine Gruppe, die zusammenarbeitet«, schlug Eddie vor.

»Aber wieso redet dann keiner?«, fragte Darby. »Wo ist das Leck? Wie ich bereits sagte, dringen sonst immer irgendwelche Informationen durch.«

»Der erste Mord wurde vor gerade mal zwei Wochen verübt«, sagte Mercy. »Vielleicht passiert das ja noch.«

»Ich habe eher den Eindruck, dass wir einen Bock geschossen haben, weil uns die Verbindung zwischen den Fällen nicht früher aufgefallen ist«, gestand Jeff.

»Sie haben keinen Bock geschossen«, widersprach Eddie. »Sie haben uns gerufen, sobald Sie in die Bredouille kamen. Wir werden ab jetzt ermitteln und Sie auf dem Laufenden halten.«

Der SSRA zuckte zusammen. »Ich habe trotzdem das Gefühl, ich hätte zu wenig getan.«

»Wie bitte?«, fauchte Darby. »Ich weiß ganz genau, wie viele aktive Fälle dieses Büro bearbeitet. Die arme Melissa kommt kaum hinterher. Wir brauchen mehr Personal.«

»Das gibt das Budget nicht her«, erwiderte Jeff.

Der Lieblingsspruch jedes Supervisors.

Mercy hatte in ihrer Zeit beim FBI schon mit sieben Supervisors zusammengearbeitet und ging anhand ihrer Erfahrungen davon aus, dass diese Aussage im Kurs für Supervisors auf dem Lehrplan stand.

»Wenn wir hier fertig sind, sehen wir uns die Tatorte noch einmal bei Tageslicht an«, sagte Mercy. »Aber zuerst bin ich mit einem von Ned Faheys Nachbarn zu einem Gespräch verabredet. Der Sheriff sagte, er würde ihn zum Polizeirevier von Eagle's Nest bringen, damit wir uns dort unterhalten können.«

Jeff überflog die Unterlagen, die vor ihm auf dem Tisch lagen, bis er einen Namen fand. »Toby Cox? Ist das der Mann, mit dem Sie sprechen wollen?«

»Ja. Soweit ich weiß, ist er Ned hin und wieder zur Hand gegangen. Der Sheriff sagte, Toby wäre der Einzige, der das Haus in den letzten zehn Jahren betreten hat.«

»Laut diesem Bericht vom Sheriff ist Toby Cox etwas einfältig.« Jeff sah Mercy in die Augen. »Ich halte das nicht für eine Diagnose oder auch nur eine politisch korrekte

Ausdrucksweise, habe jedoch den Eindruck, dass der Sheriff der Aussage dieses Zeugen keine besondere Relevanz beimisst.«

»Wir werden selbst beurteilen, was Toby zu sagen hat und ob er glaubwürdig ist. Gibt es sonst noch etwas?«

Alle sahen einander an.

»Nicht? Dann können wir ja aufbrechen.« Mercy stand auf.

Jeff schüttelte ihr die Hand und musterte sie freundlich. »Viel Glück.«

ACHT

Mercy und Eddie parkten vor dem winzigen Polizeirevier von Eagle's Nest.

Es befand sich noch an derselben Stelle wie in Mercys Kindheit. Selbst die Außenwände waren noch im selben dumpfen Kaki-Ton gestrichen. Sie hielt beim Eintreten den Atem an und rechnete schon damit, die weißhaarige Mrs Smythe am Empfang zu sehen, die seit Mercys Geburt dort gesessen hatte und ans Telefon gegangen war. Mercy zweifelte keine Sekunde daran, dass diese Wichtigtuerin sie sofort erkennen würde. Stattdessen saß jedoch ein junger Mann mit den Ausmaßen eines Offensive Lineman an ihrem Platz.

Als sie eintraten, strahlte er sie an. »Kommen Sie vom FBI? Der Chief erwartet Sie.« Laut dem Namensschild auf dem Schreibtisch war er Lucas Ingram. Sein Lächeln war ansteckend, und Mercy fragte sich, ob er überhaupt alt genug war, um die Highschool abgeschlossen zu haben.

Vielleicht ist er der Sohn eines Officers.

Eddie reichte ihm die Hand. »Sie sind Lucas? Haben Sie hier das Sagen?«

»So ist es. Willkommen in meinem Reich. Falls Sie irgendetwas brauchen, sagen Sie mir einfach Bescheid.« Lucas stand auf, um Eddie die Hand zu schütteln, und überragte den nicht gerade kleinen FBI-Agenten deutlich.

»Wie alt sind Sie?«, sprudelte es aus Eddie heraus.

»Neunzehn. Ich arbeite jetzt seit einem Jahr hier am Empfang und bin verdammt gut in meinem Job.« Lucas' breites

Gesicht wirkte ein wenig empört, und Mercy fragte sich, wie oft er sich schon dafür rechtfertigen musste, dass er einen Job machte, den normalerweise eine Frau innehatte.

»Das ist offensichtlich«, teilte sie dem jungen Mann mit. »Das Revier kann von Glück reden, Sie hier zu haben.«

»Und nein, ich will nicht Polizist werden«, sagte Lucas. »Denn das fragen die meisten Leute als Nächstes. Ich habe Spaß daran, hier alles zu organisieren und für einen reibungslosen Ablauf zu sorgen. Mir ist es viel lieber, an diesem Schreibtisch zu sitzen, ans Telefon zu gehen und zu delegieren, als in einem Streifenwagen herumzufahren.«

»Sie sind der geborene Manager«, stellte Mercy fest.

»Stimmt.« Lucas strahlte.

»Wenn Sie mit dem FBI fertig sind, könnten Sie dann bitte Kaffee kochen und ihn in mein Büro bringen, damit ich mich mit den Agenten unterhalten kann?«

Truman Daly war unbemerkt im Empfangsbereich aufgetaucht. »Guten Morgen«, grüßte er Mercy und Eddie und nickte ihnen zu.

»Guten Morgen, Chief«, sagte Eddie, während Mercy nur nickte.

Der Chief sah aus, als hätte er kaum geschlafen, und Mercy fragte sich, ob ihn der Tod seines Onkels oder der von seinem Job verursachte Stress nachts wach hielt. Es konnte doch nicht so anstrengend sein, Eagle's Nest im Auge zu behalten.

»Sheriff Rhodes hat Toby Cox schon hergebracht. Er holt ihn in einer halben Stunde wieder ab, daher sollten wir besser anfangen.« Mit diesen Worten wandte sich der Chief ab und ging einen schmalen Flur entlang, als würde er davon ausgehen, dass Mercy und Eddie ihm folgten.

»Er ist schon den ganzen Vormittag gereizt. Lassen Sie sich davon nicht beirren«, raunte Lucas ihnen verschwörisch zu. »Wie trinken Sie Ihren Kaffee?«, erkundigte er sich lauter.

»Schwarz«, sagte Mercy gleichzeitig mit Eddie, da sie auf die übliche Sahne verzichtete, um keine Umstände zu machen. Die beiden Agenten folgten dem Chief in sein Büro. Die Wände des Flurs zierten zahlreiche Fotos. Mercy wäre am liebsten stehen geblieben und hätte sie sich genauer angesehen, da sie davon ausging, diverse Gesichter wiederzuerkennen, aber sie hielt den Blick auf Trumans Rücken gerichtet. In seinem Büro wartete ein anderer junger Mann geduldig auf einem Klappstuhl. Er blickte auf, als sie eintraten.

Toby Cox hatte Trisomie 21.

Mercy fragte sich, wieso Sheriff Rhodes in seinem Bericht nicht genauer darauf eingegangen war, aber vielleicht kannte er sich einfach nicht aus. Einige Menschen waren nun mal unwissend. Oder Arschlöcher.

»Toby, das sind Mercy und Eddie vom FBI. Sie sind diejenigen, die ein paar Fragen über Ned Fahey haben.«

Der Junge stand auf und schüttelte ihnen die Hand. Aus der Nähe stellte Mercy fest, dass er gar kein Junge mehr war, und fragte sich, wie alt er wohl sein mochte. Sein Händedruck war fest.

»Kennen wir uns?«, fragte er Mercy und hielt ihre Hand fest.

Ihre Gedanken rasten. Sie konnte sich weder an eine Cox-Familie noch an einen Jungen mit Trisomie 21 erinnern.

»Ich ... ich glaube nicht«, stotterte sie. »Wie lange wohnen Sie schon in Eagle's Nest?«

Er musterte sie genauer und ignorierte ihre Frage. »Das Café. Sie sehen aus wie Kaylie«, fügte er zufrieden hinzu. »Sie ähneln Kaylie sogar sehr. Nur dass sie nicht so alt ist«, ergänzte er triumphierend.

Eddie räusperte sich. Mercy sah aus dem Augenwinkel, wie Truman grinste.

»Ich war zwanzig, als wir nach Eagle's Nest gekommen sind. Wir kamen vor zehn Jahren her«, antwortete er dann doch und wirkte hocherfreut, das Rätsel gelöst zu haben. »Ich wusste doch, dass Sie mich an jemanden erinnern.«

»Jetzt fällt mir die Ähnlichkeit auch auf, Toby«, schaltete sich Truman ein. »Setzen wir uns doch.«

Auf einmal fragte sich Mercy, ob es nicht klüger wäre, Tobys Eltern dazuzubitten. Allerdings hatte sie sich noch keinen Eindruck von seinen mentalen Fähigkeiten verschaffen können. Ihrem begrenzten Wissen nach machte sich Trisomie 21 sehr unterschiedlich bemerkbar. Sie musterte Truman, der sich auf seinen Stuhl setzte und Toby zuversichtlich betrachtete, und beschloss, dass er dem Treffen nicht zugestimmt hätte, wenn er darin ein Problem sehen würde.

»Wie oft haben Sie Ned Fahey auf seinem Grundstück geholfen?«, begann Mercy das Verhör und zückte ihren Stift und ihr kleines Notizbuch. »Wohnen Sie bei ihm in der Nähe?«

»Ich wohne keinen Kilometer von Ned entfernt. Wenn er mich nicht anruft, um mir zu sagen, dass ich nicht kommen soll, bin ich jeden Montag und Mittwoch für drei Stunden bei ihm.« Toby hielt den Blickkontakt ... zumindest relativ gut. Er schielte leicht auf einem Auge, aber seine Antworten waren direkt. Mercy lächelte und freute sich darüber, dass sie einen guten Zeugen hatten.

»Waren Sie auch am letzten Mittwoch dort?« Toby hatte Ned am darauffolgenden Montag tot aufgefunden.

»Ja. Es war Holzhacktag. Mittwochs hacken wir fast immer Holz. Er hackt, und ich hebe die Scheite auf und staple sie. Da er nicht abgesagt hat, bin ich Montag wieder hingegangen.« Er blickte auf seine im Schoß verschränkten Hände hinab.

»Das muss schrecklich für Sie gewesen sein«, sagte Mercy sanft. »War er ein guter Freund von Ihnen?«

»Oh, nein. Ned war mein Boss, kein Freund. Er war immer mürrisch. Selbst meine Eltern fanden, dass er mürrisch war.«

Bei seiner direkten Antwort stutzte Mercy. »Haben Sie gern für Ned gearbeitet?«

»Ja. Er brauchte Hilfe, weil er ständig Rücken- und Knieschmerzen hatte. Es war richtig, ihm zu helfen.«

»Hat er Sie bezahlt?«, wollte Eddie wissen.

»Ja.«

Mercy und Eddie warteten darauf, dass er sagte, wie viel er verdient hatte, doch Toby rückte nicht von sich aus mit dieser Information heraus. Unwillkürlich fragte sich Mercy, ob er es nicht wusste oder ob man ihn dazu erzogen hatte, nicht über Geld zu reden. Ihre Eltern hatten ihr nie erzählt, wie viel sie verdienten oder für irgendetwas bezahlt hatten. Sie sprachen nur über Geld, wenn sie keins hatten, was sehr häufig vorgekommen war.

»War die Haustür verschlossen, als Sie gestern dort angekommen sind?«, fragte Eddie.

Toby drehte sich zu ihm um und betrachtete gebannt sein Gesicht. »Ihre Brille gefällt mir. Sie ist cool.«

»Danke.« Eddie blinzelte mehrmals schnell. »Ähmm … Was hatte ich doch gleich gefragt?«

»Sie wollten wissen, ob die Haustür verschlossen war«, half Toby ihm aus. »Das war sie. Ich habe erst mehrmals angeklopft. Das mache ich immer, aber diesmal hat Ned mir nicht aufgemacht. Daher habe ich die Tür aufgeschlossen und bin reingegangen.« Erneut wandte er den Blick ab. »Hoffentlich war das okay.«

»Sie haben das Richtige getan, Toby«, versicherte Mercy ihm.

»Ich habe seine Leiche gesehen«, flüsterte Toby. »Er hatte ein Loch im Kopf.«

»Was haben Sie danach gemacht?«, erkundigte sich Eddie.

»Ich bin nach Hause gelaufen und hab's meinen Eltern erzählt. Sie haben den Sheriff angerufen.« Er zog den Kopf ein. »Ned hat mir gesagt, dass der Höhlenmensch hinter ihm her wäre.«

Mercy erinnerte sich an das Gerücht, das Sheriff Rhodes nur ungern angesprochen hatte. »Haben Sie diesen Höhlenmenschen jemals gesehen?«

»Nein.«

»Hat Ned gesagt, ob er ihn mal gesehen hat?«

Toby verzog beim Nachdenken das Gesicht. »Nein. Ich habe ihn gefragt, wie er aussieht, und Ned sagte, er weiß es nicht. Aber er glaubte, dass er sehr groß und gemein sein muss.«

»Warum dachte Ned, dass der Höhlenmensch hinter ihm her war?«, fragte Eddie.

»Weil es das ist, was der Höhlenmensch macht«, antwortete Toby. »Er stiehlt anderen das, was sie sich hart erarbeitet haben, und bringt sie dann um. Er ist *faul*«, betonte er.

Faulheit musste für einen Prepper wie Ned die ultimative Sünde darstellen.

»Haben Sie in Neds Haus mal sehr viele Waffen gesehen?«, schaltete sich Mercy ein.

»Nein.« Toby hielt inne. »Aber draußen im Schuppen waren richtig viele.«

»In welchem Schuppen?«

»In dem, zu dem man den Pfad nehmen muss. Man sieht ihn vom Haus aus nicht. Die Waffen sind im Boden vergraben.«

»Haben Sie sie mal gezählt?«, fragte Mercy.

»Nein, aber Ned hat mal gesagt, er hätte fünfundzwanzig. Das ist schon sehr lange her. Vielleicht hat er sie später verkauft.«

»Wann haben Sie die im Boden vergrabenen Waffen das letzte Mal gesehen?«, hakte Eddie nach.

Toby fuhr sich mit einer Hand durch das kurze strohblonde Haar, während er überlegte. »Letzten Sommer«, antwortete er schließlich. »Ich weiß noch, dass es heiß war.«

Da fiel Mercy etwas ein. »Hatte Ned auch woanders Dinge vergraben?«

»Nicht dass ich wüsste. Na ja, seine Jauchegrube ist im Boden vergraben. Aber das machen alle so.«

»Haben Sie mal gesehen, dass Ned Besuch von Fremden bekommen hat?« Mercy stellte die Frage sehr vorsichtig und fragte sich, ob sie zu allgemein formuliert war. Ihr war bewusst geworden, dass sie direkter formulieren musste.

Toby zuckte mit den Achseln. »Die Leute müssen an unserem Haus vorbeifahren, wenn sie zu Ned wollen. Manchmal erkenne ich die Fahrzeuge nicht, die ich auf der Straße sehe.«

»Das Haus von Tobys Eltern liegt nicht direkt an der Straße«, erläuterte Truman. »Sie können doch bestimmt nicht jeden Wagen sehen, der vorbeifährt?«

»Stimmt, dafür muss ich schon draußen sein und aufpassen. Im Haus kann ich sie nur hören.«

»Haben Sie am Wochenende ein Fahrzeug vorbeifahren hören?«, wollte Mercy wissen.

»Ja.«

Sie wartete einige Augenblicke, bevor sie hinzufügte: »Haben Sie das Fahrzeug auch gesehen, Toby?«

»Nein.«

Innerlich seufzend änderte Mercy die Taktik. »Hatte Ned letzten Mittwoch Besuch, als Sie ihm beim Holzhacken geholfen haben?«

Er runzelte konzentriert die Stirn. »Nein, nicht am letzten Mittwoch.«

»Aber an einem anderen Mittwoch hatte er Besuch?«

»Ja. Das ist schon einige Mittwoche her. Er hat jemanden angeschrien, der mit seinem Pick-up auf der Straße vor dem Haus angehalten hat. Er hat den Leuten zugerufen, dass sie ›sich verdammt noch mal verpissen‹ sollen.«

»Dann sind sie nicht ausgestiegen?«, fragte Eddie.

»Nein. Sie sind weitergefahren, als er die Axt geschwungen hat und auf sie zugekommen ist.« Toby grinste. »Das war lustig. Er war echt sauer.«

Mercy sah Truman fragend an, der nur eine Schulter hochzog.

»Davon weiß ich nichts«, sagte Truman. »Es könnten Touristen oder auch ein Geldeintreiber gewesen sein.« Er beugte sich vor und stützte die Arme auf den Schreibtisch. »Hey, Toby, wen konnte Ned nicht leiden? Über wen hat er sich ständig beschwert?«

»Über Leighton Underwood«, antwortete Toby prompt. »Und über Uncle Sam.«

Mercy vermutete, dass er den Uncle Sam meinte, der ihr Boss war, notierte es aber dennoch unter Underwoods Namen für den Fall, dass Ned doch eine Person damit gemeint hatte.

»Wer ist Underwood?«, wollte sie von Truman wissen.

»Ich vermute, dass ihre Grundstücke aneinandergrenzen. Meines Wissens lebt Leighton ungefähr in derselben Gegend, aber er kommt nicht so häufig in die Stadt, wie Ned es früher getan hat. Möglicherweise kann Ihnen jemand anderes verraten, ob sich die beiden nicht grün waren.«

»Hatte Ned auf seinem Grundstück außer den Waffen noch etwas anderes, worauf er stolz war, Toby?«, wandte sich Mercy wieder an Cox.

»Er war sehr stolz auf seine Lebensmittel. Er hat immer gesagt, er hätte genug Vorräte, um die Kommunisten auszusitzen. Auch seinen Garten hat er sehr gemocht. Wir haben viele Stunden in seinem Garten gearbeitet und einen hohen Zaun gebaut, um die Tiere fernzuhalten.«

»Das ist auch alles sehr wichtig«, stimmte Mercy zu. »Wenn wir noch einmal mit Ihnen in Neds Haus gehen, würden Sie dann merken, ob etwas fehlt?«

Toby setzte sich ruckartig auf. »Ich will nicht mehr dahin zurück! Er war tot! Zwingen Sie mich nicht, noch mal in dieses Haus zu gehen!« Er verkrampfte die ineinander verschlungenen Hände so stark, dass seine Fingerknöchel weiß anliefen. »Ich will seinen Geist nicht sehen!«

Truman kam hinter seinem Schreibtisch hervor und legte Toby beruhigend eine Hand auf die Schulter. »Niemand zwingt Sie, das Haus erneut zu betreten.« Dabei sah er Mercy direkt in die Augen, als sollte sie es ja nicht wagen, ihn herauszufordern.

Doch Mercy hatte überhaupt nicht vor, Toby zu etwas zu zwingen, da sie ganz genau wusste, dass es kontraproduktiv wäre. Allerdings glaubte sie, dass er ein gutes Gedächtnis hatte und sie mit den richtigen Fragen noch mehr über Ned Fahey in Erfahrung bringen konnten.

»Sie wissen aber schon, dass Ned nicht mehr da ist, oder, Toby?«, fragte sie. »Seine Leiche wurde weggebracht.«

Toby hob nicht den Kopf. »Wohin wurde er gebracht?«, fragte er leise.

»Sie haben ihn zu einem besonderen Arzt gebracht, der tote Menschen untersucht. Dieser Arzt kann Hinweise auf die Person finden, die Ned getötet hat«, erklärte Mercy.

»Ein Gerichtsmediziner.« Endlich sah Toby sie wieder an. »Wie bei *CSI*.«

»Ganz genau. Wir wollen herausfinden, wer Ned das

angetan hat. Darum gehen wir auch noch mal in sein Haus und suchen nach Hinweisen. Aber wir können nicht wissen, ob der Mörder etwas gestohlen hat. Ihnen würde das bestimmt auffallen.«

Toby schüttelte schon den Kopf, bevor sie den Satz beendet hatte. »Ich will da nicht mehr hin.«

Mercy bemerkte, dass Truman die Finger fester auf Tobys Schulter drückte. »Das ist in Ordnung, Toby. Aber denken Sie bitte noch einmal darüber nach. Wir könnten Ihre Hilfe wirklich gut gebrauchen, um herauszufinden, was genau dort passiert ist.«

Lucas klopfte an die Bürotür und brachte den Kaffee. »Sheriff Rhodes ist zurück.«

»Wir sind gleich fertig«, erwiderte Truman und sah Eddie und Mercy an. »Wollen Sie Toby noch weitere Fragen stellen?«

»Im Augenblick nicht«, antwortete Mercy. »Würden Sie noch einmal mit uns reden, falls wir noch etwas wissen möchten, Toby?«

»Ja.«

Truman führte ihn aus dem Büro.

Eddie beugte sich zu Mercy hinüber. »Was denken Sie?«

»Er ist ein guter Zeuge, wenn wir die richtigen Fragen stellen.«

»Das sehe ich auch so. Ich bin mir allerdings nicht sicher, ob er etwas Hilfreiches gesehen hat.« Eddie warf einen Blick auf seine Notizen. »Wir haben Leighton Underwood, mit dem wir reden können, und ein Fahrzeug, das an einem Tag vor dem Haus gehalten hat. Vielleicht sollten wir uns mal mit Neds Kumpanen unterhalten.«

»Neds Kumpane treffen sich um fünf im John Deere«, sagte Truman, der soeben hereinkam.

»Wird Leighton Underwood ebenfalls dort sein?«, fragte Eddie.

»Manchmal taucht er dort auf.«

Mercy musterte Eddie und wog die Prioritäten ab. Sie mussten bei Neds Fall am Ball bleiben, weil er noch frisch war, durften aber auch die anderen beiden Tatorte nicht aus den Augen verlieren. Sie war hin- und hergerissen.

»Wo kann ich mir einen Wagen mieten?«, erkundigte sich Eddie bei Truman. »Es wäre gut, wenn wir uns trennen und so mehr erledigen können.«

Wieso ist mir das nicht eingefallen?

»Ich kann Sie von jemandem nach Bend bringen lassen, damit Sie sich dort einen Mietwagen besorgen können. Das würde Ihnen einiges an Zeit einsparen«, schlug Truman vor. Als Eddie nickte, brüllte er durch den Flur: »Lucas! Holen Sie Gibson zurück zum Revier. Er muss etwas für mich erledigen.«

Truman sah Mercy an. »Und was haben Sie vor?«

»Ich würde mich gern mit Leighton Underwood unterhalten, und zwar sofort.«

NEUN

Special Agent Mercy Kilpatrick vom FBI folgte Truman in ihrem schwarzen Tahoe, der ihr den Weg zu Leighton Underwoods Haus zeigte.

Obwohl Leighton ein Nachbar von Ned Fahey war, fuhr man in eine völlig andere Richtung. Es gab keinen schnellen Weg dorthin, und Truman vermutete, dass Leighton das sehr gelegen kam.

Als ihm wieder einfiel, dass Toby Cox Mercy mit der jungen Kaylie aus dem Café verglichen hatte, ließ Truman sein Handy per Sprachbefehl eine Nummer wählen und lauschte dem Klingeln. Sobald Kaylies Name gefallen war, ging Truman auf, warum er glaubte, Mercy schon einmal begegnet zu sein. Dem Aussehen nach konnte die FBI-Agentin Kaylies Mutter sein. Da sie zudem beide Kilpatrick hießen, vermutete Truman, dass dem vielleicht wirklich so war. Er hatte gehört, dass Levi Kilpatricks Frau ihn und das Mädchen schon vor Jahren verlassen hatte. Nun machte es ganz den Anschein, als wäre sie wieder in der Stadt.

Aber als FBI-Agentin?

Eine Frau würde mit Sicherheit die ganze Geschichte kennen.

»Hallo?« Ina Smythes altersschwache Stimme hallte durch seinen Wagen.

»Hi, Ina, hier ist Truman.«

»Rede deutlich, Junge. Es hört sich ja an, als würdest du in einer Blechbüchse sitzen.«

»Das tut mir leid, aber ich bin mit dem Wagen unterwegs. Ich habe auch nicht viel Zeit, aber ich würde dich gern etwas über Levi Kilpatrick fragen, Ina. Was kannst du mir über seine Frau erzählen, die ihn verlassen hat?«

Ina Smythe hatte Truman sehr dabei geholfen, sich in Eagle's Nest einzuleben. Sie war ein halbes Jahr vor Trumans Einstellung in Rente gegangen und hatte vorher vierzig Jahre am Empfang des Polizeireviers gesessen. Zudem war sie diejenige gewesen, die ihn angerufen und über die freie Stelle informiert hatte. »Niemand will den Job machen, Truman. Sie müssen einen Außenstehenden in Betracht ziehen, und du weißt ja, wie das enden könnte. Aber du bist hier kein Unbekannter, du hast die notwendige Erfahrung, und wir wissen, dass dein Onkel Jefferson im Stadtrat durchaus Gehör findet. Was hältst du davon, dauerhaft nach Eagle's Nest zu ziehen?«

Auf so eine Veränderung hatte er nur gewartet.

Ina räusperte sich dreimal, was laut durch seinen Wagen hallte, bevor sie antwortete. »Du willst über Deirdre sprechen? Sie war nicht seine Frau. Er wollte sie zwar immer heiraten, aber sie hat es nie getan. Als das Mädchen ein Jahr alt war, ist sie in den Süden von Kalifornien gezogen und hat ihre Tochter bei Levi gelassen. Ihre Eltern wollten das Sorgerecht, doch das Gericht hat es Levi zugesprochen. Was eine verdammt gute Entscheidung war. Ihre Eltern waren dermaßen eingebildet, und ich war heilfroh, als sie kurz darauf weggezogen sind. Ich habe keine Ahnung, ob sie noch Kontakt zu ihrer Enkelin haben.«

Schon beim Namen »Deirdre« wusste Truman, dass er sich geirrt hatte. Oder hatte sie ihren Vornamen geändert? Falls nicht, stellte sich die Frage, wie Mercy Kilpatrick ins Bild passte. Sie musste irgendwie mit der Familie verwandt sein, da sie Kaylie Kilpatrick dermaßen ähnlich sah.

»Sagt dir der Name Mercy Kilpatrick irgendetwas?«, fragte Truman.

»*Mercy? Mercy Kilpatrick?* Wo in aller Welt hast du denn diesen Namen gehört?«

»Dann kennst du sie also.« Jetzt wurde es richtig interessant.

»Selbstverständlich kenne ich sie. Warum fragst du? Wer hat von diesem Mädchen gesprochen?«

»Niemand. Ich bin ihr eben begegnet.«

»*Sie ist hier?* In der Stadt?«

»Ja. Ist das schlimm?«

Es wurde still in seinem Wagen. »Ina? Bist du noch da?«

»Ja. Ich denke nach … Ich versuche, mich an die ganze Geschichte zu erinnern … aber es fehlen ein paar Teile.« Sie fluchte ausgiebig, was Truman ein Grinsen entlockte. »Es gelingt mir einfach nicht, alles zusammenzubekommen. Mein Gedächtnis ist auch nicht mehr das, was es mal war.«

»*Wer ist sie?*«

»Na, sie ist Karl und Deborah Kilpatricks jüngste Tochter.«

Beinahe hätte Truman die richtige Ausfahrt verpasst. Er wusste nur von vier Kilpatrick-Geschwistern. Sie waren in der Gemeinde von Eagle's Nest sehr aktiv. Keiner hatte je ein fünftes Kind erwähnt. Mercy war nicht Kaylies Mutter, sondern ihre Tante.

»Aber sie war seit ihrem Highschoolabschluss nicht mehr in der Stadt«, fuhr Ina fort. »Ich weiß nicht mehr, warum sie weggegangen ist, aber ihre ganze Familie war wütend, und ich ging davon aus, dass irgendetwas unter den Teppich gekehrt wurde … Verdammt! Was hat das Mädchen gemacht?« Ina brummte ins Telefon. »Es muss irgendetwas Pikantes gewesen sein, aber es fällt mir partout nicht ein.«

»Du hast meine Frage ja schon beantwortet. Wenn du dich an den Klatsch erinnerst, kannst du dich gern noch mal melden.«

»Was macht sie hier?«

»Sie ist FBI-Agentin und wurde aus Portland hergeschickt, um Jeffersons Tod, aber auch die Morde an Enoch Finch und Ned Fahey aufzuklären. Von Ned hast du bestimmt gehört, oder?«

»Natürlich. Mein Gedächtnis mag nicht mehr das beste sein, aber ich höre noch ganz hervorragend. Dieser alte launische Griesgram hat vermutlich den Falschen mit seiner Axt bedroht.«

Truman fragte sich, ob das mit der Axt eine von Neds Angewohnheiten gewesen war, von denen er nie etwas gehört hatte.

»Und die kleine Mercy Kilpatrick ist jetzt FBI-Agentin, sagst du? Das muss ihren Vater aber mächtig wurmen. Er ist kein großer Fan der Regierung.«

»Als klein würde ich sie nicht unbedingt bezeichnen.« Mercy war fast auf einer Augenhöhe mit ihm. Er wusste, dass Karl und Deborah eine kleine Ranch gleich außerhalb der Stadt hatten und dass ihre blinde Tochter Rose bei ihnen lebte. Die anderen drei erwachsenen Kinder wohnten im ganzen County verteilt.

Und dann gab es da offensichtlich noch Mercy.

Truman grinste. Mercy hatte keinen Ton gesagt, als Toby Kaylie erwähnte, und so getan, als wüsste sie nicht, wen er meinte. Anders ausgedrückt: Sie hängte ihre Beziehung zum Kilpatrick-Clan nicht an die große Glocke. Aber wieso?

»Könntest du das bitte vorerst für dich behalten, Ina? Ich glaube, sie will keine Aufmerksamkeit durch ihre Anwesenheit erregen. Aber ruf mich gern an, wenn dir wieder einfällt, was damals passiert ist. Ich würde die Geschichte gern hören.«

Ina schnaubte, stimmte aber widerstrebend zu. »Leistet Lucas gute Arbeit?«, erkundigte sie sich. »Ich hoffe doch sehr, dass er sich weiterhin anstrengt. Ich wusste gleich, dass er ein guter Ersatz für mich ist, als ich zusah, wie er mit fünfzehn all meine Rezepte sortiert hat. Hatte ich dir erzählt, dass er sie auf eines dieser Tablets gepackt hat? Ich kann die Schrift jetzt schön groß stellen, sodass selbst meine alten Augen keine Probleme bekommen.«

»Dein Enkel leistet ganz hervorragende Arbeit«, versicherte Truman ihr. »Und er mag seinen Job.«

»Das ist gut.« Sie hörte sich sehr zufrieden an.

»Eine Sache wäre da noch, Ina. Hast du schon mal ein Gerücht von einem Höhlenmenschen gehört, der hier in der Gegend im Wald hausen soll?«

»Von einem was?«, hakte sie nach.

»Einem Höhlenmenschen«, wiederholte Truman und spürte, wie ihm das Blut in die Wangen schoss.

»Ich wüsste nicht, dass er in den letzten vierzig Jahren mal erwähnt worden wäre.«

»Aber du hast von ihm gehört?« Trumans Stimme schoss unverhofft eine Oktave höher.

»Ich weiß noch, dass die Rede von einem alten Mann war, der in einer Höhle lebte. Er würde Kinder hassen und jeden umbringen, der ihm zu nahe kam«, erinnerte sie sich. »Als Kind hatte ich schreckliche Angst vor ihm, und selbst als ich älter war, wagte ich mich allein nicht sehr weit in den Wald hinein. Aber wenn du mich fragst, geht es auch genau darum – mit dieser Geschichte soll verhindert werden, dass sich Kinder im Wald verirren.«

»Wie wenn Eltern einem sagen, dass man brav sein muss, denn sonst würde einen der schwarze Mann holen.«

»So in etwa. Möglicherweise war früher einmal sogar etwas dran. Es würde mich nicht überraschen, wenn einige verrückte Gesellen illegal im Wald hausen.«

Dann ist an der Höhlenmenschengeschichte vielleicht doch etwas dran?

Waren die Prepper von einem wütenden Bergbewohner ermordet worden, der an ihre Waffen gelangen wollte?

Truman wusste nicht, was er von dieser Theorie halten sollte.

Er beendete das Gespräch mit Ina und versprach ihr vorher noch, sie in der kommenden Woche zu besuchen. Er versuchte, einmal im Monat mit Ina Smythe einen Kaffee zu trinken. Die Frau war eng mit seinem Onkel Jefferson befreundet gewesen. Manchmal hatte sich Truman gefragt, wie eng diese Freundschaft wirklich war, doch keiner der beiden hatte etwas von einer romantischen Beziehung verlauten lassen. Wahrscheinlich hatte Truman als Teenager einfach voreilige Schlüsse gezogen aufgrund der Blicke, die sich die beiden in den Sommern, die er in Eagle's Nest verbrachte, zuwarfen, und diesem in der Luft hängenden Gefühl, sobald sie sich im selben Raum aufhielten. Als Teenager war Truman zweimal wegen dummer Streiche aufs Polizeirevier von Eagle's Nest geschleift worden, und Ina hatte sich stets für ihn ausgesprochen und ihn nach vier Stunden aus der Arrestzelle geholt.

Im letzten Monat hatte er sie gefragt, warum sie ihn nicht gleich wieder freigelassen hatte, und sie hatte keckernd erwidert: »Du hattest diese vier Stunden in der Zelle verdient. Vielleicht sogar noch mehr. Ich hielt sie auf jeden Fall für einen guten Ort, um über die Dummheiten nachzudenken, die du angestellt hattest.«

Womit sie durchaus richtiggelegen hatte.

Er runzelte die Stirn. Ina hatte keine Erinnerungslücken. Sie geriet nie ins Stocken, wenn sie von einem beliebigen

Zwischenfall erzählte, der sich vor vierzig Jahren ereignet hatte. Ebenso vergaß sie nie einen Geburtstag ihrer achtzehn Urenkel.

Wieso fiel ihr dann der Grund nicht ein, aus dem Mercy Kilpatrick die Stadt verlassen hatte?

Oder wollte sie es mir bewusst nicht verraten?

Einige Minuten lang überschlugen sich seine Gedanken, bis er um die letzte Kurve vor Leighton Underwoods Haus fuhr. Special Agent Kilpatrick wollte nicht darüber reden. Als sie am Vorabend erwähnt hatte, sie würde aus einer Kleinstadt stammen, hatte sie nicht hinzugefügt, dass es sich dabei um *diese* Kleinstadt handelte.

Wenn sie es geheim halten will, dann werde ich sie nicht daran hindern.

Früher oder später würde es sowieso herauskommen. Das hier war Eagle's Nest, und an diesem Ort blieben Geheimnisse nun einmal nicht gewahrt.

Vor Underwoods Haus fuhr er auf den durchweichten Seitenstreifen. Mercy hatte ihn nicht darum gebeten, sie zu begleiten, aber er hatte darauf bestanden und damit argumentiert, dass Leighton zu der Sorte Mensch gehörte, die Fremde erschoss und erst anschließend fragte, was sie von einem wollten. Das stimmte nicht so ganz – allerdings war Leighton dafür bekannt, die Tür nur mit einer Waffe in der Hand zu öffnen –, aber Truman wollte bei den Ermittlungen auf dem Laufenden bleiben. Wenn sein Onkel von derselben Person getötet worden war, die auch Ned Fahey umgebracht hatte, dann wollte er das wissen. Aus diesem Grund gedachte er, den beiden FBI-Agenten nach Möglichkeit nicht von der Seite zu weichen. Er hatte ihnen sein kleines Besprechungszimmer als Operationsbasis angeboten, damit sie nicht ständig nach Bend fahren mussten, und sie hatten das Angebot dankend angenommen.

Als er erfuhr, dass die Agenten in dem heruntergekommenen Motel auf halben Weg zwischen Eagle's Nest und Bend untergekommen waren, hatte er bei Sandy's Bed & Breakfast angerufen und herausgefunden, dass zwei ihrer Zimmer am nächsten Tag frei wurden. Daher hatte er das den Agenten gegenüber beiläufig erwähnt. »Sie hat ein gutes Frühstücksbüfett für ihre Gäste. Eier, Rösti, köstlicher Speck«, hatte Truman noch hinzugefügt. Mercy wirkte zwar wenig interessiert, doch Eddies Augen leuchteten bei dem Gedanken, aus dem schäbigen Motel ausziehen zu können, merklich auf. Sie wollten später bei Sandy vorbeischauen und sich nach den Zimmern erkundigen.

Er würde tun, was immer nötig war, um bei den FBI-Ermittlungen miteinbezogen zu werden.

Nun stieg er aus seinem Wagen und ging zu Mercys Tahoe. Die beiden Fahrzeuge passten gut zusammen, nur dass auf Trumans Tür das Polizeilogo prangte. Mercy knallte die Wagentür zu und setzte die Kapuze ihrer Jacke auf. Der schwarze Pelzrand daran brachte das Grün ihrer Augen noch mehr zur Geltung. Jetzt, wo er wusste, dass sie mit den anderen Kilpatricks verwandt war, erinnerte er sich auch daran, dass ihr ältester Bruder Owen ebenso eindringliche Augen hatte. Truman fand allerdings, dass sie Mercy besser standen. Bei einem Mann war diese Farbe vergeudet. Abgesehen von den beiden grünen Tupfen war alles an ihr schwarz. Schwarzes Haar, schwarze Jacke, schwarze Hose, schwarze Stiefel.

»Sieht nass aus«, meinte sie.

Truman stimmte ihr zu. Auf der ungeteerten Auffahrt zu Leightons Haus waren mehrere teichgroße Pfützen zu sehen. Selbst mit seinem Vierradantrieb hatte Truman das nicht riskieren wollen. Außerdem mussten sie an Leightons Ruf als schießwütigen Mann denken. Daher war es klüger, am Straßenrand zu parken.

Sie gingen vorsichtig die Auffahrt hinauf und suchten dabei nach Stellen, an denen ihnen der Schlamm nicht bis in die Stiefel dringen würde.

»Leighton!« Truman legte beim Brüllen die Hände an den Mund. »Sind Sie zu Hause?«

Das Dröhnen einer Schrotflinte war seine einzige Antwort.

ZEHN

Mercy landete im Schlamm, und ihr wurde die Luft aus der Lunge gepresst, als Truman mit seinem ganzen Gewicht auf sie fiel.

»*Leighton! Hier ist Chief Daly! Stellen Sie das Feuer ein!*«

Ihr rechtes Ohr klingelte von seinem Schrei. »Runter von mir«, murmelte sie. Sie war auf dem Bauch aufgekommen und hatte Dreck im Mund. Erbost stieß sie ihm einen Ellbogen in die Magengrube. »*Runter!*«

»Ziehen Sie den Kopf ein«, fauchte er. »*Leighton? Hier ist Chief Daly!*«, brüllte er abermals.

»Chief?«, rief eine Männerstimme aus dem Haus.

Mercy hob den Kopf und hielt Ausschau nach einem Menschen, der zu dieser Stimme passte.

»Ganz genau. Werden Sie noch einmal schießen?«

»Wer ist da bei Ihnen?«

»Noch ein Officer.«

Mercy warf ihm einen kritischen Blick zu, beschloss jedoch, dass dies der Wahrheit recht nahe kam.

»Tut mir leid«, sagte die Stimme aus dem Haus. »Ich hab nur in die Luft geschossen, aber nicht auf Sie.«

»Das dachte ich mir«, erwiderte Truman und kletterte von Mercy herunter.

Sie stemmte sich auf die Knie und begutachtete ihre Kleidung. *So ein Mist!* Von ihren Knien, Oberschenkeln und der unteren Jackenhälfte tropfte Dreckwasser. Immerhin hatte der Kies ihre Brust und ihre Arme geschützt. Truman reichte ihr die Hand. Sie nahm sie mit einem finsteren Blick.

»Wussten Sie, dass er auf uns schießen würde?«, fragte sie und wischte sich die Knie mit einem durchnässten Handschuh ab.

»Ich wusste nicht, dass er es nicht tun würde.«

Das ist doch fast dasselbe.

»Und es war nur ein Warnschuss.«

Sie verharrte und starrte ihn erbost an.

Er erwiderte ihren Blick und zuckte mit den Achseln. »Hier draußen gelten andere Regeln.«

Da hatte er recht. Früher einmal hatte sie diese Regeln gekannt. Lebte sie etwa schon zu lange in der Stadt?

»Das mit dem Schlamm tut mir leid.« Er zog ein Päckchen Taschentücher aus der Tasche und reichte es ihr.

Sie betrachtete das Päckchen kopfschüttelnd. »Ich bezweifle, dass die reichen werden.«

»Leighton kann Ihnen ein Handtuch geben. Er hat bestimmt ein schlechtes Gewissen, weil Sie seinetwegen schmutzig geworden sind.«

Er hörte sich aufrichtig an, und sie sah ihm verstohlen ins Gesicht, um herauszufinden, ob er sie auf den Arm nehmen wollte. Dem war aber nicht so. In seinen braunen Augen schimmerte Besorgnis. Sie musterte den Mann. Abgesehen von etwas Schlamm an den Stiefeln war es ihm gelungen, sich nicht weiter schmutzig zu machen.

»Schön, dass ich Ihren Sturz abfedern konnte«, merkte sie an.

»Das weiß ich sehr zu schätzen.« Er grinste sie an, und ihre Genervtheit über ihn verschwand schlagartig. Police Chief Truman Daly hatte ein umwerfendes Lächeln. *Wahrscheinlich bricht er damit reihenweise Herzen.* Der große Mann war seit ihrer ersten Begegnung ernst und reserviert gewesen, was sie aufgrund des Todes seines Onkels nachvollziehen konnte. Aber hier draußen im regnerischen Wald auf

Leightons Grundstück wirkte er deutlich entspannter, obwohl vor nicht einmal einer Minute auf sie geschossen worden war.

»Chief? Kommen Sie?«, rief Leighton.

»Bin unterwegs.«

»Ist es auch wirklich sicher?«, fragte Mercy.

»Er sagte doch schon, dass er nicht auf uns geschossen hat.«

Sie unterdrückte den Drang, die Augen zu verdrehen. »Ich vertraue Ihnen.«

»Das ist eine gute Idee.« Vorsichtig gingen sie weiter auf Leightons Haus zu. Es hatte keine Veranda, sondern nur eine schmale Betontreppe, die zu einem größeren Betonblock vor der leicht nach rechts geneigten Haustür führte. Leighton Underwood stand in der offenen Tür und hatte sich die Schrotflinte, die nicht länger auf seine Besucher zeigte, unter einen Arm geklemmt. Mercy brauchte eine Sekunde, bis sie dies als friedliche Haltung eingestuft hatte. In Portland wäre sie beim Anblick eines so dastehenden Mannes sofort umgekehrt.

»Meine Brille ist kaputt.« Leighton musterte sie mit zusammengekniffenen Augen. Er war groß, hatte eine dichte weiße Haarmähne, die erst mehrere Zentimeter jenseits seiner Stirn anfing, und wirkte sehr stolz. Als Mercy unten vor den Stufen stehen blieb, nahm der Mann sie von Kopf bis Fuß in Augenschein. Sein Name sagte ihr nichts. Selbst wenn er ihre Eltern kannte, erinnerte er sich vermutlich nicht mehr an sie.

»Dürfen wir reinkommen, Leighton?«, fragte Truman.

»Wer ist das? Sie sagten was von einem anderen Officer. Wenn Sie gestern keine Frau eingestellt haben, dann arbeitet meines Wissens keine Frau bei der Polizei von Eagle's Nest.« Seine Miene wirkte skeptisch.

»Ich bin vom FBI«, erklärte Mercy. »Wir ermitteln bezüglich des Todes Ihres Nachbarn Ned Fahey.«

Leighton hob das Kinn etwas an. »Hab schon gehört, dass das Arschloch ins Gras gebissen hat.«

»Also, Leighton ...«, setzte Truman an.

»Könnte ich vielleicht ein Handtuch haben?«, bat Mercy. »Ich bin in den Schlamm gefallen, als Ihre Waffe losgegangen ist.«

Er warf einen Blick auf ihre Hose. »Selbstverständlich. Kommen Sie rein. Ich muss mich noch einmal dafür entschuldigen, aber ich konnte nicht sehen, wer da zu meinem Haus kam. Ich hab nur Ihre großen schwarzen Autos gesehen, und Sie wissen ja, was *das* bedeutet.« Er trat zur Seite und ließ sie ins Haus. »Machen Sie sich wegen der schmutzigen Schuhe keine Gedanken. Treten Sie einfach nicht auf den Teppich, dann kann ich später alles wegwischen.«

Mercy betrat das Haus, und der intensive Geruch nach Hackfleisch und Zwiebeln bestürmte ihre Nase. Ihr Magen knurrte. Sie ging neben dem Teppich her und rechts um die Ecke, wodurch sie in die Küche gelangte. Auf dem Herd wurde nicht gekocht. »Was haben Sie denn aus unseren schwarzen Fahrzeugen geschlossen?«

Leighton drängte sich an ihr vorbei und stellte seine Waffe in eine Ecke. Er öffnete eine Schranktür und holte ein hellbraunes Handtuch heraus. Sie dankte ihm, als er es ihr reichte. Es war zwar schon recht fadenscheinig und dünn, aber sie konnte es gut gebrauchen.

»Sie wissen doch, wer so einen Wagen fährt – *Bundesagenten*«, flüsterte er. »Die fahren immer in großen schwarzen SUVs rum. Meist sogar in einer Karawane.« Er keckerte. »Anscheinend hatte ich teilweise recht, da Sie ja eine Bundesagentin sind.«

»Sie dürfen gern Mercy zu mir sagen.« Sie rieb an ihrem

Mantel herum, und das Dreckwasser färbte das Handtuch dunkel. »Warum rechnen Sie damit, dass Bundesagenten vor Ihrem Haus auftauchen? Und wieso schießen Sie, wenn Sie glauben, dass jemand von der Regierung Sie aufsucht?«

Leighton rieb sich das stoppelige Kinn. »Na ja, erst mal zu schießen, war wohl nicht die cleverste Art, Hallo zu sagen. Aber ich bin in letzter Zeit ziemlich angespannt, da ich die Hypothek ein paarmal nicht zahlen konnte und ständig diese Anrufe kriege.«

»Die kommen doch bestimmt von Ihrer Hypothekenbank und nicht von der Regierung. Ich bezweifle, dass die Regierung Ihre verpassten Zahlungen als ihr Problem ansieht.«

»Wie weit sind Sie denn im Rückstand?«, erkundigte sich Truman leise. »Brauchen Sie einen kleinen Kredit? Nur, bis alles wieder besser läuft?«

Mercy sah ihn verdutzt an. *Bietet er ihm etwa einen Privatkredit an?*

»Ich brauche nicht noch einen Kredit«, fauchte Leighton. »Davon hab ich schon mehr als genug.«

»Sie wissen aber, dass die Stadt einen kurzfristigen Notfallfonds für derartige Probleme hat?«, fügte Truman an.

Kurz schimmerte Hoffnung in Leightons Miene, nur um ebenso schnell wieder zu verschwinden. »Ich wohne nicht innerhalb der Stadtgrenzen.«

»Ich würde Sie durchaus als Ehrenbürger betrachten. Sie geben doch Geld in Eagle's Nest aus, nicht wahr? Ich kann gern ein gutes Wort bei der Stadtkasse für Sie einlegen.«

Der ältere Mann schien in sich zusammenzusinken. »Ich will mein Haus nicht verlieren, musste aber ein paar Arztrechnungen bezahlen und kam nicht mehr hinterher.«

Truman klopfte ihm auf die Schulter. »So was kann jedem passieren. Darum haben wir den Fonds eingerichtet. Aber nun zum eigentlichen Grund unseres Besuchs … Sie sind einer von Ned Faheys nächsten Nachbarn. Ist Ihnen am Wochenende irgendetwas Ungewöhnliches aufgefallen?«

Mercy bewunderte die Art und Weise, wie Truman Leightons Problem ansprach, ohne eine große Sache daraus zu machen, und dann fortfuhr, als wäre der Fonds täglicher Bestandteil seines Jobs. Vielleicht war dem ja auch so. Sie fragte sich, wer in diesen geheimnisvollen Fonds einzahlte.

»Ich kann Neds Grundstück von hier aus nicht sehen. Es liegt fast einen Kilometer entfernt. Zwischen unseren Grundstücken verläuft ein kleiner Bach, der aus den Cascades kommt und im Sommer austrocknet. Als diesen Herbst wieder Wasser kam, floss er auf einmal mindestens hundert Meter neben dem alten Bett durch mein Feld. Ned meinte, laut Gesetz würde ihm nun die Hälfte meines Felds gehören. Das sehe ich allerdings anders.« Wenn Menschen Dampf aus den Ohren dringen könnte, hätte sich Leightons Kopf nun in einer Wolke befunden.

»Das hört sich in der Tat sehr unfair an«, sagte Mercy mitfühlend. Land war sehr kostbar und wurde bis aufs Blut verteidigt. Das entschuldigte zwar noch nicht Leightons Schuss, weil er sie für Regierungsagenten gehalten hatte, die sein Eigentum pfänden wollten, doch sie bekam einen etwas besseren Einblick in seine Gedankenwelt. »Sie sagen also, dass Neds Grundstück zu weit entfernt liegt – und damit meine ich sein eigentliches Grundstück – und Sie deshalb nichts gesehen haben.«

»So ist es.«

»Haben Sie in letzter Zeit Schüsse gehört?«, fragte Truman.

»Ich höre ständig Schüsse. Die könnten aber auch aus Richtung McCloud oder Hackett kommen. Das lässt sich nicht immer eindeutig bestimmen.«

Mercy nahm den älteren Mann genauer in Augenschein.

Würde er Ned Fahey umbringen, um sein halbes Feld zurückzubekommen? Er wirkte recht aufrichtig, aber sie war sich bei ihm noch nicht ganz sicher.

»Haben Sie sich eine neue Brille bestellt?«, wollte Truman wissen. »Nicht, dass Sie noch mal auf jemanden schießen, der es nicht verdient hat.«

»Ja. Ich war letzte Woche in Bend. Die Brille müsste morgen fertig sein.«

»Das ist gut.« Mercy runzelte die Stirn. »Haben Sie jemanden, der Sie hinfahren kann?«

»Weswegen?« Leighton starrte sie verwirrt an.

»Sehen Sie denn gut genug, um selbst zu fahren?«

»Ich fahre jetzt seit fünfzig Jahren diesen Weg nach Bend und käme selbst mit verbundenen Augen dort an.«

Mercy beschloss, dass dies nicht ihr Problem war. »Ihnen fällt nicht zufällig jemand ein, der Ned Fahey etwas angetan haben könnte? Sie wissen doch bestimmt von Jefferson Biggs und Enoch Finch. Wir suchen nach einem gemeinsamen Nenner in diesen drei Fällen.«

Leighton kratzte sich am Ohr. »Ned hat immer allen ans Bein gepisst und ständig mit seiner Axt rumgewedelt. Ich hab ihn mal als Rothaut-Ned bezeichnet und hätte dafür fast meinen Skalp verloren.«

Mercy biss sich auf die Innenseite der Wange.

»Aber im Großen und Ganzen war er harmlos. Hat sich abgesondert. Er redete ständig davon, dass er sich aufs Ende der Welt vorbereiten müsse. Das war für ihn wie eine Religion. Er behauptete, mehrere Monate aushalten zu können, ohne einkaufen gehen oder die Heizung anwerfen zu müssen.« Sein Gesicht wirkte ein wenig betrübt. »Anscheinend war seine ganze Arbeit letzten Endes umsonst.«

»Wissen Sie, wie viele Waffen er besaß?«, fragte Mercy.

Leighton bedachte sie mit einem seltsamen Blick. »Was

macht das für einen Unterschied? Ein Mann hat das Recht, so viele Waffen zu besitzen, wie er will. Ich hielt es jedoch nie für nötig, mir mehr als fünf zuzulegen ... Schließlich kann ich ja nicht mal die alle gleichzeitig abfeuern.« Er zog konzentriert die Brauen zusammen. »Ich hab ihn im Laufe der Jahre mit vielleicht drei verschiedenen Knarren gesehen. Am liebsten hat er sowieso mit der Axt rumgewedelt.«

Diese Aussage passte nicht zu dem, was Ned laut Mercys Annahme besessen hatte, allerdings traf die Axtbeschreibung durchaus zu.

Truman und sie bedankten sich bei Leighton, dass er sich Zeit für sie genommen hatte, und sie gab ihm das nasse Handtuch zurück.

»Tut mir wirklich leid, dass Sie meinetwegen so dreckig geworden sind.« Er machte eine kleine, galante Verbeugung.

Draußen fragte sie Truman nach seiner Meinung.

Der Chief ging noch zehn Schritte, bevor er antwortete, da er offensichtlich erst seine Gedanken sortieren musste. »Ich bin mir nicht sicher, ob wir etwas Neues von ihm erfahren haben. Die Veränderung der Grundstücksgrenze durch den Bach ist interessant, scheint mir aber kein gutes Mordmotiv zu sein.«

»Das sehe ich auch so.« Mercy wartete einen Moment, doch er schien nichts mehr sagen zu wollen. »Gibt es wirklich so einen städtischen Notfallfonds?«

Truman zuckte zusammen. »Eigentlich nicht. Aber ich werde mein Möglichstes tun, damit er in seinem Haus bleiben kann. So fängt es nämlich an, wissen Sie?«

»Was fängt so an?«

»Sehr viele regierungsfeindliche Ansichten. Das ist wie eine Reihe von Dominosteinen. Der erste kippt meist, weil jemand sein Haus nicht mehr halten kann. Etwas Persönliches passiert ... Entweder wird die Person krank und muss haufenweise Arzt- und Medikamentenrechnungen bezahlen oder sie verliert ihren Job und findet keinen neuen. Dann muss sie sich entscheiden, ob sie die Kinder ernähren oder die Hypotheken bezahlen will. Was hat wohl Vorrang?«

Mercy wusste, dass er recht hatte, da sie es selbst schon wieder und wieder miterleben musste.

»Auf einmal wird einem das Haus, das seit Jahrzehnten in Familienbesitz ist, weggenommen, und man hat eine miserable Bonitätsbeurteilung. Aber diese Leute brauchen einen Ort, an dem sie wohnen können. Sie brauchen einen Job, und sie müssen ihren Stolz wiederfinden. Es ist sehr viel einfacher, die Dominosteine am Umfallen zu hindern, als erst später einzugreifen. Wenn Leighton nur ein bisschen Geld braucht, um wieder auf die Beine zu kommen, dann sorgen wir dafür, dass er es erhält.«

»Vielleicht ist er ja spielsüchtig.« Mercy blieb kritisch. »Oder er gibt sein ganzes Geld für Pornos aus.«

»Heutzutage findet man im Internet alle Arten von Pornos kostenlos«, entgegnete Truman trocken. »Ein Mann, der dafür Geld ausgibt, ist nicht besonders helle, aber ich verstehe, worauf Sie hinauswollen. Ich werde mich mal mit Leighton zusammensetzen und mir ein Bild davon machen, wie hoch seine Schulden sind und warum er überhaupt Probleme hat. Ina Smythe hat sich früher um die Logistik unseres ›Privatfonds‹ gekümmert. Ich habe ihre Aufgabe übernommen, da ich davon ausging, dass die Leute nicht mit dem neunzehnjährigen Lucas über ihre Probleme reden möchten.«

»Das ist sehr freundlich von Ihnen.« Mercy hatte sich immer sehr vor Mrs Smythe gefürchtet, musste nun jedoch erkennen, dass ihre Teenagermeinung, nach der die Frau eine Tyrannin war, nicht zutraf. Sie fragte sich, in welcher Hinsicht sie sich noch geirrt haben mochte.

Truman zuckte mit den Achseln. »Mit mir reden die Leute nun mal gern.«

So langsam setzte sich für sie ein Bild des Polizeichefs zusammen. Er besaß ein starkes Ehrgefühl und sorgte sich um die Einwohner. Er konnte gut zuhören. Er strahlte Autorität aus, nutzte sie aber nicht zur Stärkung seines Egos. Das waren nach Mercys Meinung alles positive Eigenschaften. »Eddie wird zum Enoch-Finch-Tatort fahren, sobald er seinen Mietwagen abgeholt hat«, sagte sie. »Könnten wir jetzt noch einmal zum Haus Ihres Onkels fahren? Ich würde es mir gern bei Tageslicht ansehen.«

Der Chief schaute auf seine Armbanduhr. »Es ist Mittagszeit. Sie machen doch eine Mittagspause?« Er warf ihr einen Seitenblick zu.

Mercy wusste, dass sich die dafür am besten geeigneten Orte mitten in Eagle's Nest befanden. »Ich habe etwas eingepackt, das ich unterwegs essen kann. Wenn Sie gern irgendwo anhalten möchten, können wir uns am Haus treffen.«

Truman blieb stehen und drehte sich zu ihr um. Sie verharrte ebenfalls und sah ihm in die braunen Augen, mit denen er sie leicht herausfordernd anschaute. »Wenn Sie herausfinden wollen, was hier vor sich geht, dann wäre es ratsam, sich möglichst oft blicken zu lassen. Zeigen Sie den Leuten, dass das FBI einen Mörder sucht. Außerdem halte ich es für wichtig für diese Stadt, mit eigenen Augen zu sehen, dass es sich bei einem FBI-Agenten nicht um einen steifen Bundesbeamten handelt, der sich hinter seiner Sonnenbrille und seinem dunklen Anzug versteckt. Wenn Sie mich fragen, bringen Sie die Leute am besten dazu, mit Ihnen zu kooperieren, indem Sie dem FBI ein freundliches Gesicht verleihen. Sie sehen zugänglich aus, sind höflich und werden von den meisten Männern vermutlich als harmlos eingestuft.«

»Als harmlos?«, fauchte Mercy.

»Ich habe nicht behauptet, dass sie damit richtigliegen.« Truman schenkte ihr erneut ein umwerfendes Lächeln. »Mir ist durchaus bewusst, dass Sie nicht hier wären, wenn Sie Ihren Job nicht gut beherrschen würden, aber es würde unsere Arbeit deutlich erleichtern, wenn wir die Leute dazu bringen, sich nicht ganz so abweisend zu verhalten. Falls Sie jedoch lieber in Ihrem Wagen sitzen und einen dieser Proteinriegel aus pulverisiertem Fleisch und Gänseblümchen essen möchten, werde ich Sie nicht davon abhalten.«

Die Herausforderung schimmerte noch immer in seinen Augen.

Verdammt! Er hatte recht.

Wer würde sie als Nächstes erkennen?

ELF

Truman wählte das am besten besuchte Restaurant für ihr Mittagessen aus.

Wenn Special Agent Kilpatrick Geheimnisse vor ihm haben wollte, dann sollte sie sich zumindest ein bisschen quälen. Ihr Stolz hatte sich bei seiner Aussage, die Männer der Stadt würden sie als harmlos ansehen, bemerkbar gemacht, doch das entsprach der Wahrheit und würde ihr nur zugutekommen. Ihm war nicht entgangen, dass sie einen Augenblick geschwankt und nicht gewusst hatte, ob sie lieber anonym bleiben oder die Ermittlungen voranbringen wollte. Doch er hatte gewusst, dass er letzten Endes gewinnen würde, denn in nicht einmal einem Tag war ihm klar geworden, dass sie alles für ihren Job gab.

Er hielt ihr die Tür des Diners auf und nahm den Hut ab. Mercy trat ein und ging sofort auf eine Seite, während sie den Blick umherschweifen ließ. Sie hatte die Kapuze noch nicht abgesetzt.

Das Diner war so gut wie leer.

Truman rang seine Enttäuschung nieder. Früher oder später würde irgendjemand Mercy Kilpatrick erkennen, und er wollte dabei sein, wenn das geschah. Wenn auch nur, um zu beobachten, wie sie sich wand. Er grinste breit. *Warum freue ich mich eigentlich so darauf?*

Im Allgemeinen genoss er das Unbehagen anderer nicht, aber wenn Mercy ein Spiel mit ihm spielen wollte, dann hatte er nichts dagegen. Langsam nahm sie die Kapuze ab, und er zeigte auf die hinterste Nische. »Setzen Sie sich. Ich muss zuerst noch ein paar Leute begrüßen.« Sie nickte und ging schon mal vor. Truman ließ sich Zeit und plauderte mit zwei älteren Herrschaften, die sich an ihren immer wieder aufgefüllten Kaffeetassen festhielten. Keiner der beiden erkundigte sich nach der Frau, mit der Truman hereingekommen war. Er blieb auch bei einer Mutter mit zwei kleinen Kindern stehen, die er nicht erkannte, gab jedem der Jungen einen Sticker, auf dem die Polizeimarke abgebildet war, und brachte in Erfahrung, dass die Mutter an der Oak Street wohnte. Sie flirtete mit ihm, lächelte ihn an und lachte mehrmals gekünstelt. Ihm entging nicht, dass ihr Blick zu seiner linken Hand zuckte. Sie trug keinen Ehering. Innerlich seufzend strich er den Jungen übers Haar und entschuldigte sich höflich.

Mercy widmete sich der Speisekarte und zeigte ihm ihr Profil, als er zu ihrem Tisch ging. Obwohl er ihre Augen nicht sehen konnte, wirkte sie sehr attraktiv mit ihrem markanten Unterkiefer und der leicht nach oben zeigenden Nase. Nichts an ihr ließ erkennen, dass sie FBI-Agentin war.

Bis sie ihren fragenden Blick auf einen richtete.

Ihr Verstand schien ständig Daten zu analysieren und zu verarbeiten. Sie verschwendete auch keine Worte, wie Truman erfreut bemerkt hatte. Er konnte Menschen absolut nicht leiden, die ständig redeten, nur um ihre eigene Stimme zu hören, oder Leute, die ihre Faulheit unter einem Wortschwall zu verbergen versuchten. Mehr Worte bedeuteten noch lange nicht mehr Intelligenz.

Er nahm Platz. »Der Burger ist hervorragend. Mit Pilzen und Schweizer Käse.«

Mercy nickte, ohne aufzublicken. »Ich bin kein großer Burgerfan, aber danke für den Tipp. Wie ist der Enchilada-Salat?«

»Keine Ahnung.«

»Wie geht's, Chief?« Die Kellnerin trat an ihren Tisch.

»Gut. Danke, Sara. Haben die Kinder wieder was angestellt?«

»Bisher haben sie diese Woche nur die Kühlschranktür zerstört, aber es ist ja gerade mal Dienstag. Soll ich Ihnen das Übliche bringen?«

»Ja, danke. Mercy?«

Mercy blickte zur Kellnerin auf. »Einen Kaffee mit Schlagsahne und den Enchilada-Salat, bitte. Ohne Käse.«

»Das Topping besteht größtenteils aus Käse«, erklärte Sara. »Möchten Sie stattdessen zusätzliche Oliven und Salsasoße?«

»Hört sich super an.«

Sara ging wieder, und er glaubte, Mercy vor Erleichterung aufatmen zu hören. Vielleicht bildete er sich das aber auch nur ein. In ihrer Handtasche, die neben ihr auf der Bank stand, vibrierte es. Sie zog ihr Handy heraus und sah auf das Display. »Ned Faheys Autopsiebericht ist da.«

»Was steht denn drin?« Er wartete ungeduldig, während sie die E-Mail aufrief und überflog. Eine schmale Mulde erschien zwischen ihren Augenbrauen, als sie auf die kleine Schrift starrte.

»Wir wissen ... Bekannt ist ...«, murmelte sie.

»Gibt es Neuigkeiten?«

»Da haben wir's. Geschätzte Todeszeit irgendwann zwischen Mitternacht und sechs Uhr früh am Sonntagmorgen.« Ihre Miene wurde sanfter. »Er hatte die schlimmste Arthritis im Rücken und in den Knien, die Dr. Lockhart je untergekommen ist. Der arme Kerl. Kein Wunder, dass er ständig schlechte Laune hatte. Er musste immerzu Schmerzen gehabt haben.«

»Die Schusswunde ist aber immer noch die Todesursache?«

»Ja. Wissen wir schon, ob die Kugel gefunden wurde? Die County-Forensiker sollten danach suchen.«

»Mich hat niemand informiert.«

»Ich schicke Jeff eine E-Mail und frage nach.«

»Jeff?«

»Dem SSRA in Bend.«

Ihr aktueller Vorgesetzter.

Mercy blickte von ihrem Handy auf und wirkte zufrieden. »Jetzt können wir uns auf diesen Zeitabschnitt konzentrieren. Das ist eine große Hilfe.«

»Hallo, Chief. Ich hoffe, Sie haben einen guten Tag.«

Truman blickte auf und sah Barbara Johnsons rundes Gesicht vor sich, die ihn anstrahlte. Die Highschoollehrerin im Ruhestand gehörte zu seinen Lieblingseinwohnern, was vermutlich auch daran lag, dass sie immer gut gelaunt war und eine positive Lebenseinstellung hatte. In ihrer Nähe ging es ihm stets viel besser. »Den habe ich in der Tat, Barbara. Darf ich Ihnen …?«

»*Mercy Kilpatrick?*« Barbaras Stimme klang sehr verblüfft. Mercy war bereits aufgesprungen und hatte die Frau umarmt, bevor Truman auch nur blinzeln konnte.

Die Frauen lösten sich voneinander und starrten sich kurz an, bevor sie sich lachend abermals in die Arme fielen. Barbara wischte sich über die feuchten Augen. »Ach, Mädchen. Ist das schön, dich zu sehen! Ich habe in den letzten Jahren oft an dich denken müssen.« Erneut rückten sie voneinander ab, und Barbara musterte Mercy von Kopf bis Fuß. »Du siehst großartig aus. Das Leben in der Stadt scheint dir gutzutun.«

»Vielen Dank, Mrs Johnson.«

»Bitte sag doch Barbara. Du bist schließlich kein Kind mehr.« Sie drehte sich zu Truman um. »Mercy war eine meiner besten Schülerinnen. Ich wusste immer, dass sie es weit bringen würde.«

Mercy wischte sich die Tränen von den Wangen. »Das ist so lieb von Ihnen, Mrs … Barbara«, sagte sie verlegen. »Sie wissen ja gar nicht, wie viel mir das bedeutet. Sie waren der Fels, an den ich mich anlehnen konnte, und hatten immer ein offenes Ohr für mich.«

»Wo hast du gesteckt? Wieso bist du so lange nicht zu Besuch gekommen?«, erkundigte sich Barbara. »Ich sehe deine Eltern ständig, aber sie reden nie über dich.«

Mercy warf Truman einen Blick zu, und in ihren Augen blitzten Schuldgefühle auf. »Das ist eine lange Geschichte. Können wir uns später mal treffen und in Ruhe unterhalten? Ich bin momentan bei der Arbeit.«

»Der Polizeichef hätte bestimmt nichts dagegen …«

»Mir wäre es lieber, wenn wir das später machen, Barbara. Ich würde so gern mit Ihnen plaudern«, fügte Mercy rasch hinzu. »Aber im Augenblick haben wir viel zu tun.« Sie sah Truman flehentlich an.

Er war versucht, die freundliche Frau an ihren Tisch zu bitten, nur um herauszufinden, wie Mercy darauf reagieren würde. »Sie hat leider recht, Barbara. Wir wollen nur schnell etwas essen und müssen dann gleich wieder los.«

Barbara war sichtlich enttäuscht, und bei diesem ungewohnten Anblick wurde Truman schwer ums Herz. »Na gut.« Sie drohte Mercy spielerisch mit einem Finger. »Wag es ja nicht, die Stadt zu verlassen, ohne mich vorher zu besuchen. Andernfalls werde ich dich schon finden.«

»Ich komme auf jeden Fall bei Ihnen vorbei«, versprach Mercy.

Nach einigen weiteren Worten ging Barbara weiter, und Mercy nahm erneut Platz. Dann kam Sara auch schon mit ihrem Essen. Schweigend gab Truman noch mehr Ketchup und Senf auf seinen Burger und verstrich die Masse auf dem Brötchen. Er setzte den Burger wieder zusammen, biss hinein und kaute langsam. Eine volle Minute des Schweigens verstrich, in der sich Mercy ihrem Salat widmete und den Blick stur auf den Teller richtete. Endlich ergriff er das Wort.

»So ... Special Agent Kilpatrick. Ich schätze, Sie haben mir da einiges zu erklären.«

* * *

Mercy schluckte einen großen Maischip herunter, der ihr fast in der Speiseröhre stecken blieb. Hustend griff sie nach ihrem Wasserglas. Truman biss erneut in seinen Burger und betrachtete sie gelassen, während er kaute.

Wie viel weiß er?

Innerlich rasselte sie Erklärungen herunter und verwarf die meisten sofort wieder, wobei sie in ihrem Salat herumstocherte.

Halte dich an die Wahrheit. Es muss ja nicht die ganze Wahrheit sein.

»Ich bin in Eagle's Nest aufgewachsen, aber mit achtzehn weggezogen.« Sie wagte einen Blick zu ihm und sah ihm in die Augen. Truman wirkte nicht überrascht. Er schien ein gutes Pokerface zu haben.

Als er wieder in seinen Burger biss, tropfte etwas Ketchup auf seinen Teller. Er sah ihr unverwandt in die Augen und zog eine Augenbraue hoch. *Und?*

»Ich hatte mich mit meinen Eltern gestritten.« Sie zuckte mit den Achseln. »Teenagerprobleme, Sie kennen das bestimmt. Grenzen. Lebensphilosophien. Ich wollte meine Grenzen austesten.« Sie stocherte wieder in ihrem Salat herum, schien jedoch keinen Hunger mehr zu haben. »Jedenfalls hatte ich seitdem keinen Grund mehr, hierherzukommen.«

»Aber Sie standen weiterhin in Kontakt mit Ihren Eltern.«

»Nein.«

»Gar nicht?«

»Nein.«

»Nicht mal per E-Mail? Oder durch Weihnachtskarten?«

»Keiner von uns hat diesbezüglich irgendwelche Anstalten gemacht.«

»Aber Sie haben vier Geschwister. Mit denen müssen Sie doch mal gesprochen haben?«

Mercy wurde blass. »Sie wissen davon?«

»Ich habe es mir zusammengereimt, als Toby Cox sagte, dass Sie wie Kaylie Kilpatrick aussehen. Zuerst glaubte ich, Sie wären ihre Mutter, die vor Jahren verschwunden ist, aber Ina Smythe hat mich aufgeklärt.«

Mercy legte ihre Gabel beiseite, und schwarzer Nebel waberte vor ihren Augen. »Was hat Mrs Smythe Ihnen noch erzählt?«

»Sie konnte sich nicht mehr daran erinnern, warum Sie die Stadt verlassen haben.«

Was für ein Glück.

»Warum haben Sie mir nicht gleich erzählt, dass Sie aus Eagle's Nest stammen?« Er zog die Augenbrauen zusammen und trank einen Schluck Limonade. »Wollten Sie einfach den Job erledigen und wieder verschwinden, bevor jemand Sie erkennt?«

»Etwas in der Art.« Mercy saß stocksteif da und kämpfte gegen den Drang an, zur Tür zu rennen. »Dies ist nicht unbedingt mein Lieblingsort.«

Truman nickte und schien das zu akzeptieren, aber er wusste ganz offensichtlich, dass das noch lange nicht alles war. Allerdings würde er nicht nachbohren, jedenfalls noch nicht.

»Weiß Ihr Boss darüber Bescheid?«

»Mein Boss in Portland ist informiert, und sie muss es dem SSRA in Bend mitgeteilt haben, weil er es erwähnt hat.«

»Hat man Sie deshalb hergeschickt? Dachte man, Sie hätten einen besseren Einblick in diese Gemeinde?«

Mercy überlegte. *War das der Grund dafür?* »Ich hatte gerade einige Fälle abgeschlossen und musste neue übernehmen.«

»Und Peterson? Wieso wurde er hergeschickt? Dieser Agent kann doch keinesfalls irgendwelche Wurzeln diesseits der Cascades haben.«

»Er war an einigen meiner Fälle beteiligt, und wir arbeiten gut zusammen.«

»Sollte ich sonst noch etwas wissen?«, fragte Truman. Er senkte den Blick und tupfte den Ketchupfleck mit Pommes frites auf.

»Nein.«

»Gut.«

Einige Minuten lang hing das Schweigen schwer über dem Tisch, während sich Mercy erneut ihrem Salat widmete. Für ein Kleinstadt-Diner gab es hier eine hervorragende Salsasoße.

»Wie geht's, Chief?« Eine raue Stimme unterbrach ihre Mahlzeit.

Mercy hob den Kopf und hielt den Atem an. *Joziah Bevins.* Ihre Erinnerungen an den Mann verschmolzen mit dem Anblick des älteren Mannes vor ihr. Die Falten in seinem Gesicht hatten sich verdreifacht, sein Haar war dünner und weiß geworden, und er ließ die Schultern hängen. *Er ist alt!*

Ist mein Vater ebenso gealtert?

Und meine Mutter?

Ihre Kehle schnürte sich zusammen, und sie musste mehrmals schnell blinzeln.

»Hey, Joziah. Ich esse nur schnell einen Happen zu Mittag«, erwiderte Truman.

Joziah wandte sich Mercy zu, und sein Lächeln verblasste

langsam. In seinen Augen blitzte das Wiedererkennen auf und verschwand ebenso schnell wieder.

»Das ist Mercy Kilpatrick vom FBI-Büro in Portland.«

Jetzt hatte er sie eingeordnet. »Soso. Mercy Kilpatrick. Ist lange her. Ich wusste nicht, dass Sie beim FBI sind. Sie sind unserer Kleinstadt wohl wirklich entwachsen, was?« In seinem Blick schimmerten ebenso Neugier wie Vorsicht.

Sie rechnete beinahe damit, dass er ihr den Kopf tätschelte und sie als *brave kleine Frau* bezeichnete. Sollte er sie bitten, ihm ihr hübsches Lächeln zu zeigen, würde sie ihm auf die Füße treten.

Beides hatte er schon früher zu ihr gesagt, doch das Verlangen, ihm wehzutun, war neu. Allerdings hatte sie seine Kommentare damals auch als akzeptabel betrachtet.

Seltsam, wie sehr sie sich seitdem verändert hatte.

»Schön, Sie wiederzusehen, Joziah.« Ihr Mund fühlte sich sehr seltsam an, als sie seinen Vornamen aussprach; in ihrem Kopf war er noch immer Mr Bevins. Oder »dieses Arschloch Bevins«, wie ihr Vater immer gesagt hatte.

»Waren Sie schon bei Ihren Eltern?«, erkundigte sich Joziah.

Wieso wollen das alle immer als Erstes wissen? »Noch nicht. Ich bin gerade erst angekommen.«

Er nickte, und in seinem Kopf arbeitete es sichtlich. Dann sah er zwischen Truman und ihr hin und her. »Bearbeiten Sie die Mordfälle?«

»Wir haben das FBI um Unterstützung gebeten«, antwortete Truman. »Die Agency verfügt über weitaus mehr Ressourcen als Eagle's Nest oder das County.«

»Das mit Ihrem Onkel tut mir sehr leid«, sagte Joziah zu Truman. »Er war sehr lange Teil der Gemeinde.«

»Danke, Joziah.«

Bevins verabschiedete sich und nahm am Tresen des

Diners Platz, wo er seinen Cowboyhut auf dem Stuhl neben sich ablegte.

Mercy hatte die ganze Zeit den Atem angehalten. In ihrer Kindheit hatte sie sich sehr vor Joziah gefürchtet, und daran hatte sich anscheinend nichts geändert.

»Großer Gott«, murmelte Truman. »Ich dachte schon, Sie würden sich übergeben.«

Mercy starrte ihn an. »Wie bitte?«

»Als Sie ihn zum ersten Mal gesehen haben, sind Sie leicht grün angelaufen. Demzufolge gibt es da wohl eine Geschichte, und nicht jeder wird wie Barbara Johnson in den Arm genommen?«

»Mein Vater und er konnten sich nicht leiden. In meiner Kindheit wurde mir beigebracht, dass ich ihm aus dem Weg gehen muss.«

»Jetzt sind Sie aber erwachsen und können sich selbst eine Meinung über andere bilden. Gehe ich recht in der Annahme, dass Ihr Vater und er sich in einigen Belangen nicht einig waren?«

»Das ist noch milde ausgedrückt.«

»Joziah Bevins ist in der Stadt sehr beliebt. Auch Ihr Vater wird respektiert.«

»So war das schon immer.«

»Hätte ich Sie nicht vorstellen sollen?«

»Es ließ sich wohl nicht vermeiden.«

»Ich hätte Ihren Nachnamen und die Sache mit dem FBI weglassen können. Das wäre mir jedoch respektlos vorgekommen. Soll ich das von jetzt an so halten?«

Mercy starrte ihn zornig an. »Ich muss mich vor niemandem verstecken.«

Truman grinste. »Nicht? Ich hatte beinahe den Eindruck.«

ZWÖLF

Vor zwanzig Jahren

»Verdammt noch mal, Deborah! Ich weiß, dass es einer von Bevins' Leuten war!«

»Das weißt du doch gar nicht, Karl. Du stellst nur Vermutungen an!«

Mercy verbarg sich am oberen Treppenabsatz und belauschte den Streit ihrer Eltern. Sie hoben nur selten die Stimme, und in ihrem Haus wurde eigentlich nie geschrien. Aber ihr lautes Flüstern hatte ausgereicht, um die zwölfjährige Mercy zu wecken, die sich aus dem Zimmer geschlichen hatte, das sie sich mit Pearl und Rose teilte. Im Haus war es dunkel, nur von unten drang ein schwach gelbes Glühen herauf. Das bedeutete, dass der Streit in der Küche stattfand, die nur von einer einzelnen Glühbirne über dem Herd erhellt wurde.

»Irgendjemand hat diese Kuh erschossen. Noch dazu eine meiner besten.«

»Unfälle passieren, Karl.«

»Das war kein Unfall. Bevins hat mich gestern wieder gefragt, ob ich mich seinem Zirkel anschließen will. Ich soll unsere ganze Gruppe mitbringen. Das wird nicht passieren, und genau das habe ich ihm auch schon mehrmals gesagt.«

»Er hat nur Angst und versucht, seine Position zu stärken. Du bist sehr wertvoll. Sein Tierarzt ist nicht mal halb so talentiert wie du.«

»Es geht nicht nur um mich, Deborah. Dich will er ebenfalls.«

Ihre Mutter schwieg. Mercy konnte sich deutlich vorstellen, wie sie eine Schulter hochzog. Sie war keine eitle Frau, wusste *aber auch, dass ihre Fähigkeiten als Hebamme in dieser Gegend unübertroffen waren. Frauen aus dem ganzen Umkreis suchten ihre Mutter während der Schwangerschaft auf, sogar solche, die eine Krankenversicherung hatten und in Bend zu einem richtigen Arzt gehen konnten. Trotzdem ließen sie sich von ihrer Mutter untersuchen und baten sie um ihre zweite Meinung. Mercy war deshalb sehr stolz auf sie.*

»*Ich weiß, dass die Kuh absichtlich erschossen wurde*«*, sagte ihr Vater und ließ etwas Dampf ab.* »*Es kann kein Zufall sein, dass ich Bevins erst gestern erneut eine Abfuhr erteilt habe.*«

»*Was können wir tun?*«*, fragte Deborah.*

Lange Zeit herrschte Schweigen, und Mercy beugte sich vor und wartete gebannt auf die Antwort ihres Vaters. Joziah Bevins war der eine Mann, über den sich ihr Vater ständig beschwerte. Karl Kilpatrick verlor nie ein böses Wort über jemand anderen, nur über Mr Bevins. Und selbst in diesem Fall vermutete Mercy, dass er sich die meiste Zeit arg zurückhielt.

»*Nichts.*«

Mercy sackte erleichtert gegen das Treppengeländer. Sie wollte nicht, dass ihr Vater sich mit Mr Bevins anlegte. Auf diese Weise konnte noch jemand umkommen. Ihre Brüder behaupteten, ihr Vater hätte keine Angst vor Joziah Bevins, aber die Frustration ihres Vaters ängstigte Mercy. Indem er sich auf seine Familie konzentrierte und seine Vorbereitungen traf, konnte sich ihr Vater beschäftigen, doch dieser Mann ging ihm an die Nieren.

»*Wir haben einen Plan*«*, sagte Deborah besänftigend.* »*Niemand wird etwas daran ändern. Wir sind umgeben von guten Menschen, die uns beistehen werden. Er ist bloß eifersüchtig. Daher versucht er, andere dazu zu zwingen, nach seiner Pfeife zu tanzen, und er versteht nicht, dass man dafür respektiert werden muss. Er sieht, dass man dir Respekt zollt, und neidet ihn dir.*«

Ihr Vater sagte nichts.

»Komm wieder ins Bett.«

Es wurde still in der Küche, und Mercy hörte ein Klicken, als die Glühbirne ausgeschaltet wurde. Dunkelheit umfing das Haus. Auf allen vieren krabbelte sie zurück in ihr Zimmer und tastete sich ins Bett.

»Ist alles in Ordnung?«, flüsterte Rose in der Finsternis. Ein leises Schnarchen drang aus dem Etagenbett über Mercy. Pearl verschlief einfach alles.

»Ja. Dad glaubt, dass Joziah Bevins Daisy erschossen hat.« Mercy starrte in die Dunkelheit und versuchte, sich vorzustellen, sie wäre Rose. Könnte nichts sehen. Niemals. Rose schien das nicht viel auszumachen, aber Mercy dankte Gott jeden Tag dafür, dass er nicht sie zur blinden Kilpatrick-Schwester auserkoren hatte. Sie hätte das nicht so gut hingenommen wie Rose.

»Mom wird ihn wieder beruhigen.«

»Das hat sie schon getan.«

»Die arme Daisy«, wisperte Rose. »Sie ist immer gekommen, wenn ich sie gerufen habe. Und sie hat immer stillgehalten.«

Alle Tiere auf der Ranch hielten bei Rose still. Mercy hätte schwören können, dass sie sich in Gegenwart ihrer Schwester vorsichtiger benahmen, als wüssten sie, dass Rose nicht sehen konnte, wohin sie mit ihren großen Hufen traten. Mercy hatte mehrere Lieblingskühe, und Daisy war eine davon gewesen. Sie spürte, wie eine heiße Träne aus ihrem Augenwinkel auf das Kopfkissen tropfte. Dabei hatte sie nicht geweint, als ihr Vater ihr mitgeteilt hatte, dass Daisy tot war. Aber jetzt hier im Dunkeln fühlte sie sich sicher genug, um ihrer Trauer um die liebe Seele freien Lauf zu lassen.

»Wir werden sie ersetzen müssen«, sagte Mercy und schluckte schwer. »Sie war wichtig.«

»Zwei Kühe werden in wenigen Monaten kalben«, erwiderte Rose. »Das reicht schon.«

Mercy schwieg und wog ab, was der Verlust der Kuh für die Ranch ausmachen würde. Milch, Nachwuchs, notfalls auch Fleisch. Aber Vieh benötigte auch Futter, einen Stall und Versorgung. Es war gar nicht so leicht, genau die richtige Zahl an Kühen zu besitzen, damit ihre Vorteile die Kosten aufwogen. Ihr Vater hatte das genau für eine Familie ihrer Größe ausgerechnet. Alles besaß einen Wert. Vererbte Gemüsesamen: hoher Wert. Eine Tretnähmaschine: hoher Wert. Ein CD-Player: geringer Wert.

Nicht einmal als Weihnachtsgeschenk.

Mercy verstand das. Doch das bedeutete noch lange nicht, dass es ihr gefiel.

* * *

»Ich würde gern mit den Außengebäuden anfangen«, sagte Mercy.

Sie waren am Haus von Trumans Onkel angekommen. Bei Tageslicht wirkte es noch trostloser als am Vorabend. Als hätte es endlich akzeptiert, dass sein Bewohner nicht mehr zurückkehren würde. Sie folgte Truman über den graswachsenen Bereich vor dem Haus zu der Auffahrt, die weiter nach hinten führte. Dabei bemerkte sie, dass alle Regenwasserfallrohre in großen Wasserfässern endeten. Das Wasser war zwar nicht trinkbar, eignete sich jedoch zum Wäschewaschen oder um damit die Toilette zu spülen. Unter ihren Stiefeln knirschte der Kies. »Was haben Sie mit dem Grundstück vor?«, fragte Mercy, die das Schweigen nicht länger ertragen konnte. Truman hatte seit ihrer Ankunft nicht viel gesagt und wirkte abermals angespannt.

Ohne diese dunkle Wolke gefiel er Mercy deutlich besser.

»Das weiß ich noch nicht. Es muss noch einiges an Papierkram erledigt werden. Zum Glück wurde die Hypothek schon vor langer Zeit abbezahlt. Jetzt muss ich nur noch für die Grundsteuer aufkommen.«

»Sie könnten einen guten Preis dafür erzielen«, meinte Mercy. »Wie groß ist das Grundstück?«

»Knapp viereinhalb Hektar. Im Augenblick kann ich mir nicht vorstellen, es zu verkaufen.«

Mercy fragte sich, ob ihn die nächste Grundsteuerforderung im November wohl umstimmen würde.

Truman öffnete das schwere Schloss und zog die Kette weg, mit der die beiden Türen des kleinen Schuppens verriegelt waren. Das verzogene und ausgeblichene Holz ließ das Gebäude so aussehen, als könnte es jeden Moment in sich zusammenstürzen. Er zog mit ganzer Kraft an einem Türgriff, und die Tür öffnete sich mit einem lauten Knarren. Mercy fragte sich, wie kräftig sein Onkel gewesen sein musste, der diese Tür regelmäßig geöffnet hatte. Sie ging hinein und wartete, dass sich ihre Augen an das schwache Licht gewöhnten. Da legte Truman einen Schalter um.

»Oh!«

Das Äußere des heruntergekommenen Schuppens täuschte. Im Inneren erwarteten sie ein sauberer Betonboden und makellos weiß gestrichene isolierte Wände. Die Temperatur war beinahe angenehm. »Hier hat er seine Waffen aufbewahrt?«

»Ja.«

Truman ging voraus in den hinteren Teil des Schuppens und öffnete einen Holzschrank, in dem sich ein riesiger Waffensafe befand. Die schwere Metalltür stand einen Spalt weit offen. Truman zog sie ganz auf und zeigte Mercy, dass der Schrank jetzt leer war.

»Kennen Sie die Kombination?«, fragte sie.

»Nein. Darum ist er immer noch offen. Ich werde einen Experten kommen lassen müssen, wenn ich ihn wieder benutzen will.«

»Dann stand der Schrank offen?«

»Ja.«

»Also gab es jemanden, der Ihrem Onkel so nahestand, dass er die Kombination kannte.«

»Oder er hat den Schrank für jemanden geöffnet.«

Mercy dachte darüber nach. »Ich kannte Ihren Onkel nicht, aber es hört sich für mich nicht so an, als ob er so etwas tun würde. Was denken Sie denn, wer ihn dazu gebracht haben könnte?«

»Mir fällt auf Anhieb niemand ein. Er hat eigentlich keinem getraut. Höchstens Ina Smythe. Aber sie würde sich nicht für seine Waffen interessieren.« Truman hielt inne. »Sie ist nicht mehr besonders gut zu Fuß, daher kann ich mir nicht vorstellen, dass sie den kurzen Weg vom Haus zum Schuppen auf sich genommen hätte.«

Mercy nahm den Rest in Augenschein. Einfache, nach Maß gebaute Schränke und große Behälter säumten die Wände. »Darf ich mich hier umsehen?«

Truman wedelte mit einer Hand. »Nur zu. Ich kann Ihnen nicht sagen, ob sonst noch etwas fehlt. Für mich sieht alles andere unberührt aus.«

Sie öffnete die dünnen Sperrholztüren des Schranks neben dem Waffensafe.

»Diesel«, sagte Truman.

Mercy nickte und schätzte ab, wie viele Liter das wohl sein mochten. Jefferson Biggs hatte einen ansehnlichen Vorrat angelegt.

»Benzin habe ich nirgends gefunden«, fügte Truman hinzu.

»Diesel lässt sich leichter lagern und länger aufbewahren.«

Sie spähte in weitere Schränke auf der anderen Schuppenseite. Lebensmittel in Dosen, Gläser voller Obst und Gemüse und weitere Vorräte stapelten sich in den Regalen. Sanft berührte sie ein laminiertes Blatt Papier auf der Innenseite der Tür, auf dem er sein Rotationssystem vermerkt hatte.

»Dosenbutter hab ich ja noch nie gesehen«, bemerkte Truman. »Die kann doch nicht schmecken.«

»Sie schmeckt genau wie normale Butter.«

Er zeigte auf einen großen Stapel aus rosafarbenen Salzlecksteinen. »Mein Onkel hatte keine Kühe, und doch liegt hier genug Salz für eine ganze Stadt. Was wollte er denn damit anstellen?«

»Ich vermute, dass er vorhatte, irgendwann in naher Zukunft Wild anzulocken«, erklärte Mercy. »Das ist besser als Jagen. Auf diese Weise kommen die Tiere von allein zu einem.«

Sie entdeckte mehrere Stapel leerer Lebensmittelbehälter und weitere fest verschlossene Eimer voller Backzutaten. Dazu Angelzeug, medizinische Vorräte, Werkzeuge, alle nur denkbaren Batteriearten. Diese Fülle verschlug ihr den Atem.

»Ich kann es nicht fassen, dass sie nur die Waffen mitgenommen haben. Wieso wurde das alles hier zurückgelassen?«, murmelte sie.

»Es lässt sich nur schwer bewegen«, erwiderte Truman.

»Aber das hat eine jahrelange Vorbereitung erfordert. Eine sehr gründliche Vorbereitung. Das alles hier ist praktisch bares Gold.«

»Nur für manche Menschen.«

Sie warf ihm einen Blick zu. »Wenn das Stromnetz ausfällt, werden Sie dankbar dafür sein.«

Er erwiderte nichts.

»Wussten Sie, dass Ihr Onkel ein Prepper ist?«

»Selbstverständlich. Ich habe in den Sommerferien viel Zeit damit verbracht, ihm bei den Vorbereitungen zu helfen. Einer der anderen Schuppen ist voller Holz, das ich im Laufe der Jahre gehackt habe.« Er bedachte die vollen Schränke mit einem säuerlichen Blick.»Was noch lange nicht bedeutet, dass ich diesen Lebensstil gutheiße.«

»Das ist mehr als nur ein Lebensstil«, korrigierte Mercy ihn.»Es ist eine Lebensphilosophie. Man macht sich unabhängig von anderen. Wird autark.«

»Niemand kann ganz auf sich allein gestellt überleben. Wir brauchen andere Menschen.«

»Irgendwann schon. Aber könnten Sie sich einen Monat lang verstecken?«

»Sicher.«

»Wären Sie innerhalb von zehn Minuten bereit dazu?«

»Nein. Ich müsste erst einige Dinge besorgen.«

»Was würden Sie für einen Monat einpacken?«

»Ich würde mich in einem dieser Outdoor-Geschäfte mit gefriergetrockneten Mahlzeiten eindecken.«

»In diesem Laden müssten Sie mit neunundneunzig Prozent der Bevölkerung wetteifern, da alle dieselbe brillante Idee hatten.« Sie drehte sich noch einmal zu den vielen Reihen voller Lebensmitteldosen um.»Was mich am meisten erstaunt, ist die Tatsache, dass dieses Lager so schlecht geschützt ist. Jeder könnte die Kette vor der Tür mit einer Axt durchtrennen und ihm seine Vorräte stehlen. Im Allgemeinen verbergen Prepper ihre Lager, weil sie Angst haben, bei einem Notfall überrannt zu werden. Wusste der Rest der Stadt, dass Ihr Onkel so gut versorgt war?«

»Ich schätze schon. Allerdings hat er es nicht an die große Glocke gehängt.«

»Möglicherweise hat er darauf vertraut, dass das Erscheinungsbild der Scheune die Leute abschreckt. Ich war jedenfalls überrascht, als Sie die Tür geöffnet haben.«

Truman musterte sie verdutzt.»Sie sind mit dieser *Lebensphilosophie* aufgewachsen, nicht wahr? Ich habe schon gehört, dass die Kilpatricks an eine gute Vorbereitung glauben.«

»Jeder glaubt daran, aber nur wenige handeln entsprechend. Oder wissen, was sie zu tun haben.« Sie schaute sich um. »Ihr Onkel hat ordentliche Arbeit geleistet.«

»Das erklärt noch lange nicht, wie oder warum seine Waffen gestohlen wurden.«

Mercy stellte fest, dass sie bei der Untersuchung des Grundstücks den Fokus verloren hatte. Sie suchten nach Hinweisen auf die Person, die seinen Onkel ermordet hatte. Die Fülle von Vorräten und Ausrüstung hatte sie abgelenkt. »Geben Sie mir Bescheid, wenn Sie nicht wissen, was Sie damit anstellen sollen.«

Truman betrachtete die Schränke. »In der Stadt gibt es bestimmt mehr als genug Menschen, die einige dieser Lebensmittel gebrauchen können.«

Sie wollte ihn davon abhalten, diesen Reichtum einfach nach Lust und Laune zu verteilen. »Jeder hat Bedürfnisse. Geben Sie das jemandem, der es zu schätzen weiß.«

Er bedachte sie mit einem merkwürdigen Blick. »Es sind Lebensmittel. Mehr nicht.«

»Sie könnten den Unterschied zwischen Leben und Tod ausmachen.«

»Weiß Special Agent Peterson, dass Sie eine Horterin sind?«

Mercy erstarrte. *Er will mich nur provozieren.* »Ihr Onkel war kein Horter. Er war klug. Ich bewundere Menschen, die vorausdenken.«

»Ich ebenfalls. Aber nicht, wenn das jeden Aspekt ihres Lebens bestimmt.« Er zeigte zur Tür. »Wollen Sie auch noch den Rest sehen?«

Sie nickte und folgte ihm ins Freie.

* * *

Truman stieß die Luft aus, als sie an dem kleinen Schuppen entlanggingen.

Jefferson Biggs war nicht ganz richtig im Kopf gewesen. Truman hatte sich davor gefürchtet, Mercy den Schrein der Besessenheit seines Onkels zu zeigen, aber sie hatte ihn sogar bewundert. Anstelle von Schock und Erstaunen hatte ihre Miene ihn an die seines Onkels beim Betrachten seiner Vorräte erinnert. So voller Ehrfurcht und Stolz. Er hatte Truman stets den Eindruck vermittelt, er würde innerlich zählen und rechnen, wenn er sein Werk bewunderte.

Mercy hatte genauso ausgesehen.

Wie landet eine ehemalige Prepperin aus Central Oregon als FBI-Agentin bei der Bundesregierung?

Dieser Zwiespalt zwischen ihrer Vergangenheit und ihrer Gegenwart faszinierte ihn. Er musterte sie aus dem Augenwinkel. Sie wirkte ebenso städtisch wie seine Schwester, die in einem Vorort lebte, und er fragte sich, ob sie die ländlichen Wurzeln bewusst hinter sich gelassen hatte oder ob das im Laufe der Zeit einfach so passiert war. Bisher bewegte sie sich wie jemand, der das Ranchleben gewohnt war, und redete auch so, aber er vermutete, dass sie sich in einem modernen Kunstmuseum ebenso ungezwungen bewegen würde.

Er öffnete die Türen des nächsten Schuppens und trat beiseite. Hier würden sie nicht viel Zeit verbringen, denn darin befand sich nichts außer gehacktem Holz. Mercy warf einen Blick hinein und nickte. »Hat er auch ein Gewächshaus?«

»Ein kleines.« Er führte sie um den Holzschuppen herum zu dem kleinen gläsernen Gewächshaus. Als Teenager hatte er dabei geholfen, zwei der Glasscheiben zu reparieren, die er vorher mit seinem Baseball zerstört hatte. Sein Blick fiel sofort auf diese Scheiben, und er stellte fest, dass sie immer noch gut aussahen.

Mercy ging hinein, atmete die feuchte Luft ein und eilte sofort zu einigen in Töpfen gepflanzten Bäumen. »Zitronenbäume! Und Limetten!« Sie konnte nicht aufhören zu grinsen. »Zwergbäume! Sie sitzen hier praktisch auf einer Goldader.«

Truman musterte die Bäume skeptisch und unbeeindruckt, denn sie wirkten gedrungen, und man konnte die Früchte gerade mal erahnen. Mercy stromerte noch einige Minuten durch das Gewächshaus, untersuchte Blätter und murmelte leise vor sich hin. Er wartete geduldig an der Tür, bis sie sich sattgesehen hatte und seufzend wieder herauskam.

»Ihr Onkel war ein kluger Mann. Wo stehen seine Fahrzeuge? Ich gehe doch recht in der Annahme, dass er mehr als eins besessen hat? Vielleicht sogar ein Quad oder ein Motorrad?«

Abermals verblüffte sie ihn. »Sein Pick-up-Truck steht in der ans Haus angrenzenden Garage. Außerdem besaß er noch einen uralten Jeep, mit dem ich als Teenager auf dem Grundstück herumfahren durfte. Und ein Motorrad, das er mich nie anfassen ließ.«

»Zeigen Sie es mir.«

Sie kehrten zum Haus zurück, und Truman drückte auf den automatischen Garagenöffner, der an der Sonnenblende seines Wagens hing. Als das Doppeltor aufging, spähte Mercy in die Garage. Dort stand genau das, was er gesagt hatte: ein Pick-up-Truck, ein alter Jeep und ein Motorrad. Sie ging um die Fahrzeuge herum, würdigte sie jedoch keines Blickes. Truman folgte ihr zu den Generatoren, die an einer Wand aufgereiht waren.

»Hat er auch einen Brunnen?«, erkundigte sie sich.

»Ja. Das Wasser schmeckt widerlich.«

Sie grinste. »Sie sollten dieses Haus nicht verkaufen. Das ist ein wunderbares Grundstück. Einigen Leuten liegt es wahrscheinlich zu nah an der Stadt, aber er hat an alles gedacht, was man für ein autarkes Leben benötigt.«

»Ich möchte hier nicht wohnen.« Er klang leicht weinerlich.

»Sollen wir jetzt ins Haus gehen?«

Als Antwort drückte er die Tür auf, die das Haus mit der Garage verband. Sie ging an ihm vorbei, und der Geruch nach frisch gebackenen Zitronenschnitten drang ihm in die Nase. *Ihr Shampoo?* Schweigend betraten sie das Haus. Truman hatte am Vorabend alles gesagt, was er zu sagen hatte, und verspürte nicht den Drang, die Stille mit sinnlosen Worten zu füllen. Er bemerkte, dass sie ihn einige Male ansah, und fragte sich, was sie wohl in seinem Gesicht lesen konnte.

Schmerz?

Das Verlangen nach Rache?

Im langen Flur blieb sie stehen und deutete auf eine gerahmte Collage verblasster Fotos. »Was geht Ihnen durch den Kopf, wenn Sie sich das ansehen?«

Truman trat näher heran, obwohl er jedes einzelne Foto sehr gut kannte. Es waren Schnappschüsse von seinem Onkel und dessen Freunden. Die meisten stammten aus den 1970er-Jahren. Er wich Mercys Blick aus und presste die Lippen aufeinander, während er über ihre Frage nachdachte. »Ich muss daran denken, dass mein Onkel hier ganz allein gelebt hat. Ich denke daran, wie oft wir aneinandergeraten sind und dass ich doch immer tief in meinem Herzen wusste, wie viel ihm an mir lag. Und ich habe mich immer gefragt, ob er mich wohl vermisst hat, wenn ich nach den Ferien wieder nach Hause gefahren war.«

»Ist Ihnen nie in den Sinn gekommen, hier zur Schule zu gehen?«

»Um Gottes willen. Dies war ein guter Ort, um im Sommer ein wenig Dampf abzulassen, aber ich wollte hier auf gar keinen Fall leben.«

»Hatten Sie freundschaftliche Beziehungen zu Kindern in Ihrem Alter, wenn Sie hier waren?«

Erinnerungen strömten auf ihn ein. Einige schöne, andere eher unschöne. »Ja.«

»Was hing hier?« Sie zeigte auf ein helleres Rechteck an der Wand.

»Ein Spiegel. Er war zerbrochen, als ich an jenem Morgen herkam.«

Mercy starrte das weiße Rechteck an, das der alte Spiegel hinterlassen hatte, der über Jahrzehnte an dieser Stelle gehangen haben musste.

Sie machte einige Schritte und spähte in das Badezimmer, das sie auch letzte Nacht schon gesehen hatte, betrachtete diesmal jedoch nicht den Fußboden.

»Durch die Schüsse ist der Spiegel hier drin zerbrochen, nicht wahr?«

»Ja.« Truman gefiel gar nicht, dass sie beim Blick auf die Wand die Augen derart aufriss. »Warum?«

Sie drehte sich um, betrat das Schlafzimmer seines Onkels und schaute in jede Ecke. »Gab es hier drin irgendwelche Spiegel?«

Truman runzelte die Stirn. »Nicht, dass ich wüsste.«

»Haben Sie im Haus noch andere Spiegelscherben gefunden?« Ihre Stimme war nun eine Oktave höher.

Er überlegte. »Nein. Wieso fragen Sie?«

Sie ging kopfschüttelnd in den Flur zurück und blieb vor der Stelle stehen, an der der Spiegel gehangen hatte. »Er wurde im Handgemenge von der Wand gerissen. Die Stelle liegt ja ganz nah am Badezimmer. Jemand ist dagegengestoßen.«

»Das vermute ich ebenfalls. Was denken Sie?«

Sie sah ihn mit ihren grünen Augen an. »Ich wurde kurz an einen anderen Tatort erinnert.«

Er wusste nicht, welchen Tatort sie meinte, aber da sie versuchte, sich das bei dieser Erinnerung einstellende Entsetzen nicht anmerken zu lassen, musste es ein sehr schlimmer gewesen sein.

»Ich muss Eddie anrufen.«

Diese Worte ließen ihn aufmerken. »Warum?«

»Vielleicht ist ihm in Ned Faheys Haus etwas aufgefallen, das mir entgangen ist.«

»Was denn?«

»Beispielsweise zerbrochene Spiegel.«

* * *

Mercy ging vor Jefferson Biggs' Haus auf und ab und fluchte leise auf Eddie.

»Geh ran. Geh ran. Verdammt noch mal!« Die Mailbox schaltete sich ein. Sie hinterließ eine Nachricht, in der sie ihn bat, schnellstmöglich zurückzurufen, und schickte ihm auch noch eine Textnachricht mit demselben Inhalt.

Seit Truman den zerbrochenen Spiegel erwähnt hatte, raste ihr Herz.

Es ist nicht derselbe. Er kann es nicht sein. Das ist unmöglich.

Oder etwa doch?

Nein. Er ist tot.

Als ihr Handy in ihrer Hand klingelte, ließ sie es beinahe fallen. »Eddie?«

»Ja. Was gibt es denn?«

»Wo sind Sie?«, fragte sie.

»Ich bin in Enoch Finchs Haus. Sie werden es mir nicht glauben, aber es wurde fast vollständig ausgeräumt. Anscheinend glaubte die Familie, sie könnte kommen und gehen, wie sie will, und einfach alles mitnehmen.« Er klang empört. »Der Sheriff hat den Verwandten mitgeteilt, dass alle Beweise gesichert wären, und einem Cousin die Schlüssel überlassen, aber das war vor gerade mal drei Tagen! Hier sieht es aus, als wäre ein Haufen Schnäppchenjäger kurz vor Weihnachten eingefallen.«

»Ist Ihnen aufgefallen, ob der Badezimmerspiegel zerbrochen ist?«

Eddie schwieg einen Moment lang. »Das ist er in der Tat. Wieso fragen Sie? Woher wussten Sie das?«

Mercys Knie drohten nachzugeben.

»Mercy? Warum haben Sie mich das gefragt?«

»Vielleicht war es ein Familienmitglied«, sagte sie. »Ihrer Beschreibung nach waren diese Leute nicht gerade vorsichtig.«

»Ich kann mir den offiziellen Bericht ansehen«, erwiderte Eddie. »Aber es geht wahrscheinlich schneller, wenn ich einen der Officers frage, die hier gewesen sind. Sie haben meine Frage noch nicht beantwortet.«

»Der Badezimmerspiegel in Jefferson Biggs' Haus ist zerbrochen.«

»Daran erinnere ich mich. Er wurde von einer oder mehreren Kugeln getroffen.«

»Es gab noch einen kleineren Spiegel auf dem Flur, der ebenfalls zerbrochen wurde.«

»Mir ist nicht klar, worauf Sie hinauswollen«, gab Eddie zu, der langsam die Geduld verlor. »Spiegel zerbrechen. Insbesondere wenn Menschen Schusswaffen abfeuern oder um ihr Leben kämpfen.«

»Haben Sie in Ned Faheys Haus ins Badezimmer gesehen?«

»Nein.«

»Wir müssen herausfinden, ob die Spiegel in seinem Haus noch ganz sind.«

»Großer Gott, Mercy. *Warum denn das?*«

Sie schluckte schwer. »Es gab schon früher Morde in Eagle's Nest. Der Mörder hat immer die Spiegel zerbrochen.«

Eddie schwieg.

»Ich ziehe hier keine voreiligen Schlüsse, Eddie.«

»Wurde er gefasst?«

Mercy schluckte abermals. »Nein.«

DREIZEHN

Truman kam sich vor, als hätte man ihm eine Tür vor der Nase zugeknallt.

Er warf einen Fünfdollarschein auf den Tresen der Tankstelle, um seine Doritos-Packung zu bezahlen.

Vor Jeffersons Haus hatte Mercy mit ihrem Partner telefoniert und Truman dann mitgeteilt, dass sie wegmüsse. Auf seine Nachfragen hatte sie nur den Kopf geschüttelt. »Eddie sagt, der Badezimmerspiegel in Enoch Finchs Haus wäre zerbrochen, aber in Ned Faheys Haus sind ihm neulich keine Spiegel aufgefallen, daher müssen wir uns dort noch einmal umsehen.« Sie hatte sich ein gequältes Lächeln abgerungen. »Das muss noch lange nichts bedeuten. Ich möchte Ihre Zeit nicht mit etwas vergeuden, das nur ein Schuss ins Blaue ist. Wenn es sich als wichtig herausstellt, gebe ich Ihnen Bescheid.«

Dann war sie weggefahren.

Und hatte ihn mit einem Haufen Fragen und ohne Antworten zurückgelassen.

Zerbrochene Spiegel.

Er war zurück in sein Büro gefahren und hatte nach Verbrechen mit diesem Merkmal gesucht. Erfolglos. Als er bereits eine ViCAP-Anfrage ausfüllte, wurde ihm bewusst, dass »zerbrochene Spiegel« für eine erfolgreiche Suche nicht ausreichte. Er brauchte mehr Daten, um die Sache einzugrenzen.

Demzufolge würde er untätig herumsitzen müssen, bis Mercy beschloss, ihm ihre Informationen zukommen zu lassen. Er konnte Sheriff Rhodes anrufen und ein wenig die Fühler ausstrecken. Der Mann arbeitete seit mindestens zwei Jahrzehnten in diesem Gebiet als Gesetzeshüter und wusste möglicherweise, wovon Mercy sprach.

Vielleicht hatte sie sich aber auch gar nicht an ein hier begangenes Verbrechen erinnert, sondern an eins, mit dem sie in Portland oder bei einem früheren Einsatz konfrontiert gewesen war.

Verdammt!

Frustration machte sich in ihm breit, als er das Wechselgeld in die Trinkgelddose auf dem Tresen der Tankstelle warf.

»Bis später, Chief.«

Endlich sah Truman dem dürren Angestellten in die Augen. »Tut mir leid, Sid. Ich bin ziemlich abgelenkt.« Er schalt sich. Normalerweise konzentrierte er sich immer auf die Person, die ihm gegenüberstand. Jeder hatte seinen Respekt verdient. Ein Großteil seines Jobs bestand in dem Wissen, wie und wann er die Ohren aufhalten musste.

»Mein Beileid zum Tod Ihres Onkels«, sagte Sid mit rauer Stimme und wandte den Blick ab. Ihm fiel das Haar ins Gesicht, das ihn zugleich vor Trumans Musterung schützte.

Truman war gerührt. Etwas derart Persönliches hatte der schüchterne junge Mann noch nie zu ihm gesagt.

»Danke, Sid. Schönen Tag noch.« Truman drehte sich um und prallte beinahe gegen Mike Bevins.

»Hey, Truman. Wie geht's?«

Die Männer schüttelten sich die Hand und plauderten kurz, bis Mikes Begleiter hereinkam.

Craig Rafferty wandte den Blick ab, statt Truman anzusehen.

Arschloch.

Einige Menschen in dieser Stadt werden mich nie akzeptieren.

Damit musste er wohl oder übel leben. Die Gründe dafür reichten von bloßer Dickköpfigkeit bis hin zur Abneigung gegen Regierungsvertreter. Für einige war allein die Tatsache, dass er nicht auf dieser Seite der Cascades zur Welt gekommen war, Grund genug, ihn für immer als Außenseiter anzusehen.

Er war sich nicht sicher, welche Gründe Craig Rafferty haben mochte, doch seine Haltung Truman gegenüber hatte sich seit ihrer ersten Begegnung im Teenageralter nicht verändert.

Truman verstand auch nicht, wieso sich Mike noch immer mit Craig abgab, aber beide Männer arbeiteten für Mikes Dad Joziah Bevins, daher ging Truman davon aus, dass Mike dies einfach dem Hausfrieden zuliebe tat.

Nachdem er Mike zugenickt hatte, ging Truman zu seinem Wagen und musste daran denken, wie er zum ersten Mal herausgefunden hatte, wie Craig so war.

»*Na los, Truman! Sei kein verdammtes Weichei!*«

Truman machte mit der Seilschaukel in der Hand auf dem steilen Abhang einige Schritte nach hinten und achtete genau darauf, wo er auf dem staubigen, überwucherten Boden die nackten Füße absetzte. Er umklammerte das Seil fester und hielt den Atem an, als er losrannte und sprang. Das Seil schleuderte ihn weit über das schnell fließende Wasser hinaus, und einen Sekundenbruchteil hing er in der Luft. Dann ließ er los.

Und fiel und fiel.

Seine Haut brannte, als das eiskalte Wasser seinen Körper traf. Unter Wasser flehte seine Lunge nach dem nächsten Atemzug, aber er hielt den Mund entschlossen zu. Blasen umrahmten sein Gesicht, und er bewegte kraftvoll die Arme und Beine, um sich wieder zurück an die Oberfläche zu arbeiten. Als er oben ankam, rang er nach Luft.

So kalt!

Jubel brandete von den Jungen am Ufer zu ihm herüber. Truman schüttelte sich das Wasser aus den Augen und machte sich auf den Rückweg ans Ufer. Die Strömung hatte ihn bereits weit von seinem Ausgangspunkt weggetragen. Seine Arme zitterten, weil es so schwer war, gegen die Strömung anzuschwimmen. Rufe brachten ihn dazu, nach oben zu blicken, und er bemerkte Craig Rafferty, der sich aufs Wasser hinausschwang. Truman trat Wasser und genoss die Furcht, die sich auf Craigs Gesicht abzeichnete, und die gewaltige Fontäne. Wieder wurde gejubelt, und Mike griff nach dem Seil, sobald es wieder nach hinten schwang, um dann Anlauf zu nehmen. Truman machte noch mehrere Schwimmzüge in Richtung Ufer, behielt Mike jedoch im Auge und wartete darauf, dass er sprang.

Aber Mike ließ nicht los. Er starrte nach unten ins Wasser. Die anderen brüllten etwas.

Vier der Jungen zeigten schreiend auf den Fluss.

Truman drehte sich zu der Stelle um und empfand kurz Entsetzen bei der Vorstellung, ein gefährliches Tier könnte aufgetaucht sein. Stattdessen sah er Craig mit dem Gesicht nach unten im Wasser treiben, der von der Strömung mitgerissen wurde und sich rasch flussabwärts bewegte.

»Truman!« Er hörte Mikes Stimme, die die der anderen übertönte.

Truman zögerte keine Sekunde. Er änderte die Richtung und ging auf Kollisionskurs mit Craig. Seine Arme wurden langsam müde, und das kalte Wasser saugte ihm die Kraft aus den Beinen. Doch er schwamm weiter und behielt Craigs Haare im Auge.

Heb den Kopf!

Craig verschwand unter Wasser, und Panik breitete sich in Trumans Brust aus. Er schätzte ab, welchen Kurs Craigs Körper einschlagen würde, und schwamm noch schneller, bewegte die Arme und Beine, so energisch er konnte. Craigs Rücken tauchte wieder auf, und Truman passte seine Route an.

Fast geschafft.

Truman holte tief Luft und tauchte unter, damit er noch kräftigere Schwimmzüge machen konnte. Seine Fingerspitzen berührten Haut. Es gelang ihm, Craig am Fußknöchel festzuhalten, und er ließ sich von der Strömung mitreißen, während er sich langsam an Craigs Körper hocharbeitete und seinen Kopf im Wasser drehte.

»Craig! Craig!« Er schlug den Teenager ins Gesicht.

Nichts geschah.

Da sie sich im Fluss befanden, konnte er keine Herzdruckmassage machen. Truman schlang einen Arm um Craigs Hals und paddelte einhändig aufs Ufer zu. Er kam nur langsam voran, und der Fluss trug sie immer weiter mit sich, doch nach und nach kam das Ufer näher.

»Scheiße!«

Große Felsen ragten an der Stelle, an der Truman voraussichtlich das Ufer erreichen würde, aus dem Wasser. Da sie sich derart schnell bewegten, würden sie sich beim Aufprall schwer verletzen. Er schob Craig auf den anderen Arm und streckte die linke Hand aus, um sich am Felsen festzuhalten.

Als er dagegenprallte, wurde ihm die Luft aus der Lunge gepresst, und er ging unter. Er schlang den rechten Arm um Craigs Hals, um ihn auf gar keinen Fall zu verlieren. Als er wieder auftauchte und nach Luft schnappte, wurde er durch die Gewalt des Wassers gegen den Felsen gepresst. Zumindest bewegten sie sich nicht länger. Er schätzte die Entfernung zum Ufer ab: etwa viereinhalb Meter.

So nah.

Aber er hatte keine Kraft mehr. Truman schrie Craig an, kniff ihm in die Lippen und stieß ihn gegen die Rippen, so fest er konnte. Nun kam ihm die Tatsache, dass sie vom Wasser gegen den großen Felsen gedrückt wurden, sehr zugute, denn er konnte kurz die Muskeln ausruhen, wusste aber auch, dass er Craig über Wasser halten musste. Die Strömung packte immer wieder die Beine des bewusstlosen Jungen und wollte ihn am Felsen vorbeiziehen. Am Ufer war Bewegung zu erkennen, als die anderen Jungen ankamen. Sie hatten die Seilschaukel abgeschnitten, und einer band Mike das Seil um den Bauch. Mike watete ins Wasser und hielt sich an den anderen großen Steinen fest, um nicht von der Strömung mitgerissen zu werden.

»Wie geht es ihm?«, fragte er keuchend, als er Truman und Craig erreichte.

»Er atmet nicht«, antwortete Truman.

»Kannst du hierbleiben, während ich ihn an Land bringe?«

»Ich gehe nirgendwohin.« Nur mit Mühe konnte Truman den Arm von Craigs Hals lösen, der sich anfühlte, als wäre er festgefroren. Mike packte Craig unter den Armen und drehte ihn auf den Rücken.

»Zieht mich an Land!«, brüllte er. Die anderen Jungen zerrten am Seil.

Truman betrachtete Craigs regloses Gesicht, als sich die beiden sehr langsam dem Ufer näherten.

Mach die Augen auf!

Zwei andere Jungen wateten ins Wasser und halfen dabei, Craig an Land zu schaffen. Sie umringten ihn am Ufer, sodass Truman Craig nicht länger sehen konnte. Nackte Schultern bewegten sich auf und ab, als sie versuchten, ihn wiederzubeleben. Mike warf Truman über die Schulter einen Blick zu.

Truman konnte sich nicht bewegen.

Einer der Jungen hielt das Seil fest, und Mike ging erneut ins Wasser. »Sitzt du fest?«, fragte er Truman, sobald er bei ihm ankam.

»Leider ja. Ich kann die Beine nicht mehr bewegen. Sie sind total taub.«

»Entspann dich. Dreh dich um.« Geschickt brachte Mike ihn in dieselbe Position, in der er auch Craig ans Ufer geschafft hatte. Truman starrte zum blauen Himmel und den hohen Tannen am Ufer hinauf, während Mike ihn an Land schaffte.

Er kam sich vor wie ein bewegungsunfähiges Baby.

Steine schabten über seinen Hintern, und er rollte sich auf den Händen und Knien ins Wasser. Jeder seiner Muskeln zitterte. Er versuchte, die letzten Meter ans Ufer zu kriechen, doch dann griffen mehrere Hände nach seinen Armen und zogen ihn auf die Beine. Vorsichtig ging er weiter, da er aufgrund des eiskalten Wassers kein Gefühl mehr in den Füßen hatte. Als er zur Seite schaute, sah er, wie Craig auf der Seite lag und Flusswasser erbrach.

Vor Erleichterung wäre er beinahe wieder in die Knie gegangen.

Einer der Jungen klopfte ihm auf den Rücken. »Gut gemacht! Du hast ihm das Leben gerettet.« Die anderen versammelten sich um ihn und bejubelten ihn ebenfalls.

Truman bekam keinen Ton heraus. Er sah nur weiter zu, wie Craig würgte und kotzte.

Mike führte Truman zu einem großen Stein und brachte ihn dazu, sich hinzusetzen. Trumans Knie protestierten, als er sie beugte. »Alles okay?«, erkundigte sich Mike.

»Ja.«

»Craig wird schon wieder.«

»Das sehe ich.«

»Gut gemacht, du Held.« Mikes blaue Augen funkelten, und er strahlte ihn an.

»Ich bin kein Held«, widersprach Truman. »Jeder von euch hätte dasselbe gemacht, wenn er als Erster im Wasser gewesen wäre.«

»Das Wasser war verdammt kalt«, sagte Mike. »Das ist Schmelzwasser direkt aus den Cascades.«

»Ach was.«

Craig setzte sich auf, wischte sich den Mund ab und sah die Jungen an, die ihn umringten. »Was ist passiert?«

»Truman hat dir den Arsch gerettet. Du hast im Wasser das Bewusstsein verloren.«

Truman saß auf seinem kalten Stein und spürte, wie ihm das Wasser den Rücken hinunterlief und seine Lunge bei jedem angestrengten Atemzug schmerzte. Craig sah ihm nur ganz kurz in die Augen und wandte den Blick ab.

Truman fehlte die Kraft, um etwas zu sagen.

Nach diesem Tag sah Craig ihm nie wieder in die Augen. Truman hatte damit gerechnet, endgültig akzeptiert zu werden, nachdem er sein Leben riskiert hatte, um Craigs zu retten, doch stattdessen war er noch viel mehr wie ein Außenseiter behandelt worden. In diesem Sommer versuchte Mike noch mehrmals, ihn als Helden zu bezeichnen, was Truman jedoch stets sofort unterband. »Ich war zur richtigen Zeit am richtigen Ort. Daran ist nichts Heldenhaftes.«

Aber auch heute, über ein Jahrzehnt später, dachte er noch jedes Mal, wenn er Craig Rafferty begegnete, an diesen Zwischenfall zurück.

Die Leute werden mich so behandeln, wie sie es für richtig halten, und ich kann rein gar nichts dagegen unternehmen.

Er musste die Menschen ignorieren, die ihn auszugrenzen versuchten. Es gab in der Stadt auch sehr viele gute Leute, die sich große Mühe gaben, damit er sich willkommen fühlte.

Truman war fest entschlossen, Eagle's Nest zu seinem Zuhause zu machen.

VIERZEHN

Ein zackiger Stern aus feinen Rissen bedeckte den Arzneischrank in Ned Faheys Haus.

Mercy starrte ihn an und schluckte die Galle herunter, die ihr die Kehle hinaufstieg. Im Haus gab es nur ein Badezimmer, und sie hatte sich rasch nach weiteren Spiegeln umgesehen, jedoch keine gefunden.

Zufall?

»Nach allem, was wir wissen, könnte er auch schon vor zwei Jahren zerbrochen sein«, merkte Eddie an.

Mercy nickte, doch jede Faser ihres Körpers schien zu schreien, dass dem nicht so war.

»Toby Cox könnte uns das bestimmt sagen«, fuhr er fort. »Wenn er so oft im Haus war, wie er behauptet, muss er irgendwann auch mal auf die Toilette gegangen sein.«

»Ich glaube, er wohnt im nächsten Haus ein Stück die Straße entlang«, sagte Mercy nachdenklich.

»Ich fahre.«

»Wir können auch zu Fuß gehen. Es ist nicht sehr weit, und ich brauche frische Luft.«

Draußen atmete Mercy tief ein, während sie über den Kiesweg liefen. Neds Haus lag etwas höher als der Rest von Eagle's Nest, und dicke graue Wolken hingen in den Baumwipfeln. Es hatte aufgehört zu regnen, aber von den dichten Tannen tropfte noch immer Wasser herunter, sodass immer wieder ein Plätschern aus dem Wald drang. Der Geruch nach feuchter, vermodernder Erde hing in der Luft, und ein armseliger Maschendrahtzaun führte auf einer Straßenseite entlang und wand sich zwischen den Tannen und dem Gebüsch hindurch. Allerdings erweckte der Zaun nicht den Anschein, als könnte er irgendjemanden aus- oder einsperren.

»Sie müssen mich auf den neuesten Stand bringen«, verlangte Eddie nach einer Weile. »An welchen Fall erinnert Sie das hier?«

Mercy schluckte schwer. »Als ich im letzten Highschooljahr war, wurden in Eagle's Nest zwei Frauen ermordet. Sie sind im Abstand von zwei Wochen gestorben, als jemand in ihr Haus eingebrochen ist und sie getötet hat. Man fand nie heraus, wer der Täter war, aber er hat alle Spiegel in den Häusern zerbrochen. In den Badezimmern, Handspiegel – einfach alle, die er finden konnte.«

»Woher wussten Sie davon?«

Sie zuckte mit den Achseln. »Alle wussten es. Dies ist eine Kleinstadt. Die Leute fingen an, nachts die Haustür abzuschließen.«

»Und die Einbrüche hörten einfach auf?«

»Ja.« *Gewissermaßen.*

Einige Augenblicke lang gingen sie schweigend weiter. »Wurden die Frauen erschossen?«, hakte Eddie nach.

»Nein. Sie wurden erwürgt. Und vergewaltigt.«

»Gab es Beweise?«

»Das weiß ich nicht … Ich war ja noch ein Teenager. Es muss irgendwo noch eine Fallakte geben, schätze ich.«

Eddie blieb stehen, und Mercy tat es ihm nach und sah ihm in die besorgt wirkenden braunen Augen. »Mir ist nicht ganz klar, wie das mit unseren Morden zusammenhängen soll. Wir haben es hier mit Männern zu tun, die erschossen wurden. Mit verschwundenen Waffen. Das hört sich nach etwas anderem an als diese beiden Fälle aus der Vergangenheit, in der Frauen überwältigt und vergewaltigt wurden.«

Da hat er recht. »Aber was ist mit den Spiegeln? Wer macht so etwas?«

»Jemand, der sein Spiegelbild nicht ertragen kann?«

Sie grinste schief. Ihr Magen war in Aufruhr, seit sie die Spiegelscherben in Jefferson Biggs' Haus gesehen hatte. Irgendwo musste es doch irgendwie eine Verbindung zwischen all dem geben.

»Lassen Sie uns erst einmal mit Toby Cox reden«, schlug Eddie vor. »Möglicherweise sieht die Sache danach schon ganz anders aus.«

Sie gingen weiter. Mercy roch Holzrauch, als sie an einer nicht gekennzeichneten Auffahrt ankamen, die nach links führte. »Hier müsste es sein.«

Sie hatten gerade mal drei Schritte gemacht, als eine Stimme sagte: »Hallo, FBI-Agenten.«

Toby Cox stand im Wald und verschmolz aufgrund seiner braunen Jacke und Hose nahtlos mit seiner Umgebung.

Mercys Herz raste, und Eddie griff nach seiner Waffe, die er jedoch unter seiner geschlossenen Jacke nicht so leicht ziehen konnte.

»Hallo, Toby. Wir wollten zu Ihnen«, stieß Mercy mühsam hervor.

»Ich habe Sie vorbeifahren sehen und dachte, dass Sie zu Neds Haus wollten«, sagte der Mann. »Daher hab ich hier gewartet, um Sie beim Wegfahren zu beobachten.«

Okay. Das ist schon ein bisschen unheimlich.

»Ist Ihnen noch etwas eingefallen, was Sie uns mitteilen möchten?«, fragte Eddie.

Toby starrte ihn einige Sekunden lang an. »Nein.« Er hielt inne. »Die Leiche ist weg, oder?«

»Ja«, bestätigte Mercy.

»Haben Sie irgendwelche Geister gesehen?« Toby wirkte todernst.

Mercy und Eddie tauschten einen Blick. »Ich nicht. Sie vielleicht?«, fragte sie Eddie.

»Nein, da waren nirgendwo Geister«, antwortete Eddie.

»Ned hat mir erzählt, dass er auf seinem Grundstück schon öfter Geister gesehen hat. Er glaubte, es wären Geister von Leuten, die in seinem Haus ermordet wurden.«

Mercy vermutete, dass sich Ned einen Spaß daraus gemacht hatte, Toby Angst einzujagen – zuerst die Geschichte mit dem Höhlenmenschen und jetzt die Geister.

»Ich glaube nicht, dass Sie sich Sorgen wegen Geistern machen müssen«, sagte Eddie zu Toby.

»Meine Eltern haben gesagt, Ned wäre zu gemein gewesen, um in den Himmel zu kommen, daher ist er jetzt bestimmt auch ein Geist und muss bis in alle Ewigkeit auf seiner Farm spuken.«

Mercy verlor zunehmend die Lust daran, Tobys Eltern kennenzulernen. »Das kann ich mir nicht vorstellen. Wenn ich ein Geist wäre, würde ich zusehen, dass ich aus dieser Kälte und dem Regen rauskomme, und mir ein schönes, sonniges Fleckchen suchen. Geister können doch gehen, wohin sie wollen, nicht wahr? Hier würde ich jedenfalls nicht bleiben.«

Toby legte den Kopf schief und musterte sie, als würde er ihre Worte abwägen.

»Wir waren schon zweimal da und haben keinen Geist gesehen«, bekräftigte Eddie ihre Worte.

»Waren Sie schon mal in Neds Badezimmer?«, wechselte Mercy das Thema.

»Manchmal. Wenn wir draußen gearbeitet haben, wollte Ned aber immer, dass ich kein Wasser verschwende und an einen Baum pinkle.«

Eddie räusperte sich.

»War der Spiegel im Badezimmer zerbrochen?«, fragte

Mercy und ignorierte die Bilder, die in ihrem Kopf entstanden. »Im Augenblick ist er von Rissen überzogen.«

Toby überlegte. »Ich war schon sehr lange nicht mehr da.«

»Daran würden Sie sich doch bestimmt erinnern. Es sieht aus, als wäre der Spiegel von einem Spinnennetz überzogen.«

»Daran kann ich mich nicht erinnern«, sagte er schließlich.

Das Hochgefühl, auf das Mercy gehofft hatte, stellte sich nicht ein. Toby war sich nicht sicher; der Spiegel konnte schon länger zerbrochen sein.

Ich bin paranoid und suche nach Verbindungen, die gar nicht existieren.

»Danke, Toby. Sie waren uns eine große Hilfe.« Sie warf Eddie einen vielsagenden Blick zu, der nur nickte. Dann drehten sie sich um und gingen zu ihren Wagen zurück. Toby sagte nichts mehr. Als sich Mercy nach zwanzig Schritten umdrehte, stand er noch immer im Wald und schaute ihnen hinterher.

Ist er einsam?

»Das war nicht besonders aufschlussreich«, stellte Eddie fest. »Aber wir können uns die Fälle aus Ihrer Teenagerzeit mal vornehmen. Das ist einen genaueren Blick wert.«

»Das ist nicht nötig«, widersprach Mercy. »Wir haben auch so schon genug zu tun.«

»Ich bin überrascht, dass Sie sich nach so vielen Jahren noch an diese Todesfälle erinnern.«

Mercy hatte die Gesichter der Frauen noch deutlich vor Augen. »Hier in der Gegend wird nur selten jemand ermordet, daher war das ein großer Schock. Außerdem war eines der Opfer die beste Freundin meiner Schwester Pearl.«

»Das ist ja furchtbar.«

»Aufgrund dieser Verbindung erinnere ich mich daran wahrscheinlich besser als viele andere Leute hier.«

»Dasselbe gilt bestimmt auch für Ihre Schwester. Ich finde, wir sollten die alten Fälle nicht ignorieren.«

Mercy trat absichtlich in eine Pfütze, um zu überprüfen, ob ihre Stiefel wirklich wasserdicht waren. Eddie hatte recht. Irgendwann würden sie mit Pearl reden müssen. Dieser Gedanke machte sie ganz nervös. *Warum? Sie ist meine Schwester! Was soll sie schon tun? Sich weigern, mit mir zu reden?*

Gut möglich.

»Sie haben recht. Am besten fangen wir mit den Akten der hiesigen Polizei an«, gab sie nach. »Außerdem sollten wir uns bei Darby melden. Sie wollte eine Onlinesuche starten, um herauszufinden, ob jemand die gestohlenen Waffen verkaufen will.«

»Das wird nicht leicht, wenn sie nicht weiß, welche Waffen gestohlen wurden«, sagte Eddie. »Wieso habe ich nur den Eindruck, dass die Waffen gar nicht geklaut wurden, um sie zu verkaufen?«

»Sie waren die wertvollsten Gegenstände in diesen Häusern«, gab Mercy zu bedenken. »Leicht verdientes Geld.«

»Ich gehe eher davon aus, dass sie sie selbst behalten wollen.« Er runzelte die Stirn. »Darby ist auch diejenige, an die man sich mit Fragen über militärische Aktivitäten wenden muss, richtig? Vielleicht gab es ja Gerüchte über irgendein Treffen.«

»Wie die Besetzung eines Wildschutzgebiets?«

Eddie schnaubte. »Ich dachte eher an etwas Größeres. Tödlicheres. Wir haben es hier mit sehr vielen verschwundenen Waffen zu tun. Wer hat sie sich beschafft?«

»Und wofür?«, wisperte Mercy. Auf einen Außenstehenden wirkte Eagle's Nest wie ein Fleck entlang des Highways. Ein ruhiger, harmloser Ort, an dem man sich gut dem geschäftigen Treiben der Stadt entziehen kann. Vielleicht sogar ein Ort, an dem man seinen Ruhestand verbringt oder seine

Kinder naturnah aufzieht. Aber nicht wie das Zentrum von terroristischen Aktivitäten.

»Hat sich die hiesige Polizei um die damaligen Morde gekümmert?«, fragte Eddie. »Oder war das County dafür zuständig?«

»Das weiß ich nicht«, erwiderte Mercy. »Ich kann mich daran erinnern, dass der Polizeichef Pearl Fragen über ihre Freundin gestellt hat, aber ich weiß nicht, ob der Fall größere Ausmaße angenommen hat.«

»Dann ist es ja gut, dass Chief Daly uns leiden kann.«

Mercy sagte nichts dazu.

»Ich bin sehr froh, dass er dieses Bed and Breakfast in der Stadt vorgeschlagen hat. Als ich vorhin dort vorbeigeschaut habe, roch es wie in einer Bäckerei.« Eddies Miene hellte sich auf. »Das ist doch deutlich besser als der Geruch nach Desinfektionsmittel und altem Rauch, der in unserer jetzigen heruntergekommenen Bleibe vorherrscht.«

»So schlimm ist es nun auch wieder nicht.«

»Wir beide stellen sehr unterschiedliche Ansprüche an Hotels.«

»Es erfüllt seinen Zweck.«

»Das mag sein, aber frischer Kaffee, eine große Dusche und eine modernere Einrichtung sind auch nicht zu verachten.«

Mercy zuckte mit den Achseln. »Ich brauche nur ein Bett und eine abschließbare, robuste Tür.«

»Wie wäre es, wenn Sie sich auch mal was gönnen? Das Bureau hat in der Vergangenheit schon deutlich mehr für Unterkünfte gezahlt. Wir verprassen kein Geld, indem wir eine Standardunterkunft nehmen. Nur noch eine Übernachtung, dann können wir umziehen.«

»Was glauben Sie, wie lange wir in Eagle's Nest bleiben werden?«, erkundigte sie sich.

Eddie stieß die Luft aus und sah zu, wie sein Atem in der kalten Luft kondensierte. »So lange es dauert.«

Kopfschmerzen breiteten sich in ihrem Hinterkopf aus. Je eher sie Eagle's Nest wieder verlassen konnte, desto besser.

FÜNFZEHN

Mercy kam sich vor wie eine Diebin. Sie versteckte sich feige im Schatten und wartete darauf, dass die Bewohner das Haus verließen.

Dabei setzte sie darauf, dass ihre Eltern noch immer jeden Dienstagabend zu dem Treffen gingen. Innerlich hoffte sie, dass sie an diesem Abend nicht selbst die Gastgeber spielten. Zwar hatte sie nicht die geringste Ahnung, ob sie diesem Club überhaupt noch angehörten, aber ihr war keine andere Möglichkeit eingefallen, wie sie allein mit Rose sprechen konnte.

Ich hätte auch einfach anrufen können.

Es wäre ihr garantiert gelungen, irgendwie die Telefonnummer aufzutreiben, aber sie wollte nicht riskieren, dass sich ihre Eltern in der Nähe aufhielten, wenn Rose ans Telefon ging. Daher hatte sie sich dazu entschlossen, wie eine Verbrecherin hier herumzuschleichen.

Um zehn vor acht kam der alte Pick-up-Truck ihres Vaters die Auffahrt entlang und fuhr auf den Highway. Sie konnte zwei Personen auf den Vordersitzen erkennen.

Einige Dinge ändern sich eben nie.

Bevor sie es sich noch anders überlegen konnte, drehte sie den Schlüssel im Zündschloss und bog auf die Auffahrt ein. Das Haus lag recht weit von der Straße entfernt. Selbstverständlich hatten ihre Eltern die Auffahrt nicht gekennzeichnet, die sich durch einige Felder und Wäldchen wand, sodass ein möglichst großer Abstand zwischen ihrem Zuhause und dem Rest der Welt existierte. Es dauerte eine Ewigkeit, den kurvenreichen Weg hinter sich zu bringen. Als sie endlich vor dem vertrauten Haus parkte, starrte sie es dreißig Sekunden lang einfach nur an und versuchte, ihre Nervosität in den Griff zu bekommen.

Es sieht noch genauso aus wie früher.

Sie hatte schöne Jahre in dem von ihrem Vater errichteten kleinen weißen Farmhaus verbracht. Als Kind war sie viel zu beschäftigt gewesen, um herumzusitzen und sich ein anderes Leben zu wünschen. Außerdem hatte man sie gelehrt, sich mit dem zufriedenzugeben, was sie hatte. Es kam ihr so vor, als würden sich die Kinder von heute eher auf die Dinge konzentrieren, die sie nicht hatten, und darauf, wie sie ihre Eltern davon überzeugen konnten, sie ihnen zu kaufen.

Anscheinend werde ich langsam alt.

Sie gehörte nun offiziell der »älteren Generation« an, da sie sich über die jüngere beschwerte.

Will ich das wirklich tun?

Sie vermisste Rose sehr. Jahrelang hatte sie bei dem Gedanken an ihre Schwester körperlichen Schmerz empfunden. Erst in den letzten Jahren war es etwas besser geworden, allerdings hallte er noch immer in ihren Knochen nach wie ein schlimmer Bruch, der nie richtig verheilt war. Die Sehnsucht war seit ihrer Rückkehr nach Eagle's Nest ins Unermessliche gewachsen. Sie liebte ihre Schwestern beide, aber sie wusste einfach, was in Rose vor sich ging. Ihre vier Jahre ältere Schwester war ihr nie blind erschienen. Rose war ebenso wie sie herumgelaufen und hatte nicht weniger wild gespielt. Auch aufgeschürfte Knie und blaue Flecken hatten sie nie aufgehalten.

Ihre Schwester war immer die personifizierte Zufriedenheit gewesen und hatte sich nie erbost über das Schicksal beschwert, weil sie blind zur Welt gekommen war, jedenfalls nicht Mercy gegenüber. Aber Mercy hatte sich an ihrer statt geärgert. Sehr oft hatte sie geweint, weil die Welt derart unfair war und sich um Sehende drehte, wo ihre Schwester doch nicht einen Blick darauf erhaschen konnte. Sie hatte Gott angefleht, Roses Blindheit auf sie zu übertragen, und sich dann davor gefürchtet, er könnte es tatsächlich tun.

Wieder und wieder hatte sie ihrer blinden Schwester Farben beschrieben, doch Rose hatte mit diesen Vergleichen nichts anfangen können. Auch wenn Rose erklärte, Gras sei grün und der Himmel blau, hatte sie diesen Anblick nie selbst erlebt und wusste nicht, wie leichte Farbveränderungen aussahen. Für sie waren das nur leere Worte. Gras war weich oder spitz oder trocken oder knackig oder lautlos. Der Himmel ließ sich nicht anfassen, daher konnte sie weder ein Gefühl noch ein Geräusch damit verbinden.

Die Leute stellten Rose dumme Fragen. Mercy verstand, dass sie neugierig waren, aber sie wollten immer dasselbe wissen.

»Was siehst du?«

»Wie stimmst du deine Kleidungsstücke aufeinander ab?«

»Was siehst du, wenn du träumst?«

Ihre Mutter hatte die Kleidungsfrage gelöst, indem sie Rose nur Jeans und im Sommer Jeansshorts tragen ließ. »Zu Denim passt alles«, hatte sie gesagt. Zudem besaß Rose weitaus mehr Kleider als ihre Schwestern, weil man dazu nichts weiter anziehen musste.

Rose behauptete, ihre Träume wären wie ihr Alltag. »In meinen Träumen schmecke, höre und rieche ich. Darin gibt es nichts zu sehen.«

Am liebsten mochte sie Geräusche. Gewitter, das Zischen von Fleisch auf einem Grill und alle Musikinstrumente.

Ihre Geschwister wachten mit Argusaugen über Rose. Wehe jedem dummen Kind, das es für witzig hielt, Roses

Stock zu verstecken, denn dann bekam man es mit vier Kilpatrick-Geschwistern zu tun.

Mercy machte einige Schritte auf das leise Haus zu und konnte das Gefühl nicht abschütteln, dass sie gerade dabei war, einen großen Fehler zu begehen.

Hat Levi sie darüber informiert, dass ich in der Stadt bin?

Levi hatte keinen Kontakt zu Mercy aufgenommen. Sie hätte nichts dagegen gehabt, denn sie war es leid, so zu tun, als hätte es die Vergangenheit nie gegeben.

Rose, Levi und sie teilten ein Geheimnis. Eines, über das sie seit fünfzehn Jahren nicht gesprochen hatten.

Sie trat bewusst kraftvoll auf die Holzstufen, damit Rose hörte, dass jemand zum Haus kam, auch wenn ihre Schwester schon das Auto gehört haben musste. Der Klang des unbekannten Motors musste Rose verraten haben, dass dies nicht ihre Eltern sein konnten.

Mercy klopfte an die Tür.

Einige Sekunden verstrichen. »Wer ist da?«, fragte die entschlossene Stimme ihrer Schwester.

Mercy schloss die Augen, da sich ihr Brustkorb bei dem vertrauten Klang zusammenzog.

»Rose. Hier ist Mercy.« Ihre Stimme brach.

Sie wartete.

Schlösser klackten, und Riegel wurden zurückgeschoben. Die Tür ging auf, und Roses verdutztes Gesicht war zu sehen. »Mercy?« Sie streckte eine Hand aus, die genau auf der Höhe von Mercys Gesicht verharrte, und schien nur darauf zu warten, ihre Schwester zu berühren.

»Ich bin es wirklich.« Sie nahm Roses Hand und führte sie an ihre Wange. Ihre Schwester strahlte, als sie mit den Händen sanft über Mercys Gesicht und Haare fuhr.

»Rede mit mir«, flehte Rose. »Ich muss deine Stimme hören.«

»Äh ... Du siehst toll aus, Rose. Das ist mein voller Ernst. Du hast dich kein bisschen verändert.« Das entsprach der Wahrheit. Roses Gesicht wies keinerlei Falten auf und spiegelte noch immer diese friedliche Gelassenheit wider, um die Mercy sie als Teenager sehr beneidet hatte. Ihre Schwester war einige Zentimeter kleiner als sie und wirkte fit und glücklich. »Ich arbeite jetzt beim FBI und lebe in Portland.«

Die Finger ihrer Schwester erstarrten, als sie Mercys feuchte Wangen berührten.

»Du hast mir gefehlt, Rose.«

Rose umarmte sie. »Oh mein Gott.« Sie atmete tief durch die Nase ein. »Du riechst noch genauso wie früher, Mercy.«

Mercy musste lachen, wenngleich ihr abermals die Tränen kamen. »Das kann ich mir kaum vorstellen.«

»Es ist aber so. Glaub mir. Deine Haare sind jetzt allerdings länger, und du scheinst dünner zu sein.«

»Das stimmt«, gab Mercy zu.

Rose zog sie ins Haus. »Komm doch rein! Mom und Dad sind nicht da. Sie haben heute Abend wieder ihr Treffen.«

»Ich weiß«, gestand Mercy.

Mit fragender Miene drehte sich Rose zu ihrer Schwester um und bewegte unter den Lidern leicht die blinden Augen. Eigentlich hatte sie die Augenlider immer geschlossen, so wie es manche Menschen taten, die von Geburt an blind waren. »Du hast bewusst diese Zeit für deinen Besuch ausgewählt?«, fragte sie leise.

»Ja.« Mercy betrachtete das noch immer wunderschöne Gesicht ihrer Schwester.

»Du willst sie nicht sehen.«

»Doch. Aber ich bezweifle, dass sie mich sehen wollen.«

Rose nahm Mercys Hände. »Das weißt du doch gar nicht. Wir dürfen nicht zulassen, dass diese Sache unsere Familie noch länger entzweit, und sollten ihnen die Wahrheit sagen.«

Mercy erstarrte. »Nein. Sie haben sich dazu entschieden, mich auszuschließen. Es gibt keinen Grund, das jetzt wieder auszugraben. Kannst du dir vorstellen, wie sich das auf unser Leben auswirken würde, wenn die Sache ans Licht käme? Levi und ich könnten ins Gefängnis wandern!«

»Die Polizei würde doch bestimmt verstehen ...«

»Nachdem wir es fünfzehn Jahre lang vertuscht haben?« Es fiel Mercy schwer, halbwegs ruhig zu bleiben. »Jedes Jahr, in dem wir nichts gesagt haben, macht alles nur noch schlimmer.« Panik brandete in ihr auf, und ihr brach der Schweiß unter den Achseln aus.

Ich hätte nicht herkommen sollen.

Roses Nasenflügel weiteten sich ein wenig. »Beruhige dich. Ich werde nichts tun, was du nicht gutheißt.«

Mercy atmete mehrmals tief ein. So hatte sie sich ihr Wiedersehen nicht vorgestellt.

»Komm doch rein«, bat Rose. »Ich würde deine Stimme gern noch etwas länger hören.« Mercy folgte ihr in die Küche im hinteren Teil des Hauses und ließ sich von Rose an den vertrauten Eichenesstisch der Familie geleiten. Mercy blinzelte einige Male schnell, als sie feststellte, dass an den Fenstern noch immer dieselben Vorhänge hingen – die nur deutlich ausgeblichener waren. Rose huschte in der Küche herum und fand zielsicher alles, was sie zum Zubereiten eines Tees benötigte. Nach und nach entspannte sich Mercy, und sie sackte gegen die Rückenlehne des Stuhls.

Ein ihr gut bekanntes Sieb und ein Holzmörser standen auf der Arbeitsplatte, und der schwache, süße Duft von mit Zimt gekochten Äpfeln drang ihr in die Nase. Automatisch wanderte ihr Blick zum Herd, auf dem noch immer der Einmachtopf stand. Sie schloss die Augen, holte Luft und erinnerte sich ...

»*Du bist mit dem Pressen der Äpfel an der Reihe*«, fuhr die zwölfjährige Mercy ihre Schwester an. »*Ich musste schon die letzten beiden Ladungen übernehmen.*«

Rose nahm den Stößel und bewegte ihn langsam durch das Sieb, um den Brei aus gekochten Äpfeln durch die Löcher zu pressen, sodass nur noch die glatten Schalen und Samen zurückblieben. Mercy schaufelte noch mehr heiße Apfelstücke ins Sieb und achtete darauf, nicht die Hände ihrer Schwester zu treffen. Sie hatten sich beide schon mehrfach beim Einkochen von Apfelmus verbrannt.

»*Die Gläser sind fertig*«, *sagte Rose, als Mercy gerade auf die Uhr schaute. Der innere Timer ihrer Schwester funktionierte wie immer perfekt. Mercy holte die Gläser aus dem kochenden Wasser im Einmachtopf und stellte sie sorgsam zum Abkühlen auf die Arbeitsplatte. Damit hatten sie vier Dutzend fertig. Drei weitere Eimer voller Äpfel warteten noch darauf, verarbeitet zu werden.*

Das gelegentliche Pling gab ihr zu verstehen, dass eines der abkühlenden Gläser nun fest verschlossen war.

Sie nahm sich einen Augenblick, um die hübschen Reihen aus gelbrosa Gläsern zu bewundern. Ihre Mutter würde zufrieden sein. Apfelmus aßen sie viel öfter als jedes andere eingeweckte Obst, insbesondere ihre Brüder und ihr Vater. Aber auf den langen, heißen, klebrigen Einkochvorgang hätte sie gut und gerne verzichten können.

»*Schneid die nächsten Äpfel klein*«, *ordnete Rose an.*

Mercy schnappte sich das große Messer und wedelte hinter ihrer Schwester trotzig damit herum.

»*Wenn du mich versehentlich triffst, presst du die Äpfel aus.*«

Mercy streckte ihrer blinden Schwester die Zunge heraus.

Sie schlug die Augen auf. »Du hast eingekocht.«

»So wie immer«, erwiderte Rose. Ihre Schwester war so anmutig wie eine Tänzerin. Sie wusste, wie viele Schritte sie vom Spülbecken zum Herd brauchte und wohin sie den alten Wasserkessel stellen musste, ohne vorher nach der Platte tasten zu müssen. Als Kind hatte Mercy ihr das mal mit verschlossenen Augen nachmachen wollen. Es war ihr gut gelungen, aber Rose beherrschte es meisterhaft.

»Möchtest du Milch in deinen Tee?«

»Nein, danke.« Mercy nahm ihre Schwester genauer in Augenschein. Ihr langes dunkles Haar sah noch aus wie früher, aber ihr Gesicht hatte die kindliche Plumpheit verloren. Heute sah Rose ... erwachsen aus. Ihr Lächeln war weiterhin umwerfend, und sie hatte leicht schiefe Lippen, was sie kess wirken ließ und worum Mercy sie immer beneidet hatte. Das tat sie auch heute noch. »Wie ist dein Leben so, Rose?«

Sofort bereute sie ihre Wortwahl. »Ich meine, was hast du in den letzten fünfzehn Jahren so getrieben?«

Rose lächelte. »Ich hatte dich schon verstanden. Ich bin glücklich. Drei Tage die Woche unterrichte ich die kleinen Kinder in der kirchlichen Vorschule. Mom unterstützt mich ein wenig, aber den Großteil mache ich allein.«

»Das ist ja großartig.« Mercy war nicht überrascht. Rose hatte Kinder schon immer geliebt. Sie hätte zu gern gefragt, ob Rose sich schon mal verliebt hatte. Ob sie je einen Mann geküsst hatte. Ob sie sich manchmal Sorgen um ihre Zukunft machte, da ihre Eltern irgendwann nicht mehr da sein würden.

Wem mache ich hier etwas vor? Sie kümmert sich vermutlich mehr um Mom und Dad als umgekehrt.

Rose hatte sich von ihrem nicht vorhandenen Sehvermögen noch nie daran hindern lassen, möglichst unabhängig zu leben.

»Außerdem kümmere ich mich um die Hühner. Mom reitet nicht mehr aus, daher sorge ich dafür, dass die Pferde Bewegung bekommen, und übernehme auch den Großteil der Gartenarbeit.«

Das waren alles Aufgaben, die Mercy als Kind gehasst hatte. Bis auf das Reiten. »Das hört sich ganz nach einem guten Leben an.«

»Heutzutage ist vieles anders, Mercy.« Sie strahlte ihre Schwester an. »Und weißt du, was mir am besten gefällt? Dass es heute Technologie gibt, die mir das Leben erleichtert.«

»Und damit hat Dad kein Problem?«

Rose lachte auf. »Er ermahnt mich nur ständig, mich nie darauf zu verlassen. Aber ich habe vorher überlebt und werde es auch immer wieder schaffen. Sieh dir das nur an. Sag mir mal deine Telefonnummer.« Sie zog ein Handy aus der Tasche, diktierte etwas und schickte Mercy eine Nachricht. Dann hielt sie ihr Handy über eine Teetasse, die daraufhin durch eine App korrekt als rote Teetasse identifiziert wurde. »Es liest mir E-Mails, Websites, Artikel, Texte und Bücher vor.«

»Das ist ja großartig, Rose.« Mercy freute sich sehr, ihre Schwester so begeistert zu sehen. Sie konnte Roses Begeisterung über die moderne Technik durchaus nachvollziehen, da sie jedes ihr zur Verfügung stehende Computertool nutzte, um ihren Job so gut wie möglich zu machen, war jedoch auch mental gewappnet, ohne zu leben, falls alles eines Tages verschwinden würde.

Rose stellte einen Teller mit selbst gebackenen Keksen auf den Tisch. »Fehlt dir dieses Leben?«, fragte sie leise.

»Nein.« Die Antwort kam Mercy ohne Zögern über die Lippen. »Aber ich vermisse euch alle.«

»Du hast nie angerufen. Oder geschrieben«, flüsterte Rose.

»Dad hat mir seine Meinung deutlich zu verstehen gegeben, und Mom hat ihn unterstützt.«

»Wie es richtig ist«, ergänzte Rose.

Mercy erstarrte und hätte am liebsten gebrüllt, dass ihre Mutter eigene Entscheidungen treffen sollte. Deborah Kilpatrick musste sich nicht dem Willen ihres Mannes beugen, um ihn zufriedenzustellen. Stattdessen biss Mercy in einen Keks.

Es steht mir nicht zu, sie eines Besseren zu belehren.

»Denkst du manchmal an diese Nacht?«, fragte Rose leise, die Mercy den Rücken zuwandte und gerade Teebeutel in zwei Tassen hängte. Wäre es nicht absolut still in der Küche gewesen, hätte Mercy sie nicht gehört.

»Jeden Tag.«

Rose drehte sich um, und Mercy bemerkte, dass ihre Fingerknöchel weiß anliefen, weil sie die Tassen so fest umklammerte. Sie stellte sie auf den Tisch und setzte sich. »Das Wasser kocht gleich.«

»Das ist einer der Gründe, warum ich hier bin, Rose. Du weißt, dass das FBI bezüglich der Morde an den Preppern ermittelt?«

Rose nickte und umfing noch immer eine der Tassen.

»Wusstest du, dass in jedem der Häuser sämtliche Spiegel zerbrochen waren?«

Ihre Schwester zuckte so heftig zusammen, dass die Tasse über den Tisch rutschte. Mercy hielt sie fest, bevor sie zu Boden fallen konnte. Dann nahm sie Roses Hände und legte ihre Finger erneut um die Tasse. Ihre Haut fühlte sich eiskalt an.

»Er ist tot«, wisperte Rose.

»Einer von ihnen ist es jedenfalls. Der andere konnte entkommen.«

»Wir drei haben geschworen, niemandem zu erzählen, was passiert ist.«

»Und wir haben uns alle an dieses Versprechen gehalten«, versicherte Mercy ihr.

»Sie haben damals Pearls Freundin ermordet. Und dieses andere Mädchen.«

»Das wussten wir nicht mit Sicherheit.«

»Vielleicht war der eine Mann gar nicht wirklich tot.« Rose sprach so schnell, dass sich ihre Worte überschlugen. »Möglicherweise war er nur verwundet und ist jetzt zurückgekehrt.«

»Es könnte auch sein, dass der zweite Mann die neuen Morde begangen hat. Der, den du gehört hast, den wir aber nie sehen konnten.«

»Ich bin mir noch immer nicht sicher, dass ich in jener Nacht die zweite Stimme erkannt habe.«

»Doch, das bist du«, widersprach Mercy. »Du hast ein überragendes Hörvermögen. Damals wusstest du ganz genau, dass du die Stimme des anderen Mannes schon mal irgendwo gehört hattest. Du warst dir ganz sicher. Und wenn du heute daran zweifelst, dann liegt das nur daran, dass seitdem so viel Zeit vergangen ist. Aber ich erinnere mich ganz genau daran, dass du damals davon überzeugt warst.«

Rose schien in sich zusammenzusinken. »Ich habe diese Stimme nie wieder gehört. Dabei habe ich die Ohren offen gehalten. Fünfzehn Jahre lang habe ich jedem Mann, dem ich begegnet bin, genau zugehört und mich gefragt, ob er derjenige war, der in jener Nacht dort gewesen ist.« Sie erschauderte. »In meinen Träumen höre ich sie noch immer.«

Mercy wurde ganz schwer ums Herz. »Hast du Levi gefragt, was er mit dem Mann angestellt hat, der gestorben ist?«

»Nachdem du weg warst, habe ich es ein paarmal versucht, aber er geht nie darauf ein. Er will nicht darüber reden.«

»Das will keiner von uns«, sagte Mercy leise.

»Levi hat nur gesagt, dass niemand die Leiche finden wird.« Roses Teetasse, die sie noch immer umklammerte, klapperte auf der Tischplatte. »Er hätte uns umbringen können, Mercy. Wir können beide von Glück reden, dass wir noch am Leben sind.«

»Das weiß ich.«

»Oh, Mercy. Glaubst du wirklich, er könnte überlebt haben? Hat sich Levi etwa geirrt? War der zweite Mann die ganze Zeit über in Eagle's Nest?«

»Ich werde wohl mal mit Levi reden müssen.«

Mercy stand auf und trat vor eines der kleinen Fenster an der Ostseite des Hauses. Sie berührte die Wand und betastete die Stelle, die sich irgendwie weicher anfühlte. Die Farbe passte noch immer perfekt zur Umgebung.

»Ist es noch unsichtbar?«, fragte Rose, ohne den Kopf zu Mercy zu drehen. »Manchmal befürchte ich, man könnte es inzwischen sehen. Ich bilde mir auch ein, es beinahe spüren zu können.«

»Das Einschussloch ist nicht zu erkennen.« Mercy betrachtete den Boden und erinnerte sich an das viele Blut, das sie hatte aufwischen müssen. Rose und sie hatten stundenlang geschuftet und dennoch befürchtet, die Polizei könnte noch irgendwelche Spuren finden. Jeder Zentimeter des Bodens und mehrere Wände waren in jener Nacht gründlich abgeschrubbt worden.

»Wir haben getan, was wir tun mussten, Rose.«

»Wirklich?«

SECHZEHN

Einige Stunden später lag Mercy im Bett und konnte nicht schlafen, was jedoch nicht daran lag, dass sie voller Energie war und die lange Liste an Aufgaben abarbeiten wollte. Vielmehr war sie in dieser Nacht ausgelaugt und so am Ende, dass sie sich einfach nicht genug entspannen konnte, um Schlaf zu finden. Das Gefühlschaos, das sie bei Rose erlebt hatte, zeigte Nachwirkungen.

Doch es war die Sache wert gewesen, denn sie hatte endlich wieder mit ihrer Schwester sprechen können.

Aber als sie jetzt die Decke anstarrte, schien Gewalt in jeder dunklen Zimmerecke zu lauern. Sie hörte jedes Geräusch in dem alten Gebäude. Eine Toilettenspülung. Schritte, die an ihrem Zimmer vorbeigingen. Das Zuschlagen einer Wagentür. Sie versuchte, das alles auszublenden.

Stattdessen drang eine Erinnerung an die Oberfläche, die all das Blutvergießen, die Furcht und die Schuldgefühle von vor fünfzehn Jahren mit sich brachte.

Mercy zog das Tor zu und überprüfte den Riegel.

Sie trottete im Dunkeln den Weg zum Haus entlang und war froh darüber, dass sie ihre Hausaufgaben bereits in der Schule gemacht hatte. Im Frühling gab es auf der Farm immer wahnsinnig viel zu tun, und es würde fast elf sein, bis sie endlich zu Bett gehen konnte. Eifersucht durchzuckte sie, als sie an die Mädchen aus der Schule dachte, die in der Stadt lebten. Sie mussten sich um keine Tiere kümmern, nicht im Garten Unkraut jäten. Und sie hatten jede Menge Zeit zum Fernsehen.

Ein anderes Leben. Mercy und ihre Familie lebten aus einem guten Grund so. Einem Grund, auf den sie stolz war, was aber noch lange nicht bedeutete, dass es ihr immer gefiel.

Diese Mädchen würden noch dumm aus der Wäsche gucken, wenn sie eines Tages kein Benzin mehr für ihre Autos und keine Lebensmittel für ihre Mahlzeiten mehr bekamen.

Dann würde ihnen das Leben einen Crashkurs in Gartenbau verpassen.

Ihre Eltern waren an diesem Abend ausgegangen. Sie hielten sich für ihren halbjährlichen Einkaufstrip in Portland auf, allerdings hatte ihre Mutter die drei Geschwister nach dem Mord an Pearls Freundin nur ungern allein gelassen. Mercys Vater hatte ihre Besorgnis abgetan. »Keiner kann besser auf sich aufpassen als unsere Kinder.«

Widerstrebend hatte ihre Mutter nachgegeben. Das Jahr über führten ihre Eltern eine Liste mit Gegenständen, die sie auf dieser Seite der Cascades nicht erhielten. Am Vorabend hatten sie stundenlang über der Liste gebrütet und die Kosten gegen die Notwendigkeit abgewogen, während sie überlegten, ob sie einen ultrakalten medizinischen Kühlschrank, einen Mikrohydrogenerator und ein halbes Dutzend anderer Dinge besorgen sollten. Irgendwann hatte Mercy gar nicht mehr zugehört. Ihr war eigentlich völlig egal, was sie machten. Sie liebte ihre Eltern, aber manchmal nahmen sie die TEOTWAWKI-Vorbereitungen ein bisschen zu ernst. Andere Familien fuhren in die Ferien, ihre sparte jeden Penny, den sie erübrigen konnte.

Wenigstens konnten Owen und Pearl tun und lassen, was sie wollten. Sie waren jetzt beide verheiratet und lebten in eigenen Häusern in Eagle's Nest, wenngleich Owen weiterhin sehr viel Zeit mit ihrem Vater verbrachte, ihn um Ratschläge beim Preppen bat und mit ihm und Levi Solarmodule anbaute. Owen wurde ihrem Vater von Tag zu Tag ähnlicher – er nahm das Leben immer so ernst. Was war aus ihrem großen Bruder *geworden, der Dragsterrennen fuhr und hinter Wilsons Scheune Bier trank?*

Sie trat durch die Hintertür ihres Hauses und rief: »Rose? Ist noch Kuchen übrig?« Beim Gedanken an den Apfelkuchen ihrer Schwester knurrte ihr der Magen. Rose konnte unglaublich gut Kuchen backen. Ihr Geruchssinn verriet ihr stets, wenn der Kuchenboden perfekt war; dazu musste sie ihn überhaupt nicht sehen.

Schweigen empfing sie. Mercy zog die nassen Stiefel im Vorraum aus und hängte ihre Jacke an den Haken. Auf Strümpfen ging sie in die Küche und durchsuchte die Schränke nach Kuchenresten. Rose hatte gelernt, Backwaren gut zu verstecken, damit Levi nicht alles aufaß. Mercy hatte ein kleines Stück abbekommen, als der Kuchen aus dem Ofen geholt worden war, und rechnete damit, dass Levi seitdem den Rest verspeist hatte.

Manchmal wünschte sie sich, er würde endlich heiraten und ausziehen. Er hatte bereits ein kleines Mädchen gezeugt und musste sich eigentlich nur noch mit Kaylies Mutter einigen.

Aus dem Arbeitszimmer ihres Vaters auf der anderen Seite des Hauses drangen ein dumpfes Poltern und ein leises Krachen an ihre Ohren.

»Rose? Ist alles in Ordnung?« Mercy durchsuchte weiter die Schränke und bereute es, nicht über Roses Geruchssinn zu verfügen, mit dem sie den Kuchen garantiert gefunden hätte.

»Verdammt! Levi!« Sie öffnete die Spülmaschine und entdeckte die leere Glaskuchenform darin.

Weitere Poltergeräusche waren zu hören. Mercy knallte die Spülmaschinentür zu und verließ die Küche, um nachzusehen, was ihre Schwester umgeworfen hatte. Die Haustür stand weit offen, und sie drückte sie im Vorbeigehen zu, während sie den Geräuschen zum Arbeitszimmer folgte.

Sie bog um eine Flurecke und sah ihre Schwester auf dem Boden des Hobbyzimmers liegen. Ein Mann saß rittlings auf ihrem blutenden Körper. Er blickte auf, als Mercy wie erstarrt stehen blieb, und stürzte sich auf sie. Sie fiel auf die Knie, bevor sie herumwirbeln und weglaufen konnte.

Dann lag sie im Flur und spürte sein Gewicht auf ihrem Rücken, das ihr den Atem raubte. Sie wehrte sich, schwang die Arme und trat so fest zu, wie sie nur konnte. Als sie den Kopf hochriss, wurde sie mit einem befriedigenden Knirschen belohnt, da sie seine Nase getroffen hatte.

»Elende Schlampe!«

Er packte sie an den Haaren, riss ihren Kopf nach hinten und schlug ihr mit der anderen Hand ins Gesicht. Dabei riss er ihr eine Haarsträhne aus. Mercys Augen tränten, und ihr Hals pochte an der Stelle, wo er überdehnt wurde, sie hörte auf, sich zu wehren.

Er wird mich umbringen.

Ist Rose schon tot?

Ist das auch den anderen Mädchen passiert?

Ist er der Mörder?

Er ließ ihr Haar los und stützte sich mit mehr Gewicht auf ihren Rücken, während er ihr etwas ins Ohr raunte und sein Atem heiß über ihre Haut wehte. Der widerliche, ölige Geruch von Angst und Aufregung stieg ihr in die Nase. Ihr Gehirn weigerte sich, seine entsetzlichen Worte zu verarbeiten.

Im nächsten Moment zerrte er am hinteren Hosenbund ihrer Jeans.

Tief in ihr explodierte etwas, und sie bäumte sich nach hinten auf, stieß mit dem Ellbogen zu und war fest entschlossen, sein Gesicht zu treffen. Ihr Ellbogen traf seine Augenhöhle, und er schlug sich schreiend die Hände vors Gesicht. Mercy kroch unter ihm hervor, trat wild um sich und bereute es, die Stiefel ausgezogen zu haben. Sie stolperte und wäre beinahe gestürzt, schaffte es jedoch, das Gleichgewicht nicht zu verlieren, und versuchte, zurück ins Arbeitszimmer und zu Rose zu gelangen.

Ihre Schwester kauerte auf allen vieren, Blut rann ihr aus

Nase und Mund, und ihr Kleid war vorn zerrissen. Man konnte ihren BH und ihren nackten Bauch sehen. Mercy blieb kurz erschrocken stehen und eilte ihrer Schwester dann zu Hilfe. Rose wich zurück und erhob sich auf die Knie. Sie hielt eine der Pistolen ihres Vaters in der zitternden Hand und zielte damit auf Mercy.

»Rose! Ich bin's, Mercy.«

Sofort ließ Rose die Waffe sinken. »Mercy?« Ihre Stimme bebte.

»Gib mir die Waffe.« Mercy riss ihr die Pistole aus der Hand und wirbelte herum, wobei sie gerade noch einen Blick auf den Rücken ihres Angreifers erhaschte, der um eine Flurecke verschwand. »Bleib hier!«, sagte sie zu Rose und rannte dem Mann hinterher, während das Adrenalin durch ihre Adern raste.

Erschieß ihn, erschieß ihn, erschieß ihn.

Die Waffe lag vertraut in ihrer Hand. Sie hatte schon viele Hundert Male mit den Waffen ihres Vaters geschossen.

Darum mussten wir immer wieder damit üben.

Als sie um die Ecke bog, sah sie, wie der Mann plötzlich die Richtung änderte. Er hatte erst durch die Küche rennen wollen und fiel beinahe hin, als er abrupt in den vorderen Teil des Hauses abschwenkte. Mercy stellte sich breitbeinig hin, zielte und feuerte. Zwei Schüsse fielen.

Er brach auf dem Boden ihres Wohnzimmers zusammen.

Sie blieb in dieser Pose, und ihr drohte das Herz aus der Brust zu springen. Ihr Keuchen drang laut an ihre Ohren.

Der Mann bewegte sich nicht.

»Mercy? Rose?«, rief Levi aus der Küche.

»Uns geht es gut!«, antwortete sie.

Ihr Bruder spähte aus der Küche und riss die Augen auf, als er sah, dass sie mit der Waffe auf den Mann auf dem Boden zielte. Um seinen Körper herum bildete sich rasch eine Blutlache.

Ich muss den Boden schrubben.

»Großer Gott, Mercy! Hast du auch auf ihn geschossen?«

Sie bemerkte die erhobene Waffe in der Hand ihres Bruders. Kein Wunder, dass der Kerl die Richtung geändert hat.

»Er hat erst Rose angegriffen, dann mich. Oh Gott.« Sie drehte den Kopf zu ihrer Schwester um. »Rose? Alles in Ordnung?« Mercy schaffte es nicht, die Waffe sinken zu lassen, und richtete sie weiterhin auf den am Boden liegenden Mann.

»Mir geht's gut.« Roses Stimme zitterte, war aber deutlich zu verstehen. »Ist er tot?«

»Ich glaube schon.« Mercy sah ihren Bruder an. »Schau doch mal nach.« Ihre Füße schienen am Boden festgewachsen zu sein.

»Ich habe auch auf ihn geschossen«, sagte Levi. »Ich konnte dich von draußen schreien hören.«

Mercy war sich gar nicht bewusst gewesen, dass sie geschrien hatte. »Lebt er noch?«, fragte sie leise.

Langsam näherte sich Levi dem Mann, während er weiterhin die Waffe auf ihn richtete. Sie wollte ihn anschreien, dass er sich beeilen solle, weil er sich so schrecklich langsam bewegte. Schließlich kniete er sich neben den Mann und legte ihm die Fingerspitzen an den Hals.

Um eine Ewigkeit so zu verharren.

»Er ist tot.« Levi drehte den Kopf und sah dem Kerl ins Gesicht. Er warf Mercy über die Schulter einen Blick zu. »Kennst du ihn?«

Endlich hatte sie wieder genug Kraft, um sich zu bewegen, und schlich vorwärts, hielt die gesenkte Waffe aber noch immer in der Hand. Sie war noch nicht bereit, sie wegzulegen, aber der Drang, sie auf die Leiche zu richten, war verschwunden. Der Mann stellte keine Bedrohung mehr dar. Sie blickte über Levis Schulter und in das Gesicht eines Unbekannten. Der Mann war jung. Vielleicht Mitte zwanzig. Er trug dieselben staubigen Jeans und Stiefel wie jeder andere Mann in der

Stadt und hatte sich seit mehreren Tagen nicht rasiert. Die Rückseite seines karierten Hemdes war blutgetränkt.

Wir haben ihm in den Rücken geschossen.

Er ist unbewaffnet.

Wärme berührte ihre Zehen, und Mercy zuckte zurück. Ihre Socke war rot von seinem Blut. Sie gab ein ersticktes Geräusch von sich und bückte sich, um sich die Socke herunterzureißen und damit die Zehen abzuwischen. Oh mein Gott! Oh mein Gott! *Sie rieb so lange, bis kein Rot mehr zu sehen war.*

Es scheint gar nicht mehr da zu sein, aber bei einem Test würden sie sein Blut trotzdem auf meiner Haut finden.

Sie sah Levi in die Augen. »Was haben wir getan?«, *flüsterte sie.* »Großer Gott. Levi, dafür kommen wir ins Gefängnis.«

»Das wird nicht passieren«, widersprach Rose. »Er wollte mich umbringen. Er sagte immer wieder, dass er mich ficken und danach umbringen würde.«

Roses Ausdrucksweise ließ sie zusammenzucken, aber Mercy war vor allem beunruhigt, weil Rose kreidebleich aussah. Sie stand unter Schock. Ihrer Schwester lief immer noch Blut aus der Nase, das auf ihrer Wange und ihrem Kleid verschmiert war.

»Er hatte mir das Kleid bis zur Taille hochgezogen«, berichtete Rose sachlich. »Er war kurz davor, mich zu vergewaltigen.« Sie erschauderte und zog sich die Strickjacke fester über ihrem Kleid zu. »Wer ist er?«

»Das wissen wir nicht«, antwortete Mercy.

»Wo ist der andere?«

»Welcher andere?«, stießen Mercy und Levi gleichzeitig hervor.

»Es waren zwei.« Rose krallte sich so fest in ihre Strickjacke, dass ihre Fingerknöchel weiß anliefen. »Ich wurde von zwei Männern gepackt. Einer ließ mich los, als er Mercys Stimme hörte.«

In der Ferne ertönten die Geräusche eines Motors und von durchdrehenden Reifen. Levi rannte zum Fenster und schob den Vorhang zur Seite. Er spähte einige Sekunden nach draußen und drehte sich dann um. »Ich konnte nur noch eine Staubwolke sehen.«

»Der Kerl holt jetzt bestimmt die Polizei.« *Mercy zitterte so heftig, dass ihre Zähne klapperten.* »Er wird allen erzählen, dass wir jemanden umgebracht haben.«

Levi machte drei große Schritte und packte sie an den Schultern, wobei er ihr in die Augen schaute. »Nein, das wird er nicht tun. Wie will er denn erklären, dass sie Rose und dich angegriffen haben? Das kann er auf gar keinen Fall machen. Außerdem ist er ein Feigling. Er rennt weg. Das sind bestimmt die Typen, die Jennifer und Gwen getötet haben.«

Mercy starrte ihn mit großen Augen an und wollte das unbedingt glauben. »Wir haben jemanden umgebracht. Sie werden uns einsperren.«

Levi drehte den Kopf, um den Mann auf dem Boden zu mustern. »Nein, das wird nicht passieren. Niemand wird davon erfahren.«

»Wie meinst du das?«, *fragte Rose.* »Bist du verrückt geworden, Levi? Wir haben einen Menschen getötet.«

Er packte Mercy fester an den Schultern und sah sie durchdringend an. »Kannst du hier sauber machen? Wenn ich die Leiche wegschaffe, putzt du dann zusammen mit Rose das ganze Blut weg?«

Sie blinzelte. »Ja. Wohin …?«

»Frag nicht.«

Sie nickte und wollte es eigentlich auch gar nicht wissen.

»Das kannst du nicht machen, Levi«, *protestierte Rose.* »Wir müssen die Polizei rufen.«

»Warum? Damit sie Mercy und mich verhaften? Willst du

über das, was du gerade durchgemacht hast, vor Gericht aussagen?«

»Aber sie müssen den anderen Kerl aufhalten, bevor er noch einer Frau etwas antut.«

Levi lachte freudlos auf. »Der Kerl ist schon längst über alle Berge. Sie werden ihn nie finden. Außerdem haben wir ihm einen ordentlichen Schreck eingejagt. Wenn du mich fragst, versucht er so was nicht noch mal.«

»Aber ich habe die Stimme des anderen Mannes schon einmal gehört«, beharrte Rose.

Mercy wirbelte herum. »Wo?«

Rose wurde sogar noch blasser. »Auf der Bevins-Ranch.«

Mercy bekam keine Luft mehr. »Bist du sicher, Rose? Woher weißt du das?«

»Ich weiß es einfach«, antwortete Rose, wirkte jedoch leicht verunsichert.

»Wer war es?«, wollte Levi wissen. »Einer der Bevins? Oder einer der Rancharbeiter?«

»Ich weiß es nicht«, gestand Rose. »Ich weiß nur, dass ich diese Stimme gehört habe, als wir vor zwei Wochen zum St.-Patrick's-Day-Barbecue dort waren.«

»Dann hätte es jeder sein können«, erwiderte Mercy. »Fast die ganze Stadt war bei dieser Feier.«

Rose verzog das Gesicht. »Ich bin euch wohl keine große Hilfe.«

Mercy zog ihr kariertes Hemd aus, ging zu ihrer Schwester und wischte ihr damit das Blut und die Tränen aus dem Gesicht. »Du stehst unter Schock. Nach so einem Erlebnis kann man nicht mehr klar denken.«

»Aber ich weiß, was ich gehört habe«, beharrte Rose. Mercy tauschte einen Blick mit Levi.

»Mom und Dad dürfen nichts davon erfahren«, sagte Levi langsam. »Und sie dürfen erst recht nicht wissen, dass du diese

Stimme von der Bevins-Ranch kennst. Andernfalls erklärt Dad diesen Leuten den Krieg.«

Mercy starrte ihn an, während Rose nach Luft schnappte. »Wir müssen es ihnen sagen.«

»Nein, das müssen wir nicht«, widersprach Levi.

Mercys Gedanken rasten, und sie ging sämtliche Optionen durch. Dad würde alle Hebel in Bewegung setzen, um herauszufinden, wer seine Töchter angegriffen hatte. Wenn er glaubte, dass dieser Mann von der Bevins-Ranch stammte, würde das die Spaltung der Stadt nur noch weiter vorantreiben. Und die Polizei würde erfahren, dass sie und Levi einem unbewaffneten Mann in den Rücken geschossen hatten.

Die kahlen Wände einer Gefängniszelle blitzten vor ihrem inneren Auge auf. »Levi hat recht. Wir räumen auf und erzählen es niemandem.«

»Ich hole eine Plane.« Levi stürmte zur Hintertür hinaus.

»Er darf nicht verheimlichen, dass wir jemanden getötet haben, Mercy.« Rose legte Mercy die Hände auf die Schultern und berührte dann sanft das Kinn und die Wangen ihrer Schwester. Diese Geste bedeutete, dass sie Trost brauchte. Mercy legte die Hände auf Roses und drückte sie an ihr Gesicht. Auch sie musste ihre Berührung spüren.

»Es ist besser so«, flüsterte Mercy. »Ich kann hier alles sauber machen. Levi hat recht. Wer würde schon zurückkommen und uns des Mordes beschuldigen, nachdem er vorher versucht hat, uns umzubringen? Er weiß nicht, dass dieser Kerl tot ist. Da war er längst weg.«

»Aber er muss die Schüsse gehört haben.«

»Wahrscheinlich, aber er wird nicht davon ausgehen, dass sein Freund tot ist. Höchstwahrscheinlich wird er denken, er wäre entkommen. Was ist eigentlich genau passiert?«

Rose holte tief Luft. »Ich habe gerade im Arbeitszimmer geputzt, als jemand durch die Vordertür hereinkam. Weil ich schwere Schritte hörte, ging ich davon aus, dass es Levi war, aber dann wurde mir klar, dass es zwei Personen sein mussten. Dann hörte ich, wie der Spiegel in der Gästetoilette zerbrach.«

»Was?« Mercy rannte zur Gästetoilette neben der Eingangstür. Rose hatte recht. Jemand hatte den kleinen Spiegel von der Wand gerissen und auf den Boden geworfen. »Warum?«

»Keine Ahnung«, antwortete Rose, die nun direkt hinter ihr stand. »Einer von ihnen hat dabei gelacht. Da bekam ich Angst. Ich habe versucht, die Tür zum Arbeitszimmer zu schließen, aber sie kamen mir zuvor.«

Rose fing an zu zittern, und Mercy führte sie ins Wohnzimmer und brachte sie dazu, sich in einen Sessel zu setzen. Sie wickelte ihr großes Hemd über Roses Strickjacke. »Ich hole dir etwas Warmes zu trinken. Und dann beseitige ich das Chaos.« Ein kleiner dunkler Kreis fiel ihr ins Auge. »Mist. Da ist ein Einschussloch in der Wand.«

»Wir können es in Ordnung bringen«, sagte Rose bestimmt.

Mercy war von Entschlossenheit durchdrungen. »Ja, das können wir.«

In ihrem Bett im dunklen Motelzimmer liefen ihr die Tränen über die Wangen. *Ist er zurück? Haben wir damals einen Mörder laufen lassen, der jetzt erneut tötet?*

Wie konnte sie Truman von ihrem Verdacht erzählen, ohne sich selbst zu belasten?

Ich könnte meinen Job verlieren.

Sie erschauderte. Ihr Job war ihr Leben, ihr ganzer Stolz, der Beweis dafür, dass ihr mehr vorherbestimmt war, als auf einer Ranch zu leben und darauf zu warten, dass die Welt unterging.

Haben wir Mist gebaut?

SIEBZEHN

»Die zerbrochenen Spiegel im Haus meines Onkels haben Sie an diese alten Mordfälle erinnert?«, fragte Truman am nächsten Morgen.

Mercy reckte das Kinn in die Luft und kam sich ein bisschen lächerlich vor, weil sie Truman von den beiden alten Fällen aus Eagle's Nest erzählt hatte. Ihr Stuhl in Trumans Büro war ziemlich niedrig, und er stand mit verschränkten Armen da und blickte auf sie herab. Seine Miene blieb ausdruckslos, aber sein Tonfall verriet, dass es ihm schwerfiel, eine Verbindung zwischen den beiden Fällen, die sie erwähnt hatte, und den ermordeten Preppern zu entdecken. Sie war erschöpft und hatte nur drei Stunden geschlafen, wollte ihn das jedoch nicht merken lassen. »Ja. Die zerbrochenen Spiegel sind mir im Gedächtnis geblieben. Das zweite Opfer war die beste Freundin meiner Schwester Pearl.«

»In welchem Jahr haben sich diese Morde ereignet?«

Mercy sagte es ihm, und er rief Lucas in sein Büro. Der fröhliche junge Mann erschien sofort in der Tür. »Was kann ich für Sie tun, Boss?«

»Ich brauche zwei alte Fallakten von vor fünfzehn Jahren. Gehe ich recht in der Annahme, dass sie damals noch alles auf Papier festgehalten haben?«

Lucas nickte. »So ist es, aber es müsste sich alles ordentlich verstaut im Lagerraum befinden. Wenn Sie mir einen Namen nennen, kann ich die Aktennummer ganz leicht herausfinden. So viel haben wir bereits im Computer erfasst.«

Truman sah Mercy an.

»Jennifer Sanders.«

Lucas nickte und verschwand.

»Ich kenne in der Stadt keine Familie Sanders. Wohnen diese Leute noch hier?«, erkundigte sich Truman.

Mercy warf ihm einen vielsagenden Blick zu.

»Ach ja. Sie sind in letzter Zeit nicht hier gewesen. Doch das finden wir schnell heraus. Lucas kennt die Leute zwar noch nicht so gut wie Ina, aber er gibt sich die größte Mühe, ihren Vorsprung wettzumachen.«

Ein Mann klopfte leicht an Trumans offene Tür. »Hey, Chief, haben Sie eine Minute?«

Mercy schaute über die Schulter. Ihr Blick fiel auf den Priesterkragen des Mannes, und sie ließ ihn weiter nach oben in sein Gesicht wandern. Er trug eine dicke Lederjacke und verwaschene Jeans und hatte sich eine Kappe mit einem Sportlogo tief ins Gesicht gezogen. Ihr Gehirn konnte das Kollar nicht mit seinem Gesicht in Verbindung bringen. Irgendetwas passte nicht zusammen.

»Was kann ich für Sie tun, David?«

David nickte Mercy höflich lächelnd zu und wandte sich dann an Truman. »Ich war auf der Suche ...«

Er hielt inne, und sein Blick schoss zurück zu Mercy. Verwirrung breitete sich auf seiner Miene aus, und Mercy seufzte leise. *Das wird langsam langweilig.* Sie stand auf und reichte ihm die Hand. »Mercy Kilpatrick.«

David öffnete den Mund, brachte aber keinen Ton heraus, als er ihr die Hand schüttelte.

Dann erkannte sie ihn. David Aguirre war ein enger Freund ihres Bruders Owen gewesen. Daher war es kein Wunder, dass ihr Gehirn den Priesterkragen nicht mit dem Gesicht in Verbindung bringen konnte, denn David war in seiner Jugend kein Kind von Traurigkeit gewesen. Sie war erstaunt, dass er nun auf einer Kanzel stand und nicht hinter Gittern gelandet war.

»Mercy? Ist ja nicht zu fassen! Dich habe ich ja seit einer Ewigkeit nicht mehr gesehen.« Ein Grinsen breitete sich auf seinen Zügen aus.

»Schön, dich zu sehen, David.« Sie deutete mit dem Kinn auf seinen Kragen. »Wie ich sehe, hast du einen neuen Weg eingeschlagen.«

»So ist es. Gott hat mich in seine Arme geschlossen, bevor ich mir mein eigenes Grab schaufeln konnte.« Ein frommer Ausdruck huschte über sein Gesicht, und sein Tonfall wurde leiser, sein Blick besorgter. »Und wie geht es dir?«

Ihr Glaube ging ihn nichts an. Für Mercy würde er immer der Blödmann bleiben, der auf ihre Hühner geschossen und ihren Bruder wegen Alkoholkonsums als Minderjähriger ins Gefängnis gebracht hatte. Wer er jetzt war, interessierte sie nicht die Bohne.

»Sehr gut, danke der Nachfrage. Du wolltest den Chief gerade etwas fragen?«

»Äh ... ja ... Haben Sie herausgefunden, wer den Leuten, die auf der Südseite der Kirche parken, immer Strafzettel ausstellt?«

»Das habe ich in der Tat. Und ich bin der Sache nachgegangen, David. Das Schild am anderen Ende des Blocks besagt eindeutig, dass dort Parkverbot herrscht. Sie müssen den Leuten erklären, dass sie nicht an der gelben Bordsteinkante parken dürfen. Auch nicht sonntags. Ohne Ausnahme. Das dient der Sicherheit aller.«

Ärger blitzte in Davids Augen auf, was bei Mercy gleich mehrere Erinnerungen auslöste. Er hatte in der Vergangenheit ein hitziges Temperament gehabt und oft mit den Fäusten um sich geschlagen, ohne vorher nachzudenken. Offen-

bar besaß er dieses Temperament noch immer, hatte allerdings gelernt, sich einigermaßen zu beherrschen.
Gelobt sei Gott.
»Alles klar«, erwiderte David und sah erneut Mercy an. »Bist du schon lange in der Stadt?« Sein Enthusiasmus über das Wiedersehen war verflogen. Mercy fragte sich, ob er sich daran erinnerte, dass sie ihm wegen eines Streits mit ihrem Bruder mal in die Eier getreten hatte.
»Nicht lange. Aber hat mich gefreut, dich zu sehen.«
Er tippte sich an die Krempe seiner Kappe und ging hinaus.
Sie drehte sich um und bemerkte, dass Truman sie erwartungsvoll musterte. »Er war Owens bester Freund«, erklärte sie.
»Das ist er immer noch, soweit ich weiß. Sie kennen in dieser Stadt mehr Leute als ich.« Er musterte sie mit seinen braunen Augen neugierig.
»Die Fallakten?«, rief sie ihm in Erinnerung.
Lucas tauchte mit einer Haftnotiz in der Hand wieder auf. »Das sind die Fallnummer, die Kartonnummer und ein Hinweis, in welchem Regal Sie alles finden. Mir ist aufgefallen, dass es von Jennifer Sanders einen Querverweis zu einer anderen Frau namens Gwen Vargas gibt. Ihre Akte befindet sich in derselben Box, falls Sie sie brauchen.«
»Perfekt. Danke, Lucas.« Sie nahm den Zettel entgegen.
Truman kam um seinen Schreibtisch herum und nahm ihr rasch den Zettel aus der Hand. »Dann sehen wir uns die Sache doch mal an.«

* * *

Truman bemerkte sofort, dass jemand den Akten- und Beweismittelraum aufgeräumt hatte. *Lucas.* Er nahm sich vor, ihm einen Latte zu spendieren. Ina Smythe hatte den Raum zwar stets in Schuss gehalten, aber jemand hatte alle Wollmäuse und Spinnweben entfernt, die sich im Laufe der Zeit dort angesammelt hatten. Sein Department bewahrte nicht viele Beweise auf, sondern verteilte hauptsächlich Strafzettel und schlichtete Streitigkeiten. Truman schätzte, dass er den Raum seit über einem Monat nicht mehr betreten hatte. Der Aktenkarton stand genau an der Stelle, die Lucas beschrieben hatte. Der große Raum war vollgestopft mit Regalreihen, die vom Boden bis zur Decke reichten und mit Kartons und Beweismitteln gefüllt waren. Sie entdeckten den Karton in der vorletzten Reihe genau auf Augenhöhe. Truman nahm den ganzen Karton heraus. Mercy legte ihm eine Hand auf den Arm, damit er kurz innehielt, und studierte das Etikett auf der Vorderseite.

»Hier steht, dass sich allein in diesem Karton sechs Fälle befinden.«

Truman überprüfte das. »Und?«

»Darunter zwei Mordfälle, und das sind *alle* Beweise und Fallnotizen?«

»Vielleicht geht es in den anderen Fällen um Ladendiebstahl. Dann wären das dünne Akten. Die sperrigen Beweismittel lagern wir woanders. In der Kiste könnte sich ein Hinweis darauf befinden, wo der Rest aufbewahrt wird.«

Mercy wirkte resigniert. »Vielleicht.«

Truman wusste, was ihr durch den Kopf ging. Zwei Frauen waren ermordet worden. Man würde erwarten, Unmengen an Beweismaterial und Notizen vorzufinden, woran man erkennen konnte, dass die Polizei jeder Spur nachgegangen war. Eine einzige Kiste mit sechs Fällen wirkte wenig vertrauenerweckend.

Er führte sie durch einen Flur zu dem kleinen Zimmer, das er ihr für die Ermittlungen zur Verfügung stellte. Weder sie noch Special Agent Peterson hatten den Raum bisher genutzt, und Truman fand, es wäre an der Zeit dafür. Er hatte bereits erfahren, dass die Morde an Jennifer Sanders und Gwen Vargas ausschließlich von der Polizei von Eagle's Nest bearbeitet worden waren, was ihn ziemlich verstörte. *Warum hat der Chief nicht den Staat oder das County um Hilfe gebeten?*

Die Ressourcen, die Trumans Abteilung zur Verfügung standen, waren begrenzt, was ihn zu der Annahme veranlasste, dass es vor fünfzehn Jahren noch schlechter ausgesehen haben musste. Wie hatte der Chief da glauben können, das Department wäre in der Lage, zwei Morde aufzuklären? Zudem waren die Fälle bis heute nicht gelöst worden. Hatte sich denn später niemand mehr darum gekümmert?

Der damals zuständige Chief war vor zehn Jahren gestorben. Truman wünschte sich Ben Cooley aus Mexiko zurück. Cooley war seit dreißig Jahren Polizist in Eagle's Nest, weilte aber derzeit in Puerto Vallarta, um seinen fünfzigsten Hochzeitstag zu feiern. Er würde erst kommende Woche wieder im Dienst sein. Truman konnte nur hoffen, dass der Mann auch im Urlaub zu erreichen war, da er ihn möglicherweise anrufen musste.

Er stellte den Karton auf den Tisch und nahm den Deckel ab. Darin befanden sich sechs einzeln versiegelte Fallakten. Er hatte richtig vermutet, dass die anderen vier Akten nur sehr dünn waren. In den restlichen beiden befanden sich mehrere Notizbücher, Mappen und Umschläge in versiegelten Plastikhüllen. Er griff sich die größere Akte, die mit der Fallnummer auf Lucas' Haftnotiz übereinstimmte, riss sie auf und reichte sie Mercy. »Nichts verlässt diesen Raum.«

»Selbstverständlich.« Sie zog sich einen Stuhl heran und machte sich sofort daran, die größte Mappe durchzublättern. Darin ging es um den Mord an Jennifer Sanders. Autopsiebericht, Beweisberichte, sämtliche Notizen der Beamten,

Fotos. Eine Kopie aller dem Fall zugeordneten belastenden Unterlagen befand sich in der Mappe oder sie wurden zumindest erwähnt. Truman las ein paar Augenblicke über Mercys Schulter hinweg mit. Lange genug, um festzustellen, dass Jennifer einen schrecklichen Tod erlitten hatte. Im vorderen Teil befand sich ein Foto aus ihrem Abschlussjahr. Jennifer hatte langes dunkles Haar und ein strahlendes Lächeln gehabt. Das Foto stellte einen krassen Kontrast zu den Fotos von ihrer Leiche mit geschwollenem Gesicht und bläulichen Flecken auf den nackten Gliedmaßen dar.

Er bemerkte, dass Mercy bei einem Schnappschuss von Jennifer und drei anderen lachenden Mädchen innehielt. Mercy zog das Foto aus dem Plastikumschlag, drehte es um, überflog die Namen auf der Rückseite und sah sich das Foto noch einmal an. Truman las schnell genug, um zu erfahren, dass es sich bei dem zweiten Mädchen um Mercys Schwester Pearl handelte. Er beugte sich näher heran. Die Pearl, die er heute kannte, sah nicht mehr so aus wie dieser lebhafte Teenager.

Was denkt Mercy gerade?

Er zog die zweite dicke Akte aus dem Karton, vergewisserte sich, dass die restlichen Fälle noch versiegelt waren, und fuhr auf der Suche nach herausgerutschten Zetteln mit den Fingerspitzen über den Boden des Kartons, entdeckte jedoch nichts weiter. Im Anschluss verschloss er den Karton wieder und schob ihn beiseite, dann setzte er sich hin, um sich der zweiten Akte zu widmen, wobei er einen recht großen Abstand zwischen sich und Mercy ließ. Jedes Stück Papier sollte zwar mit der Fallnummer gekennzeichnet sein, aber er wollte nicht riskieren, dass etwas durcheinandergeriet.

Gwen Vargas war zweiundzwanzig Jahre alt gewesen. Truman überflog die Akte und stellte fest, dass Mercy korrekt angegeben hatte, die junge Frau wäre erwürgt und vergewaltigt worden. Fotos vom Tatort zeigten einen zerbrochenen Handspiegel auf einem kleinen Tisch in Gwens Schlafzimmer und zerbrochene Spiegel in ihrem Badezimmer und dem Badezimmer ihrer Eltern.

Warum?

Den Aufzeichnungen des Officers zufolge war Gwen allein zu Hause gewesen. Ihr Vater und ihre Mutter fanden sie, als sie am späten Abend von einem Rodeo zurückkehrten. Ihr Freund war auf demselben Rodeo gewesen und von mehreren Zeugen dort gesehen worden. Laut dem Officer wirkte die Trauer des Freundes echt. Truman bemerkte die Unterschrift des Mannes und musste lächeln. Ben Cooley. Immerhin hatte er eine Person, die er zu den Ermittlungen befragen konnte. Er blätterte weiter. Interviews. Bilder. Außer dem Freund schien es keine Verdächtigen gegeben zu haben.

Keine weiteren Verdächtigen?

»Fällt Ihnen etwas auf?«, fragte Mercy, ohne den Blick von Jennifers Akte abzuwenden.

»Bisher nicht. Wo wurde Jennifer getötet?«

»In ihrer Wohnung. Ihre Mitbewohnerin war zwei Wochen zuvor ausgezogen.«

»Wie viele zerbrochene Spiegel?«, fragte er.

Mercy blätterte weiter. »Vier. Zwei in den Badezimmern und zwei weitere kleine Spiegel in der Wohnung.«

»Womit hat er sie erwürgt?«

»Mit bloßen Händen«, antwortete Mercy knapp.

»Bei diesem Fall war es genauso. Wurde sie ebenfalls nackt zurückgelassen?«

»Ja.«

Truman nahm sich die Zeit, sich den Fingerabdruckbericht sorgfältig durchzulesen. »Die Fingerabdrücke waren keine Hilfe. Und es wurde festgestellt, dass es keine Überschneidungen mit Jennifers Fall gab. An beiden Tatorten wurden mehrere nicht identifizierbare Fingerabdrücke gefunden, jedoch nicht dieselben.«

Mercy nickte. »Aber vieles andere ist identisch. Es muss dieselbe Person gewesen sein. Im Autopsiebericht steht, dass bei der Vergewaltigung kein Sperma hinterlassen wurde. Er muss ein Kondom benutzt haben.«

»Dasselbe steht in Gwens Bericht. Da war jemand gut vorbereitet. Ich wüsste zu gern, ob die Polizei weitere Vergewaltigungen oder versuchte Vergewaltigungen in der Gegend untersucht hat.«

Mercy hob den Kopf und riss die grünen Augen auf. »Das will ich doch sehr hoffen. Diese Vorgehensweise wäre doch wohl naheliegend.«

»In diesem Fall müsste es hier irgendwo vermerkt sein. Ich habe die Unterschrift eines meiner Männer in diesem Buch entdeckt. Er ist gerade nicht in der Stadt, aber ich kann ihn anrufen, falls Fragen aufkommen. Trotz seiner siebzig Jahre hat er noch ein sehr gutes Gedächtnis. Ich gehe fest davon aus, dass er sich an diese Fälle erinnert.«

»Wahrscheinlich erinnert sich jeder in der Stadt an diese Fälle«, erwiderte Mercy. »Nichts hat die Gemeinde so erschüttert wie der Tod dieser Mädchen.«

»Und nach all den Jahren sind diese Fälle immer noch ungelöst. Gehe ich recht in der Annahme, dass es auch in Ihrem Fall keine offensichtlichen Verdächtigen gab?«, fragte Truman leise.

Mercy schüttelte den Kopf.

Er blätterte zum Ende von Gwens Akte. »Ich sehe hier keinen Verweis auf weitere Unterlagen. Wie sieht es bei Ihnen aus?«

Mercy überflog die Papiere. »Hier ist ebenfalls nichts. Dann wurde nie mehr etwas unternommen? Das ist unerhört! Jemand hätte im Laufe der Jahre hin und wieder mit den betroffenen Personen sprechen müssen, um herauszufinden, ob sie sich an etwas Neues erinnern. Was ist mit den Familien? Sie haben die Polizei doch sicher gedrängt, nicht aufzugeben!« Sie warf Truman einen erschütterten Blick zu, und er bemerkte erstaunt die dunklen Ringe unter ihren Augen. »Warum? Wieso wurden diese Fälle nicht weiterverfolgt?«

Unwillkürlich ging er in die Defensive. Er verspürte das Bedürfnis, für seine Abteilung einzustehen, obwohl er erst seit sechs Monaten das Sagen hatte. Stattdessen zuckte er jedoch mit den Achseln. »Unterbesetzt. Andere Fälle. Fluktuation.«

»Inakzeptabel«, murmelte Mercy und musterte erneut Jennifer Sanders' Abschlussfoto. »Dafür sollte jemand gefeuert werden.«

»Ben Cooley ist der Einzige, der aus dieser Zeit noch da ist. Und ihn werde ich auf keinen Fall feuern. Er war für mich von unschätzbarem Wert.« Truman sah das freundliche Lächeln des älteren Officers vor seinem inneren Auge. »Er ist nicht der Typ Mensch, der die Initiative ergreift, aber er ist unglaublich zuverlässig und hervorragend im Ausführen von Befehlen. Sehr gewissenhaft.«

»Als Erstes müssen wir die Personen kontaktieren, die diesen Mädchen nahestanden«, erklärte Mercy.

»Sie sind hier, um sich auf die drei aktuellen Morde zu konzentrieren«, betonte Truman. »Abgesehen von den zerbrochenen Spiegeln sehe ich keine Verbindung zwischen diesen alten und Ihren aktuellen Fällen.« Sein innerer Drang, den Mord an seinem Onkel aufzuklären, trieb ihn dazu, das FBI auf Kurs zu halten. Bisher schien Mercy eine zuverlässige Ermittlerin zu sein, aber sie ließ sich von der Vergangenheit ablenken.

Vielleicht sollte ich lieber mit ihrem Partner zusammenarbeiten.

Er musterte die Frau, die neben ihm am Tisch saß. Wurde sie zu sehr von den alten Fällen beeinflusst? Sie war erst seit zwei Tagen hier und sah schon erschöpft aus. Hatte das FBI die richtige Person hergeschickt, um ihn bei der Aufklärung dieser Verbrechen zu unterstützen?

»Ich weiß«, erwiderte sie. »Eddie geht den Fall heute mit Enoch Finch vom Deschutes County durch. Ich warte derzeit auf weitere Informationen über Ned Fahey, die mir der Gerichtsmediziner zukommen lassen wollte, und eine Analystin versucht herauszufinden, wo die gestohlenen Waffen möglicherweise angeboten wurden.«

Truman erwähnte nicht, dass er die Ermittlungen im Finch-Fall bereits genauestens überprüft hatte. Sobald ihm die Verbindung zwischen seinem Onkel und Enoch Finch aufgefallen war, hatte er sofort Kontakt mit dem Deschutes County aufgenommen, um sich auszutauschen. Er hatte keine neuen Spuren oder mögliche Hinweise entdeckt, die den Ermittlern des Countys entgangen waren. Mit etwas Glück würde Special Agent Peterson an neue Erkenntnisse gelangen.

»Ziehen Sie beide in die Pension um?«, erkundigte er sich.

»Ja. Wir müssen das Motel bis elf Uhr verlassen haben.« Sie blickte nicht auf.

»Dieses Motel ist grauenhaft.«

»So schlimm ist es nun auch wieder nicht.«

Er zog eine Augenbraue hoch. Seine Schwester und seine Mutter hätten nicht eine Nacht in diesem Motel verbracht. Zugegebenermaßen war seine Schwester eine Diva und verlangte stets nur nach dem Besten, aber selbst eine Frau mit geringeren Ansprüchen sollte doch daran interessiert sein, eine bessere Unterkunft zu finden. Möglicherweise benötigte Mercy keinerlei Komfort. Er erinnerte sich an Mercys Ehrfurcht beim Anblick der Vorräte seines Onkels. Was er

als peinlich empfunden hatte, war ihr bewundernswert erschienen.
Die Kilpatricks sind Prepper.
Aber Mercy lebte in Portland und hatte einen hochrangigen Job bei der Bundesregierung. Als Gesetzeshüterin. Offensichtlich hatte sie ihre Herkunft hinter sich gelassen.
Oder etwa nicht?
Wurzeln konnten tief reichen. Auch wenn sie den Anschein erweckte, sich von ihrer Familie entfremdet zu haben, war ihm ihr Gesicht beim Betrachten des alten Fotos ihrer Schwester nicht entgangen. Schmerz. Sehnsucht. Bedauern. All das hatte sich darauf abgezeichnet.

Als Joziah Bevins an ihrem Tisch vorbeigekommen war, hatte sie kurz ängstlich gewirkt, im nächsten Augenblick jedoch nichts als Selbstvertrauen ausgestrahlt. Echtes Selbstvertrauen? Aufgesetztes? Truman dachte darüber nach. Joziah war einschüchternd, und Truman wusste, dass er den Kilpatrick-Patriarchen Karl mied, was auf alte Feindseligkeiten schließen ließ. Galt das etwa auch für dessen Tochter?

Das geht mich nichts an.

Solange sie nicht anfingen, aufeinander zu schießen.

»Sehen Sie sich das an, Truman.« Mercy schob ihre Akte über den Tisch und tippte mit einem Finger auf eine Seite.

Er nahm sie entgegen und las den Text: »Folgende Gegenstände sind aus dem Sanders-Haus verschwunden:

Ein Kästchen mit Modeschmuck.

Zwei Gewehre und eine Pistole.

550 $ in bar.«

Mit angehaltenem Atem blätterte Truman in Gwen Vargas' Akte.

Fehlende Gegenstände: Schmuck, Bargeld, Fotoalbum, zwei Pistolen.

Truman hob den Kopf und begegnete Mercys Blick. »Die Waffen?«

»Ja. Es sind zwar nicht so viele wie bei den letzten Morden, aber zumindest eine Verbindung.«

»Der oder die Täter haben die Sachen mitgenommen, die sich am einfachsten und gewinnbringendsten verkaufen lassen«, mutmaßte er.

»Ich weiß.«

»Im Mordfall Vargas ist auch ein Fotoalbum verschwunden.«

Sie zog die Brauen zusammen. »Das ist seltsam. Bei den anderen Fällen sind mir keine persönlichen Habseligkeiten aufgefallen.«

»Wir wissen nicht, was in den jüngsten Fällen sonst noch verschwunden ist. Es war niemand da, den man fragen konnte.«

»Männer, die allein und isoliert leben. Leichte Beute.«

»Auf meinen Onkel traf das ganz und gar nicht zu«, widersprach Truman.

»Da haben Sie recht. Und nach dem, was ich in Ned Faheys Haus gesehen habe, hat er auch heftigen Widerstand geleistet.«

»Ich bin mir nicht sicher, ob es eine Verbindung zu diesen alten Fällen gibt«, gab Truman zu. »Die Motive scheinen sich grundlegend zu unterscheiden.«

»Dazwischen liegen fünfzehn Jahre«, gab Mercy zu bedenken. »Motive ändern sich. Ich werde ein paar Suchanfragen durch ViCAP jagen, vielleicht gibt es ja ähnliche Fälle im pazifischen Nordwesten und er war gar nicht die ganze Zeit untätig.«

Truman nickte.

Oder hatte da jemand in Eagle's Nest auf den rechten Augenblick gewartet?

ACHTZEHN

Mercy schleppte ihren kleinen Koffer die Holztreppe von Sandy's Bed & Breakfast hinauf. Es gab keine Rampe. Für Mercy würde dies immer das alte Norwood-Haus bleiben. Ein Haus, das sie während ihrer Kindheit gemieden hatte, weil der alte Norwood und seine Frau wirklich unheimlich gewesen waren. Das riesige Haus mit den drei Stockwerken, Türmchen und der abblätternden Farbe im Gingerbread-Baustil wirkte damals, als wäre es einem Horrorfilm entsprungen. Heute erstrahlte es in fröhlichen Farben im Stil eines viktorianischen Painted-Lady-Hauses, und die architektonischen Details waren liebevoll restauriert worden.

Da hatte jemand viel Geld und Mühe in das Haus gesteckt.

Eddie öffnete die Tür mit dem ovalen Bleiglasfenster, und Mercy folgte ihm leicht verstimmt.

Diese Art von Unterkünften behagte ihr normalerweise gar nicht. Sie waren zu persönlich. Mercy zog ein anonymes Hotel mit vier kahlen Wänden vor, in dem das Personal ihren Namen nicht kannte und sie sich den Frühstückstisch nicht mit Fremden teilen musste.

»Riechen Sie das?«, flüsterte Eddie. »Jetzt habe ich schon wieder Hunger.«

Sie atmete ein, und der Duft nach frisch gebackenen Keksen überflutete ihre Sinne. Sofort knurrte ihr Magen.

Verdammt!

»Hallihallo! Wie schön, dass Sie hier sind!« Eine große, schlanke Frau mit langen roten Haaren kam durch eine

Schwingtür hinter einem kleinen Empfangstresen. Sie wischte sich die Hände an ihrer weißen Schürze ab und schenkte ihnen ein herzliches Lächeln. Ihr T-Shirt war mit Mehl bestäubt. Sie erinnerte Mercy an eine Moderatorin in einer Fernsehkochshow. »Schön, Sie wiederzusehen, Agent Peterson.« Sie nickte Eddie zu. »Ihre Zimmer sind fertig.« Sie reichte Mercy die Hand.

Mercy schüttelte sie. »Ich bin Mercy.« Keksgeruch umgab die Frau, und Mercy konnte nicht anders, als ihr Lächeln zu erwidern.

»Sie haben ja keine Ahnung, wie erleichtert wir sind, hier unterzukommen«, sagte Eddie. »Rieche ich da etwa Kekse?«, fügte er hoffnungsvoll hinzu.

»Ich habe immer gern Gesetzeshüter bei mir«, erwiderte Sandy. »Dann fühle ich mich gleich ein bisschen sicherer. Und die Kekse brauchen noch ein paar Minuten. Sobald Sie sich in Ihren Zimmern eingerichtet haben, finden Sie dort drüben auf dem Tisch einen Teller mit Keksen. Sie stehen jeden Nachmittag da. Und es gibt immer frischen Kaffee.«

»Ich bin im Himmel«, murmelte Eddie. »Sind Sie Single?«

»Nein«, antwortete Sandy und ließ beim Grinsen ihre Grübchen zum Vorschein kommen. »Außerdem könnten Sie mein Sohn sein.«

»Ich lasse mich auch gern adoptieren.«

»Sie werden mir doch keinen Ärger machen, oder?«, fragte sie.

»Nein, Madam.«

Mercy kämpfte gegen den Drang an, die Augen zu verdrehen. »Es duftet wirklich köstlich. Wo geht es zu den Zimmern?«

Sandy führte sie nach oben in ein hübsches Zimmer mit angeschlossenem Bad. Mercy warf einen Blick ins Badezimmer. Eddie hatte recht: Darin gab es eine frisch gefliese riesige Dusche. Während Sandy Eddie zu seinem Zimmer geleitete, lief Mercy wieder nach unten und zur Tür hinaus, um ihren Wasser- und Essensvorrat aus dem Kofferraum des Tahoe zu holen. Als sie gerade die Kofferraumklappe schloss, fiel ihr ein weißer Pick-up ins Auge, der vor dem Postgebäude auf der anderen Straßenseite parkte. Ein Mann stieg aus und ging hinten um den Wagen herum, sodass sie sein Profil sehen konnte.

Ihr stockte der Atem.

Sie kannte seine Gangart und die Neigung seines Kopfes. Sogar seine Mützenart war ihr vertraut.

Seine Jeans waren verwaschen und locker, und an den Füßen trug er schwere Arbeitsstiefel.

Dad.

Er betrat das Postgebäude.

Mercy konnte sich nicht bewegen, stand einfach nur mit der Tasche in der Hand da.

Weiß er, dass ich in der Stadt bin?

Zweifellos. Gerüchte verbreiteten sich schnell, und sie war zu vielen alten Bekannten begegnet.

Er sah älter aus. Sein Haar war weiß statt grau meliert. Seine Schultern wirkten krummer. Er war immer noch dünn. Kein im Alter entstandener Bierbauch. Er nahm seine Gesundheit viel zu ernst, um so etwas zuzulassen.

Mercy ging zwei Schritte auf den alten Ford-Truck zu und war nicht im Geringsten überrascht, dass ihr Vater den Wagen all die Jahre am Laufen gehalten hatte. Er kaufte nichts Neues, sondern fuhr den Truck, bis er nicht mehr zu reparieren war.

Was soll ich zu ihm sagen?

Sie blieb stehen, war unfähig, einen weiteren Schritt zu machen, da sich ihr vor Angst der Magen zusammenzog.

Hallo, Dad. Erinnerst du dich an mich?

Doch was sollte sie tun, wenn er nicht weiter reagierte, so wie es auch bei Levi gewesen war?
Das ertrage ich im Augenblick einfach nicht.
Sie drehte sich um und ging blind die Stufen zu Sandys Haus hinauf, war kaum in der Lage, die Füße zu bewegen, und überwältigt von dem Bedürfnis, Kontakt zum Rest ihrer Familie aufzunehmen.
Pearl.
Pearl würde mit ihr reden. Und Mercy konnte sie nach Jennifer Sanders fragen. Es würde ein rein dienstliches Gespräch werden.
Ja, das ist eine gute Idee.

* * *

Eddie hatte angeboten, sie zu begleiten, was Mercy jedoch abgelehnt hatte. Als er begriffen hatte, dass sie ihre Schwester aufsuchte, mit der sie seit fünfzehn Jahren nicht mehr gesprochen hatte, war Besorgnis in seinen Augen aufgeblitzt.
Aber sie wollte sein Mitleid nicht. Er sollte auch keine Wogen für sie glätten.
Diesen Besuch musste sie allein überstehen.
Sie hatte überlegt, Truman Daly dazuzubitten. Der Sanders-Fall war von seinem Department bearbeitet worden, und er hatte das Recht zu erfahren, dass Mercy Kontakt zu einer Zeugin aufnahm. Aber sie sah davon ab, ihn anzurufen, und nahm sich vor, ihn später auf den neuesten Stand zu bringen. Sie wollte keine Zuschauer, falls Pearl ihr die Tür vor der Nase zuschlug.
Seine braunen Augen sahen viel zu viel.
Sie wusste, dass Truman versuchte, aus ihr schlau zu werden, und sie war nicht bereit dafür. Eddie und ihre Kollegen sahen, was sie sie sehen lassen wollte. Eine hart arbeitende,

aber etwas ungesellige Agentin. Truman hatte jedoch ihre Reaktion auf das Haus seines Onkels und ihre Begegnungen mit Joziah Bevins und David Aguirre miterlebt.

Sie wollte ihn auf keinen Fall noch mehr sehen lassen, insbesondere nicht das Wiedersehen mit ihrer entfremdeten Schwester.

Die Auffahrt zum kleinen Ranchhaus war lang. Mercy hatte überprüft, ob das Haus noch Pearls Ehemann Rick Turner gehörte, und war nicht überrascht gewesen, dass Pearl nicht als Miteigentümerin eingetragen war. Das war die Denkweise, die sie von ihrer Familie erwartete. Männer besaßen das Eigentum, Frauen waren von den Männern abhängig.

Während sie alles für ihr Zuhause und ihre Familie taten.

Pearl hatte als Erste von ihnen geheiratet. Mercy war von ihrer Schwester im weißen Hochzeitskleid überwältigt gewesen. In den Augen der zwölfjährigen Mercy hatten Pearl und Rick reif und weltgewandt gewirkt. Wenn Mercy heute daran zurückdachte, dass ihre Schwester bei der Hochzeit gerade mal achtzehn gewesen war, hätte sie am liebsten geweint. Pearl war sofort schwanger geworden.

Mit ihren dreiunddreißig fühlte sich Mercy immer noch nicht bereit für Kinder.

Von außen wirkte das Haus sehr gepflegt. Doch als sie aus dem Wagen stieg, schlug ihr der unverkennbare Geruch der Schweine entgegen. Mercy hatte als Kind ein paar Schweine großgezogen, aber Rick schien sehr viele zu besitzen. Der Stall und die Pferche standen weit vom Haus entfernt, doch trotz der Windstille war der Geruch deutlich wahrnehmbar. Wie musste das erst während der Sommerhitze sein?

Weiß Pearl, dass ihr Zuhause stinkt?

Als Teenagerin war Pearl von Mode und Make-up fasziniert gewesen. Mercy wurde bei dem Gedanken, dass sie nun mit einem Schweinezüchter verheiratet war, das Herz schwer. Aber irgendjemand musste ja Schweine züchten. Schweine waren eine wichtige Protein- und Fettquelle und ließen sich hervorragend tauschen. Ihr Vater würde die Schweine als Reichtum ansehen. Wenn es im Supermarkt kein Fleisch mehr gäbe, wäre Rick ein reicher und gefragter Mann.

Mercy hätte Schafe vorgezogen.

Sie entdeckte einen hohen Zaun um einen Garten neben dem Haus. Dem üppigen Grün darin nach zu urteilen, erfüllte der Zaun seinen Zweck und hielt die Rehe fern. Sie konnte keine benachbarten Farmen sehen und erinnerte sich daran, dass Ricks Vater dem Paar bei der Hochzeit vier Hektar von seinem Grund und Boden geschenkt hatte. Pearl hatte das Haus, das sie darauf bauten, begeistert geplant und eingerichtet. Früher einmal war Mercy sehr eifersüchtig auf die Unabhängigkeit ihrer Schwester gewesen; jetzt sah sie hier nichts als ein Gefängnis. Bedauerte ihre Schwester ihre Entscheidungen?

Mercy schluckte schwer und betrachtete die kleine Veranda. Eine Maispflückmaschine stand in einer Ecke. Erinnerungen brandeten in ihr auf. Schwere Arme vom Drehen des Rads, während Rose die getrockneten Maiskolben in die Maschine steckte. Die leeren Hülsen, die zur Seite flogen. Der Geruch der getrockneten Maiskörner, die langsam den Eimer darunter füllten.

Ihr lief das Wasser im Mund zusammen, da sie Appetit auf Mais bekam. Ihre Mutter sautierte ihn immer mit etwas braunem Zucker und Salz. Ein beliebter Snack.

Bedienten Pearls Kinder nun die altmodische Maschine?

Sie klopfte an die Tür und wartete.

Ein Schatten huschte hinter dem Guckloch vorbei, und Mercy hielt den Atem an. Würde Pearl mit ihr sprechen?

Die Tür flog auf, und ihre Schwester starrte sie mit offenem Mund an. »Mercy?«, flüsterte sie.

Mercy kamen die Tränen, und ihre Kehle war wie zugeschnürt. Sie konnte nur nicken. Pearl sah älter aus. Die glamouröse junge Frau, an die Mercy sich erinnerte, war einer Mutter gewichen, die ihr Haar jetzt zu einem einfachen Pferdeschwanz gebunden hatte und ein verwaschenes Oberteil trug, das Mercy schon vor fünfzehn Jahren an ihr gesehen hatte. Dem Aussehen nach schien Pearl viel älter als knapp vierzig zu sein.

Pearl stürzte auf Mercy zu und nahm sie fest in die Arme. »Es ist so lange her!« Dann trat Pearl einen Schritt zurück, musterte Mercy von Kopf bis Fuß und umarmte sie erneut. Mercy bekam noch immer keinen Ton heraus. Sie schlang die Arme um ihre Schwester und hielt sie einfach nur fest.

Als sich Pearl dieses Mal von ihr löste, wischte sie sich die Augen. »Oh Herr. Oh Herr, Mercy. Ich denke jeden Tag an dich.«

Mercy fühlte sich wieder wie eine Zwölfjährige, die nur herumdruckste und Angst hatte, etwas richtig Dummes zu sagen. Sie wischte sich die Augen und nickte einfach weiter. Es fühlte sich an, als wäre ihr die Haut heruntergerissen worden, sodass ihre empfindlichen Nervenenden bloßlagen.

»Es tut mir leid, Pearl«, stieß sie schließlich hervor.

»Komm doch rein!« Pearl nahm ihren Arm und zog sie ins Haus.

Der Schweinegeruch verschwand und wurde durch herrlichen Essensduft ersetzt. Eintopf oder Steak oder Fleischpastete.

Es roch nach zu Hause.

Pearl blieb stehen und starrte sie abermals an. Sie streckte die Hand aus und strich Mercy eine Haarsträhne aus den Augen, eine Geste, die sie in der Vergangenheit schon millionenfach gemacht hatte. Mercy rang sich ein verlegenes Lächeln ab. »Hi, Pearl.«

»Ich kann es nicht glauben. Was machst du hier?«

Nun endlich sah Mercy, wie die Freude aus Pearls Augen verschwand. Ihre Schwester hatte sich daran erinnert, dass Mercy nicht länger als Familienmitglied angesehen wurde. Man hatte alle angewiesen, den Kontakt zu ihr abzubrechen.

»Hat dir Levi nicht erzählt, dass ich in der Stadt bin?«

»Nein. Hast du ihn schon getroffen?« Schmerz blitzte in Pearls Augen auf.

»Wir sind uns im Café über den Weg gelaufen«, gab Mercy zu. »Er wollte nicht mit mir sprechen. Ich ging davon aus, dass er alle über meine Anwesenheit informiert.«

Pearl nickte, und Mercy fragte sich, ob sie es bereute, sie ins Haus gelassen zu haben und nun die Schwester zu sein, die gegen die Regel ihres Vaters verstoßen hatte.

»Bist du nur zu Besuch?«, fragte Pearl vorsichtig. »Hast du Mom und Dad gesehen?«

Mercy holte tief Luft. »Die Arbeit hat mich hergeführt. Ich untersuche die jüngsten Morde. Und nein, ich habe unsere Eltern nicht gesehen.« Sie studierte Pearls Gesicht und hoffte auf einen Hinweis darauf, wie sie von ihren Eltern empfangen werden würde. Pearls Pokerface interpretierte Mercy so, dass Pearl glaubte, sie wäre nicht willkommen.

»Meinst du Jefferson Biggs? Und die anderen beiden Männer? Ich habe gehört, dass am Montag noch einer gefunden wurde.«

»So ist es.«

»Ich habe auch gehört, dass du beim FBI bist.«

»Ja, schon seit sechs Jahren. Im Moment arbeite ich im Büro in Portland in der Abteilung für Inlandsterrorismus, aber für die Ermittlungen in diesen Mordfällen hat man mich dem Büro in Bend zugewiesen.«

»Inlandsterrorismus«, wiederholte Pearl. »Glaubt man etwa, die ermordeten Männer wären Inlandsterroristen gewesen?«

»Eigentlich nicht«, antwortete Mercy. »Uns sind nur die vielen von den Tatorten gestohlenen Waffen aufgefallen. Und was dieser Waffenvorrat in den Händen einer Person oder einer Gruppe von Personen bedeuten könnte.«

Pearl nickte und behielt eine betont ausdruckslose Miene bei.

»Warum sollte jemand so etwas tun, Pearl?«

»Ich weiß es nicht.«

Drei lange Sekunden herrschte Schweigen, während sie versuchten, das Gesicht der anderen zu ergründen. Pearl wusste genauso gut wie Mercy, dass es in der Gegend viele Menschen gab, die sowohl aus guten als auch aus schlechten Gründen wütend auf die Regierung waren. Menschen, die das Gefühl hatten, dass ihnen aufgrund unfairer Gesetze ihre Rechte, ihr Land oder ihr Reichtum genommen worden waren. Wenn bei einer bestimmten Persönlichkeitsstruktur Waffen, Wut und Misstrauen ins Spiel kamen, konnte eine explosive Mischung entstehen. Etwas, was Mercy zu verhindern hoffte.

Mercy schenkte ihrer Schwester ein Lächeln. »Es ist schön, dich zu sehen«, flüsterte sie. Ungeachtet der Umstände, die ihre Familie auseinandergerissen hatten, war Pearl nun einmal ihre Schwester. »Wie geht es deinen Kindern?«

»Eins ist verheiratet, das andere auf der Highschool«, antwortete Pearl stolz. »Bist du verheiratet?«

»Nein. Ich habe den Richtigen wohl noch nicht getroffen.«

Mitleid blitzte in Pearls Augen auf.

»Ich liebe meinen Job«, fuhr Mercy fort, da sie das Bedürfnis hatte, das zu erwähnen. »Ich bin unter anderem hier, weil wir auch Jennifer Sanders' Tod erneut untersuchen. Mir ist aufgefallen, dass es seit den ersten Ermittlungen keinerlei weitere Aufklärungsversuche gegeben hat.«

Pearl wandte den Blick ab. »Ich versuche, nicht mehr daran zu denken. Möchtest du etwas trinken?«

Mercy bejahte und folgte Pearl in die Küche. Die Atmosphäre hatte sich verändert, und die Aufregung des Wiedersehens war Vorsicht und Neugier gewichen. Und Mauern. Bei der Erwähnung von Jennifer hatte Pearl Mauern um sich herum hochgezogen. Dachte Pearl etwa, Mercy sei nur zu Besuch gekommen, weil sie ihr deswegen Fragen stellen wollte?

Zum Teil stimmte das sogar.

»Ich wollte dich sehen«, sagte Mercy, während sie Pearl dabei zusah, wie sie zwei Tassen Tee zubereitete. Ein schwacher Lakritzduft erfüllte den Raum, und Mercy lächelte. Das war der Lieblingstee ihrer Mutter. Mercy trank ihn ebenfalls gern und oft. »Ich bin nicht nur wegen der Arbeit hier.«

Pearl warf ihr einen vielsagenden Blick zu. »Soll das etwa heißen, dass du so oder so irgendwann vorbeigekommen wärst?«

Diese Frage konnte Mercy nicht beantworten.

»Es ist okay, Mercy. Ich kann dich verstehen. Das ist nicht nur deine Schuld, denn ich hätte auch Kontakt zu dir aufnehmen können.«

Aber so etwas hättest du nie getan, da unser Vater allen befohlen hat, mich um jeden Preis zu meiden.

Es war so dumm. Sie waren Erwachsene, die den archaischen Forderungen ihres Vaters nachkamen.

Manche Gewohnheiten waren nur schwer abzulegen.

Vor allem, wenn man davon überzeugt war, dass der eigene Vater immer recht hatte.

Pearl stellte eine Tasse Tee vor Mercy auf den Tisch und setzte sich ihr gegenüber auf einen Stuhl. Über der Spüle

stand ein dekoratives Schild: **Brauch es auf. Trag es, bis es auseinanderfällt. Komm zurecht oder verzichte.**
Wie oft habe ich meinen Vater das sagen hören?
Mercy hätte ihre Küche nicht mit so einem Schild dekoriert. »Können wir über Jennifer reden?«, fragte sie.

Pearl trank einen Schluck Tee und nickte, den Blick auf die Tischdecke gerichtet. Mercy zog einen Notizblock aus der Tasche, und ihre Schwester runzelte die Stirn.

»Ich habe das Gefühl, als hätte ich etwas falsch gemacht«, gestand sie.

»Nur, wenn du Jennifer getötet hast.«

Pearl ließ ihre Tasse vor Schreck einige Zentimeter auf die Tischplatte fallen, und heißer Tee schwappte auf den Tisch. Fluchend wischte sie die Pfütze mit einer Serviette vom Stapel in der Tischmitte weg. »Natürlich habe ich sie nicht getötet! Was ist das denn für eine Frage?«

»Die Art von Frage, die dir zu verstehen geben soll, dass es keinen Grund gibt, sich schuldig zu fühlen.«

Der Ärger in Pearls Gesicht erinnerte sie an ihre Streitereien in der Kindheit.

Ihre Schwester seufzte, stützte das Kinn auf eine Hand und sah Mercy an. »Du hast ja recht. Was willst du wissen?«

»Du wurdest nach den Morden von einem Officer aus Eagle's Nest verhört. Erinnerst du dich daran?« Mercy erwähnte nicht, dass sie die Notizen des Mannes über die Befragung bereits gelesen hatte.

»Natürlich. Ich war völlig entsetzt wegen dem, was passiert war. Der Officer war nett und respektvoll und wollte wissen, wann ich das letzte Mal mit ihr gesprochen hatte und ob ich jemanden kannte, der Jennifer etwas antun wollte.«

»Und, kanntest du jemanden?«

»Nein. Jeder mochte Jennifer.«

»War sie mit jemandem zusammen?«

Pearl schaute aus dem Fenster. »So würde ich das jetzt nicht ausdrücken. Sie hatte keinen festen Freund.«

»Ich meine auch keine feste Beziehung. Ging sie mit jemandem aus? Gab es lockere Treffen?«

»Sie war eine Zeit lang mit Owen zusammen, bevor er Sheila geheiratet hat.«

»Was? Wirklich?« Mercy richtete sich auf ihrem Stuhl auf. »Ich hatte ja keine Ahnung, dass sie mit unserem Bruder liiert war.«

»Es hielt nicht lange. Sie ging mit mehreren Typen aus seinem Freundeskreis aus. David Aguirre, Mike Bevins. Jamie Palmer. Es war nie etwas Ernstes, und natürlich konnte keiner von ihnen etwas mit ihrem Tod zu tun haben ... Das hat irgendein Verrückter getan. Wahrscheinlich jemand, der nur auf der Durchreise war.«

Mercy presste die Lippen aufeinander. *Verrückte* versteckten sich oft innerhalb der Gemeinde.

»Ich habe immer wieder an diesen Tag denken müssen«, fuhr Pearl fort. »Mir wollte einfach niemand einfallen, der so etwas getan haben konnte.« Sie wischte sich über die Augen. »Manchmal frage ich mich, ob unsere Töchter beste Freundinnen geworden wären, so wie Jennifer und ich es waren.«

Traurigkeit überwältigte Mercy. Sie hatte noch nie eine so gute Freundin gehabt. Ihre Schwestern waren ihre engsten Freundinnen gewesen. Bis sie es nicht mehr waren.

»Levis Tochter ist ungefähr so alt wie dein Sohn, oder?«

»Ja, Kaylie geht mit ihm in eine Klasse.« Ein mütterlicher Blick erschien in ihren Augen. »Kaylie ist ein bisschen wild. Levi tut sein Bestes, aber er lässt ihr viel zu viel Freiraum, ganz anders, als es unser Vater bei uns getan hat.«

Mercy erinnerte sich an Kaylies kleines Nasenpiercing, das ihr im Café aufgefallen war, und stimmte im Stillen zu. Was sie zugleich aber auch freute.

»Levi hat sie allein großgezogen?«

»Ja.« Pearl zögerte. »Seit Kaylies Mutter weggegangen ist, hat er sich verändert. Er engagiert sich kaum noch in der Familie. Dad und Owen haben ihn so gut wie aufgegeben. Ich glaube nicht, dass er seinen Teil beiträgt, und bin mir auch nicht sicher, ob er das überhaupt noch will.«

Mercy lief bei der Vorstellung, Levi könnte aus dem Kreis der Familie ausgeschlossen worden sein, ein kalter Schauer über den Rücken.

Warum stört mich das? Mit mir haben sie doch das Gleiche gemacht.

Sie konnte den Gedanken nicht ertragen, dass irgendjemand auf sich allein gestellt war. Mercy hatte lernen müssen, ihren eigenen Weg zu finden, und das war nicht leicht gewesen. Sie war sich tagtäglich bewusst, dass sie keine Gemeinschaft hatte, auf die sie sich stützen konnte. Nach ihrem Weggang war dies befreiend, aber auch beängstigend gewesen. Ein Drahtseilakt ohne Netz.

Um das zu kompensieren, hatte sie wie eine Verrückte gearbeitet – und war immer vorbereitet geblieben.

»Ich habe Dad vorhin in der Stadt kurz gesehen«, sagte sie langsam. »Er sieht genauso aus wie früher, nur älter.«

Pearl legte den Kopf leicht schief. »Du siehst auch älter aus.« Ihr Blick schien nach Mercys verwundbaren Stellen zu suchen. »Mom hat sich nicht verändert. Sie ist nur grauer geworden. Verdammt, sogar ich habe jetzt ziemlich viele graue Haare.«

Mercy sah ihrer Schwester in die Augen und fragte sich, ob sie in sechs Jahren wohl ähnlich aussehen würde. Sie wusste, dass sie Pearl ähnlicher war als Rose. *Aber ich habe nicht zwei Kinder großgezogen und eine Schweinefarm bewirtschaftet.*

Sie hatte das überwältigende Bedürfnis, ihre Schwester

aus ihrem Gefängnis zu befreien, beugte sich vor und senkte die Stimme. »Bist du glücklich, Pearl? Ist Rick nett zu dir? Gibt es noch etwas, das du mit deinem Leben anfangen möchtest?«

Ihre Schwester starrte sie erst entsetzt und dann wütend an. »Natürlich bin ich glücklich! Ich mache genau das, was ich machen wollte, und ich bin mit dem besten Mann der Welt verheiratet. Wir haben hier ein gutes Leben, Mercy. Wir müssen nicht in der Großstadt wohnen und die neuesten iPhones und Designerhandtaschen kaufen«, fauchte sie. »Hab bloß kein Mitleid mit mir, weil ich immer noch in Eagle's Nest lebe. Dies ist ein guter Ort, um ein einfaches Leben zu führen.«

Mercy sah die Unwahrheit in Pearls Augen, sprach sie jedoch nicht darauf an. »Ich wollte nur wissen, was in den letzten fünfzehn Jahren so passiert ist, und wollte nicht über dich urteilen.« Die Lüge kam ihr nur schwer über die Lippen.

Sie betrachtete die leere Seite ihres Notizbuchs und versuchte, ihre Gedanken zu beruhigen, indem sie sich auf den zweiten Grund für den Besuch bei ihrer Schwester konzentrierte. »Wusstest du, dass in dieser Nacht Waffen aus Jennifers Wohnung gestohlen wurden?«

»Nein.« Pearls Stimme klang überrascht. »Ich wusste, dass sie ein paar Waffen hat. So wie jeder. Ist das wichtig?«

»Wir sind uns in dieser Hinsicht nicht sicher. Auch aus Gwen Vargas' Haus wurden Waffen entwendet.«

Pearl lehnte sich auf ihrem Stuhl zurück. »Hm.« Sie schwieg einen Moment lang. »Waffen lassen sich nun mal gut verkaufen.«

»Ja«, stimmte Mercy zu. »Bei Gwen ist außerdem ein Fotoalbum verschwunden, bei Jennifer stand nichts Derartiges im Bericht. Weißt du, ob etwas Persönliches gestohlen wurde? Vielleicht etwas, das ihre Eltern später erwähnt haben?«

»Ich kann mich nicht an so etwas erinnern«, antwortete Pearl. »Aber ich habe auch nur auf der Beerdigung mit Jennifers Eltern gesprochen.«

»Haben dir die Beamten jemals Bilder vom Tatort gezeigt?«

»Nein. *Und ich will sie auch nicht sehen.*«

»Was wäre, wenn ich dir ein paar Fotos von Jennifers Zimmer zeige? Würdest du erkennen, ob etwas fehlt?«

Pearl dachte einen Moment nach. »Das kann ich dir beim besten Willen nicht sagen.«

»Du hast praktisch dort gewohnt.«

Ein trauriges Lächeln huschte über das Gesicht ihrer Schwester. »Das stimmt. Ich kann sie mir ansehen – solange es keine Bilder von … der Leiche sind –, aber es ist schon zu lange her, als dass ich mich an kleine Details erinnern könnte.«

»Ich werde diese Möglichkeit im Hinterkopf behalten. Weißt du noch, was mit den Spiegeln an den Tatorten passiert ist?«

Pearl schlug sich eine Hand vor den Mund. »Das hatte ich vergessen. Sie waren alle kaputt. Es war wirklich seltsam.«

»Weißt du, ob so etwas hier in der Gegend noch einmal passiert ist?«

Pearl dachte einen Moment nach und schüttelte dann langsam den Kopf, wobei ihr Blick ins Leere ging. »Ich würde mich bestimmt daran erinnern, wenn so etwas noch einmal passiert wäre. Nach ihrem Tod gingen so viele Gerüchte um … Sie sagten, der Mörder sei entstellt gewesen und habe sich nicht im Spiegel ansehen können. Oder es war tatsächlich eine Frau, die sowohl Gwen als auch Jennifer hasste, weil sie attraktiv waren.«

»Sie wurden vergewaltigt.«

»Gerüchte folgen keiner Logik, und es gibt auch andere Vergewaltigungsmethoden.«

Mercy erstarrte. Hatte man eine Penetration mit einem Fremdkörper in Betracht gezogen? Es war kein Sperma gefunden worden. Sie würde die Polizeiberichte noch einmal lesen müssen.

Da hatte Pearl einen guten Punkt angesprochen.

Aber ich weiß, dass keine Frau dabei war, als Rose und ich angegriffen wurden.

Zweifel durchfluteten sie. Die Bilder vor ihrem inneren Auge widersprachen der Logik.

Eine Frau hätte dort sein oder jemanden zu den Verbrechen anstiften haben können.

Sie holte mehrmals tief Luft und versuchte, die neue Möglichkeit, die ihre Schwester angesprochen hatte, rational zu verarbeiten.

Könnte eine Frau die drei Männer getötet und ihre Waffen gestohlen haben?

Sie ärgerte sich, dass sexistische Vorurteile ihr Denken vernebelt hatten. *Frauen darf man nicht unterschätzen.* Sie hätten jedes dieser Verbrechen begehen können. Die Wahrscheinlichkeit war hoch, dass der oder die Mörder männlich waren, aber das hieß noch lange nicht, dass sie keine Frau in Betracht ziehen konnten.

»Gab es jemanden, der *so* eifersüchtig auf Jennifer war?«

Ihre Schwester holte tief Luft. »Ich weiß es nicht.«

»Du weißt es nicht, oder du willst es nicht sagen?«, fragte Mercy vorsichtig.

»Nur weil sie eine Schlampe ist, muss sie noch lange nicht zu einem Mord fähig sein.«

»Das stimmt. Aber wenn du einen Verdacht hast, solltest du ihn äußern.«

»Ich hatte keinen Verdacht. So etwas hätte sie niemals getan.«

»Wer?«

»Teresa Cooley. Aber nur weil sie sich mit Jennifer gestritten hat, heißt das nicht, dass sie sie umbringen würde. Oder Gwen.«

Mercy konnte dem Namen kein Gesicht zuordnen. Er kam ihr irgendwie bekannt vor. Sie kritzelte ihn in ihren Notizblock und hatte das Gefühl, als hätte sie den Namen erst kürzlich gelesen. Vielleicht in den Polizeiberichten. Möglicherweise hatte Pearl den Namen vor Jahren nicht erwähnt, dafür aber jemand anderes.

Steckt hinter den damaligen Morden eine Frau?

Eine kleine Tür zu ihren Erinnerungen drohte aufzubrechen. Sie lehnte sich mental dagegen und weigerte sich, die Panik abermals aufflackern zu lassen. Die Erinnerung an den Übergriff durfte nicht über sie hereinbrechen. Es reichte schon, dass es nach ihrem Besuch bei Rose geschehen war.

»Teresa ist mit dir und Jennifer zur Schule gegangen?«

»Und mit Gwen, die zwei Jahrgänge unter uns war, daher kannten wir sie nicht so gut. Aber ganz im Ernst, Mercy. Jennifer und Teresa waren zu Highschoolzeiten ziemlich zickig zueinander. Jennifer ist da rausgewachsen, Teresa jedoch nie. Als ich längst verheiratet war, hat Teresa sich verhalten, als wollte ich ihr den Freund ausspannen. Wir waren vierundzwanzig, aber Teresa benahm sich, als wäre sie immer noch achtzehn.« Pearl klopfte auf den Tisch. »Um es noch einmal zu wiederholen: Das heißt nicht, dass sie jemanden umgebracht hat.«

»Ich hab's verstanden.« Mercy war völlig erschöpft. Sie hatte kaum geschlafen, und das Gespräch mit ihrer Schwester hatte unerwartete emotionale Wendungen genommen.

Mercy gingen die Fragen aus, aber sie war noch nicht bereit zu gehen. Irgendetwas weckte in ihr den Wunsch, noch länger zu bleiben. Sie wollte Fotos von Pearls Kindern sehen – am liebsten aus allen zwölf Schuljahren – und hören, was sie gerne machten. Sie wollte ihre Tasse Tee genießen und einfach quatschen, so wie sie es früher getan hatten.

Doch das hatte sie nicht verdient.

Mercy stand auf und steckte ihr Notizbuch ein. »Das wäre vorerst alles. Ich muss wieder an die Arbeit.«

Pearl stand auf, sagte aber nichts. Mercy wich ihrem Blick aus.

Sie gingen zur Haustür, und endlich sah Mercy ihre Schwester an. »Ich wohne im Sandy's Bed & Breakfast, falls dir noch etwas zu Jennifer einfällt, das hilfreich sein könnte.«

»Wie lange bleibst du in der Stadt?«

»Wahrscheinlich nicht lange. Nur, bis wir alle Antworten haben.« Sie fummelte an ihrer Handtasche herum und konnte den Blickkontakt nicht länger als ein paar Sekunden halten. Dabei spürte sie, wie ihr eine Gelegenheit durch die Finger glitt, die sich so vermutlich nie wieder ergeben würde.

Auf einmal schloss Pearl sie in die Arme. »Lass von dir hören, Mercy. Du bist hier immer willkommen.« Der Geruch nach Zuhause und Familie war nahezu überwältigend, und sie drückte ihre Schwester fest an sich.

Mercy konnte die Straße kaum erkennen, als sie zurück in die Stadt fuhr.

NEUNZEHN

Mercy parkte vor dem *Coffee Café*.
Ist das eine dumme Idee?

Bei der Unterhaltung mit Rose war ihr bewusst geworden, dass sie auch mit Levi reden musste. Sie musste sich vergewissern, dass der Mann, der sie und Rose angegriffen hatte, wirklich tot war.

Das Bild des blutenden Mannes auf dem Küchenboden ihrer Eltern ging ihr nicht mehr aus dem Kopf. Sie erschauderte. Der Mord hatte immer wie ein übler Geruch, den sie nicht wegwaschen konnte, an ihr gehaftet. Sie wusste, dass niemand sonst ihn riechen konnte, aber sie nahm ihn ständig wahr. An manchen Tagen verblasste er. Sie verbrachte ein paar stressfreie Wochen, und ihr Leben ging weiter. Sie stand auf, sie ging zur Arbeit, sie kam nach Hause.

Doch dieser Makel ging niemals wirklich weg.

Erst recht nicht bei der Arbeit, wenn ihre Kollegen einen Mörder suchten.

Sie war eine Mörderin.

Mercy schmeckte Galle, stieg aus dem Wagen, verdrängte alle Gedanken an diese Nacht und ging auf das freundliche Gebäude zu. Sie hoffte, dass Levi und nicht Kaylie im Laden war. Falls sich noch jemand dort aufhielt, würde sie sich einen Kaffee bestellen und wieder gehen. Sie hatte es geschafft, mit Rose und Pearl zu sprechen, dann würde sie es auch bei Levi schaffen.

Sie betrat das Café und war nicht überrascht, es mitten am

Nachmittag leer vorzufinden. Der Vormittag war die Zeit zum Kaffeetrinken.

Beim Geräusch ihrer Schritte kam Levi aus dem Hinterzimmer und erstarrte, als er sie sah.

»Sind wir allein?«, fragte sie, bevor er ihr sagen konnte, dass sie verschwinden solle.

»Nein.« Levi sah über die Schulter. »Hey, Owen?«

Mercy wäre am liebsten wieder zur Tür hinausgerannt. Sie war mental auf einen Bruder vorbereitet, nicht auf zwei.

Owen erschien in der Tür und zog fragend die Augenbrauen hoch. »Ja, Levi ...« Er brach ab, als er Mercy bemerkte.

Ihr ältester Bruder sah genauso aus wie ihr Vater in ihren Erinnerungen. Schlank, aber bereit zu einem Kraftausbruch, wenn man ihn provozierte. Sie begegnete seinem Blick und war überrascht, ihre Augen im Gesicht eines anderen zu sehen. Obwohl sie den Großteil ihrer Kindheit mit ihm zusammengelebt hatte, fühlte es sich heute ganz anders an.

»Scheiße«, sagte ihr ältester Bruder und schaute von ihr zu Levi. »Ihr beide seht aus, als hättet ihr etwas zu besprechen. Ich will nichts damit zu tun haben.« Er verschwand erneut durch die Tür und tauchte dann mit seinem Hut in der Hand wieder auf. Danach kam er um den Tresen herum und starrte die Tür an, auf die er mit energischen Schritten zumarschierte.

»Owen«, setzte Mercy an.

»Sprich mich nicht an, Mercy. Du hast diese Familie fast auseinandergerissen. Ich kann nur hoffen, dass du nicht gekommen bist, um uns endgültig zu entzweien.« Er setzte sich den Hut auf, ohne einen Blick in ihre Richtung zu werfen. Die Tür fiel hinter ihm zu.

Mercy wäre am liebsten im Boden versunken. Sie sah Levi an und rechnete mit Verachtung, entdeckte jedoch Mitgefühl in seinen Augen.

»Ignorier ihn.«

Sie ergriff den dünnen Friedenszweig. »Mir bleibt nichts anderes übrig.«

»Ich meinte damit, dass du dich nicht von seinen Worten und Taten beeinflussen lassen sollst.«

»Leichter gesagt als getan«, flüsterte sie. »War das, was ich getan habe, so schlimm? Allen Ernstes? Nach fünfzehn Jahren ist immer noch keiner bereit, mir diese persönliche Entscheidung zu verzeihen?«

Levi antwortete nicht. Er nahm ein Tuch und machte sich daran, die Espressomaschine abzuwischen, wobei er den Blick abwandte. »Das ist Schnee von gestern. Für mich jedenfalls.«

»Warum hast du dann am Montag nicht mit mir geredet? Du hast so getan, als würdest du mich nicht kennen.«

Er erstarrte und sah ruckartig zu ihr hinüber. »Ich habe nur dasselbe getan wie du. Du hast kein Wort gesagt, als ich aufgetaucht bin. Ich wusste nicht, wer dein Begleiter war und was er über dich weiß. Als du mich nicht weiter beachtet hast, dachte ich, es gäbe einen guten Grund dafür.«

Mercy presste sich eine Hand gegen die Stirn. »Ach, verdammt. Dabei bin ich doch deinem Beispiel gefolgt. Ich nahm an, du wolltest nicht, dass Kaylie weiß, wer ich bin. Außerdem war ich sprachlos, weil ich hier nicht mit dir gerechnet hatte. Wir haben nur angehalten, um uns einen Kaffee zu holen.«

Levi schnaubte. »Ich schätze, wir haben es beide vermasselt.«

Sie stieß die Luft aus und nahm all ihren Mut zusammen. »Können wir noch mal von vorn anfangen? Ich bin so froh, dich zu sehen, Levi.« Sie starrte ihn gebannt an, denn nun war er am Zug, und alles hing von ihm ab. *Wird er mich abweisen?*

Er warf das Tuch auf die Theke und kam dahinter hervor. Bevor sie auch nur einen Muskel rühren konnte, hatte er die Arme um sie gelegt, sie hochgehoben und sich mit ihr im Kreis gedreht. »Baby Mercy, du weißt ja gar nicht, wie sehr ich dich vermisst habe.«

»Nenn mich nicht Baby«, stieß sie gepresst hervor. Ihr Herz fühlte sich an, als würde es auf einmal auf die dreifache Größe anwachsen, und Erleichterung überkam sie.

In mancherlei Hinsicht war das Wiedersehen mit Levi noch viel besser als das mit ihren Schwestern.

Ein Teil von ihr hatte immer gewusst, dass ihre Schwestern sie wieder in die Arme schließen würden. Aber bei Männern sah die Sache oftmals ganz anders aus.

Er setzte sie ab und sah sie mit glänzenden Augen an.

»Was ist mit Owen?«, flüsterte sie.

»Scheiß auf ihn. Wenn er den Rest seines Lebens einen Groll gegen dich hegen will, dann soll er das halt tun. Er kann wie Dad alt und griesgrämig werden.« Er hielt inne. »Das ist die einzige Verhaltensweise, die er kennt.«

Das war nichts Neues für sie. Owen war schon immer ein Mitläufer gewesen und unfähig, eigene Entscheidungen zu treffen. Er tat lieber, was andere ihm vorschrieben, und anscheinend hatte sich daran nichts geändert.

»Wir müssen über diese Nacht reden«, sagte sie leise.

Er trat einen halben Schritt zurück und sah ihr in die Augen. »Warum? Das ist Vergangenheit. Es ist vorbei.«

Sie biss sich auf die Unterlippe und überlegte, wie viel sie ihm verraten durfte. »Er ist tot, nicht wahr?«

Levi starrte sie an. »Warum fragst du mich das jetzt?«

»Weil etwas passiert ist, das Fragen bei mir aufkommen lässt.«

»Er ist tot.«

»Woher weißt du das?«

Er schien vor ihren Augen zu schrumpfen. »Weil ich mich vergewissert habe«, antwortete er ruhig. »Ich bin sogar dreimal zurückgegangen, um nachzusehen, ob er gefunden wurde. Aber das ist nicht passiert.«

»Wo ist er?«

Die Farbe wich aus seinem Gesicht. »Ich halte es für das Beste, wenn nur ich diese Information kenne. Du wirst mir einfach glauben müssen. Ich habe einen guten Ort gefunden, um die Leiche zu verstecken. Jetzt sind nur noch Knochen übrig.«

Ihr Stresslevel sank ein wenig, und sie schwankte leicht.

Einer ist aus dem Spiel. Aber was ist mit dem zweiten Mann?

Levi runzelte die Stirn. »Du brauchst einen Kaffee.« Er führte sie zu einem hohen Hocker an einem Tisch in der Nähe. »Was kann ich dir bringen?«

»Einen Americano. Mit Schlagsahne.«

Levi trat hinter die Theke und hantierte herum. Die Kaffeemaschine fing an zu zischen, als das Wasser auf die gemahlenen Bohnen gepresst wurde. »Du musst mir verraten, warum du wissen willst, ob er tot ist«, sagte er, ohne zu ihr hinüberzusehen.

»Erinnerst du dich an die Spiegel?«

Sein Blick zuckte zu ihr. »Ja.«

»So etwas ist erneut passiert. Hier.«

»Frauen?«

»Nein, ältere Männer. Die Prepper.«

Er runzelte die Stirn, während er ihr Getränk zubereitete. »Das ist nur Zufall und etwas völlig anderes.«

»Das stimmt und stimmt auch wieder nicht. Deshalb musste ich dir diese Frage stellen.«

Levi brachte ihr den Kaffee in einer helltürkisen Tasse mit passender Untertasse und ließ sich neben ihr auf einem Hocker nieder. »Er war an diesem Abend nicht allein.«

Mercys Nervosität kehrte schlagartig zurück. »Rose ist sich nicht mehr so sicher, ob sie in dieser Nacht eine zweite Stimme gehört hat.«

»Na ja, es hat sich niemand auf die Suche nach dem Toten gemacht, und die Schießerei in unserem Haus wurde auch nicht gemeldet. Ich hatte erwartet, dass die Polizei am nächsten Tag auftauchen würde. Als das nicht passiert ist, habe ich danach jeden Tag damit gerechnet«, sagte Levi. Er wirkte vom Stress gezeichnet und älter als in dem Moment, in dem sie sein Café zum ersten Mal betreten hatte.

»Das weiß ich noch genau. Jahrelang habe ich darauf gewartet, dass mir jemand auf die Schulter klopft und sagt, er wüsste, was in dieser Nacht passiert ist.«

Sie saßen einen Moment lang schweigend da, während Mercy an ihrem Kaffee nippte.

»Wieso hat ihn nie jemand gesucht?«, flüsterte sie. »Kein Mensch kann verschwinden, ohne dass Fragen gestellt werden.«

Levi holte tief Luft und stieß sie wieder aus. »Ich habe ihn nicht erkannt. Keiner von uns wusste, wer er war. Ich vermute fast, dass er nicht von hier stammte.«

»Und der andere Mann hat uns nicht angezeigt ...«

»Weil er wusste, dass er genauso schuldig war. Das wäre ja so gewesen, als würde man die Polizei anrufen und melden, dass einem der Heroinvorrat gestohlen wurde.«

Diese logische Erklärung hatten sich Mercy, Levi und Rose immer wieder vor Augen gehalten, um ihre Nerven zu beruhigen, wenn der Stress und die Schuldgefühle wegen des Mordes sie zu überwältigen drohten.

»Wir haben die Angriffe damals beendet«, stellte Levi fest und beugte sich über den Tisch zu ihr hinüber. »Du oder Rose, eine von euch wäre die Nächste gewesen. Wir haben ihn aufgehalten.«

»Haben wir das? Denn jemand zerschlägt wieder Spiegel und mordet.« Mercy starrte ihn an.

»Heute hat er es aber nicht auf junge Frauen abgesehen. Es muss jemand anderes sein.«

»Ich glaube, es ist der zweite Mann. Der, der entkommen ist«, flüsterte sie.

»Du ziehst voreilige Schlüsse.«

»Wusstest du, dass bei den Morden an Sanders und Vargas Waffen gestohlen wurden? Damals fiel das nicht auf, aber jetzt scheint es relevant zu sein, da von den aktuellen drei Tatorten auch jede Menge Waffen verschwunden sind.«

Levi rieb sich den Bart. »Damals hätte jeder die Waffen gestohlen haben können. Hast du die Verkäufe der aktuellen Waffen verfolgt?«

»Nein.« Sie ließ die Schultern sinken. »Eine unserer Analystinnen ist damit beschäftigt. Es ist allerdings schwierig, da die Waffen wahrscheinlich illegal gekauft wurden. Und ich wette, einige der Käufe liegen vierzig Jahre zurück.«

»Damals war es keine große Sache, seinem Nachbarn ein Gewehr zu verkaufen. Niemanden interessierte das. Also sind wir wieder bei derselben Frage, die wir uns seit fünfzehn Jahren stellen. *Wer ist der zweite Mann?*«

Die Hintergrundmusik des Cafés untermalte Mercys und Levis Schweigen. Nancy Wilson sang mit ihrer kraftvollen Stimme, ob sie solche Angst vor jemandem hatte, der solche Angst vor ihr habe.

»Wir wissen nicht, wie wir ihn finden können, und er hat Angst, gefunden zu werden«, merkte sie das Offensichtliche an.

»Hat Rose mehr darüber gesagt, wer es ihrer Meinung nach war?«, fragte Levi.

»Jedenfalls nicht gestern, als ich mit ihr gesprochen habe. Fast die ganze Stadt war an dem Tag, an dem sie glaubte, die

Stimme zum ersten Mal gehört zu haben, beim Bevins-Barbecue. Es gibt keine Garantie dafür, dass sie sich überhaupt richtig an diesen Teil erinnert.« Mercy überlegte. »Sie könnte sie auch in einem Geschäft gehört haben ... vielleicht sogar im Fernsehen ... Wir wissen nicht, ob sie die Stimme wirklich von dort kannte.« Die Besorgnis entstand als kleine Knospe in ihrer Brust und blühte schnell auf. Roses einstige Gewissheit darüber, wo sie die zweite Stimme gehört hatte, war der Auslöser gewesen, der Mercy gegen ihren Vater aufgebracht hatte.

Mercy hatte den Worten ihrer Schwester Glauben geschenkt und zur Bevins-Ranch gehen wollen, um den Mann zu finden. Sie hatten eine Lüge erfunden und ihrem Vater erzählt, Rose hätte einen Mann vor ihrem Haus gehört und geglaubt, jemand wollte einbrechen, aber weder ihm noch dem Rest der Familie gestanden, dass tatsächlich jemand eingebrochen war und die Mädchen angegriffen hatte.

Ihr Vater hatte erklärt, Rose habe sich in Bezug auf die Stimme geirrt, und Mercy nicht erlaubt, seine ohnehin schon schlechte Beziehung zu dem mächtigen Rancher noch mehr zu gefährden. Er hatte Mercy befohlen, den Mund zu halten. Als sie dagegen aufbegehrt hatte, waren die Schwierigkeiten, die sie sowieso schon mit ihrem Vater aufgrund seiner Ansichten über die Rolle der Frau – zu Hause, in der Öffentlichkeit und in Bezug auf ihre Zukunft – hatte, nur noch schlimmer geworden. Mercy hatte erkannt, dass sie nicht den Rest ihres Lebens im Schatten eines Mannes verbringen konnte. Irgendwann gerieten sie heftig aneinander, und er teilte ihr mit, dass sie seine Ansichten akzeptieren oder gehen und nie mehr wiederkommen sollte.

Die Familie unterstützte seine Entscheidung, wodurch Mercy geächtet wurde und mit ihren Überzeugungen allein dastand.

Sie traf die schwere Entscheidung und verließ Eagle's Nest, ihre Familie und die einzige Lebensart, die sie je gekannt hatte, doch der Angreifer verschwand nicht aus ihren Gedanken. Die Erinnerungen an ihn blieben.

Sein Geruch.

Seine Hände.

Sein heißer Atem. Und scharfe Nägel. Und seine brutalen Schläge. Und …

Sie verdrängte alles.

Nicht jetzt.

Mercy hatte sich im Stich gelassen gefühlt.

Sie war beinahe vergewaltigt und ermordet worden und hatte es geheim gehalten.

Und ihre Familie hatte sich gegen sie gewandt.

»Wie bist du zu deinem Job gekommen?«, fragte Levi unverhofft.

Mercy war froh über den Themenwechsel, denn so wurden ihre Gedanken vom Rande des Abgrunds weggelenkt. Sie wusste, dass Levi nichts über ihren Werdegang wissen wollte, sondern sich wunderte, wie sie jemanden umbringen und trotzdem FBI-Agentin werden konnte. »Ich habe ihnen nicht alles gesagt. Schließlich konnte ich ja guten Gewissens behaupten, dass ich nie wegen eines Verbrechens verurteilt wurde. Und ich habe alle psychologischen Tests ohne Probleme bestanden.«

»Das liegt daran, dass es gerechtfertigt war«, sagte Levi entschieden. »Tief in deinem Herzen weißt du, dass du das Richtige getan hast. Das gilt für uns beide. Gefällt dir dein Job?«

»Ich liebe ihn«, sagte sie. »Mein Gehirn ist jeden Tag beschäftigt. Ich verbringe viel Zeit damit, auf einen Computerbildschirm zu starren, aber ich habe großen Spaß daran, die einzelnen Puzzleteile, die ich finde, nach und nach zusammenzusetzen.«

»Klingt langweilig«, fand Levi. »Aber du warst schon immer diejenige, die Fragen gestellt hat und den Dingen auf den Grund gegangen ist. Ich weiß noch, wie du stundenlang in der Erde gegraben hast und fasziniert davon warst, was für Schichten du freigelegt hast.«

»Sie veränderte die Farbe und die Beschaffenheit. Ich wollte wissen, warum das so war.« Aus diesem Grund hatte sie ein Stück Natur auseinandergenommen, es in die kleinsten Bestandteile zerlegt, die sie sehen konnte, und ihren Geschwistern mit unzähligen Fragen in den Ohren gelegen.

»Ich habe immer geglaubt, du würdest irgendwann Wissenschaftlerin werden«, brummte er.

»Mein jetziger Job gefällt mir besser.«

»Du kannst von Glück reden, dass du gegangen bist.«

Sein Tonfall traf sie mitten ins Herz. »Das kannst du nicht ernst meinen.« Er konzentrierte sich auf ihren Kaffee, und sie wünschte sich, er würde sie ansehen.

»Lange Zeit hielt ich dich nicht für die Glückliche. Ich war sauer auf dich und froh, dass die Streitereien in der Familie aufhörten, als du weg warst, aber nach einer Weile nahm ich dir deine Flucht übel.«

Sie hätte nicht schockierter sein können, wenn er sie geschlagen hätte. »Hier hält dich doch nichts. Warum hast du mir dann verübelt, dass ich weggegangen bin?«

»Ich steckte fest. Ich musste mich um Kaylie und ihre Mutter kümmern. Mir stand nicht wie dir der Weg offen.«

»Mir stand der Weg offen?« Wut brandete in ihr auf. »Ich wurde aus der Tür gestoßen mit den Worten, ich solle ja nicht zurückkommen. Mein Vater warf mir an den Kopf, in die Irre geführt zu sein. Ich hätte die Wahl, nach seinen Regeln zu leben oder wegzugehen. Das ist alles andere als ein Weg, der einem offensteht!«

Er zuckte zusammen, sah ihr aber in die Augen. »Das weiß

ich. Ich kann es jetzt erkennen. Aber damals wollte ich auch einfach nur raus. So hatte ich mir mein Leben nicht vorgestellt.«

Mercy schaute sich im Café um. »Für mich sieht das nach einem verdammt guten Leben aus. Du hast eine wunderschöne Tochter und ein tolles Geschäft, in dem du deinen Kunden etwas Lebensnotwendiges anbietest.« Sie begegnete seinem Blick. »Es wirkt friedlich.«

Levi sah sich voller Stolz um. »Kaylie hat das meiste gemacht. Sie besitzt ein Talent dafür, aus einem Haufen Schrott etwas Großartiges zu schaffen.« Er musterte Mercy. »Sie ist dir sehr ähnlich.«

Mercy wusste nicht, was sie sagen sollte. *Ist sie besessen? Kann sie ihr Gehirn nicht abschalten?*

»Es war falsch von Dad, dich in eine so schwierige Lage zu bringen.« Sein Adamsapfel bewegte sich auf und ab. »Ich habe ihm gesagt, dass er Mist gebaut hat, allerdings viel zu spät. Da warst du schon lange weg. Aber er ist zu stolz und wird niemals zugeben, dass er einen Fehler gemacht hat.«

Mercy saß schweigend da. So nah war sie dem Gefühl der Bestätigung vermutlich noch nie gewesen.

Doch es fühlte sich leer an. Sinnlos.

Jahrelang hatte sie ihrer Familie sagen wollen: »Ihr macht einen Fehler«, und Levi hatte es gerade zugegeben.

Doch dadurch heilte ihr tiefer Seelenschmerz nicht.

Sie nippte an ihrem Kaffee, ohne etwas zu schmecken, und staunte darüber, dass Levis Worte ihre über Jahre angestauten Schuldgefühle nicht schlagartig verschwinden ließen.

Nichts hat sich geändert.

Ich bin immer noch von meiner halben Familie entfremdet. Ich habe Jahre verloren, die ich nie zurückbekommen werde.

»Hier herrscht ein heikles Gleichgewicht, Mercy.« Levi rieb sich mit dem Daumennagel über einen Finger, und sie bemerkte, dass seine Nagelhäute rot und geschwollen waren. »Alles dreht sich um Status und Macht. Die Tatsache, dass Dad und Joziah Bevins in derselben Stadt leben können, ist einer Menge harter Arbeit und sorgfältig gewählter Worte zu verdanken.«

Sie musste an die Kuh Daisy denken.

Levi sah ihr nicht in die Augen, als er an der Nagelhaut herumzupfte. Die hässlichen Unterströmungen, die sie als Teenager in Eagle's Nest gespürt hatte, waren immer noch da. Nichts hatte sich geändert. Die Leute wollten vor allem ihre eigene Haut schützen.

Glöckchen klingelten, und sie spürte einen Schwall kühler Luft von draußen gegen ihren Rücken wehen. Sie verspannte sich, als ihr bewusst wurde, dass sie der Person, die gerade hereingekommen war, den Rücken zuwandte, aber Levi stand auf und verwandelte sich augenblicklich in den fröhlichen Mann aus dem Café von nebenan.

»Hey, Leute, wie geht's?«

Er warf Mercy einen Blick zu und zog fragend eine Augenbraue hoch.

Sie wusste nicht, was ihr Bruder von ihr wollte. Er ging hinter den Tresen und fragte die Männer, die hereingekommen waren, was sie trinken wollten. Vier Männer in schweren Stiefeln trotteten an ihr vorbei, deren Mäntel von Nieselregen besprenkelt waren. Der Geruch von nasser Erde und frischer Luft folgte ihnen. Mercy betrachtete ihre Rücken und lauschte dem Geplapper ihres Bruders. Er nannte sie alle beim Namen. Craig, Mike, Ray, Chuck. Zwischen den Kaffeebestellungen warf Levi ihr weiterhin denselben fragenden Blick zu.

Einer der Männer drehte sich um und schaute sie über die Schulter an. Sie brauchte volle zwei Sekunden, bis sie ihn erkannte.

Mike Bevins.
Levi wollte wissen, ob sie erfahren sollen, wer ich bin.
Mike löste sich von der Gruppe und ging mit ausgestreckter Hand auf sie zu. »Sie gehören zu den FBI-Agenten, nicht wahr? Wir wissen es zu schätzen, dass Sie diese Morde untersuchen. Unsere ganze Stadt ist erschüttert.« Sie stand auf und schüttelte ihm die Hand.

Kein Wiedererkennen in seinen Augen.

Erleichterung durchströmte sie, doch sie war auch ein bisschen verstimmt. Mike hatte in seiner Jugend viel Zeit mit Owen verbracht. Offenbar hatte er das jüngste Kilpatrick-Kind nicht weiter beachtet.

Sie lächelte automatisch. »Wir tun, was wir können.« Hinter ihm sah sie, wie sich die anderen drei Männer umdrehten und ihre Unterhaltung mitverfolgten. Sie erkannte Craig Rafferty, konnte die anderen beiden Männer jedoch nicht einordnen.

Der, den sie Chuck genannt hatten, schlenderte mit seiner riesigen Kaffeetasse herüber und musterte sie mit dunklen Augen über den Rand hinweg, während er einen Schluck nahm. »Cops in Cafés. Ist das nicht ein Klischee?«

Sie hätte ihm nur zu gern seitlich gegen die Kniescheibe getreten, und zwar richtig fest.

»Genau wie Rancharbeiter in Jeans und Stiefeln«, entgegnete sie und berührte ihre Oberlippe. »Sie haben Schaum im Schnurrbart. Offensichtlich trinkt ihr Rancharbeiter euren Kaffee nicht länger schwarz.« Sie zwinkerte ihm mit schiefem Grinsen zu. »Haselnusssirup ist aber auch wirklich lecker.« *Würg.*

Mike stieß den anderen Mann grinsend mit dem Ellbogen an. »Pass auf, Chuck. Sie ist dir auf der Spur.«

Wut blitzte in Chucks Augen auf, und er wandte ihm den Rücken zu.

»Ignorieren Sie ihn einfach.« Mike Bevins lächelte immer noch.

»Das werde ich.« Sie setzte sich wieder und nippte an ihrem Kaffee in der Hoffnung, dadurch das Gespräch zu beenden. Mike Bevins erinnerte sie zu sehr an seinen Vater Joziah. Gleicher Körperbau, gleiche Augen. Zumindest wirkte Mike wirklich freundlich. Joziah war ihr immer gekünstelt vorgekommen.

»Wenn Sie jemanden brauchen, der Ihnen die Stadt zeigt, mache ich das sehr gern.« Seine blauen Augen glänzten hoffnungsvoll.

Oh, oh.

»Danke für das Angebot, aber ich komme schon klar. Dank GPS, Sie verstehen?«

»Das verrät Ihnen noch lange nicht, wo Sie ein tolles Abendessen bekommen«, beharrte er, beugte sich vor und stellte einen Stiefel auf einen Hocker. »Mir hat gefallen, wie Sie mit Chuck umgegangen sind.«

Beinahe hätte sie geseufzt. »Danke. Aber das ist ... wirklich nicht nötig.« Sie konnte nicht ewig höflich sein.

Er sah sie noch einen Moment lang an und wirkte leicht verdutzt.

Ist er eine Abfuhr etwa nicht gewohnt?

Sie zwang sich zu einem Lächeln, um ihre Worte abzumildern, und zeigte dabei die Zähne. *Warum können Frauen nicht einfach Nein sagen und Männer es dabei belassen?* »Ich muss arbeiten«, fügte sie hinzu und ärgerte sich darüber, dass sie das Bedürfnis verspürte, ihn sanft abblitzen zu lassen und sein Ego zu schützen.

Mike nickte. »Wie Sie wollen. Viel Spaß in Eagle's Nest.« Er drehte sich um und ging zurück zum Tresen, wo der Letzte seiner Begleiter gerade sein Getränk bezahlte. Die Männer stapften hinaus, nickten ihr höflich zu oder berührten ihre Hutkrempen. Chuck blickte stur geradeaus.

Levi sank erneut auf den Stuhl ihr gegenüber. »Hat Mike dich erkannt?«

»Nein. Er wusste, dass ich eine der Agenten in der Stadt bin, daher nehme ich an, dass viel darüber geredet wurde. Mein Name wird früher oder später schon noch fallen.« *Was wird er wohl denken, wenn ihm klar wird, dass er mit Owens kleiner Schwester geflirtet hat?*

»Mir war nicht klar, ob du willst, dass ich dich ihnen vorstelle.«

»Noch nicht.«

»Was hast du zu Chuck gesagt?«

»Ich habe ihm ein Kompliment über sein Getränk gemacht.«

»Er ist ein Arschloch und noch nicht lange in der Stadt.«

»Craig Rafferty habe ich wiedererkannt. Ich war damals ein bisschen in ihn verknallt.«

»Das kann nicht sein! Du warst noch ein Kind!«

»Alt genug, um mich für die süßen Freunde meines Bruders zu interessieren. Groß und launisch waren sie mir am liebsten.«

»Er hat in den letzten fünfzehn Jahren nichts erreicht. Macht immer noch denselben Job. Gut, dass du damals nichts mit ihm angefangen hast, denn dann wärst du heute die Frau eines Rancharbeiters. Wie verlockend hört sich das an, Special Agent Kilpatrick?«

»An manchen Tagen könnte ich glatt in Versuchung geraten.«

»Das bezweifle ich. Dein Mantel kostet wahrscheinlich so viel, wie er in zwei Wochen verdient.«

Ihr Mantel war eine Investition und von so guter Qualität, dass er ewig halten würde. »Du hast deine Modekenntnisse enorm erweitert.«

»Ich habe eine Tochter im Teenageralter.«

»Touché.«

Während sie ihren Bruder musterte, entspannte sich Mercy endlich. Eine Brücke war über die fünfzehn Jahre des Schweigens geschlagen worden, und die enorme Tragweite dieser langen Zeit verschwand. Sein Gesicht kam ihr wieder bekannt vor; die Fältchen in den Augenwinkeln fühlten sich normal an. Er war ihr Bruder.

Optimismus erfüllte sie. Mercy wollte alles über Levi und Kaylie wissen.

Seine Zähne blitzten auf, als er breit grinste. »Was denkst du gerade?«, fragte er.

»Zum ersten Mal bin ich froh, wieder hier zu sein.«

ZWANZIG

Truman saß an seinem Schreibtisch und betrachtete die Fotos der zerbrochenen Spiegel aus Ned Faheys und Enoch Finchs Häusern. Wie es im Haus seines Onkels Jefferson ausgesehen hatte, wusste er auch so. Jetzt starrte er die anderen Bilder an, suchte nach Gemeinsamkeiten und überlegte, wie er herausfinden konnte, womit die Spiegel zerbrochen worden waren.

Kugeln hatten die Spiegel in Jeffersons Haus zerstört und auch seinen Onkel getötet.

Doch hinter den Spiegeln in den anderen beiden Häusern waren keine Patronenhülsen gefunden worden.

Warum hatte noch niemand anderes eine Verbindung zu den Spiegeln aus den alten Fällen hergestellt? Es musste doch noch einen Polizisten oder einen Bezirksbeamten geben, der sich an dieses Detail erinnerte. Warum hatte es nur jemand bemerkt, der damals ein Teenager gewesen war?

Zufall?

Wäre Mercy Kilpatrick diesen Ermittlungen nicht zugewiesen worden, hätten diese beiden alten Fälle vermutlich immer noch im Aktenraum gelegen und darauf gewartet, dass Lucas den Karton irgendwann einmal abstaubte.

Truman glaubte nicht an Zufälle. Zumindest wollte er das noch nicht tun.

Er breitete alle Fotos von den zerbrochenen Spiegeln auf seinem Schreibtisch aus. Fünf verschiedene Fälle. Vierzehn verschiedene Bilder. Das Glas jedes kleinen Handspiegels war aus dem Rahmen gefallen, aber die Badezimmerspiegel hatten nur Risse bekommen – abgesehen von dem Arzneischrank in einem der Badezimmer der Vargas, dessen Scherben darunter gelegen hatten.

Hat ein und dieselbe Person das alles getan?
Aber warum?

Truman verspürte den Drang, mit dem Kopf auf den Schreibtisch zu schlagen. Das wäre genauso hilfreich wie das Anstarren der Fotos.

»Chief?« Royce Gibson betrat sein Büro. »Sie wollten ein Update zu den Agenten?«

Ein Hauch von Schuldgefühlen durchzuckte Truman. »So ist es.«

»Special Agent Peterson ist in Richtung Bend unterwegs. Vermutlich ist er auf dem Weg zum FBI-Büro. Special Agent Kilpatrick ist heute Morgen auf der Route 82 weggefahren. Ich bin keinem der beiden über die Stadtgrenze hinaus gefolgt.«

Truman überlegte kurz. »Wohnt Rick Turner nicht an der 82?«

»Ja, Sir.«

Mercy war auf dem Weg zum Haus ihrer Schwester. Truman fragte sich, ob sie wohl nervös war. Sie hatte an diesem Morgen nicht viel über ihre Schwester gesagt, aber dennoch genug, um Truman zu vermitteln, dass dies kein einfacher Besuch werden würde.

»Danke, Royce.«

Der Polizist blieb in der Tür stehen, trat von einem Fuß auf den anderen und ließ den Blick durch den Raum schweifen.

»Gibt es noch etwas?« Trumans Nacken kribbelte, und Unruhe stieg in ihm auf.

»Es könnte albern sein.«

»Das entscheide ich, wenn Sie es ausgesprochen haben.«

Royce zappelte noch ein bisschen herum. »Es gehen Gerüchte um. Nicht viele, aber ich habe sie jetzt schon dreimal gehört. Und alle behaupten, nicht zu wissen, ob es wahr ist.«

»Worum genau geht es dabei, Royce?« In Eagle's Nest liebte man Gerüchte. Truman bezog einige seiner besten Informationen aus dem, was so getratscht wurde. Allerdings redeten die Leute auch jede Menge Unsinn.

»Schon mal vom Höhlenmenschen gehört?«, fragte Royce mit zitternder Stimme. Truman zog eine Augenbraue hoch. *Meint er den Höhlenmenschen, von dem Ned geredet hat?*

Royce lief rot an und starrte seine Schuhe an. »Sie wollten, dass ich Ihnen alles erzähle.«

»Immer raus damit.«

Der Polizist schaffte es, ihm in die Augen zu sehen. »Ich habe gehört, dass einige Jäger in der Nähe einer Höhle Waffen entdeckt haben und auch Hinweise darauf, dass dort jemand lebt. Sie sind schnell weggegangen, weil sie Angst hatten, auf Privatbesitz geraten zu sein.«

»Wann? Welche Jäger?«, verlangte Truman zu erfahren.

»Das weiß ich nicht. Die Jäger kamen von der anderen Seite der Cascades. Sie erwähnten es beiläufig irgendwo in der Stadt und fragten, ob jemand in einer Höhle hier in der Nähe haust. Angesichts der vielen Gerüchte über die gestohlenen Waffen in letzter Zeit dachte ich, das könnte von Bedeutung sein.«

Truman saß schweigend da. *Jäger, die in einer Bar Geschichten erzählen?* »Hat noch jemand anderes mal einen Höhlenmenschen erwähnt?«

Royce hielt den Blick abermals gesenkt. Truman wartete.

»Es kursieren andauernd Geschichten. Jemand behauptete, er hätte einen gruseligen Typen gesehen, der im Wald lebt. Von einem Haufen Waffen war bisher allerdings nie die

Rede. Aber es hieß immer, dass der Kerl auf einen schießen würde.«

»Geschichten? So wie die Gerüchte, die man sich in der Highschool erzählt?«

»Ja, so in der Art.«

Truman zählte bis zehn. »Geht das vielleicht ein bisschen genauer, Royce? Können Sie sich an den Namen von jemandem erinnern, der diesen Höhlenmenschen oder seine Waffen tatsächlich gesehen hat?«

Royce machte ein betretenes Gesicht. »Es sind wie gesagt nur Gerüchte. Aber da die Jäger angeblich dasselbe gesehen hatten, erschien mir die Sache glaubhafter.«

»Haben diese Jäger erst kürzlich davon berichtet?«

»Ja.«

»Mist.« Er musterte den jungen Polizisten. »Könnten Sie der Sache auf den Grund gehen? Reden Sie mit den Barkeepern und Kellnern. Fangen Sie am besten mit Sandy im B&B an, und versuchen Sie, jemanden zu finden, der die Geschichten der Jäger mit eigenen Ohren gehört hat … und nicht von seinen Saufkumpanen. Außerdem wäre es gut, wenn Sie den ungefähren Ort in Erfahrung bringen könnten. Sie und Ihre Freunde, mit denen Sie zusammen auf die Highschool gegangen sind, kennen doch sicher einen Teil des Waldes, den jeder meidet, oder? Manchmal entstehen aus Fakten Gerüchte. Lassen Sie uns herausfinden, was wirklich dahintersteckt.«

Der Polizist nickte eifrig. »Ich mache mich sofort an die Arbeit.« Er salutierte kurz und schritt zielstrebig den Flur entlang.

Habe ich gerade einen Officer losgeschickt, um einem Gerücht nachzujagen, das möglicherweise nur dem Alkohol geschuldet ist?

Es spielte keine Rolle. Jede Information musste ernst genommen werden, und dies war nicht das erste Mal, dass er von dem Höhlenmenschen hörte. Truman war durchaus bereit, Gerüchten über einen Höhlenmenschen mit einem Waffenversteck nachzugehen.

Sein Telefon klingelte. »Truman Daly.«

»Chief? Hier ist Natasha Lockhart aus der Gerichtsmedizin.«

Truman sah die zierliche Gerichtsmedizinerin deutlich vor Augen. Nach dem Tod seines Onkels war er ihr zum ersten Mal begegnet, und sie hatte einen äußerst kompetenten und zielstrebigen Eindruck auf ihn gemacht, was in ihrem Job durchaus lobenswerte Eigenschaften darstellten.

»Hi, Dr. Lockhart. Was kann ich für Sie tun?«

»Ich habe Ihnen, dem FBI und dem Deschutes County zwar eine E-Mail geschickt, wollte aber noch mit Ihnen sprechen, weil ich weiß, dass es sich um eine persönliche Angelegenheit handelt.«

Bei ihren Worten wurde ihm mulmig zumute.

»Einige Laborergebnisse von Enoch Finch und Ihrem Onkel liegen jetzt vor. Sie wissen ja, dass bestimmte Tests ein paar Wochen dauern können? Ich analysiere hier bei uns einige Gewebeproben, aber normalerweise schicke ich auch welche raus, um sie eingehender untersuchen zu lassen.«

»Richtig.« *Kommen Sie zur Sache!*

»Bei Enoch Finch wurden Spuren von Rohypnol im Blut gefunden. Ebenso bei Ihrem Onkel.«

Truman schwieg. Jefferson Biggs war strikt gegen jegliche verschreibungspflichtigen Medikamente gewesen. Er glaubte, die Pharmakonzerne würden die Menschen einer Gehirnwäsche unterziehen und ihnen suggerieren, sie könnten nicht auf Chemikalien verzichten. Seiner Meinung nach war das eine Verschwörung, um den Amerikanern ihr Geld abzuknöpfen und sie von ihren Produkten abhängig zu machen. Hatte sein Onkel ihn angelogen? Hatte er sich gegen Medikamente ausgesprochen, aber heimlich Tabletten geschluckt? Er wäre nicht der erste Heuchler gewesen, dem Truman begegnete.

Aber hierbei ging es um seinen Onkel. Truman war fest davon überzeugt, dass der Mann ihn nie angelogen hatte.

»Truman?«

»Ich bin noch da. Untersuchen Sie Ned Faheys Blut auch danach?«

»Ja.« Sie hielt inne. »Die Medikamente Ihres Onkels befanden sich noch in seinem Magen. Er hatte sie gerade erst genommen.«

Truman erinnerte sich an die beiden Gläser auf der Küchentheke seines Onkels. Er wusste, dass in beiden Gläsern Scotch gewesen war – ein Hinweis darauf, dass Jefferson an diesem Abend mit jemandem etwas getrunken hatte. Die Gläser waren untersucht worden, aber man hatte nur die Fingerabdrücke seines Onkels gefunden. Eines der Gläser schien abgewischt worden zu sein.

Ist der Mörder Jefferson nahe genug gekommen, um zuerst etwas mit ihm zu trinken?

Und hat er sein Glas vor dem Gehen noch eiskalt abgewischt?

»Ich habe eine Idee, wie das Medikament in seinen Körper gelangt sein könnte«, sagte Truman langsam. »Er war kein Mensch, der Medikamente nahm.«

»Wo auch immer es herkam, es ist auf jeden Fall auffällig, dass es bei beiden Opfern gefunden wurde.«

»Das sehe ich genauso.« Truman plauderte noch eine Minute mit der Gerichtsmedizinerin, bevor er das Gespräch beendete. Er ging den Flur hinunter zum Beweismittelschrank, in dem sich die Hinweise aus dem Mord an seinem Onkel befanden. Nach kurzem Suchen entdeckte er die

Tasche mit den beiden Gläsern. Er zog sich Vinylhandschuhe an und brach das Siegel, um die Gläser zu untersuchen. Sie waren noch mit feinem schwarzem Fingerabdruckpulver bedeckt.

Er hielt sich eins der Gläser unter die Nase, schnüffelte und konnte den Scotch noch immer riechen.

Ließ sich das Medikament in den getrockneten Resten auf dem Glasboden feststellen?

Es war einen Versuch wert.

Sein Onkel war kein Lügner. Jemand hätte ihn schon austricksen müssen, damit er Drogen nahm.

Jemand, den er gut genug kannte, um mit ihm etwas zu trinken.

EINUNDZWANZIG

Mercy zog den Reißverschluss ihrer schwarzen Jacke zu und stopfte sich die Handschuhe in die Taschen, während sie sehnsüchtig auf das gemütliche Bett im B&B blickte. Vor Erschöpfung und Nervosität wäre sie am liebsten unter die Decke gekrochen, aber sie wusste, dass sie keinen Schlaf finden würde. Wenn sie gestresst war, gab es nur eine Methode, wie sie sich beruhigen konnte. Ihr nächtlicher Ausflug vor zwei Tagen hatte sie besänftigt und ihr das Gefühl gegeben, nicht auf der Stelle zu treten. Sie brauchte dieses Erfolgserlebnis, bevor sie das Recht hatte, sich zu entspannen.

Jemand klopfte an ihre Tür.

Eddie? Etwa vor einer Stunde, also gegen neun, hatten sie einander Gute Nacht gesagt.

Sie schaute durch den Spion und schnappte nach Luft.

Kaylie Kilpatrick. Ihre Nichte.

Im Flurlicht glitzerte das Nasenpiercing der Teenagerin, als sie nach rechts und links blickte. Ungeduld zeichnete sich auf ihrer Miene ab, und sie klopfte erneut.

Weiß sie, wer ich bin?

Wäre sie andernfalls hier?

Mercy wurde klar, dass sie das B&B an diesem Abend nicht mehr verlassen würde. Sie entriegelte beide Schlösser und öffnete die Tür.

Kaylie stand ganz still da und sah Mercy ins Gesicht. Mercy ließ sie starren und musterte ihr Gegenüber ebenfalls. Mercy war gut zehn Zentimeter größer als die Teenagerin, und Kaylie hatte helleres Haar, aber dieselben Augen wie sie.

»Du bist meine Tante«, stellte das Mädchen fest.

»Ja.«

»Mein Name ist Kaylie.«

»Ich weiß«, erwiderte Mercy, der keine bessere Antwort einfiel.

Kaylie blickte noch einmal nach rechts und links. »Kann ich kurz reinkommen? Ich würde gern mit dir reden.«

Wider besseres Wissen trat Mercy zurück und ließ das Mädchen eintreten. Kaylie blickte sich im Zimmer um und setzte sich dann auf den Stuhl neben dem winzigen Schreibtisch. Sie riss die Augen auf, als sie Mercys Jacke betrachtete. »Oh. Wolltest du gerade gehen?«

»Das kann warten.« Mercy schloss die Tür, schlüpfte aus ihrer Jacke, setzte sich mit einem stillen Seufzer aufs Bett und sah den Teenager an. »Hat dir dein Vater erzählt, wer ich bin?«

»Ja.« Kaylie nahm Mercy noch immer von Kopf bis Fuß in Augenschein. »Nachdem ihr am Montag mit eurem Kaffee gegangen wart, habe ich ihn gefragt, warum er sich so komisch verhielt. Ich habe ihn so lange genervt, bis er es mir heute Nachmittag erzählt hat.« Sie runzelte die Stirn und starrte sie weiterhin an. »Die Ähnlichkeit lässt sich nicht leugnen. Die Leute behaupten immer, ich sehe aus wie Tante Pearl, aber ich glaube, ich sehe eher aus wie du. Dad hat gesagt, man hätte dich aus der Familie verbannt, will mir den Grund dafür aber nicht verraten.« Sie sah Mercy erwartungsvoll an.

»Wenn dir dein Vater diese Geschichte nicht erzählt, dann hat er auch einen guten Grund dafür. Ich bin jedenfalls nicht bereit, darüber zu reden.«

Kaylie wirkte enttäuscht. »Das dachte ich mir schon.«

»Warum bist du hier, Kaylie?«

Das Mädchen blickte auf ihre geballten Hände hinab. »Ich möchte nach dem Highschoolabschluss die Stadt verlassen.«

Mercy wartete.

»Mein Vater will das nicht.«

Mercy war völlig schleierhaft, was das Mädchen von ihr, der entfremdeten Tante, erwartete. »Was ist mit deiner Mutter?«

»Mein Vater hat das alleinige Sorgerecht. Meine Mutter hat wieder geheiratet. Sie hat jetzt eine neue Familie.«

Der Schmerz in der Stimme des Mädchens brach Mercy beinahe das Herz. »Das tut mir sehr leid, Kaylie.«

Das Mädchen machte eine Handbewegung, als wollte es alle Gedanken an ihre Mutter wegwischen. »Ich bin drüber weg. Aber du hast die Stadt nach der Highschool verlassen, nicht wahr?«

Mercy blieb skeptisch. »Das ist korrekt.«

»Du bist aufs College gegangen und machst jetzt dein eigenes Ding. *Das will ich auch!* Aber Dad will, dass ich aufs Community College in Bend gehe.«

»Das ist keine schlechte Idee ...«

»*Aber ich will hier weg!* Ich kann hier nicht leben. Ich will die Welt sehen und reisen und neue Leute kennenlernen!« Sie sah Mercy flehentlich an.

Mercy holte tief Luft. »Ich bin mir nicht sicher, ob ich mich da einmischen darf, Kaylie. Deine Familie und ich ...«

»Ich weiß. *Ich weiß.* Du hast schon ewig nicht mehr mit ihnen gesprochen. Aber könntest du mir vielleicht dabei helfen, herauszufinden, wie ich ein weiter entferntes College bezahlen kann? Ich möchte dasselbe tun, was du gemacht hast ... diese beschissene Stadt hinter mir lassen und etwas anderes lernen. Ich will keine Mutter sein, keinen Garten anlegen, keine Lebensmittel lagern und keine Kinder großziehen. Ich will etwas *erleben*.«

»Ich bin mir nicht sicher, ob du überhaupt mit mir reden solltest ...«

»Mir ist egal, dass du von der Familie ausgeschlossen wurdest.«

Mercy hob eine Hand. »Das habe ich nicht gemeint. Du solltest mit deinem Berater an der Schule sprechen. Es ist seine Aufgabe, dir dabei zu helfen, den besten Weg zum College zu finden. Es gibt finanzielle Hilfen und Stipendien. Wenn du in diesem Staat bleibst, dürfte das kein großes Problem darstellen. Wie sind deine Noten?«

»Hauptsächlich Einsen.«

»Das ist ein guter Anfang. Du bist noch in der Junior High, richtig? Bleib weiterhin gut in der Schule und fang an, dich nach Stipendien zu erkundigen.«

»Ich habe mit meinem Berater über das College gesprochen. Er fragt immer, wie sich denn mein Dad meine Zukunft vorstellt.«

Mercy empfand eine starke Abneigung gegen Kaylies Berater. »Dann lüg ihn an.«

Kaylie starrte Mercy einen Moment lang an. »Warum redet niemand über dich? Es gibt in Grandpas und Grandmas Haus keine Fotos von dir. Ich habe nachgeschaut.«

Mercy bekam kurz keinen Ton heraus.

Keine Fotos. Als ob ich nicht existieren würde.

Kaylie senkte den Kopf. »Entschuldige. Ich wollte dich nicht verletzen. Ich dachte, du wärst darüber hinweg.«

Mercy blinzelte ein paarmal und fragte sich, was das Mädchen in ihrem Gesicht gesehen hatte. »Das ist eine lange Geschichte. Die Sache ist kompliziert.«

Kaylie wirkte genervt, als sie Mercy in die Augen sah. »Du bist eindeutig mit Dad verwandt. Das hat er nämlich auch gesagt.« Sie musterte Mercy eingehend. »Hast du Kinder? Bist du verheiratet?«

»Nein und nein.«

»Wie bist du zum FBI gekommen?« Kaylie neigte konzentriert den Kopf. Eine Bewegung, die Mercy an Rose erinnerte, wenn sie einem aufmerksam zuhörte.

»Ich habe mich ein paar Jahre nach dem College dort beworben«, antwortete Mercy. »Ich hatte Strafrecht studiert und wollte Tatortermittlerin werden. Dann fiel mir das FBI ins Auge.«

Kaylie nickte und hatte die Brauen noch immer zusammengezogen. Mercy wusste, dass sie sich jedes Wort einprägte, und empfand es als schwere Bürde, ihrer Nichte Lebensratschläge zu erteilen. »Tu etwas, das du liebst«, sagte sie zu der Teenagerin.

Die Haltung des Mädchens wurde etwas entspannter. »Ich liebe Essen«, sagte sie mit verträumter Stimme und blickte in die Ferne. »Ich koche gern, aber noch lieber backe ich. Ich mache alle Backwaren, die im Café angeboten werden. Am liebsten würde ich den ganzen Tag lang nichts anderes machen.« Sie straffte sich. »Aber nicht in Eagle's Nest. Ich möchte an einem Ort leben, an dem viel los ist und eine inspirierende Atmosphäre herrscht. Hier sehe ich immer nur dieselben Leute.«

»Man braucht zwar keinen Collegeabschluss, um diesen Traum zu verwirklichen, aber ich würde dir trotzdem zu einem raten. Das College wäre eine gute Gelegenheit, deinen Horizont zu erweitern und mehr von der Welt zu sehen. Im Anschluss könntest du herausfinden, wo du deiner Leidenschaft nachgehen möchtest.«

»Aber wie hast *du* das gemacht? Wie hast du das alles bezahlt?«

Bilder aus ihrer Collegezeit blitzten vor ihrem inneren Auge auf und verblassten wieder, Erinnerungen daran, wie dürftig ihre Mittel gewesen waren. »Ich hatte nur wenig Geld, doch das war für mich nichts Neues. Allerdings musste ich erst lernen, auf mich selbst gestellt zurechtzukommen.

Ich lernte, Fragen zu stellen, nach Antworten zu suchen und meinen Stolz herunterzuschlucken. Ich wusste, dass ich lernen musste, Dinge in Bewegung zu setzen, wenn ich es allein schaffen wollte. Keiner würde mir etwas schenken ... ich musste es mir verdienen. Bevor ich aufs College ging, hatte ich drei verschiedene Jobs, lebte mit drei anderen Leuten in einer WG und aß jede Menge Ramen-Nudeln. Ich sprach häufig mit meinem Finanzberater und suchte ständig nach Möglichkeiten, das Beste aus meinem Geld zu machen. Es war definitiv eine neue Welt für mich und völlig anders als Eagle's Nest.«

Kaylie nickte. »Alle hier sagen immer, ich soll mich darauf konzentrieren, für die Zukunft gerüstet zu sein. Aber damit meinen sie, ich solle in Eagle's Nest bleiben und warten, bis unsere Regierung zusammenbricht.« Sie rümpfte die Nase. »Ich glaube, mein Dad bezweifelt, dass das jemals passieren wird.«

»Wieso das?«

Sie zuckte lässig mit den Achseln. »Obwohl er mir predigt, wie ideal Eagle's Nest ist, hilft er Grandpa nicht mehr so oft wie früher. Vor etwa einem Jahr hatten sie einen heftigen Streit – ich weiß nicht, worum es dabei ging, aber seitdem hat er sich aus Grandpas Gemeinde zurückgezogen. Mir ist aufgefallen, dass er Telefonate und Treffen vermeidet.«

»Aber er besucht doch bestimmt weiterhin seine Freunde?« Mercy hatte eine Million Fragen, hielt sich jedoch zurück. Sie wollte Kaylie nicht in die Kluft zwischen sich und dem Rest ihrer Familie mit hineinziehen. Bei drei ihrer Geschwister hatte sie gute Fortschritte gemacht, aber sie wusste, dass sie es langsam angehen lassen musste.

Auch wenn Kaylie mit diesem Besuch den ersten Schritt getan hatte.

»Einige jedenfalls. Aber in letzter Zeit ist er ziemlich aufbrausend. Ich habe gehört, wie er David Aguirre gesagt hat, er soll sich zum Teufel scheren.«

»Dem Pfarrer?«

»Ja, Dad hat ihn nie wirklich gemocht. Er sagt, er wäre ein Lügner und dürfe anderen nichts vorschreiben.«

Darin sind Levi und ich einer Meinung.

»Ich glaube, David war immer eher Owens Freund, nicht der deines Dads«, sagte Mercy. »Zumindest war das früher so.«

»Das ist immer noch so. David gehört zu Grandpas Leuten«, fügte Kaylie hinzu.

Mercy nickte. Ihr Vater hatte sich immer mit Menschen umgeben, von denen er glaubte, dass sie ihm in einer ungewissen Zukunft den Rücken stärken würden. Mercy fragte sich, ob Owen dazu beigetragen hatte, David in diesen engen Kreis aufzunehmen. Besaß er außer dem Predigen noch andere Fähigkeiten? Als Ingenieur? Viehzüchter? Botaniker? Vielleicht hielt es ihr Vater für klug, einen Diener Gottes auf seiner Seite zu haben.

Sie hätte beinahe laut geschnaubt.

»Ich glaube nicht, dass die Gesellschaft auseinanderbrechen wird«, sagte Kaylie leise. »Wieso sollte sich mein Leben darum drehen, mich auf etwas vorzubereiten, von dem ich nicht glaube, dass es jemals passieren wird?« Sie sah ihre Tante flehentlich an.

Mercy konnte das Mädchen gut verstehen. Sie hatte den gleichen Gedanken schon millionenfach gehabt und mit dem Konflikt gekämpft, der dadurch in ihrer Seele ausgelöst wurde. Sie hatte beobachtet, wie ihre Eltern sich systematisch auf eine ungewisse Zukunft vorbereiteten, aber gleichzeitig mit angesehen, wie der Rest der Welt ganz normal weitermachte. Mal brach im Ausland ein Markt zusammen, ihre

Eltern wurden nervös und waren überzeugt, dass dies der erste Schritt wäre, und doch passierte rein gar nichts. Die Amerikaner gingen weiterhin zur Schule, zur Arbeit, kauften Lebensmittel und fuhren Fahrrad.

Leben sie eine Lüge?

»Ich weiß, wie du dich fühlst«, setzte Mercy an. Sie hielt inne, da sie wusste, dass es ihr nicht zustand, dem Mädchen vorzuschreiben, was es tun sollte. »Ich kann dir nur sagen, wie ich mit diesen Gefühlen umgegangen bin. Die Vorbereitung und Vorausschau waren von Geburt an Teil deines Lebens, nicht wahr?«

Kaylie nickte.

»Aber wenn du dich zurückziehst, wirst du dich besorgt und unsicher fühlen ... als würdest du auf einem Drahtseil balancieren. Egal, wie sehr ich mich entspannen und ein normales Leben führen wollte, stets kamen mir Zweifel, und ich fragte mich, ob es dumm von mir war, so einfache Dinge wie das Lagern zusätzlicher Lebensmittel oder das Zulegen einer alternativen Stromversorgung zu unterlassen. Machst du dir Sorgen, du könntest feststellen, dass dein Dad gut daran getan hat, sich auf eine unsichere Zukunft vorzubereiten, wenn du aufs College gehst und ein neues Leben anfängst? Und dass du darunter leiden könntest?«

»Ja! Jeden Tag.« Kaylie hing förmlich an Mercys Lippen.

»Aber kann man denn nicht beides gleichzeitig tun?«

Ihre Nichte riss die Augen auf. »Beides? Aber wie?«

Mercy sah, wie es in Kaylies Kopf arbeitete.

»Ist es das, was du tust?« Kaylies Stimme stieg um eine Oktave. »Du hast diese Lebensweise nicht völlig aufgegeben? Aber was ist mit einer Gemeinde? Auf wessen Hilfe kannst du dich verlassen?«

»Ich verlasse mich auf mich selbst«, flüsterte Mercy und

hatte das Gefühl, ihre ganze zwanghafte Seele vor ihrer Nichte auszubreiten.

»Wie?«

»Schmiede einen Plan. Es ist möglich, aber nicht dasselbe, wie einen Kreis von Gleichgesinnten um sich zu haben, auf die man sich verlassen kann«, gab Mercy zu. »Mein Plan hat einige Lücken, aber ich fühle mich besser, wenn ich weiß, dass ich etwas getan habe. Wenn ich anfange, mich unsicher zu fühlen, tue ich mehr, und es hilft mir, mich zu entspannen.«

»Wo …?«

»Das ist nicht wichtig. Was du wissen musst, ist nur, dass du stark bist und tun kannst, was immer du willst, solange du niemandem wehtust. Wenn dir etwas nicht gefällt, dann ändere es.«

Kaylie saß einen Moment lang still da und verarbeitete die Informationen. Mercy hoffte, dem Mädchen neue Optionen aufgezeigt zu haben. Als Teenagerin hatte man ihr genau wie Kaylie immer wieder denselben Weg gezeigt. Mercy war damit einverstanden gewesen und hatte akzeptiert, dass dies die klügste Lebensweise darstellte. Doch mit der Zeit waren ihr Zweifel gekommen, und bevor sie diese angehen konnte, war ihre Welt explodiert, und man hatte sie vor die Tür gesetzt und gezwungen, ihren eigenen Weg zu finden.

Sie war ausgestoßen worden.

Danach hatte sie den Lebensstil ihrer Familie zuerst grundlegend abgelehnt.

Bis sie nicht mehr ohne ihn leben konnte. Sechs Monate nach ihrem Auszug bekam sie Angstattacken und erkannte, dass sie erneut Vorbereitungen treffen musste, um sich ihren Seelenfrieden zu bewahren. Ihr ganzes Leben lang hatte man ihr eingetrichtert, dass das Stromnetz zusammenbrechen könnte; diese Möglichkeit konnte sie nicht ignorieren. Also fing sie an. Zunächst waren es nur kleine Veränderungen. Sie lagerte Lebensmittel. Batterien. Bargeld. Gold. Sie verbarg ihren Zwang vor ihren Mitbewohnern.

Dann nahm es größere Dimensionen an.

Und sie verbarg es weiterhin. Es zu verheimlichen war einfacher, als Fragen zu beantworten.

Nach fünfzehn Jahren war Kaylie das erste Familienmitglied, dem sie das anvertraute. Es war eine Erleichterung, laut darüber zu sprechen. Das Mädchen würde sie nicht verurteilen; Kaylie wusste, wie es war, bei Preppern aufzuwachsen.

Zwischen ihr und dem Teenager entstand eine subtile Verbindung. Eine Verbindung, die sie nicht mehr gespürt hatte, seit sie von zu Hause ausgezogen war. *Jemand, mit dem ich reden kann.*

»Ist das Leben hier so schlimm, Kaylie?«

Kaylie warf ihr einen säuerlichen Blick zu.

Ein kleiner Teil von Mercy wollte dem Mädchen sagen, dass sie die Menschen um sie herum und den Lebensstil akzeptieren sollte. Ein größerer Teil hätte sie hingegen lieber angeschrien und ihr geraten, so schnell wie möglich von hier zu verschwinden.

Doch es stand ihr nicht zu, Kaylie vorzuschreiben, was sie zu tun und zu lassen hatte.

Mit ihr mitfühlen konnte sie trotzdem. Ihre Geschwister sahen den Prepper-Lebensstil als einen der Gemeinschaft und klugen Planung an. Sie erinnerte sich daran, wie Pearl erschaudert war, als Mercy laut darüber nachdachte, wie es wohl wäre, in New York zu arbeiten und zu leben. »Ich möchte nicht in dieser Stadt sein, wenn die Strom- und Lebensmittelversorgung zusammenbricht. Es wird Aufstände geben. Die Leute werden einander angreifen. Rede doch nicht so ein verrücktes Zeug, Mercy.«

»Aber was ist, wenn es nie passiert? Wie können wir etwas nur aufgrund eines Was-wäre-wenn-Szenarios ablehnen?«

»Am besten ist man nicht in einer der großen Städte, wenn es passiert. Ein paar privat genutzte Hektar Land. Platz, um anzubauen, was man braucht.« Pearl hatte nur die Worte ihrer Eltern nachgeplappert.

Waren alle Kinder einer Gehirnwäsche unterzogen worden?

Oder brachte man ihnen einfach nur das Vorausplanen bei?

»Informier dich über das College, Kaylie. Finde heraus, wie du es bezahlen kannst, und geh hin. Tu, was nötig ist, um vorbereitet zu sein.« Mercy schluckte den Kloß in ihrem Hals hinunter. »Dein Vater wird immer hier sein und auf dich warten, wenn du zurückkommst.«

»Warum warten deine Eltern dann nicht auf dich?«

ZWEIUNDZWANZIG

Jane Beebe hatte Mühe, zu dieser frühen Stunde etwas in der Dunkelheit zu erkennen, das außerhalb der Lichtkegel ihrer Scheinwerfer lag.

»Verdammter alter Kauz. Warum bestehst du nur darauf, unbedingt mitten im Nirgendwo zu leben?«

Ihr Bruder Anders hätte eine Eigentumswohnung in ihrem Gebäude in Bend kaufen sollen – wie sie es schon ein Dutzend Mal vorgeschlagen hatte –, statt auf einem zwei Hektar großen Grundstück fernab der Gesellschaft zu leben. Doch er lachte jedes Mal, wenn sie das ansprach. »Wo soll ich denn all meine Sachen unterbringen?«

»Den ganzen Kram brauchst du doch gar nicht.«

»Das weißt du nicht. Eines Tages wirst du vielleicht dankbar dafür sein, dass ich das aufbewahrt habe.«

»Ach ja? Und was soll ich mit hundert verrosteten Autos machen, die nicht mal anspringen?«

Sie beugte sich näher ans Lenkrad, blinzelte und starrte angestrengt auf die Straße. Hier draußen gab es keine Fahrbahnmarkierungen und keine Straßenlaternen, und die Kurven tauchten ohne Vorwarnung auf. Sie fuhr vorsichtig, denn sie sah nachts nicht mehr so gut wie früher. Als Anders endlich eingewilligt hatte, den Onkologen in Portland aufzusuchen, hatte sie ihn für den ersten verfügbaren Termin angemeldet. Sie warf einen Blick auf die Uhr auf dem Armaturenbrett. Bis zu seinem Termin waren es noch fünf Stunden.

Wehe, er ist nicht fertig.

Wenn er seine Meinung geändert hatte, ohne es ihr vorher zu sagen, würde sie ihm mit einer seiner zwei Dutzend gusseisernen Bratpfannen einen Schlag auf den Kopf verpassen und ihn ins Auto zerren. Sie hatte gestern nach Portland fahren und in einem Hotel übernachten wollen, damit sie nicht in Eile waren und sich keine Sorgen machen mussten, den Termin zu verpassen, doch Anders hatte sich geweigert, dafür Geld auszugeben.

Aber dass ich mitten in der Nacht aufstehen muss, damit wir die lange Fahrt schaffen, interessiert ihn nicht die Bohne.

Er hatte vor einigen Jahren den Führerschein verloren, weil er sich weigerte, die Verlängerung zu bezahlen. »Warum muss ein Freeman für das Recht bezahlen, auf freien Straßen zu fahren?«

»Sie sind nicht frei«, hatte Jane erklärt. »Sie werden durch unsere Steuern bezahlt.«

»Ein weiterer Grund, warum ich das Recht habe, sie zu benutzen.«

Mehrere Strafzettel wegen Fahrens ohne Führerschein hatten seine Begeisterung für das Autofahren als Freeman gedämpft. Er hatte einen Berg von Papieren nach dem anderen eingereicht, um gegen die Strafzettel zu protestieren. Als ein verärgerter Richter ihn für ein paar Tage ins Gefängnis schicken wollte, weil er dem Staat derart auf die Nerven ging, hatte Jane Wind davon bekommen und die Strafzettel bezahlt.

Anders hatte erbittert widersprochen. »Der Staat hat nicht das Recht, mir Strafzettel dafür zu verpassen, dass ich herumfahre. Durch diese Gesetze wollen sie uns doch nur mehr Geld abknöpfen.«

Jane hatte sich geweigert, sich auf diese ständigen Auseinandersetzungen einzulassen.

Sie trat auf die Bremse und bog scharf in Anders' Einfahrt

ein. Die von Kiefern gesäumte Straße war ein kleines bisschen breiter geworden, und sie hätte die Öffnung auf der rechten Seite beinahe übersehen. Es gab keine Schilder, keinen Hinweis darauf, dass ihr Bruder einen knappen Kilometer die unbefestigte Zufahrt hinunter wohnte.

Sie fluchte, als ihr Wagen durch eine Spurrille holperte und sie mit der Schulter gegen die Fahrertür prallte.

Warum kümmere ich mich darum?
Weil es irgendjemand tun muss.

Ihre ältere Schwester war gestorben, und sie fühlte sich verpflichtet, auf Anders aufzupassen. Auch wenn er nicht mehr ganz richtig im Kopf war. Familie war nun mal Familie.

Sie fuhr den gewundenen Feldweg entlang und vorbei an einem Meer von verlassenen Autos, die ihr Bruder sammelte.

Vielleicht ist es gut, dass er sich geweigert hat, in mein Gebäude zu ziehen. Was würden meine Nachbarn denken?

Scham überkam sie bei diesen Gedanken, auch wenn sie ihr nicht zum ersten Mal durch den Kopf gingen. Es gab mehrere Gründe, aus denen sie nicht beharrlich darauf bestanden hatte, und dazu gehörte die Sorge um ihren guten Ruf. Sie besänftigte ihre Schuldgefühle, indem sie ein paarmal im Jahr nach ihrem Bruder schaute. Er schien allein zurechtzukommen.

Eines Tages würde er allerdings wegen Fahrens ohne Führerschein hinter Gittern landen. Alle Polizisten der Gegend kannten Anders, aber irgendjemand würde sein Verhalten letzten Endes satthaben.

Zumindest hatte er eingesehen, dass es keine gute Idee gewesen wäre, selbst nach Portland zu fahren.

Licht schien aus den Fenstern seines Hauses. *Immerhin ist er wach.*

Jane parkte und ging vorsichtig über den schlammigen,

leeren Platz. Sie hob gerade die Hand, um anzuklopfen, als sie sah, dass er die Tür für sie einen Spaltbreit offen gelassen hatte. Sie drückte sie ganz auf. »Anders?«

Schweigen empfing sie.

»Können wir los? Wir haben eine lange Fahrt vor uns.«

Sie trat sich die Füße auf der abgenutzten Matte ab und betrat das Haus. »Anders!«

Vielleicht ist er rausgegangen, um noch etwas zu erledigen. Deshalb stand die Tür offen.

Sie ging in Richtung Küche, roch Kaffee und nahm sich vor, schnell eine Tasse zu genießen, bis ihr Bruder aufbruchbereit war.

Der Geruch nach Urin und Schlimmerem ließ sie an der Küchentür verharren. Anders lag rücklings in einer Blutlache auf dem Küchenboden.

Jane ließ ihre Handtasche fallen und sank neben ihrem Bruder auf die Knie. »Anders!« Sie griff nach seinem Kopf und drehte sein Gesicht zu sich, aber sein Blick ging ins Leere. Panisch drückte sie eine zitternde Hand an seinen warmen Hals und suchte nach seinem Puls. Sie hielt den Atem an, während sie seine Haut abtastete.

Vergeblich.

Sie zerrte an seinem blutgetränkten Hemd und bemerkte die klaffenden Löcher in seiner Brust.

Entsetzt verlagerte sie das Gewicht auf die Fersen, kniete sich dann lautlos hin und legte ihm sanft eine Hand auf die Brust. Kein Herzschlag. Kein Atem.

Sie wartete eine Weile.

Es tat sich nichts.

»Oh, Anders. Ich dachte, dein Gerede über den Höhlenmenschen wäre nur Blödsinn.«

Reue und Scham überkamen sie, weil sie ihren Bruder nicht ernst genommen hatte.

Er umklammerte einen Revolver mit einer Hand. Sie blickte über die Schulter und sah Einschusslöcher in der Wand in der Nähe der Stelle, an der sie die Küche betreten hatte.

»Ich hoffe, du hast das Arschloch erwischt.«

DREIUNDZWANZIG

Truman hatte es satt, ermordete alte Männer zu sehen.
Vor drei Tagen hatte er Anders Beebe wegen Trunkenheit am Steuer in eine Arrestzelle gesteckt.

Heute war der Mann tot.

Er stand in der Küchentür von Anders' Haus und hielt seine Wut in Zaum, während der Kriminaltechniker des Countys jedes Detail des Tatorts fotografierte. Auf der anderen Seite des Raums standen Mercy und Eddie. Ein County Deputy hatte Truman heute früh um sechs angerufen, woraufhin er sofort Mercy über den Beebe-Mord informiert hatte.

Ihre Stimme war schlaftrunken gewesen, als sie ans Handy gegangen war. Aber sie war schlagartig wach geworden. »Warum rufen Sie uns an, Truman? Das klingt, als wäre es ein Fall für das County.«

»Das mag sein, aber der Sheriff erkennt die Verbindung zu Ihren anderen Fällen nicht so schnell und hat deshalb noch nicht das FBI angerufen. Ich informiere Sie gewissermaßen als Gefallen für ihn.«

»Eddie und ich sind in dreißig Minuten da.«

Als die Agenten im Beebe-Haus auftauchten, hatte Sheriff Ward Rhodes Mercy und Eddie mitgeteilt, dass er sie gerade anrufen wollte. Er telefonierte und deutete mit einer Hand aufs Haus. »Gehen Sie ruhig rein«, sagte er und wandte sich wieder seinem Gespräch zu.

Mercy lächelte den Sheriff an, verdrehte hinter seinem Rücken jedoch die Augen. Eddie bemerkte es und stieß ihr in die Rippen. Sie schlug seine Hand weg.

Ihre ungezwungene Nähe ließ Neid in Truman aufsteigen. *Wann hatte ich das letzte Mal jemanden, mit dem ich so scherzen konnte?*

Mercy ertappte ihn bei seiner Beobachtung und zwinkerte ihm zu.

Ihm stockte der Atem.

Special Agent Kilpatrick hatte unglaubliche Augen.

Sie ist in jeder Hinsicht erstaunlich. Scharfsinnig. Zielstrebig. Intelligent.

Gestern hatte sie emotional gewirkt, woraufhin er sich schon Sorgen gemacht hatte, doch er glaubte immer noch, dass sie ebenso motiviert war wie er, den Mörder zu finden.

Jemanden, der nun innerhalb weniger Wochen vier Männer getötet hatte.

Anders Beebe war mehrfach in die Brust geschossen worden. Sein Blut bedeckte den Küchenboden, und einige Schränke waren voller Spritzer.

»Dieser Tatort wirkt anders als die anderen«, stellte Mercy fest. »Der Täter schien irgendwie gehetzt. Als hätte er nicht das vorgefunden, was er beim Betreten des Hauses erwartet hatte. Keiner der anderen wurde in der Küche erschossen. Selbst Jefferson Biggs schien vorher etwas mit dem Täter getrunken zu haben, bevor er misstrauisch wurde.«

»Das sehe ich auch so«, sagte Eddie. »Vor allem, weil Anders auf unseren Verdächtigen geschossen hat. In allen anderen Fällen war unser Mann der Angreifer. Was ist diesmal schiefgelaufen?«

»Sehen Sie sich das mal an.« Truman bedeutete den Agenten, ihm zu folgen. Sie gingen durch einen langen Flur zu einem kleinen Raum im hinteren Teil des Hauses. Im Schrank stand ein Waffensafe weit offen. Und war voller Waffen.

»Er hat die Waffen nicht mitgenommen«, staunte Mercy. »Wurde er daran gehindert?«

»Anders Beebes Schwester kam heute früh um fünf her, um ihn zu einem Arzt nach Portland zu bringen, bei dem er am Vormittag einen Termin hatte.«

»In Portland?«, hakte Eddie nach.

»Bei einem Krebsspezialisten.«

»Oh.« Agent Peterson schob seine Brille zurück. »Dann hat sie ihn möglicherweise gestört.«

»Sie sagte, ihr Bruder sei noch warm gewesen, als sie ihn fand, aber sie hat weder jemanden gesehen noch gehört.«

»Was ist mit einem anderen Fahrzeug?«

Truman schüttelte den Kopf. »Haben Sie die vielen Autos draußen bemerkt? Die meisten sehen aus, als wären sie seit dreißig Jahren nicht mehr fahrtüchtig.« Anders Beebe hatte gern an Fahrzeugen herumgebastelt und nie abgelehnt, wenn jemand eins hier abstellen und vergessen wollte. Der vordere Hektar seines Grundstücks glich einem Autofriedhof. »Seine Schwester sagte, es sei noch dunkel gewesen und sie habe sich die anderen Fahrzeuge nicht weiter angesehen. Sie ist es gewohnt, mehrere Dutzend Autos zu umfahren, um zu seinem Haus zu gelangen.«

»Die perfekte Tarnung für einen Wagen«, murmelte Mercy. »Wurde irgendetwas aus dem Haus entwendet?«

»Die Schwester kann es nicht feststellen. Sie besucht Anders etwa einmal im Monat und behauptet, hier wäre es immer so unordentlich.« Truman sah sich im Zimmer um und musste ihr zustimmen. An jeder Wand stapelten sich wahllos Kisten und Behälter. Mercy öffnete den Deckel der Kiste, die ihr am nächsten stand, und warf einen Blick hinein.

»Handtücher«, sagte sie. »Da hatte wohl jemand Sorge, ihm könnten die Handtücher ausgehen. *Bäh.* Sie stinken.« Mit angewiderter Miene schloss sie den Deckel.

Truman verstand, warum sie auf Anders Beebes Vorbereitungen völlig anders reagierte als auf die seines Onkels. Sein

Onkel war ordentlich, organisiert und sauber gewesen. Dieses Haus stellte aufgrund der vielen Stapel ein Brandrisiko dar und verströmte einen widerlichen, sauren Geruch. Nach feuchten Dingen, die seit Jahren nicht getrocknet waren. Das Haus seines Onkels war im Vergleich dazu ein Palast.

»Wo ist das Badezimmer?«, erkundigte sich Mercy.

Truman hatte auf diese Frage gewartet. Er war überrascht, dass sie es nicht direkt nach ihrem Eintreffen hatte sehen wollen, und vermutete, dass sie einfach nur auf den richtigen Moment gewartet hatte. Er deutete über den Flur, und sie verließ mit Eddie den Raum. Der vertraute Zitronenduft drang Truman in die Nase, als die Agenten an ihm vorbeigingen. Ein Sonnenstrahl in dem düsteren Haus.

Das ist niemals Agent Petersons Geruch.

Die beiden Agenten starrten einige Sekunden lang auf den zerbrochenen Badezimmerspiegel. »Gibt es noch mehr?«, fragte Mercy und sah ihn mit ihren grünen Augen an.

»Das ist das einzige Badezimmer. Ich habe keine anderen kleinen Spiegel gefunden.«

»Er sieht auch anders aus«, fügte Eddie hinzu. »Er weist kaum Sprünge auf, während die anderen Spiegel zertrümmert wurden.«

Mercy starrte in den Spiegel. »Liegt das daran, dass er gestört wurde? Oder war er hier nicht richtig bei der Sache? Vielleicht war der Spiegel auch schon länger kaputt?«

»Könnte es jemand anders getan haben?« Endlich stellte Truman die Frage, die ihn seit Betreten des Tatorts beschäftigte. »Haben wir es mit einem Nachahmer zu tun? Nichts ist so, wie wir erwartet haben.«

Mercy und Eddie tauschten einen Blick und zuckten leicht mit den Achseln. Sie schienen ebenso ratlos wie er zu sein.

»Wir gehen vorerst davon aus, dass es einen Zusammenhang gibt«, sagte Eddie. »Aber wir können nicht ausschließen, dass eines dieser Verbrechen von mehr als einer Person begangen wurde.«

»Ist die Schwester noch hier?«, erkundigte sich Mercy.

»Ich glaube schon. Einer der County Deputys ist mit ihr draußen auf dem Grundstück, um herauszufinden, ob etwas fehlt oder seltsam wirkt.« Er führte die Agents aus dem Haus und blieb auf der Veranda stehen, um nach Jane Beebe Ausschau zu halten.

»Was für ein Haufen Schrott.« Eddie blickte über das Meer von Fahrzeugen. »Ich kann ja verstehen, dass man gern an Autos herumbastelt und sogar Autos sammelt, aber das hier ist Horten. Draußen wie drinnen. Diese Autos sind nur noch Schrott. Wahrscheinlich wird hier auch gegen ein halbes Dutzend Umweltgesetze verstoßen.«

Truman stimmte ihm stillschweigend zu. Die meisten Fahrzeuge waren völlig verrostet. Windschutzscheiben und Räder fehlten.

»Was manche so als Schatz ansehen«, murmelte Mercy.

»Er kann von Glück reden, dass er keine Nachbarn in der Nähe hat und dass die Fahrzeuge von der Straße aus nicht zu sehen sind«, fügte Eddie hinzu. »Ich beneide die Leute nicht, die hier aufräumen müssen.«

»Vielleicht finden sie einen Kofferraum voller Gold«, warf Mercy ein.

»Wohl kaum«, erwiderte ihr Partner.

»Das ist Jane«, sagte Truman, als er die Frau und einen Deputy entdeckte, die durch ein Tor zur Rückseite des Grundstücks traten. Die Frau war groß und schlank und bewegte sich mit müheloser Selbstsicherheit, obwohl die Knie ihrer Jeans dunkel von Blut waren. Sie bemerkte die Gruppe, die sie beobachtete, und ging auf sie zu.

»Was haben Sie herausgefunden?« Ihre Stimme war so

selbstsicher wie ihre Haltung. Ihr Blick wanderte über die FBI-Agenten.

Truman stellte sie einander vor.

»Mein Beileid.« Mercy schüttelte der älteren Frau die Hand. »Soweit ich weiß, kommen Sie nicht so oft hierher, oder?«

Truman konnte nicht anders, als die beiden Frauen miteinander zu vergleichen, die sich auf der Veranda gegenüberstanden. Beide waren groß, hatten ein markantes Kinn und ein sehr direktes Auftreten. Jane schien in Agent Kilpatrick eine verwandte Seele zu erkennen und wandte sich an sie.

»So ist es. Anders war schon etwas älter und kam ganz gut allein zurecht. Ich bezweifle zwar, dass er so oft gegessen oder gebadet hat, wie es angebracht gewesen wäre, aber er mochte es nicht, wenn ich vorbeikam und ihn nervte … wie er es ausdrückte. Also habe ich meine Besuche auf ein Minimum beschränkt. Er war kein sehr geselliger alter Kauz.«

Truman stimmte ihr zu. Seine Begegnungen mit Anders Beebe waren vom Misstrauen des alten Mannes geprägt gewesen. Er hatte die meiste Zeit damit verbracht, mit dem Polizeichef über irgendwelche Gesetzestexte zu diskutieren, und zwar auf eine Art und Weise, die Truman Kopfschmerzen bereitete.

»Hatte Anders Probleme mit irgendjemandem? Gab es Streit mit einem Nachbarn?«, fragte Eddie.

Jane starrte ihn an. »Sie glauben, es war ein Nachbar? Ist das nicht eindeutig das Werk der Person, die in den letzten Wochen auch die anderen drei Prepper ermordet hat? Warum fragen Sie nach Nachbarn, wenn Sie doch den Mörder all dieser Männer suchen sollten?«

Truman verkniff sich ein Grinsen. Jane war nicht auf den Mund gefallen.

Eddie ruderte rasch zurück. »Das tun wir durchaus. Aber wir stellen immer Fragen, falls es nicht das ist, was es auf den ersten Blick zu sein scheint. Wenn Sie mir erzählen würden, dass gestern ein Nachbar mit einem Gewehr hergekommen ist und Anders bedroht hat, würden wir dieser Spur zuerst nachgehen, auch wenn es Ähnlichkeiten mit den anderen Verbrechen gibt.« Sein Lächeln wirkte gezwungen.

»Ich habe von keinerlei Auseinandersetzungen gehört.« Jane schnaubte. »Anders hätte das Haus verlassen müssen, um sich Feinde zu machen. Er ging nicht sehr oft weg. Er war gern allein.«

»Daran ist nichts auszusetzen«, meinte Mercy. »Ist Ihnen bei Ihrem Spaziergang mit dem Deputy irgendetwas aufgefallen, das nicht mehr da ist?«

Jane seufzte. »Mir ist aufgefallen, dass mein Bruder alles verkommen ließ.«

Mercy musste unwillkürlich lächeln. »Das klingt nicht nach jemandem, der danach strebt, gut vorbereitet zu sein.«

»Er war ein verdammter Prepper. In meiner Gegenwart muss man nichts beschönigen.« Jane deutete auf die Ansammlung von Autos. »Er war außerdem Sammler und glaubte an jede Verschwörungstheorie unter der Sonne. Eine herrliche Dreierkombination. Zum Glück hatte er kein Konto bei den sozialen Medien. Dort wären ihm noch Millionen anderer Theorien um die Ohren geschwirrt. Er war überzeugt, dass sein Krebs von seiner Pockenimpfung kam, weil die Regierung das Land für zu voll und das für einen guten Weg hielt, um die Bevölkerung auszudünnen.«

»Das ist ein sehr langfristiger Plan«, murmelte Eddie.

Jane sah ihn mit ihren blassblauen Augen an. »Er war verrückt, aber ich fand die meisten seiner Theorien recht unterhaltsam.«

»Meines Wissens haben Sie heute Morgen niemanden

wegfahren sehen, als Sie hergekommen sind«, sagte Mercy. »Wir vermuten, Sie könnten ihn verscheucht haben.«

»Ich würde eher davon ausgehen, dass Anders' Schuss daran schuld war«, erwiderte Jane. »Ich habe erfreut festgestellt, dass er mehrere Schüsse auf seinen Mörder abgegeben hat. Haben Sie Blut gefunden, das nicht von meinem Bruder stammt? Hoffentlich verblutet der Schütze irgendwo im Wald.«

»Das wäre eine große Hilfe«, stimmte Mercy zu. »Wir werden alle Blutspritzer untersuchen, aber ich habe keine Spur gesehen, die aus der Küche herausführt. Wenn der Mörder eine blutende Schusswunde hatte, deutet im Haus nichts darauf hin.«

»Er muss ihn erwartet haben.« Jane sah Truman mit ausdrucksloser Miene an.

Truman stutzte. »Wie meinen Sie das?«

»Als ich gestern mit Anders über seinen Termin sprach, sagte er, er würde damit rechnen, dass jemand versuchen würde, ihn wie die anderen Prepper im Schlaf zu töten. Er sagte: ›Ich bin alt, ich bin allein, ich preppe, und ich habe viele Waffen. Er schnüffelt wahrscheinlich schon auf meinem Grundstück herum.‹«

Truman wusste nicht, was er sagen sollte. »Hatte er irgendwelche Beweise dafür, dass er beobachtet wurde? Hatte er Grund zu der Annahme, man hätte es auf ihn abgesehen?«

»Er passt auf die Beschreibung der anderen Opfer«, antwortete Jane. »Das hat ihm gereicht. Sie reden miteinander, wissen Sie ... all diese alten Kerle, die nichts Besseres zu tun haben. Wenn mehrere von ihnen zusammenkommen, ist es wie im Hühnerstall. Das letzte Gerücht, das Anders mir erzählt hat, war, dass es einen Höhlenmenschen im Wald gibt, der es auf sie und ihre Vorräte abgesehen hat.«

Schuldgefühle zeichneten sich auf ihrem Gesicht ab. »Ich habe ihm gesagt, dass niemand seinen Mist haben will. Was wollte ein Höhlenmensch denn mit all seinen alten Autos anfangen?«

»Ein Höhlenmensch«, wiederholte Truman. *Das ist das dritte Mal, dass ich dieses Gerücht in dieser Woche höre. Aus drei sehr unterschiedlichen Quellen.*

»In einem anderen Fall hat auch jemand einen Höhlenmenschen erwähnt«, sagte Mercy. »Hat Anders früher schon mal davon gesprochen?«

»Nicht von einem Höhlenmenschen. Kleine grüne Männchen, Agenten mit Sonnenbrillen in schwarzen Anzügen. Verstehen Sie, warum ich seine Sorgen nicht allzu ernst genommen habe?«

»Gab es noch andere Gründe, weshalb Anders glaubte, dieser Höhlenmensch könnte es auf ihn abgesehen haben? Irgendwelche merkwürdigen Begegnungen?«, fragte Eddie.

»Er ging nicht davon aus, dass man ihn gezielt angreifen würde«, erklärte Jane mit Lehrerinnenstimme. »Er bereitete sich vor. So war er eben«, fügte sie hinzu. »So wie er darauf vorbereitet war, dass die Wasserversorgung vergiftet werden könnte. Er war auch auf einen Einbruch vorbereitet.«

Die Agenten sahen Truman an. Anders' Vorbereitungen waren nicht gut genug gewesen.

»Gibt es in unserer Gegend denn Dutzende von Männern, die darauf warten, dass jemand in ihr Haus einbricht?«, murmelte Truman. *Warten sie alle auf den Angriff eines Höhlenmenschen?*

»Würden Sie sich anders verhalten?«, wollte Mercy wissen. »Wenn in meiner Gegend drei Frauen, die so leben wie ich, angegriffen worden wären, wäre ich ebenfalls wachsam. Das ist doch verständlich.«

»Wenn wir nichts unternehmen, werden noch unzählige

Menschen mitten in der Nacht erschossen«, befürchtete Truman.

»Wenn jemand in mein Haus mitten im Nirgendwo einbricht, hat er es verdient«, erklärte Eddie.

Da hatte der Agent recht.

VIERUNDZWANZIG

»Eine Frau hat angerufen und gemeldet, dass mal wieder Teenager die Old Foster Road rauf- und runterrasen«, berichtete Lucas am Telefon.

Truman war froh über die Abwechslung. Er hatte einen frustrierenden Vormittag an Anders' Tatort verbracht und große Lust, ein paar Teenagern die Meinung zu geigen. »Erkennt sie eines der Autos?«

»Nein. Aber sie sagt, es sind mindestens drei. Einer von ihnen hat ein Verkehrsschild umgefahren, das erst vor ein paar Wochen aufgestellt wurde.«

Kinder.

Die Old Foster Road eignete sich mit den breiten, geraden Asphaltabschnitten und wenig Verkehr gut für Rennen. Aber die wenigen Anwohner entlang der Straße waren des Lärms, der Gefahr und der regelmäßigen Unfälle in der scharfen Kurve überdrüssig.

»Ich bin nur zwei Minuten entfernt und werde mir das mal ansehen.«

Donnerstag. Highschoolschüler sollten eigentlich in der Schule sein. Aber Highschoolschüler waren nicht die einzigen Raser. Truman rechnete damit, mehrere arbeitslose Mittzwanziger dort anzutreffen, vielleicht auch ein paar Ältere.

An der nächsten Abzweigung bog er links ab und trat aufs Gaspedal, wobei er den Klang des leistungsstarken Motors genoss. Sein Tag hatte nicht besonders gut angefangen. Am Montag hatte Anders noch auf dem Rücksitz eines Polizeiwagens seinen Rausch ausgeschlafen. Jetzt war er tot und stand zusammen mit Trumans Onkel auf einer Liste ermordeter Männer.

Wer brachte die Prepper um?

Müssen noch mehr sterben?

Bei diesem Gedanken drehte sich Truman der Magen um. Eagle's Nest hatte nicht sehr viele Einwohner. Wie viele würden sterben, bevor sie die Identität des Mörders herausfanden?

Das FBI hatte einige der in den anderen drei Fällen gesammelten Beweise in ein eigenes Labor geschickt. Das County war zu keinen nennenswerten Ergebnissen gekommen, doch das FBI glaubte dennoch, handfeste Hinweise finden zu können.

Truman war egal, wer die Arbeit machte, solange sie erledigt wurde. Je mehr Augen die Beweise begutachteten, desto besser. Als Polizeichef einer Kleinstadt verließ er sich bei der Untersuchung aller Beweise auf die Labore des Countys und der Oregon-Staatspolizei. Oft waren die Wartezeiten dort lang, aber Mordfälle hatten in der Regel Vorrang.

Er bog auf die Old Foster Road ein, fuhr langsamer und wappnete sich, um auf den Seitenstreifen zu fahren, falls er jemanden schnell auf sich zukommen sah.

Alles war ruhig.

Mist.

Er fuhr ein paar Minuten lang die Straße auf und ab. Es war ein wunderschöner, klarer Tag. Der Sturm vom Wochenanfang war vorbeigezogen, und jetzt sah es so aus, als könnte Central Oregon den Indian Summer genießen. Blauer Himmel, ein Hauch von Sommerhitze, aber kühle Abende. Ein letzter Genuss, bevor kalte Temperaturen den Winter einläuteten.

Immer noch keine Rennfahrer. Er seufzte und war ein bisschen enttäuscht, dass er keine Jugendlichen zurechtweisen konnte. Dann rief er Lucas an.

»Hier ist keiner mehr«, meldete er.

»Ja, sie hat zurückgerufen und gesagt, es sei ruhig geworden. Ich hatte gehofft, Sie würden sie noch sehen.«

»Mir ist niemand entgegengekommen.«

»Hey, Royce möchte mit Ihnen reden.« Es knisterte, als er durchgestellt wurde.

»Hey, Chief.«

»Was gibt es, Royce?«

»Ich habe mit ein paar Leuten über die Höhlenmensch-Gerüchte gesprochen.« Royce räusperte sich. »Laut Henry von Henry's Meats haben ihm ein paar Jäger einen Bock gebracht und erwähnt, dass sie einige Waffen vor einer Höhle unweit des Owlie Lake gesehen hätten. Henry hat sich ihre Namen nicht notiert, daher glaube ich nicht, dass wir sie finden können, aber er sagte, sie hätten ihn auch nach den Gerüchten über den Höhlenmenschen gefragt.«

»Hatte Henry schon einmal davon gehört?«

»Nein. Er weiß nichts von einem Höhlenmenschen.« Royce sagte etwas Unverständliches zu Lucas. »Moment mal, Boss.« Weitere unverständliche Worte.

Truman fuhr auf den Seitenstreifen der Old Foster Road und wartete in der Hoffnung, dass die Rennfahrer zurückkommen würden.

»Lucas hat vom Höhlenmenschen gehört.« Royces Stimme klang überrascht. »Er sagt, die Kids in der Highschool reden darüber.«

Aus Trumans Sicht war Royce nicht viel älter als Lucas. Die beiden trennten vielleicht fünf Jahre. Wenn Royce in der Highschool davon gehört hatte, war es logisch, dass dasselbe für Lucas galt.

»Er sagt, angeblich wäre der Höhlenmensch am Owlie Lake gesehen worden.«

Truman war schon ein paarmal am Owlie Lake gewesen.

Viele Touristen machten dort halt, um zu schwimmen oder zu wandern. Vor seinem inneren Auge sah er, wie der Wald hinter dem See auf steilen Hügeln anstieg. Dort konnte es durchaus Höhlen geben.

»Klingt, als sollten wir uns dort mal umschauen.« Er warf einen Blick auf die Uhr. Bis zum Mittagessen waren es noch ein paar Stunden. Genug Zeit für einen gemütlichen Spaziergang um den See. »Ich fahre mal kurz zum Owlie Lake, Lucas.«

Er überlegte, ob er Special Agent Kilpatrick anrufen und fragen sollte, ob sie ihn begleiten wollte.

Was sollte er zu ihr sagen? *Ich habe noch ein Gerücht über den Höhlenmenschen und einen Haufen Waffen in der Nähe des Owlie Lake gehört? Sollen wir nachsehen, ob wir unseren Mordverdächtigen dort finden?*

Das klang so albern, dass er beinahe davon absah, Kontakt zu ihr aufzunehmen, bis ihm einfiel, dass sie in Eagle's Nest aufgewachsen war. Wie lange gab es die Gerüchte über Höhlenmenschen wohl schon?

Als Jane Beebe es an diesem Morgen erwähnte, hatte Mercy Kilpatrick gesagt, sie hätte noch nie von einem Höhlenmenschen gehört. Aber vielleicht hatte sie eine Ahnung, wo diese Höhle zu finden war.

* * *

Mercy schloss die Autotür und winkte der Gestalt zu, die auf einem Felsen saß und über den See blickte.

Polizeichef Daly hätte für ein Outdoor-Magazin posieren können. Ihr war aufgefallen, dass er selten Uniform, sondern lieber Jeans und Arbeitshemden mit Dienstmarke trug. Er war ein guter Polizist, hatte sie entschieden. Die Menschen in seiner Stadt lagen ihm offensichtlich am Herzen, und er hatte einen wachen Verstand, dem nicht viel entging.

Eine ungewohnte Befangenheit überkam sie, als sie dem rutschigen Pfad zu seinem Felsen folgte. Normalerweise war ihr völlig egal, was andere Leute von ihr hielten, aber plötzlich war ihr wichtig, was Truman Daly dachte.

Er hätte mich nicht hergebeten, wenn er nicht an meine Fähigkeiten glauben würde.

Oder er wollte einfach die Meinung einer ehemaligen Einwohnerin hören.

Bei diesem Gedanken verzog sie die Lippen. Da hätte er jeden fragen können.

Aber ich bin die einzige FBI-Agentin, die hier gelebt hat.

Sie kam näher und achtete am felsigen Seeufer darauf, wohin sie trat. »Hey, Truman. Anscheinend hat es endlich aufgehört zu regnen.«

Als er grinste, bekam er Fältchen in den Augenwinkeln. *Wow. Er sieht wirklich gut aus, wenn er lächelt.* Sie konnte nicht anders, als das Lächeln zu erwidern.

»Ich hatte gehofft, Sie würden sich noch zehn oder fünfzehn Minuten Zeit lassen«, gestand er ihr. »Ich genieße gerade die Sonne. Es kommt ziemlich selten vor, dass ich einfach nur dasitzen und nichts tun kann.«

»Ich dachte, Eagle's Nest wäre eine verschlafene Stadt mit wenig Kriminalität und Sie verbringen viel Zeit damit, die Füße auf den Schreibtisch zu legen.« Sie entdeckte eine schwache Narbe an seinem Kinn. Stammte sie von einer Schlägerei? Er hatte sich an diesem Morgen nicht rasiert, sodass die Narbe inmitten der Bartstoppeln deutlich auffiel.

Wie sieht wohl sein Gegner aus?

»Schön wär's. Es gibt immer etwas zu tun. Und es ist nie einfach, verstehen Sie? Mit einer Suche im Internet oder einem kurzen Telefonat ist es nicht getan. Normalerweise muss ich persönlich in Erscheinung treten und zwei Stunden lang mit jemandem reden. Die Leute hier reden gern. Und viel.«

»In Portland hat man das offenbar verlernt. Ich muss täglich hundert E-Mails beantworten. Da bleibt keine Zeit für ein lockeres Gespräch, höchstens im Fahrstuhl.«

»Dann muss das hier ja wie Urlaub für Sie sein.«

Sie beäugte ihn kritisch. »Nicht ganz.«

»Haben Sie Ihre Familie schon besucht?«

»Einige meiner Geschwister.« Sie blickte auf den See hinaus. »Ich war schon ewig nicht mehr an diesem See.«

Seiner hochgezogenen Augenbraue zufolge war ihm nicht entgangen, dass sie das Thema gewechselt hatte. »Als ich anrief, sagten Sie, als Kind nie etwas von einem Höhlenmenschen gehört zu haben.« Er stand nicht von seinem Felsen auf, daher nahm Mercy auf einem anderen großen Stein Platz. Wenn er noch zehn Minuten den Sonnenschein genießen wollte, bevor sie mit der Suche begannen, hatte sie nichts dagegen.

»So ist es. Das war neu für mich, aber ich habe diesen See schon immer geliebt. Als Teenager bin ich hier Dutzende Male schwimmen gegangen. Im Sommer war dies so etwas wie ein Treffpunkt für Teenager.«

Der blaue Himmel spiegelte sich im Wasser. Es war still. Kein Autolärm, keine klingelnden Telefone, kein unnötiges Geschwätz.

»Es ist wunderbar«, stimmte Truman zu.

Sie holte tief Luft, schloss für eine Sekunde die Augen und atmete den Duft der sonnengetrockneten Felsen und des trüben Seewassers ein. Ihre Anspannung ließ nach.

»Ich glaube, das ist das erste Mal, dass Sie sich in meiner Gegenwart entspannen, Special Agent Kilpatrick.«

Sie drehte sich um und starrte ihn wütend an, doch sein Blick wirkte entspannt und zufrieden. Für den Bruchteil einer Sekunde verlor sich Mercy in den braunen Tiefen seiner Augen.

Sie schluckte schwer.

Nein. Vergiss es. Das ist unprofessionell.

Diese Gedanken schmerzten.

Er stand auf und streckte eine Hand aus. »Lassen Sie uns einen Blick auf die Umgebung werfen.«

Sie nahm seine Hand und stand wacklig auf der abgerundeten Oberfläche des großen Felsens da. Es war Zeit, wieder an die Arbeit zu gehen.

* * *

Truman wollte nicht, dass die Stunden am See endeten. Er war mit Mercy um den kleinen See herumgegangen. Kein Höhlenmensch. Keine Waffen. Jetzt liefen sie vom See aus nach Westen, wo das Land mehrere Hundert Meter zu einer staubfarbenen Felsformation anstieg. Mercy schien sich über die Sonne genauso zu freuen wie er. Sie hatte ihr langes dunkles Haar zu einem Pferdeschwanz gebunden, und ihre Schritte wurden leichter.

Er wollte nicht ins Büro zurückkehren.

Mercys Gegenwart tat ihm gut. Sie nahm sich nicht allzu ernst und hatte sogar bei einigen seiner lahmen Witze schief gegrinst. Sie hatte ihm einiges über ihre Kindheit in Eagle's Nest erzählt, und er konnte viele ihrer Beobachtungen nachvollziehen, da sie mit seinen Sommererlebnissen aus der Highschoolzeit übereinstimmten.

»Das muss das Schlimmste für Sie gewesen sein, hier leben zu müssen, während all Ihre Freunde zu Hause Spaß hatten«, sagte sie.

»Die ersten Wochen meines ersten Sommers hier habe ich wirklich gehasst. Aber als ich ein paar Freunde gefunden hatte, machte es irgendwie Spaß. Die Teenager hier kommen schon auf ihre Kosten. Bringen Sie vier Jungs mit einem

Geländefahrrad auf ein leeres Feld, und sie können sich eine Woche lang beschäftigen. Zu Hause musste ich nach Beschäftigungsmöglichkeiten suchen.«

»Wo haben Sie damals gelebt?«

»In San José.«

»Dort ist es völlig anders als in Eagle's Nest.«

»Aber Eagle's Nest ist nicht schlimm. Ich habe schon viel schlimmere Orte gesehen.«

»Zum Beispiel?«

Truman warf ihr einen Blick zu und fragte sich, ob sie nur Small Talk machen wollte, doch ihr Blick war auf ihn gerichtet, sie hatte die Augenbrauen hochgezogen und wartete auf eine Antwort.

»Ich war ein paarmal in Afrika. So viel Armut habe ich noch nie erlebt.«

»In der Army?«

»Ja.«

»Was haben Sie danach gemacht?« Neugierde schwang in ihrer Stimme mit.

»Ich bin zu Hause zur Polizei gegangen. Dort blieb ich mehrere Jahre, bis ich von dem Job hier hörte. Ich war bereit für eine Veränderung.« *Das ist noch milde ausgedrückt.* Er behielt seinen Tonfall bei, sodass es klang, als hätte er den Job in Eagle's Nest aus einer Laune heraus angenommen, während er seine Erinnerungen gut verbarg.

»Diese Stadt ist definitiv eine Veränderung. Haben Sie Geschwister?«

»Eine Schwester. Sie lebt in Bellevue, Washington, und ist verheiratet mit einem ...«

»Microsoft-Angestellten?«

Er lachte. »Ja. Zu stereotypisch? Sie geht shoppen und scheint viel Zeit im Fitnessstudio zu verbringen.«

»Hat sie Kinder?«

»Nein. Ich weiß auch nicht, ob sie welche will.«

»Wollen Sie nach Kalifornien zurück?«, fragte sie. »Wie kommen Sie mit dem Lebensstil hier zurecht?«

Truman dachte lange nach, bevor er antwortete. »Ich fühle mich hier wohl. Es fühlt sich an, als ob ich etwas bewirke. Zu Hause gab es zu viele Menschen. Ich traf selten jede Woche dieselben Leute, es sei denn, es waren Berufsverbrecher. In Eagle's Nest ist es nicht die Kriminalität, die mich mit den Bewohnern in Kontakt bringt. Normalerweise ist es irgendein Bedürfnis, und ich mag die Herausforderung, dieses Bedürfnis zu erfüllen.«

»Wahrscheinlich ereignen sich hier normalerweise nicht viele richtige Verbrechen«, mutmaßte Mercy.

»Aber ich bin immer beschäftigt. Und wenn es nur darum geht, Streitigkeiten zu schlichten oder einen Lastwagen aus einem Graben zu ziehen. Jeden Abend, wenn ich nach Hause gehe, frage ich mich, was ich hätte besser machen können. Ich halte Ausschau nach Dingen, die ich tun kann. Hier genieße ich mehr Freiheiten, um Gutes zu bewirken. Ich muss kein Formular in dreifacher Ausfertigung ausfüllen, um eine Anfrage zu stellen. In Eagle's Nest kann ich die Dinge einfach in die Hand nehmen.«

Sie strahlte ihn an. »Sie beeindrucken mich, Chief Daly.«

Ihre Worte berührten ihn. »Es geht mir nicht darum, irgendjemanden zu beeindrucken. Ich will bloß einen Job machen, den ich liebe, und ein paar Dinge verbessern. Die einzige Bürokratie hier besteht aus mir und dem Stadtrat. Aber Ina Smythe hat ihn fest in der Hand. Und sie mag mich«, fügte er mit einem Grinsen hinzu.

»Ich weiß noch, dass ich als Kind Angst vor ihr hatte.«

»Das kann ich gut verstehen. Sie jagt mir immer noch ein bisschen Angst ein.«

»Es war interessant, Menschen zu begegnen, von denen

ich dachte, ich würde sie nie wiedersehen«, gestand Mercy langsam. »Innerlich fühle ich mich plötzlich wieder wie achtzehn. Es ist, als hätte es die letzten fünfzehn Jahre nie gegeben. Das fühlt sich ein bisschen beunruhigend an.« Sie klappte den Mund zu und drehte den Kopf von ihm weg, als hätte sie ihm etwas sehr Persönliches offenbart.

Ihr sonnenbeseeltes Glück war verflogen. Was auch immer Mercy Kilpatrick aus der Stadt getrieben hatte, wirkte noch nach. Verletzlichkeit hatte das gelassene Äußere der FBI-Agentin erneut aufbrechen lassen. Aber das hielt nie lange an, sondern verschwand innerhalb von Sekunden.

Irgendetwas lag tief in ihrem Inneren begraben.

Er war entschlossen, weiterzugraben. Vorsichtig. Aber er spürte, dass es jetzt an der Zeit war, damit aufzuhören.

Sie ging hinter ihm her, als der Pfad schmaler wurde. Es war kein richtiger Weg, sondern eher eine leichte, kontinuierliche Abflachung des Bodens. Er atmete den Duft von sonnengetrockneter Erde und Wacholder ein, den unverwechselbaren Geruch von Central Oregon, der ihn an die Sommer seiner Teenagerzeit erinnerte. Der Pfad wurde steiler, und er musste sich einen Weg um die Lavasteine und Kiefern herum bahnen. Ihre Unterhaltung ebbte ab, da sie sich auf den Weg konzentrieren mussten.

»Kennen Sie diese Gegend sehr gut?« Mercy war leicht außer Atem.

»Nein, und Sie?«

»Ja. In ein paar Minuten erreichen wir einen breiten Grat, der sich etwa auf halber Höhe zum Gipfel befindet.«

Er wollte sie fragen, was sie als Teenagerin in dieser Gegend gemacht hatte, aber er brauchte den Atem für den Aufstieg. Zehn Minuten später wurde der Weg flacher und breiter und gab den Blick nach Osten frei. Truman blieb stehen, um die Aussicht zu genießen. »Beeindruckend.« Baumkronen erstreckten sich in alle Richtungen. Der Owlie Lake war nicht mehr zu sehen. Das Land schien sich endlos auszudehnen, und jenseits der Bäume lagen wogende braune Felder.

»Als Jugendliche kamen wir zum Rauchen hierher. Und um andere Dinge zu tun.« Mercy betrachtete die Umgebung. »Ich sehe keinen Müll, der hier zurückgelassen wurde, sodass ich davon ausgehe, dass sich die heutigen Teenager andere Stellen gesucht haben. Vielleicht will heutzutage niemand mehr wandern.«

»Ich wusste gar nicht, dass dies ein beliebter Ort ist«, sagte Truman.

»Wo treffen sich die Kids denn heutzutage?«

»Hinter der Ralston-Scheune. Etwa eine Meile hinter dem Campingplatz am Milne Creek.«

Mercy nickte. »Viel einfacher zu erreichen.«

»Und die Polizei kann sie so viel besser im Auge behalten. Als Jugendlicher hätte ich diesen Platz hier vorgezogen. Keiner meiner Streifenpolizisten würde diesen Weg freiwillig auf sich nehmen, nur um ein paar Kinder festzunehmen.« Truman betrachtete die Felswand hinter ihnen. Sie führte etwa fünfzehn Meter steil in die Höhe. Der Pfad schien nach Norden weiterzugehen und vom Felsen abzubiegen.

»Vielleicht haben die Gerüchte über den Höhlenmenschen sie ferngehalten«, vermutete Mercy, »und nicht bloß die Faulheit.«

»Durchaus möglich.« Truman war sich noch nicht sicher, ob er das Gerücht ernst nehmen sollte. »Erinnern Sie sich an irgendwelche Höhlen hier in der Gegend?«

Mercy krauste nachdenklich die Nase. »Nicht weit von hier müsste es ein paar Meter abseits des Weges eine ausgehöhlte Stelle geben. Ich würde sie nicht als Höhle bezeichnen, eher als Vertiefung im Stein.«

»Sehen wir mal nach.« Er bat sie, vorzugehen, und sie

folgte dem Pfad gen Norden. Einige Minuten später verließ sie den Weg und bahnte sich durch Gebüsch und Felsen den Weg zurück zur Felswand, wo sie auf die Höhle stießen. Sie war ziemlich tief.

»In meiner Erinnerung war sie nicht so tief.« Mercy trat in die Öffnung, näherte sich dem Felsen und fuhr mit den Fingerspitzen über die raue Oberfläche. »Sieht fast so aus, als hätte da jemand nachgeholfen.«

»Mit Hammer und Meißel würde das Jahrzehnte dauern. Ich tippe auf Sprengstoff.«

»Das klingt gefährlich.«

»Allerdings.« Truman deutete auf einen Bereich mit Asche und verkohlten Holzscheiten in der Nähe einer Wand. »Jemand ist lange genug hiergeblieben, um ein Feuer zu machen.« Er trat gegen ein paar verbrannte Holzscheite. »Überreste von Blechdosen und Kronkorken.« Er verließ die Höhle und entdeckte einen Haufen getrockneter Zweige. »Ich schätze, das ist der Holzvorrat.« Wenn er genau genug hinschaute, konnte er eine flache Stelle auf dem Höhlenboden erkennen, auf der jemand *vielleicht* einen Schlafsack ausgebreitet hatte.

Truman ging weiter in die Höhle hinein. Die Decke fiel plötzlich ab, und er hockte sich hin und spähte in die Dunkelheit. Er holte eine kleine Taschenlampe aus der Tasche und leuchtete damit vor sich, konnte das Ende der Höhle jedoch nicht sehen. »Sie ist wirklich tief. Aber verdammt niedrig. Ich müsste kriechen, um zu sehen, wie tief sie ist. Ich glaube nicht, dass dieser Teil gesprengt wurde. Es sieht eher danach aus, als wäre dieser tiefere Spalt dadurch freigelegt worden.«

Mercy beugte sich vor und spähte über seine Schulter. Der Geruch nach Zitronenschnitten lenkte ihn ab. »Du liebe Güte, ist das tief. Leiden Sie unter Klaustrophobie?«

Der Eifer in ihrer Stimme gefiel ihm gar nicht. »Ein bisschen.«

»Dann werde ich nachsehen. Gehen Sie mir aus dem Weg.«

Truman trat unbeholfen aus der Öffnung zurück, bis er stehen konnte, ohne sich den Kopf zu stoßen. »Sind Sie sicher?«

»Absolut. Ich kann es kaum erwarten, mir den Rest anzusehen«, erwiderte sie mit glänzenden Augen.

Er reichte ihr seine Taschenlampe, während sein Magen protestierte. »Seien Sie vorsichtig. Bleiben Sie nicht stecken.«

Sie ging grinsend auf alle viere und kroch in das Loch. »Ich vertraue darauf, dass Sie mich rausziehen, wenn ich feststecke.«

»Das kommt darauf an, wie tief Sie vordringen.«

Sie krabbelte einige Meter weit, ließ sich auf den Bauch fallen und rutschte nach vorn. Ihre Stiefel schleiften hinter ihr her.

Großer Gott! Als er sah, wie sie auf dem Bauch in die schmale Öffnung kroch, wurde ihm schwindlig. *Wie weit wird sie gehen?*

»Hier hinten wird es breiter.« Ihre Stimme hallte nicht durch den Tunnel, sie klang durch die Steine eher gedämpft.

Er kniete nieder und schaute in das Loch. Der schwache Schein der Taschenlampe in ihrer Hand umriss ihren Kopf und ihre Schultern. Ihre Stiefel wurden von der Dunkelheit verschluckt.

»Seien Sie vorsichtig«, wiederholte er. *Verdammt. Was machen wir, wenn plötzlich das unglaubliche Erdbeben eintritt, das sie seit fünfzig Jahren vorhersagen?*

»Vielleicht sollten Sie lieber wieder rauskommen.« Seine Stimme brach. Sie antwortete nicht.

»Mercy?« Er schätzte, dass sie gute fünf Meter weit in den

Tunnel hinuntergekrochen war. *Gibt es dort noch genug Sauerstoff? Kann ich hineinkriechen und sie rausziehen?*

Er wusste es nicht.

»Mercy«, sagte er entschieden. »Das ist weit genug.«

»Bin auf dem Rückweg.«

Erleichterung durchströmte ihn.

Es dauerte eine Ewigkeit, bis sie aus dem Tunnel herauskam. Als ihre Stiefel in Reichweite waren, packte er sie fest. Er zog nicht daran, umklammerte sie jedoch, weil es ihn beruhigte. Ihre Waden waren mit feinem Gestein und Staub bedeckt. Unbeholfen legte sie den Rest des Weges zurück, und auch ihr dunkler Pferdeschwanz und ihr Gesicht waren schmutzig geworden.

Truman trat so weit zurück, bis er stehen konnte, und sein Herz raste. *So was lasse ich nie wieder zu.*

Sie drehte sich um, setzte sich auf und zog triumphierend ein Gewehr aus dem Tunnel. Ihre Augen glänzten. »Da drin müssen an die fünfzig Waffen in großen Müllsäcken sein.«

FÜNFUNDZWANZIG

Mercys Füße hatten vor einer Stunde angefangen zu schmerzen.

Truman, Eddie, mehrere Forensiker sowie SSRA Jeff Garrison und Geheimdienstanalystin Darby Cowan vom FBI-Büro in Bend hatten sich auf dem Hügel hinter dem Owlie Lake versammelt und standen alle schon seit viel zu vielen Stunden herum. Erstaunlicherweise hatte Mercy es geschafft, das Büro in Bend von diesem schönen, abgelegenen Ort aus anzurufen. Jeff Garrisons Aufregung über das Waffenlager hatte ihr den Tag gerettet. Sie wäre zu gern dabei gewesen, als er es Darby erzählte. Die Augen der FBI-Analystin hatten gestrahlt, als sie zusah, wie die Waffen aus dem engen Tunnel gezogen wurden.

Noch mehr Daten zum Auswerten.

Mercy wusste, dass Darby die ganze Zeit versucht hatte, die verschwundenen Waffen aus den Prepper-Morden zu finden. Einer kurzen Unterhaltung zwischen Mercy und Jeff zufolge war Darby sehr frustriert gewesen. »Sie hat sich mit dem ATF beraten, das diese Fälle zwar auf dem Radar, aber ebenfalls keine neuen Spuren gefunden hat.« Jeff schenkte Mercy ein bewunderndes Lächeln. »Das ist die bisher beste Spur.«

»Truman ist derjenige, der vorgeschlagen hat, dass wir das Gebiet untersuchen«, erklärte Mercy.

»Aber er wusste nicht, wo er suchen sollte, oder?«

»Es war wirklich Glück, dass ich mich an einen alten Ort zum Knutschen erinnert habe.«

Jeff zog die Augenbrauen hoch. »Ach was! Waren Sie öfter hier?«

Sie schnaubte. »Ich bin eher meinen Brüdern gefolgt. Sie waren diejenigen, die ständig in Schwierigkeiten geraten sind.«

»Ich kann nicht fassen, dass Sie da reingekrochen sind.«

Mercy hätte es sofort wieder getan. Enge Räume waren kein Problem für sie, und sie verstand nicht, warum manche Leute so heftig darauf reagierten. *Wer reinkommt, kommt auch wieder raus, oder?*

Die ersten beiden Forensiker, die hier ankamen, hatten sich geweigert, in den Tunnel zu kriechen. Eine Frau war in Tränen ausgebrochen, nachdem sie einen halbherzigen Versuch unternommen hatte. Mercy hatte angeboten, den Rest der Waffen zu bergen, aber Jeff Garrison hatte abgelehnt. Er wollte, dass ein erfahrenes Team den Ort untersuchte und die Waffen sicherte. Sie hatten eine weitere Stunde auf einen Techniker gewartet, der behauptete, nicht unter Klaustrophobie zu leiden. Als der große Mann schließlich keuchend den Weg hinaufkam, hatte Mercy sich gefragt, ob er überhaupt in den Tunnel passen würde, aber er war mühelos hindurchgelangt.

Mercy wusste nicht, wie man im Tunnel richtig mit Beweismitteln umging. Er war voller Steine und Staub, und obwohl die Waffen in Säcken verpackt waren, lag jede Menge Schutt darauf. Wer auch immer diesen Ort als Versteck gewählt hatte, war kein Waffenliebhaber. Die Waffen wären mit der Zeit unbrauchbar geworden.

Ihr Vater wäre außer sich gewesen über die unsachgemäße Lagerung. Sogar Mercy war deswegen verärgert.

Truman gesellte sich zu ihr und Jeff. Er hatte mit Darby und Eddie gesprochen, und Mercy hatte gehört, wie Darby ihnen Wanderwege und eine Stelle zum Kajakfahren empfohlen hatte. Sie hatte gesehen, dass Truman sich Notizen im Handy machte, während er mit Darby sprach. Eddie hatte höfliches Interesse gezeigt, aber Mercy glaubte nicht, dass er Kajak fahren wollte. Eine große Jacht auf einem ruhigen See wäre ihm vermutlich lieber.

Sich aufs Wasser hinauszuwagen, klang für Mercy sehr verlockend. Sie war seit Jahren nicht mehr Kajak gefahren. Ein ruhiger Flussabschnitt. Der Geruch von feuchtem Moos. Hohe Kiefern. Das Geräusch des Wassers auf den Felsen. Nichts zwischen ihr und der Natur außer einem Paddel und dem Kajak.

Ja, das hört sich gut an.

Wäre Truman daran interessiert?

Sie holte ihre umherschweifenden Gedanken zurück in die Gegenwart. Mord. Waffen. *Konzentrier dich!*

Truman sah sie verwirrt an. Sie warf Jeff einen Blick zu, der sie ebenfalls musterte. »Was ist?«, fragte sie.

»Jeff wollte wissen, ob Sie sich sicher sind, dass die Höhle bei Ihrem letzten Besuch noch nicht so tief war«, wiederholte Truman.

»Da bin ich mir ganz sicher. Früher konnten sich hier bei Regen gerade mal ein paar Leute unterstellen. Heute ist die Höhle weitaus größer.«

»Und es ist auch bestimmt dieselbe?«, fragte Jeff.

»Ich habe mich in der Gegend umgesehen und konnte keine andere entdecken«, bestätigte Mercy.

»Sie ging direkt auf diese Höhle zu«, ergänzte Truman. »Für mich sah das sehr zielstrebig aus.«

»Wir müssen herausfinden, wann die Höhle vergrößert wurde«, sagte Jeff. »Geschah das bewusst, um die Waffen zu verstecken? Oder ist jemand zufällig darüber gestolpert?«

»Der Tunnelteil kam mir natürlich vor«, sagte Mercy. »Jemand hatte Glück und fand, dass sich die Stelle als versteckter Lagerraum eignete. Hat jemand beim Forstamt nachgefragt, ob dort Sprengungen in der Gegend bekannt sind?« Sie wusste, dass das ziemlich unwahrscheinlich war. Es hätte in den letzten fünfzehn Jahren jederzeit passiert sein können.

»Ich habe Darby dort anrufen lassen. Es gibt diesbezüglich keinerlei Aufzeichnungen.«

»Vielleicht haben nur ein paar Highschoolschüler mit Sprengstoff herumhantiert, den sie gefunden hatten«, überlegte Truman laut. »Wurden Verletzungen durch Sprengstoff gemeldet?«

»Ich könnte Levi fragen«, sagte Mercy. »Er würde sich wahrscheinlich daran erinnern, falls so etwas passiert ist. Es spricht sich schnell herum, wenn jemand beinahe die Hand verliert.«

»Ina Smythe könnte ebenfalls etwas wissen.« Truman zückte sein Handy. »Ich rufe sie an.« Er trat zurück, und Mercy tat dasselbe und wählte Levis Nummer.

Es war ein merkwürdiges Gefühl, ihren Bruder anzurufen. Sie hatten gestern Nummern ausgetauscht, und sie hatte sich gefragt, ob sie seine jemals wählen würde. Bislang hatten sie noch nicht das Stadium erreicht, in dem sie ihm ein lockeres »Hey, wie geht's?« oder ein Selfie schicken konnte.

Wie oft habe ich mir im Laufe der Jahre gewünscht, seine Nummer zu kennen?

Sie hatte sich nach jemandem gesehnt, mit dem sie ihre Erfolge teilen konnte. Ihren College-Abschluss. Die Zusage vom FBI. Ihre Versetzung nach Portland. Sie hatte mit Freunden gefeiert, aber ihr war immer schmerzlich bewusst gewesen, dass ihre Familie unerreichbar war. Auf einmal war ihr Bruder nur einen Tastendruck entfernt, genau wie Rose und Pearl.

Langsam machte sie Fortschritte.

»Mercy?«, fragte ihr Bruder.

»Ja, ich bin's. Ich habe eine Frage.« Im Hintergrund waren keine Geräusche aus dem Café zu hören, und sie fragte sich, wo er sich gerade aufhielt.

»Was ist?«

»Erinnerst du dich an die Stelle hinter dem Owlie Lake, wo ihr früher getrunken und mit Mädchen rumgeknutscht habt?«

»Der Aussichtspunkt, zu dem man hochwandern muss?«

»Ja. Erinnerst du dich an die Höhle, die abseits des Weges lag?«

»Warum fragst du?« Seine Stimme klang vorsichtig.

»Weil ich jetzt hier oben bin und es anders aussieht als in meiner Erinnerung. Die Höhle ist ziemlich tief, und ein niedriger Tunnel führt noch weiter in den Berg.«

»Das kann nicht sein. Du musst vor einer anderen Höhle stehen. Die an der Stelle war nicht tief.«

»Ich bin mir ganz sicher, dass ich am richtigen Ort bin. Kennst du hier oben noch andere Höhlen?«

»Warum fragst du danach, Mercy?« Levi klang todernst.

»Ich versuche herauszufinden, wann jemand diese Höhle vergrößert hat.«

»Was hast du da oben überhaupt zu suchen?«

Frustration machte sich in ihr breit. Was kümmerte ihren Bruder ...?

Sie umklammerte ihr Telefon fester. »Was ist los mit dir, Levi?«

Er schwieg.

»Oh Gott. Willst du damit sagen, dass du ...? Hast du hier ...?« Sie bekam keine Luft mehr und ging noch ein paar Schritte weiter, um mehr Abstand zwischen sich und die anderen Ermittler zu bringen.

»Wo genau bist du, Mercy?«

Ihre Gedanken rasten. *Hat Levi die Leiche hier oben ver-*

steckt? Wird die Spurensicherung bald auf einen Knochenhaufen stoßen?

»Am Aussichtspunkt. Auf dem flachen Bereich, von dem aus man endlos weit sehen kann.«

Er atmete laut aus.

»Wir haben in dieser Höhle Waffen gefunden, Levi. Ich weiß, dass es dieselbe Höhle ist. Jemand hat sie vergrößert.«

»Soll das etwa heißen, dass es in diesem Gebiet jetzt von FBI-Leuten wimmelt?« Seine Stimme stieg um eine Oktave.

»So ähnlich. Aber im Moment nur in der Nähe der Höhle.«

»Sind sie den steilen Abhang am Weg hinuntergegangen?«

»Nein.« Mercy fragte sich, ob sie das noch tun würden. An mehreren Stellen gab es steile Abhänge. Ein falscher Schritt konnte jemanden gut fünfzehn Meter weit durch Felsen und Sträucher rutschen lassen. »Warum hast du dir so einen beliebten Ort ausgesucht?«, zischte sie ins Telefon.

Großer Gott.

»Ich geriet in Panik. Mir fiel kein Ort ein, an dem mich niemand sehen würde, und ich wusste, dass ich keine Zeit hatte, ein Loch zu graben.« Die Worte sprudelten nur so aus ihm heraus. »Damals war nur ein Teil dieses Pfads beliebt. Niemand geht den Hang hinunter, das ist zu gefährlich. Die Leute bleiben auf den Wegen.«

»Und wenn in dieser Nacht jemand hier gewesen wäre? Wie hättest du eine Leiche erklären sollen, Levi?« Adrenalin schoss ihr durch die Adern. Wie hatte ihr Bruder es geschafft, eine Leiche den Berg hinaufzuschaffen? Auch wenn er damals ein großer, kräftiger Zwanzigjähriger gewesen war …

»Es ist doch nichts passiert. Der Aufstieg war zwar anstrengend, aber ich hab's geschafft.«

»Und wenn sie jetzt was finden? Soll ich dann so tun, als wüsste ich nicht, was passiert ist?«

»Ja.«

»Verdammt.« Sie wischte sich den Schweiß von den Schläfen. Die Sonne war schon lange hinter dem Bergkamm verschwunden, daher hätte sie eigentlich gar nicht mehr schwitzen dürfen. Sie hatte das Gefühl, als trüge sie ein riesiges Schild auf dem Rücken, auf dem jeder lesen konnte: **Mörderin**.

»Alles wird gut. Niemand wird glauben, dass du etwas mit einem alten Mordopfer zu tun hast.«

»Hast du ihn vergraben?«

»Gewissermaßen. Der Regen wäscht den Dreck immer wieder weg, weil er an einem Hang liegt. Als ich das letzte Mal dort oben war, gelang es mir, ihn ziemlich gut mit Steinen zu bedecken. Man muss schon sehr genau hingucken, um ihn zu entdecken.«

Oder einen Hund dabeihaben.

Abermals brach ihr der Schweiß aus, als sie sich fragte, ob Jeff einen Hund anfordern würde, um das Gebiet abzusuchen.

»Hör mal«, sagte sie. »Weißt du etwas darüber, dass man die Höhle mit Sprengstoff vergrößert hat?«

»Nein. Ich war seit unserer Kindheit nicht mehr in der Höhle und weiß noch genau, dass sie nicht weit in den Berg reichte.«

»Weißt du, ob mal jemand durch Sprengstoff verletzt wurde? Bei einem misslungenen Streich? Oder erinnerst du dich an einen Idioten, der mit Feuerwerkskörpern spielte und verletzt wurde? Irgendetwas in der Art?«

Levi schwieg einen Moment. »An so etwas kann ich mich nicht erinnern.«

Mercy schloss die Augen. Ihre Welt war ein klein wenig aus den Fugen geraten. Als wäre sie nicht schon durcheinander genug. *Er hat recht. Niemand kann eine Leiche, die hier oben gefunden wird, mit mir oder ihm in Verbindung bringen.*

Sofern Levi nicht versehentlich etwas zurückgelassen hat.
»Wir haben keine Ahnung, wer er war, oder?«, flüsterte sie.

»Nein. Er hatte keine Brieftasche dabei.« Er hielt inne. »Ich habe über die Jahre die Ohren offen gehalten, aber keine Vermisstenanzeige schien auf ihn zu passen. Er kam nicht von hier. Oder es gab niemanden, dem er etwas bedeutete.«

»Ich muss aufhören«, sagte sie leise. Die anderen warteten. Dies war nicht die Art von Gespräch, die sie erwartet hatte.

»Sei vorsichtig, Mercy«, bat Levi. »Und ruf mich an … wenn … du es weißt.«

Wenn sie eine Leiche finden.

»Das werde ich.« Sie beendete das Gespräch, beruhigte sich ein wenig und ging zurück zu den anderen. Truman war schon da.

»Ina kann sich nicht daran erinnern, dass jemand bei einer Explosion verletzt worden wäre«, berichtete er.

»Levi weiß auch nichts davon. Und er erinnert sich genau wie ich, dass die Höhle damals nicht tief war. Er meinte, er wäre seit Jahren nicht mehr hier oben oder in der Höhle gewesen.« Ihre Stimme klang ganz normal.

Jeff verzog die Lippen. »Hoffentlich finden wir dank all dieser Waffen Beweise, die unsere Ermittlungen voranbringen.« Er betrachtete die Landschaft um sich herum. »Ich möchte das Suchgebiet erweitern. Wir suchen nicht nur direkt vor der Höhle, sondern mindestens zwanzig Meter in jede Richtung. Und ich will, dass auch der Parkplatz am See abgesucht wird.«

»Was ist mit dem Weg?«, fragte Truman. »Er muss vom Parkplatz bis hier hoch einen knappen Kilometer lang sein.«

»Anderthalb Meter auf jeder Wegseite.«

Mercy bekam weiche Knie. Sicherlich hatte Levi die Leiche mehr als anderthalb Meter vom Weg entfernt versteckt.

Trotzdem konnte jemand über etwas stolpern, das ihn dazu veranlasste, sich genauer umzusehen.

»Ist alles in Ordnung, Mercy?«, erkundigte sich Jeff. »Sie sehen erschöpft aus.«

»Ich habe nicht zu Mittag gegessen«, antwortete sie und fragte sich, wie blass sie wohl aussah. »Und ich bin länger aufgeblieben, als ich sollte.«

Jeff schaute auf die Uhr. »Gehen Sie etwas essen. Das wird Stunden dauern. Ich werde Eddie noch eine Weile hierbehalten. Aber wir müssen ja nicht alle herumstehen und zusehen.« Er blickte von Truman zu Mercy. »Was steht als Nächstes auf unserer Agenda?«

Mercy versuchte, sich zu erinnern; ihr Gehirn fühlte sich an wie Brei. »Für Laborergebnisse bezüglich Anders Beebe ist es zu früh. Ich würde gern mit den Eltern von Jennifer Sanders oder Gwen Vargas sprechen.«

»Ich werde Ben Cooley anrufen«, sagte Truman. »Er war einer der Ermittler im Fall Jennifer Sanders und arbeitet immer noch für mich, ist momentan jedoch nicht in der Stadt.«

»Cooley?«, wiederholte Mercy. Der Name kam ihr bekannt vor, doch ihr fiel nicht auf Anhieb ein, wo sie ihn neulich gehört hatte.

Pearl. Pearl sprach darüber, dass Teresa Cooley ein Problem mit Jennifer hatte.

»Hat er eine Tochter namens Teresa?«, fragte sie.

»Ich glaube, er hat eine Tochter. Ich erinnere mich nicht an ihren Namen.«

»Pearl hat mir gestern erzählt, dass eine gewisse Teresa Cooley in den Wochen vor Jennifer Sanders' Ermordung ein Problem mit ihr hatte.«

»Was für ein Problem?«, wollte Truman wissen.

»Pearl beschrieb es als zickiges Mädchenverhalten. Teresa hatte wohl Angst, Jennifer wolle ihr den Freund ausspannen oder so was in der Art.« Mercy holte Luft und versuchte nach dem Gespräch mit Levi weiterhin, ihre Nerven zu beruhigen. »Ich bezweifle, dass eine Frau diese Taten begangen hat.«

»Worauf basiert Ihre Annahme?«, verlangte Jeff zu erfahren. »Und kommen Sie mir jetzt nicht mit Bauchgefühl, ich brauche Fakten.«

Es war ein Mann, der mich damals angegriffen hat.

»Es ist tatsächlich nur ein Bauchgefühl«, gab sie zu. *Ich kann ihnen nicht erzählen, was damals passiert ist, ohne mein Leben und das von Levi und Rose auf den Kopf zu stellen.* Ihr Magen verkrampfte sich vor lauter Schuldgefühlen. *Behindere ich die Ermittlungen, wenn ich nicht zugebe, was ich weiß?*

Der Schock wegen Levi und das schlechte Gewissen bewirkten, dass sie sich am liebsten im Bett verkrochen hätte.

Ihnen zu verraten, dass mich ein Mann angegriffen hat, hilft uns bei der Aufklärung der heutigen Morde auch nicht weiter. Er ist tot. Sein Partner ist vielleicht noch am Leben, aber ich weiß nichts Hilfreiches über ihn.

Trumans Blick schien sich in ihr Gehirn zu bohren und ihre Gedanken zu lesen.

Sie konzentrierte sich auf den Felsen hinter ihm.

»Ich begleite Sie«, sagte er. »Ich wäre gern dabei, wenn Sie mit Jennifer Sanders' Eltern sprechen. Meinen Informationen zufolge wohnen sie jetzt in Bend.«

Mercy nickte. Sie wollte unbedingt allein sein, doch ihr schwammiges Gehirn brachte keine vernünftige Ausrede zuwege.

»Gehen wir.«

SECHSUNDZWANZIG

Mercy hatte ihm versprochen, ihn um sechs auf der Polizeiwache von Eagle's Nest zu treffen.

Truman warf zum zehnten Mal einen Blick auf die Uhr an der Wand. Ihm blieben noch zehn Minuten, daher ordnete er die Papiere auf seinem Schreibtisch erneut und ging durch, was er am nächsten Morgen erledigen wollte. Er hatte Lucas vor einer Minute auf einen Botengang geschickt und hoffte, dass der junge Mann zurück sein würde, bevor Mercy auftauchte.

Nach Verlassen des Aussichtspunkts vor einer Stunde hatte sie Trumans Angebot, gemeinsam etwas zu essen, abgelehnt und erklärt, sie müsse noch ein paar Telefonate führen und etwas am Computer erledigen, bevor sie Jennifer Sanders' Eltern befragen konnten.

Sie hatte ihm dabei kaum in die Augen geschaut.

Den gesamten Rückweg zum Parkplatz am Owlie Lake hatten sie geschwiegen. Die gesellige Atmosphäre vom Vormittag war verflogen. Mercy wirkte geistesabwesend und müde und konnte sich nicht auf den Weg konzentrieren. Sie suchte den Wald und die Hänge ab, als ob sie erwartete, dass der Höhlenmensch auftauchen würde. Truman wollte einen Witz darüber machen, aber sie schien nicht in der Stimmung dafür zu sein, daher hielt er den Mund. Stattdessen besorgte er sich die Nummer von Jennifers Eltern und vereinbarte ein Treffen.

Mercy war außer sich vor Freude gewesen, als sie die Gewehre gefunden hatte, und sie war immer noch voller

Energie, als ihre Kollegen zu ihnen gestoßen waren. Nach dem Telefonat mit ihrem Bruder war ihre Stimmung jedoch schlagartig umgeschlagen.

War Levi wütend auf sie? Hatten sie sich gestritten?

Er wusste, dass sie sich von ihrer Familie entfremdet hatte, und war ein wenig überrascht gewesen, als sie anbot, ihren Bruder anzurufen, aber es schien, als sei das Gespräch nicht gut verlaufen.

Das stand auf seiner mentalen To-do-Liste: Herausfinden, was zum Teufel zwischen Mercy und dem Rest der Kilpatricks passiert war.

Es sollte auf keiner meiner Listen stehen.

Er sollte sich einzig und allein darum kümmern, den Mörder seines Onkels zu finden. Sobald er das in Erfahrung gebracht hatte, würde er auch wissen, wer die anderen Prepper getötet hatte. Er hatte Schuldgefühle, weil er seinen Onkel an die erste Stelle setzte, aber er vernachlässigte die anderen Todesfälle deswegen nicht. Jefferson Biggs' Tod beschäftigte ihn sehr und bewirkte, dass er sich nur noch mehr in diesen Fall reinhängte.

Apropos …

Er rief Ben Cooley an und hoffte, dass der Officer bereits aus dem Urlaub zurückgekehrt war, da er Montag ohnehin wieder arbeiten musste.

»Hallo, Truman!«, dröhnte Bens Stimme durch die Leitung. Er schrie nicht, wenn er einem gegenüberstand, schien jedoch zu glauben, dass er die Stimme heben musste, wenn er mit seinem Handy telefonierte. Truman war dankbar dafür, dass er das nicht auch am Bürotelefon der Polizei tat.

»Sind Sie wieder in der Stadt, Ben?« Er kämpfte gegen den Drang an, ebenfalls zu schreien.

»Ich bin seit heute Mittag zurück. Brauchen Sie Hilfe? Ich

überlasse das Auspacken gern Sharon, wenn ich vorbeikommen soll.« Die Hoffnung in seiner Stimme ließ Truman grinsen.

»Nein. Helfen Sie lieber Ihrer Frau. Ich habe nur ein paar Fragen zu einem Fall, der sich vor meiner Zeit ereignet hat.«

»Welchen denn?«, brüllte Ben.

»Gwen Vargas.«

Einen Moment lang war es still in der Leitung. »Was wollen Sie über das Mädchen wissen?« Er senkte die Stimme. »Ich kann Ihnen versichern, dass mich dieser Fall sehr lange beschäftigt hat. Zum Glück werden in Eagle's Nest nicht viele hübsche junge Dinger ermordet.«

»Ich habe mir die Akte angesehen, da der Fall nie aufgeklärt wurde«, sagte Truman. »Gab es wirklich keine anderen Verdächtigen?«

»Na ja, wir haben uns zuerst den Freund angeschaut. Sein Alibi wurde von einem halben Dutzend Leuten bestätigt, und er war völlig am Ende. Er hatte vorgehabt, ihr einen Heiratsantrag zu machen, sobald er genug Geld für einen Ring gespart hatte. Mir kam er beim Verhör sehr aufrichtig vor. Auch seine Eltern waren sauber.«

»Und es gab keine weiteren Verdächtigen?«, beharrte Truman.

»Die Spuren haben uns keine neuen Hinweise geliefert, denen wir nachgehen konnten. Auch die Gespräche mit ihren Freunden und ihrer Familie brachten nichts Neues. Der Fall lief sehr schnell ins Leere. Sie haben gesehen, dass er auch mit dem Tod von Jennifer Sanders in Verbindung gebracht wurde? Die vielen Ähnlichkeiten ließen uns davon ausgehen, dass es sich um denselben Täter handelte. Beide Fälle wurden nie aufgeklärt.«

»Was ist *Ihrer* Meinung nach passiert, Ben?«

Es blieb so lange still, dass Truman einen Blick auf das

Display warf, um sich zu vergewissern, dass die Verbindung noch stand.

»Ich hab nicht die geringste Ahnung«, antwortete Ben schließlich. »Vermutlich war da jemand auf der Durchreise und ist danach verschwunden. Diese Morde lagen etwa zwei Wochen auseinander, und danach passierte nichts mehr. Leute, die so etwas tun, hören nicht einfach auf, wissen Sie?«

»Da bin ich Ihrer Meinung.« Truman holte tief Luft. »Wir vermuten, dass Jeffersons Tod mit diesen beiden ungelösten Fällen in Verbindung steht. Dasselbe gilt für die anderen drei Prepper. Haben Sie schon gehört, dass wir heute noch einen gefunden haben?«

»Ja«, erwiderte Ben schroff. »Anders Beebe hat meine Geduld auf die Probe gestellt, aber das heißt nicht, dass ich mir seinen Tod gewünscht hätte.«

»Dito.«

»Was haben alte Prepper mit den Fällen der beiden Mädchen zu tun?«

»Zerbrochene Spiegel.«

Ein Zischen ertönte in Trumans Ohr, als Ben nach Luft schnappte. »Alter Falter, das hatte ich völlig vergessen. Bei den letzten Morden wurden ebenfalls Spiegel zertrümmert?«

»Alle, die im Haus waren.«

»Ist nicht wahr. Das kann ich kaum glauben.«

»Waren die zerbrochenen Spiegel damals in aller Munde? Könnte es sein, dass jemand davon gehört hat und die Taten heute kopiert?«

»Tja, gute Frage. Ich glaube, mich zu erinnern, dass wir es für uns behalten haben, da dies eine der Gemeinsamkeiten zwischen den Fällen war. Aber Sie wissen ja selbst, wie schwer es ist, in einer Stadt wie dieser etwas geheim zu halten.«

»Und ob ich das weiß.«

»Das kann doch nach all den Jahren unmöglich dieselbe

Person gewesen sein«, murmelte Ben. »Das passt nicht zusammen.«

»Das stimme ich Ihnen zu. Aber aufgrund der Spiegel müssen wir uns das genauer ansehen.«

»Okay, ich werde noch mal darüber nachdenken«, versprach Ben. »Vielleicht komme ich vorbei und lese mir meine Notizen zu dem Fall noch einmal durch. Das könnte meinem Gedächtnis auf die Sprünge helfen.«

»Dafür wäre ich Ihnen sehr dankbar.« Truman beendete das Gespräch mit Ben und sah auf die Uhr.

Mercy musste jeden Moment eintreffen, und er konnte nicht stillsitzen. Er kam sich vor wie ein Mittelschüler, der darauf wartete, dass seine große Liebe das Klassenzimmer betrat.

Verdammt. Gar nicht cool. Er fühlte sich immer mehr zu der FBI-Agentin hingezogen.

Ein verdammt schlechter Zeitpunkt. Außerdem wohnt sie nicht mal hier in der Nähe.

Als ob der Standort die größte Hürde wäre. *Dir ist schon klar, dass ihr an demselben Fall arbeitet?*

Grüne Augen und dunkles Haar kamen ihm in den Sinn. Sie war stur, und man konnte sie kaum dazu bringen, etwas über sich zu erzählen. Vielleicht war es ihre geheimnisvolle Aura, die ihn faszinierte. Truman hatte sich schon immer für das Unerreichbare interessiert. Er erinnerte sich daran, wie sie im Haus seines Onkels beim Anblick der Resultate seiner Besessenheit gestrahlt hatte.

Wie musste es sein, wenn sie ihn so ansah und nicht nur einen Haufen Backzutaten?

Die Eingangstür wurde geöffnet und fiel wieder zu.

Bitte lass es Lucas sein. Er schritt den Flur entlang und entdeckte Mercy, die sich eine leichte Jacke übergezogen hatte. Sie drehte sich um und lächelte ihn an, und er hätte schwören können, dass sein Herz einen Schlag aussetzte.

Reiß dich zusammen! Das wird nicht passieren.

Ihre Laune schien sich in der letzten Stunde deutlich verbessert zu haben. Vielleicht funktionierte sie mit leerem Magen einfach nicht gut.

»Bereit zum Aufbruch?«, fragte sie. »Haben Sie Cooley angerufen?«

»Ja und ja«, antwortete Truman. »Ich war …«

Die Tür flog erneut auf, und Lucas kam mit einem Papptablett und drei verschlossenen Pappbechern darauf herein. »Bitte sehr, Chief.«

Truman las die Aufschriften, reichte der überraschten Mercy einen Becher und nahm sich auch einen. »Danke, Lucas.«

»Danke.« Mercy trank einen Schluck und riss die Augen auf.

»Ist er so richtig?«, erkundigte sich Truman. Er hatte Lucas losgeschickt, um ihr einen Americano mit Sahne zu holen. Koffein war für ihn ein Allheilmittel, und er hatte darauf gesetzt, dass es ihr auch helfen würde.

»Oh ja. Ich hatte schwarzen Kaffee erwartet.«

»Den trinke ich.«

»Danke.« Sie bekam rote Wangen, als sie den Blick senkte und einen weiteren Schluck nahm.

Volltreffer.

Es sind die kleinen Dinge. Seine Mutter und seine Schwester hatten die kleinen Dinge immer zu schätzen gewusst. Sein Vater hatte ihm beigebracht, darauf zu achten, und damit traf er stets ins Schwarze.

Was genau versuche ich hier eigentlich zu erreichen?

Diese Frage wollte er sich eigentlich gar nicht beantworten.

* * *

Mercy betrachtete das Profil des Polizeichefs, als sie in Richtung Bend fuhren.

Es ist nur eine Tasse Kaffee.
Aber wie oft hat mir Eddie schon einen Kaffee mitgebracht? Er holt mir immer nur einen schwarzen Kaffee.
Es hat nichts zu bedeuten.

Es bedeutete, dass er aufmerksam war, was sie längst gemerkt hatte und sie nervös machte. In Truman Dalys Gegenwart fühlte sie sich immer ein wenig entblößt, als ob er erkennen könnte, dass sie nur ein Mädchen aus der Kleinstadt war, das vorgab, FBI-Agentin zu sein. In vier Tagen hatte er mehr über sie erfahren als jeder andere, mit dem sie in den letzten fünf Jahren zusammengearbeitet hatte.

Das gefiel ihr nicht.

Oder etwa doch?

Dass er sich nach dem Telefonat mit ihrem Bruder derart intensiv auf sie konzentriert hatte, war beunruhigend gewesen. Sie hatte schon erwartet, er würde sie bezichtigen, über das Gespräch gelogen zu haben. Und sie hätte ihm wahrscheinlich die Wahrheit gestanden. Ihr Schutzschild war in diesem Moment entsetzlich dünn gewesen, und ihre Geheimnisse hatten sich angefühlt wie Limonade in einer Flasche, die gut geschüttelt worden war, sodass sie daraus hervorschießen würde, sobald jemand den Deckel abdrehte.

Truman schien darin sehr gut zu sein.

Auf der Fahrt nach Bend unterhielt er sich locker mit ihr und erzählte von seinem Telefonat mit Ben Cooley. Mercy hörte zu und versuchte, sich aus ihrer Zeit in der Stadt an den alten Polizisten zu erinnern. Es gelang ihr nicht. Sie konnte auch seiner Tochter Teresa Cooley, von der Pearl gesprochen hatte, kein Gesicht zuordnen. »Haben Sie ihn gefragt, ob seine Tochter ein Problem mit Jennifer Sanders hatte?«, fragte Mercy.

»Nein. Ich werde es das nächste Mal ansprechen, wenn wir uns sehen.«

»Am Telefon hätte es wie eine Anschuldigung klingen können.«

»Das dachte ich auch.« Er blickte zu ihr hinüber, doch ihre Augen waren in der Dunkelheit verborgen. »Hat das Koffein geholfen? Nach unserem Fund heute auf dem Aussichtspunkt sahen Sie aus, als wollten Sie sich am liebsten ins Bett legen.«

»Ich war auch schlagartig müde und träumte von meinem Bett.«

»Schlafen Sie nicht gut?«

»Ich bleibe länger auf, als ich sollte.« Ihre nächtlichen Aktivitäten forderten ihren Tribut. Sie musste dringend damit aufhören.

»Das lässt sich leicht beheben.«

»Das sollte man meinen«, stimmte Mercy ihm zu. »Ich muss einfach disziplinierter sein.«

Obwohl es dunkel war, konnte sie seinen skeptischen Blick spüren. »Es fällt mir schwer zu glauben, dass Sie nicht diszipliniert sind, Special Agent Kilpatrick.«

»Was wissen Sie über Jennifer Sanders' Eltern?« Sie wechselte lieber das Thema.

»Nichts. Ich weiß, dass sie in den Sechzigern sind und einem Treffen zugestimmt haben.«

»Das dürfte interessant werden. Fünfzehn Jahre nach dem Mord an ihrer Tochter tauchen wir mit leeren Händen bei ihnen auf.«

»Hoffentlich finden wir auch für sie ein paar Antworten«, sagte Truman. »Eltern sollten nicht so leiden müssen.«

Mercy konnte ihm nur zustimmen.

* * *

John und Arleen Sanders schienen eher über achtzig als über sechzig zu sein. Als Mercy den dauerhaften Schmerz in Arleens Augen sah, wurde ihr das Herz schwer. Jennifer war ihr einziges Kind gewesen.

»Früher rief ich alle paar Monate bei der Polizei an, um zu erfahren, ob es etwas Neues gab«, sagte Arleen. »Irgendwann habe ich damit aufgehört. Nach jedem Anruf war ich tagelang deprimiert.« John tätschelte ihre schlaffe Hand.

Heute sind Sie dauerhaft deprimiert.

Das Paar lebte in einer kleinen Eigentumswohnung in einem Seniorenzentrum. Mercy hatte auf der anderen Seite des Grünstreifens zwischen den Gebäuden den Flügel für die Pflegebedürftigen entdeckt. Sie empfand die ständige visuelle Erinnerung an eine möglicherweise unschöne Zukunft als deprimierend. Wahrscheinlich sollte es tröstlich sein, im Vorfeld zu wissen, dass man nicht weit wegziehen würde, wenn man nicht mehr allein leben konnte. Niemand hielt mehr von Vorausplanungen als Mercy, aber diesen Flügel jeden Tag zu sehen, hätte ihr nicht behagt.

Ich würde lieber beim Holzhacken einen Herzinfarkt erleiden.

Arleen sah schrecklich dünn und gebrechlich aus. Ihr Haar hing schlaff herab. John wirkte kräftiger, aber das Gewebe um seine Augen war rot und seine kahle Kopfhaut mit Altersflecken übersät. Die Hoffnung in seinem Blick beim Öffnen der Tür hatte bewirkt, dass sich Mercys Brustkorb zusammenzog.

Sie bedauerte es, keine guten Nachrichten für sie zu haben.

Arleen hatte sie neugierig angestarrt, als sie ihren Namen nannte. »Sie sind eins der Kilpatrick-Mädchen.«

»Ja.«

»Pearl war gut mit unserer Jennifer befreundet. Sie sehen Ihrer Mutter in Ihrem Alter sehr ähnlich.«

»Pearl hat noch immer viele schöne Erinnerungen an Jennifer«, erwiderte Mercy und war sich nicht sicher, wie sie auf die Bemerkung über ihre Mutter reagieren sollte.

Truman übernahm die Gesprächsführung, wofür Mercy sehr dankbar war. Er ging taktvoll und behutsam vor und klang, als wollte er dem Paar unbedingt helfen. Jennifers Eltern hingen an seinen Lippen. Er war aufrichtig und beeindruckte Mercy, denn er verhielt sich alles andere als wie ein aalglatter Verkäufer. Stattdessen stellte Truman die Art von Mensch dar, die er seinen Worten ihr gegenüber zufolge sein wollte: ein Mann in einer Position, in der er Menschen helfen konnte.

Auch wenn er den Sanders nicht sagen konnte, wer ihre Tochter getötet hatte, machte er ihnen deutlich, dass es ihm wichtig war. Mercy wusste, dass sie jahrelang geglaubt hatten, es würde niemanden interessieren. Das hatte sie gebrochen. Truman spendete ihnen den ersten Trost seit Jahren.

Sie hörte zu, wie Truman sie behutsam durch die Wochen vor Jennifers Ermordung führte. Sie erfuhren, dass Jennifer verzweifelt nach einer Mitbewohnerin gesucht hatte, weil sie befürchtete, sie müsse wieder zu ihren Eltern ziehen. Die Miete war einfach zu hoch, als dass sie sie allein hätte bezahlen können.

»Hat sie nur Mitbewohnerinnen in Betracht gezogen? Hat sie per Anzeige jemanden gesucht?«, erkundigte sich Mercy.

»So öffentlich hat sie nicht gesucht«, schilderte Arleen. »Sie hat jeden in der Stadt um Tipps gebeten, wäre aber *niemals* mit einem Mann zusammengezogen.«

Mercy fragte sich, ob Jennifer sich geweigert hätte, mit einem Mann zusammenzuleben, und stellte sich vor, wie einer an ihre Tür klopfte, nachdem er gehört hatte, dass die attraktive Frau eine Mitbewohnerin suchte.

»Es gab zu jener Zeit keinen besonderen Mann in ihrem

Leben, oder?«, fragte Truman. Sowohl er als auch Mercy wussten aufgrund der Berichte und Mercys Gespräch mit Pearl, dass dem so gewesen war.

»Nicht dass wir wüssten«, antwortete John.

»Sie hätte es mir gesagt, wenn sie mit jemandem ausgegangen wäre«, sagte Arleen bestimmt.

Weil Mütter und Töchter einander alles anvertrauen.

Mercys Lungenflügel zogen sich zusammen, als sie an ihre Mutter dachte, mit der sie seit fünfzehn Jahren nicht mehr gesprochen hatte.

Arleen hat ebenso lange nicht mit ihrer Tochter sprechen können. Und jetzt sieh dir an, wie sie darunter leidet.

Sie fragte sich, ob die Augen ihrer Mutter nur halb so gequält aussahen wie Arleens.

Ich bin nicht tot. Das war ein großer Unterschied.

»War Jennifer mit Teresa Cooley befreundet?«, wollte Truman wissen, und Mercy richtete sich ein wenig auf und war gespannt, was die Sanders über Teresa zu sagen hatten.

Das Paar sah sich an. »Ich erinnere mich nicht an diesen Namen, du vielleicht?«, wandte sich Arleen an John. Er schüttelte den Kopf. »Ist sie eine Verdächtige?«, fragte Arleen Truman.

»Nein. Nur eine Frau, deren Beziehung zu Ihrer Tochter wir zu verstehen versuchen. Wenn Sie sich nicht an sie erinnern, dann muss sie eine flüchtige Bekannte gewesen sein.«

»Ich kannte alle Freunde von Jennifer«, behauptete Arleen.

Mercy fragte sich, ob Arleen das wirklich glaubt. »Ist Ihnen nach dem Mord aufgefallen, dass etwas von Jennifers Sachen fehlte? Ich weiß, dass Geld und Waffen verschwunden waren. Haben Sie später noch etwas bemerkt?«

John und Arleen sahen sich stirnrunzelnd an und versuchten, sich zu erinnern. »Du sagtest, du könntest das Foto von Jennifer im Abschlussballkleid nicht finden«, meinte John schließlich zu Arleen.

Sie wandte sich wieder den Ermittlern zu. »Das stimmt. Jennifers Abschlussballfoto war weg. Sie hatte es jahrelang auf ihrer Kommode stehen. Es war ein schönes Bild. Sie sagte, es gefiel ihr, weil sie darauf so schlank aussah.« Sie beugte sich zu Mercy vor und ergänzte mit gedämpfter Stimme: »Sie hatte nach der Highschool etwas zugenommen.«

Mercy wusste nicht, was sie darauf antworten sollte, und nickte nur.

»Wer war ihr Date beim Abschlussball?«, fragte Truman.

»Sie hatte keins. Sie und ein paar Freundinnen – darunter auch Ihre Schwester – sind zusammen mit einigen Jungen hingegangen. Ich hielt das für eine interessante Idee.«

»Auf dem Bild war die ganze Gruppe zu sehen?«, hakte Mercy nach.

Arleen nickte und starrte in die Ferne. »Ich erinnere mich daran, dass Ihre Schwester Pearl und Gwen Vargas dabei waren, obwohl Gwen jünger war. Alle Highschooljahrgänge durften zum Abschlussball, nicht nur die Abschlussklasse. Ich kann mich allerdings an keinen der Jungs erinnern.«

Bei Gwen Vargas wurde ein Fotoalbum gestohlen. Ob sich darin dasselbe Foto befand?

»Hat sonst noch etwas gefehlt?«, erkundigte sich Truman. Mercy hatte gespürt, wie er aufmerkte, als John das Foto erwähnte.

Die Sanders sahen sich noch einmal an und schüttelten schließlich den Kopf. »Das Abschlussballfoto könnte einfach verloren gegangen sein, bevor sie getötet wurde«, meinte Arleen. »Vielleicht ist auch der Rahmen zerbrochen, oder es wurde irgendwie beschädigt. Ich weiß wirklich nicht, warum jemand dieses Bild mitnehmen sollte.«

Truman und Mercy stellten noch ein paar Fragen. Gleichzeitig kamen sie zu dem Schluss, von den Sanders alle Informationen bekommen zu haben, die sie besaßen. Sie verabschiedeten sich, sprachen ihnen erneut ihr Beileid aus und hinterließen ihre Visitenkarten.

Mercy rief ihre E-Mails ab, als sie in Trumans Wagen stiegen. »Eddie hat den Abend damit verbracht, mit einigen Verwandten von Enoch Finch zu sprechen. Erinnern Sie sich daran, dass sie sein Haus nach seinem Tod ausgeräumt haben? Eddie glaubt nicht, dass er irgendwelche nützlichen Informationen bekommen hat. Keiner dieser Verwandten hatte in den letzten sechs Monaten mit Enoch gesprochen.«

»Aber sie haben sich schnell seine Sachen unter den Nagel gerissen. Oder verkauft.«

Mercy schnaubte. »In dieser E-Mail bezeichnet Eddie sie als Aasfresser.«

»Was halten Sie von den Sanders?«, fragte Truman, der sich auf die Straße konzentrierte.

»Sie machen mich traurig. Wie schrecklich, nur Fotos von der eigenen Tochter als Erinnerung zu haben. Das fehlende Abschlussballbild ist interessant, aber es könnte durchaus vor dem Mord zerstört und entsorgt worden sein.«

»Meine Schwester hat ihr Abschlussballfoto mindestens zehn Jahre lang aufbewahrt«, sagte Truman. »Und Sie?«

»Ich bin nicht hingegangen. Es erstaunt mich, dass Pearl hingehen durfte. Unsere Eltern haben uns Mädchen immer genau im Auge behalten.«

»Ihre Brüder nicht?«

»Nein. Sie waren *Männer* … die selbst auf sich aufpassen können.«

»Was für überholte Vorstellungen.«

»Wem sagen Sie das?«

Stille breitete sich aus und drückte auf Mercys Brustkorb,

die sich wünschte, sie wäre irgendwo anders, nur nicht neben diesem ungemein aufmerksamen Mann.

»Wir hatten heute eine herrliche Aussicht auf den See«, sagte Truman. »So etwas tut mir immer sehr gut. Ich bin sehr dankbar dafür, an diesem Ort leben zu können.«

Der Druck auf ihrer Brust verschwand. »Ja, das war schön.«

»Wir müssen da noch einmal hinfahren, bevor Sie nach Portland zurückkehren.«

»Bestimmt müssen wir aus irgendeinem Grund erneut in die Höhle«, erwiderte Mercy und sah wieder auf ihr Handy. Schweigend fuhren sie weiter.

Erst nachdem Truman sie abgesetzt hatte, hallten seine Worte in ihrem Kopf wider.

Hat er gemeint, dass wir dort wegen der Ermittlungen noch einmal hinfahren sollen?

Sie erstarrte mit einem Fuß in der Luft, während sie sich die robusten Wanderschuhe anzog.

Natürlich hat er das.

Seine einfache Aussage verfolgte sie die nächste Stunde lang.

SIEBENUNDZWANZIG

»Warum ist deine Schwester in der Stadt?«
Levi umklammerte das Telefon des Cafés fester und sah Kaylie an. Sie plauderte kichernd mit einem Gast. »Warum zum Teufel rufst du mich an?«, fragte er leise. Er wusste sofort, wer es war, obwohl sie sich seit Jahren nur darüber unterhalten hatten, wie er seinen Kaffee trinken wollte.

»Du weißt, warum. Und jetzt verrat mir, warum sie hier ist.«

»Wegen ihres Jobs. Sie hat nicht darum gebeten, hergeschickt zu werden. Tatsächlich ist sie überhaupt nicht glücklich darüber.«

»Ich habe gehört, sie schnüffelt in den alten Mordfällen herum.«

»Davon weiß ich nichts«, log Levi. »Sie interessiert sich für die toten Prepper.« Schweiß breitete sich unter seinen Achseln aus. *Warum wird die Vergangenheit jetzt wieder ausgegraben?*

»Solange unsere Vereinbarung noch gilt ...«

Levi hielt inne. »Das tut sie.«

»Gut. Ich möchte nicht, dass deiner hübschen Tochter etwas passiert. Rosa steht ihr gut.«

Levi würgte, als er die Rückseite von Kaylies rosa Pullover anstarrte und ihr Haar, das in langen Wellen auf ihren Rücken fiel. Sein Blick zuckte in die Ecke des Cafés, sein Magen zog sich zusammen, Wut toste durch seine Adern. *Wo ist er?* »Mercy weiß rein gar nichts. Und das wird auch so bleiben.«

»Ich nehme dich beim Wort.« Levi legte langsam auf. Seine Finger waren eiskalt. Er schloss die Augen und ließ den Kopf sinken, stützte die Hände auf die Theke, um sein rasendes Herz zu beruhigen.

Wenn du meiner Tochter etwas antust, bringe ich dich eigenhändig um, selbst wenn ich dann ins Gefängnis wandere.

ACHTUNDZWANZIG

Truman hielt an der Straße vor Sandy's Bed & Breakfast, wo er Mercys geparkten Tahoe sehen konnte.

Zwanzig Minuten. Länger warte ich nicht.

Mercy war so abgelenkt gewesen, als er sie abgesetzt hatte, dass er davon ausging, sie würde nicht ruhig in ihrem Zimmer herumsitzen können. Tatsächlich kam Mercy zehn Minuten später aus dem alten Haus und eilte zu ihrem Wagen.

Entschlossen ließ Truman den Motor an und folgte ihr aus der Stadt. Er wusste nicht, welche Geheimnisse die FBI-Agentin hatte, aber an diesem Abend würde er sich einige Antworten beschaffen. Wenn sie Informationen zurückhielt, die den Mord an seinem Onkel betrafen, wollte er davon erfahren.

Morgen früh kann ich sie fragen, wohin sie gefahren ist.

Damit sie von mir wissen will, warum ich ihr gefolgt bin?

Er hatte eine gute Ausrede parat. Er würde einfach behaupten, er sei nach einem kurzen Halt am Revier auf dem Heimweg gewesen, hätte ihren Wagen bemerkt und wäre ihr aus Neugier gefolgt.

Ich werde ein verdammt dummes Gesicht machen, wenn sie hier mit jemandem liiert ist.

Doch das konnte nicht sein; davon war er fest überzeugt. Sie hatte nicht die zufriedene Ausstrahlung einer verliebten Frau.

Sie wirkte nervös. Alarmiert. Konzentriert. Entschlossen.

Er wollte wissen, was sie antrieb. Denn was auch immer es war, sein Interesse an ihr bewirkte, dass er ständig an sie denken musste. Er verbrachte immer mehr Zeit damit, sich zu fragen, was sie tat, wenn sie sich nicht im selben Raum aufhielten.

Es war ein großes Risiko, ihr zu folgen. Dadurch konnte er sie erzürnen und das zwischen ihnen entstandene Vertrauen zerstören.

Er hätte beinahe auf die Bremse getreten und wäre umgekehrt. Denn er wollte, dass sie ihm vertraute. Das heutige Gespräch mit den Sanders war so reibungslos verlaufen, als würden sie schon seit zehn Jahren zusammenarbeiten. Er wollte, dass ihre unkomplizierte Partnerschaft so weiterging.

Sie wird nach Portland zurückkehren, sobald das hier vorbei ist.

Der Gedanke machte ihm zu schaffen. Mercy wäre fort, und es gäbe keinen Grund für sie, hierher zurückzukommen. Verdammt. Wenn er Vollgas gab, konnte er in wenigen Stunden von Eagle's Nest nach Portland gelangen. Manche Menschen hatten Beziehungen aufgebaut, die über viel größere Entfernungen hinweg funktionierten.

Ich denke viel zu weit voraus. Er hatte bereits die logistischen Voraussetzungen für eine Fernbeziehung geklärt, bevor er ihr überhaupt sein Interesse gestanden hatte. Aber irgendetwas an Mercy Kilpatrick weckte in ihm den Wunsch, sie nicht mehr gehen zu lassen.

Was will sie? Hatte sie die Möglichkeit in Betracht gezogen, dass zwischen ihnen mehr sein konnte, so wie er es schon ein Dutzend Mal getan hatte?

Er konnte auch völlig auf dem Holzweg sein.

Aber er hatte gesehen, wie sie leicht errötet war, als sie ihren Kaffee probiert hatte. *Sie hat es gemerkt.*

Ihre Rücklichter blitzten auf, als sie um eine Kurve fuhr. Er folgte ihr und nahm sich fest vor, sich nicht abschütteln zu lassen. Dicke Wolken verdeckten das Licht des Mondes und der Sterne und ließen ihn fast unsichtbar werden. An den Landstraßen standen keine Laternen, und er ließ die Scheinwerfer aus, weil er sich wegen seines heimlichen Vorgehens schäbig fühlte. Sie konnte ihn nur entdecken, wenn die Scheinwerfer eines entgegenkommenden Autos ihn streiften, und er hoffte, dass das nicht passieren würde.

Eine halbe Stunde verging, während sie mehrere kurvenreiche Straßen durch das Waldgebiet nahm. Er kam ihr etwas näher, und das Adrenalin ließ ihn leicht zittern, während er versuchte, gleichzeitig auf Abstand zu bleiben und sie nicht aus den Augen zu verlieren. Das GPS am Armaturenbrett hatte vor einigen Minuten kapituliert. Demnach fuhr er dorthin, wo es keine offiziellen Straßen mehr gab. Er hatte nur eine ungefähre Vorstellung davon, wo er sich befand.

Er blieb hinter ihr, bis er sah, wie sie auf eine schmale, unbefestigte Straße einbog. Ihr Tahoe wackelte, als sie ihn über die Spurrillen manövrierte.

Hier gibt es keinen Weg, der zu einer anderen Straße führt. Ihr endgültiges Ziel liegt irgendwo da vorn.

Er fuhr auf den kaum vorhandenen Seitenstreifen und hielt inne. Sollte er zu Fuß weitergehen? Auf den letzten paar Kilometern hatte er einige Häuser entdeckt, aber nicht viele. Die Straße, die sie genommen hatte, war weder beschildert noch markiert. Er staunte, dass sie sie in der stockfinsteren Nacht überhaupt gefunden hatte.

Truman beschloss, zu Fuß weiterzugehen, und betete, dass sie nicht weit gefahren war. Er parkte seinen Wagen weiter von der Straße entfernt, damit niemand das Fahrzeug im Dunkeln streifte. Der SUV rutschte in einen flachen Graben, und er stellte ihn in einem steilen Winkel ab, wobei er sich mit aller Kraft gegen die Schwerkraft stemmen musste, um die Tür zu öffnen.

Ich sollte jemandem sagen, wo ich bin.

Aber ich habe nicht die geringste Ahnung, wo ich mich befinde.

Er machte sich auf den Weg die unbefestigte Straße entlang und verfluchte sich selbst. Normalerweise neigte er nicht zu Leichtsinn. Er dachte immer gründlich nach, bevor er etwas tat, aber aus irgendeinem Grund war sein Gehirn an diesem Abend nur bedingt an seinen Handlungen beteiligt. Seine Mutter hätte es als Testosteronvergiftung bezeichnet.

* * *

Fünfzehn Minuten später teilte sich der Wald, und Truman betrat eine ziemlich große Lichtung. Er hatte seine Taschenlampe mit einem Handschuh abgedeckt und auf die schwächste Stufe eingestellt, um nicht zu stolpern und hinzufallen. Mercys Tahoe stand vor einem kleinen A-förmigen Haus. Zwei dünne Lichtstrahlen drangen am Rand eines Fensters heraus, dessen Läden den Großteil des Lichts im Inneren hielten.

Werde ich gleich erschossen?

Truman hockte sich hin und lauschte ein paar Minuten lang. Er konnte das leise Rauschen eines kleinen Bachs in der Nähe hören, aber aus dem Haus drang kein Geräusch. Er sah keine anderen Fahrzeuge, doch das bedeutete nicht, dass sie allein war. Etwa fünfzig Meter hinter dem Haus war der schwache Umriss einer großen Scheune zu erkennen, die leicht mehrere Fahrzeuge aufnehmen konnte.

Und jetzt? Klopfe ich einfach an die Tür?

Er zweifelte an jeder Entscheidung, die er in der letzten Stunde getroffen hatte. Es war dumm gewesen, sie auszuspionieren, und noch dümmer, ihr zu folgen. Er war wie ein Stalker zu Fuß durch den Wald geschlichen. Verdammt, jede

Bewegung, die er in der letzten Stunde gemacht hatte, hätte auch zu einem Stalker gepasst.

Geh nach Hause.

Aber warum war sie hier? Hatte das etwas mit den Fällen zu tun?

Er wusste, dass dies nicht das Haus eines Verwandten war. Er wusste, wo ihre Familienmitglieder lebten.

Stalker.

Möglicherweise war es ein guter Freund, an den sie sich gewandt hatte, um nach dem anstrengenden Tag Trost zu finden. Ein *sehr* guter Freund. Bilder einer nackten Mercy, die sich mit irgendeinem Bergmenschen im Bett wälzte, bewirkten, dass sich ihm der Magen umdrehte.

Hinter dem Haus ging ein grelles Licht an, und er zuckte zusammen. Es erhellte das Grundstück bis hin zur Scheune, aber nicht die Vorderseite, wo er sich wie ein Verrückter im Dunkeln versteckte. Ein lauter Knall hallte durch die Dunkelheit, und er duckte sich. Er hörte zwei schwächere Schläge aus der Richtung des Hauses und hob den Kopf. Der Knall ertönte abermals, aber diesmal hielt er still.

Das war kein Schuss. Er kannte das Geräusch.

Er schlich langsam am Rand der Lichtung entlang und hielt sich dabei unter den sicheren Kiefern. Weiteres Knacken, Klopfen und reißende Geräusche waren zu hören. Er bewegte sich schneller, da er sich inzwischen sicher war, woher das Geräusch kam. Als er noch gute fünfzig Meter vom Haus entfernt war, konnte er endlich erkennen, was dort passierte.

Mercy hackte Holz.

Sie hatte sich den Mantel ausgezogen und trug nur noch ein Tanktop, das ihre Schultermuskeln erkennen ließ, wenn sie die Axt schwang. Ihr Haar war zu einem Pferdeschwanz gebunden, und sie hatte Jeans und Stiefel an. Arbeitskleidung.

Um 23 Uhr?

Wer macht denn so was?

Und sie beschwert sich, dass sie nicht genug Schlaf bekommt. Er fragte sich, wie viele Nächte pro Woche sie in den Wald floh.

Ihre Axt blieb in einem Holzstück stecken, und sie zerrte es von einer Seite auf die andere. Das Stück spaltete sich und fiel von dem breiten Hackklotz herunter. Sie legte ein weiteres Stück in die Mitte und holte aus.

Sie war unglaublich konzentriert. Getrieben. Truman hätte zu gern gewusst, welche Dämonen sie dazu trieben, mitten in der Nacht Holz zu hacken. Ihre Familie? Ihr Prepper-Hintergrund? Bereitete sie sich auf eine Katastrophe vor? Er blickte noch einmal zum Haus und zur Scheune hinüber.

Abgelegen. Ein Bach in der Nähe. Wälder zum Verstecken, aber rund um das Haus ist alles gerodet, falls es Waldbrände gibt.

Sie kann das Leben als Prepperin nicht hinter sich lassen.

Das war ihr schmutziges kleines Geheimnis. Mercy Kilpatrick konnte sich nicht von diesem Lebensstil trennen. Er bezweifelte, dass sie von diesem Haus nach Portland pendelte. Sie würde sich hier aufhalten, wann immer sie konnte, und jede Minute dafür nutzen, sich auf eine Katastrophe vorzubereiten.

Truman wusste nicht, ob er Mitleid mit ihr haben oder sie bewundern sollte.

Er trat aus der Dunkelheit heraus und ging weiter, bis er am Rand des Lichtkreises stand, den die starke Glühbirne an der Rückseite ihres Hauses erzeugte. Dort wartete er, bis sie einen Schlag beendet hatte.

»Mercy.«

Sie wirbelte zu ihm herum, hielt die Axt wie eine Waffe, war kampfbereit.

»Ich bin's, Truman.« Er hielt vollkommen still und wartete, bis sie ihn erkannt hatte.

Ihre Brust hob und senkte sich, als sie wieder herumwirbelte und ihre Axt im Hackklotz vergrub.

Truman fragte sich, ob sie das lieber mit seinem Kopf getan hätte.

»Was machen Sie hier, Truman?« Ihre Stimme war fest, als sie sich zu ihm umdrehte, aber sie schien leicht außer Atem zu sein. Er kam ein paar Schritte näher und blickte ihr in die Augen. Sie ging in die Defensive, ihre Haltung wirkte steif. Wut strahlte von ihr aus.

»Warum sind Sie mir gefolgt?«

»Das war keine Absicht«, log er. »Ich war auf dem Heimweg, nachdem ich kurz am Revier angehalten hatte, und sah, wie Sie aus Sandys Haus kamen.«

»Und wollten wissen, wohin ich fahre.«

»So ist es. Vor allem, weil Sie angedeutet hatten, dass Sie zu Bett gehen würden. Je weiter Sie sich von der Stadt entfernt haben, desto neugieriger wurde ich.«

Sie runzelte die Stirn. »Sind Sie mir am Montagabend auch hierher gefolgt?«

»Nein.«

Sie nickte, wirkte jedoch nicht überzeugt.

»Wirklich nicht. Das ist das erste Mal, und es war reiner Zufall.«

»Sie sind mir nicht zufällig fast fünfzig Kilometer weit gefolgt.«

»Ja, das stimmt. Mir ist bewusst, wie verstörend das klingt. Das ist sogar mir klar«, gab er zu.

»Das ist noch milde ausgedrückt. Sie sind mir verdammt noch mal gefolgt. Was hatten Sie denn erwartet?« Sie straffte zornig den Rücken und die Schultern.

»Das hier jedenfalls nicht«, antwortete er. »Ich weiß nicht, was ich erwartet habe. Irgendwas, das mit den Fällen zu tun hat, schätze ich.«

»Nein. Das ist *mein* Ort und *meine* Zeit. Ich komme hierher, um allein zu sein.« Sie wandte sich ab und zog ihre Axt mit einem schnellen Ruck nach unten aus dem Baumstumpf. »Gehen Sie nach Hause, Truman.«

»Kein Wunder, dass Sie tagsüber müde sind. Wie lange bleiben Sie hier?«

»Bis ich fertig bin.«

Er sah sich um. »Sind Sie jemals fertig? Ist das nicht ein immerwährender Prozess? Ein Lebensstil?« Das letzte Wort sprach er mit Bedacht aus.

Sie blickte ihn über die Schulter hinweg an und hob das Kinn in dieser eigensinnigen Pose, die er nur zu gut kannte. »Und jetzt glauben Sie, dass ich so verrückt bin wie Ihr Onkel.«

»Das habe ich nicht gesagt.«

»Wussten Sie, dass zwei Prozent der amerikanischen Bevölkerung Lebensmittel für die anderen achtundneunzig Prozent anbauen? Haben Sie jemals darüber nachgedacht, was passieren würde, wenn plötzlich unsere Nahrungsmittelversorgung zusammenbricht?«

Das hatte er in der Tat, denn sein Onkel hatte ihn oftmals dasselbe gefragt. »Nein.«

Mercy öffnete den Mund, schloss ihn dann abrupt wieder und presste die Lippen aufeinander. Es fiel ihr sichtlich schwer, ihm keinen Vortrag zu halten.

»Würden Sie mir zeigen, was Sie hier gemacht haben?«, bat er. Denn er wollte sich nicht mit ihr streiten. Er wollte sie besser verstehen.

Sie starrte ihn überrascht an.

»Wie oft kommen Sie hierher?«, fragte er leise. Ihre starre Körpersprache war verschwunden, und er wusste, dass die nächsten Minuten darüber entscheiden würden, ob sie sich ihm öffnete oder ihn im Dunkeln die Straße hinunterjagte.

»An einigen Wochenenden. Meinen gesamten Urlaub.«

»Dank der Fälle in Eagle's Nest sind Sie in der günstigen Lage, hier oben einige Dinge erledigen zu können.«

»Ja«, bestätigte sie. »Diese Gelegenheit konnte ich mir nicht entgehen lassen. Auch wenn das bedeutet, dass ich nachts herkommen muss.«

»Ich verstehe.« Das tat er wirklich.

* * *

Der Wunsch, Truman ihre Axt in den Schädel zu rammen, war verflogen.

Als sie begriffen hatte, wer sie da ansprach, wäre sie am liebsten im Boden versunken. Verlegenheit, Angst und Verletzlichkeit überwältigten sie. Sie hatte ihn in der Hoffnung, ihn zu vertreiben, verbal angegriffen. Aber er blieb standhaft.

Ihr Grund und Boden. Ihr Eigentum und ihr Zuhause.

Ihr zweitgrößtes Geheimnis.

Als er näher kam, fühlte sie sich wie ein verletztes wildes Tier, doch er bewegte sich langsam, mit freundlicher Stimme und ruhigen Gesten, um sie am Fliehen zu hindern.

Trumans Stimme beruhigte sie irgendwie. So wie er auch die Sanders früher am Abend besänftigt hatte. Sobald er mit ihr sprach, wollte sie ihn nicht mehr wegstoßen. Tatsächlich hatte er sich nach ihrer Arbeit erkundigt, und sie wollte sie ihm zeigen.

Sie hatte ihr Versteck bisher noch niemandem gezeigt.

Die Einzigen, die davon wussten, waren das Paar die Straße runter und der Mann, der ihr das Land verkauft hatte. Es war ihr Ruhepunkt in ihrem hektischen Leben. Es erdete sie und sorgte dafür, dass sie klar im Kopf blieb.

»Ich bezweifle, dass Sie das verstehen können«, entgegnete sie langsam. »Sie wissen nicht, wie es ist, so erzogen worden zu sein. Vom ersten Tag an wurde mir eingebläut, dass ich mich auf eine Katastrophe vorbereiten muss. Ich kann dem nicht entkommen. Auch wenn ich nicht glauben will, dass es passieren kann, *muss* ich an diesem Ort auf diesen Fall vorbereitet sein.«

»Ich habe von meinem Onkel viel darüber gehört«, sagte Truman. »Nicht so viel wie Sie, aber genug, um die Logik hinter seinen Plänen zu erkennen. Ich bewunderte ihn für das, was er tat, aber er ließ sein Leben davon bestimmen. Ich glaube nicht, dass Sie das tun.«

»Nein«, stimmte sie zu. »Mein Versteck in Portland verfügt nur über geringe Vorräte, aber hier setze ich meine großen Pläne in die Tat um.«

»Das würde ich gerne sehen.«

»Wozu?« *Wenn er das Innere sieht, weiß er zu viel über mich.* Das machte sie nervös. Sie war zu lange allein gewesen.

»Ich möchte sehen, was Sie geschaffen haben. Lassen Sie es mich verstehen.«

»Warum?«, flüsterte sie. Sie hatte das Gefühl, am Rand eines riesigen Erdlochs zu stehen. Sie musste zurücktreten, aber sie konnte sich nicht bewegen. Truman kam näher und streckte eine Hand aus, als würde er sich einem scheuen Pferd nähern.

Es war ein treffender Vergleich.

»Weil ich mehr über Sie wissen will.« Er blieb stehen und war ihr so nah, dass sie die Stoppeln an seinem Kinn und die Aufrichtigkeit in seinen Augen erkennen konnte.

»Wollen Sie mich wie die Sanders-Eltern einwickeln?« Sie hielt seinem Blick stand.

»Ich habe sie nicht eingewickelt, sondern jedes Wort ernst gemeint. Genau wie jetzt. Sie machen mich neugierig.«

Er sagt die Wahrheit.
Sie unterbrach den Blickkontakt. »Ich habe heute Abend noch viel zu tun.«
»Ich helfe Ihnen, es schneller zu erledigen. Vielleicht können Sie danach ja besser schlafen.«
Sie sah ihm abermals in die Augen und wusste, dass sie ihn an diesem Abend nicht mehr loswerden würde. Diese Erkenntnis war ebenso erleichternd wie verunsichernd.
»Zeigen Sie mir das Haus.«
Mercy nickte, bekam keinen Ton heraus und befürchtete, jeden Moment in Tränen auszubrechen. Sie wollte ihn in ihrer Nähe haben und wünschte ihn gleichzeitig weit weg. Ihre Gefühle drohten sie in Stücke zu reißen.
Akzeptier es vorerst einfach.
Sie wandte sich ab. »Folgen Sie mir.« Mercy schnappte sich einen leichten Pullover, der auf dem Geländer hing, und erklomm die wenigen Stufen zur Terrasse hinter ihrem kleinen Haus. Sie versuchte, die Arme in das verdrehte Kleidungsstück zu stecken, und er hielt es am Kragen und an einem Ärmel fest, damit sie hineinschlüpfen konnte. Seine warmen Hände hinterließen ein Kribbeln an den Stellen, an denen er ihre Haut berührt hatte. Das Gefühl hielt an, als sie ihn in ihr Haus führte.
»Willkommen in meinem Wahnsinn«, sagte sie und machte eine ausschweifende Geste.

* * *

Mercys Versteck war klein, aber gut eingerichtet. In dem zweistöckigen Haus stand ein Holzofen in einem riesigen Steinkamin, dennoch war es kalt darin. Er fragte sich, ob sie eine andere Heizmöglichkeit besaß. Offensichtlich machte sie sich nicht die Mühe, hier zu heizen, wenn sie nur für ein paar Stunden in der Nacht vorbeischaute. Die Wände waren aus Holz, aber gut isoliert. Er wusste, dass sie das Haus so wetterfest wie möglich gemacht hatte, denn die Akustik veränderte sich, als sie eintraten. Es war unglaublich solide. Alle Fenster waren mit Verdunklungsrollos versehen.

Ich bin beeindruckt.

Sie ertappte ihn dabei, wie er die Jalousien anstarrte. »So kann man die Innenbeleuchtung nachts nicht sehen.«

»Tagsüber machen Sie sie aber auf?« Die Hütte hatte hohe Decken und große Fenster und einen kleinen Dachboden. Die Sonne und Wärme, die durch die großen Fenster hereinströmten, mussten himmlisch sein.

»Wenn ich hier bin. Meistens halte ich alles geschlossen. Ich möchte nicht, dass jemand ins Fenster schaut, wenn ich nicht da bin.«

»Ich bezweifle, dass irgendjemand diesen Ort finden kann.«

»Man weiß nie.«

»Haben Sie ein Sicherheitssystem?«

»Natürlich. Wenn es gehackt wird, schickt es mir eine Benachrichtigung auf mein Handy. Aber von Portland aus kann ich bei einem Einbruch nicht viel tun. Ich habe Nachbarn, die ein Auge aufs Haus haben, aber sie sind schon älter.«

»Rufen Sie mich an. Ich komme vorbei und schaue mich um.« Er meinte es ernst.

Sie starrte ihn verdutzt an. »Danke.«

Er runzelte die Stirn angesichts ihrer Überraschung. »Sie haben hier Freunde und sollten das auch ausnutzen.« Die Vorstellung, sie allein in der Hütte zu wissen, behagte ihm nicht. *Zweifellos kommt sie mit einem Notfall weitaus besser klar als ich.*

Sie schluckte schwer. »Bis zu dieser Woche hatte ich hier keine Freunde«, flüsterte sie.

»Ihre Familie weiß nichts von diesem Ort?«

»Nein.«

»Aber ist es nicht einer der Grundpfeiler des Preppens, sich mit Leuten zu umgeben, die einem helfen können? Und denen man im Gegenzug Hilfe anbietet? Mein Onkel war nicht wirklich dieser Meinung; er neigte dazu, andere zu verärgern, anstatt Freunde zu finden.«

»Manche Menschen sind lieber allein und verlassen sich auf sich selbst. Ihr Onkel könnte einer von ihnen gewesen sein.«

»Und was ist mit Ihnen?«

Sie hielt inne. »Mir bleibt keine andere Wahl.«

»Das stimmt doch gar nicht. Nicht weit von hier gibt es eine Stadt voller Menschen, die gerade herausfinden, wie großartig Sie sind. Und ich glaube, das gilt auch für Ihre Familie.« *Versuche ich etwa, sie davon zu überzeugen, hier mehr Zeit zu verbringen?*

»Ich werde sie nicht entzweien.«

»Ihre Familie? Wie sollte das denn möglich sein?«

»Ich hätte es einmal fast geschafft. Es ist gar nicht mal so schwer.« Unverhofft klappte sie den Mund zu, und er wusste, dass sie mehr gesagt hatte, als ihr lieb war.

Er hörte auf, sie zu drängen, und sah sich erneut in ihrem Haus um. »Ist das eine Nähmaschine?« Das Gebilde sah aus wie ein einfacher kleiner Tisch mit mehreren Schubladen, hatte jedoch ein gusseisernes Pedal, das ihn an die Maschine seiner Großmutter erinnerte. Darauf lag ein aufgeklappter Laptop, auf dessen Bildschirm eine Wettervorhersage-Website zu sehen war.

»Ja. Die Maschine verbirgt sich im Inneren. Sie braucht keinen Strom, sondern wird mit den Füßen angetrieben.«

»Ein richtiges Relikt.«

»Aber ein nützliches.«

»Ich fühle mich wie ins 19. Jahrhundert versetzt. Haben Sie auch ein Waschbrett?«

Sie zog die Augenbrauen zusammen. »Nein.« Ihre Stimme wurde eisig.

Ihre schnippische Reaktion gefiel ihm, und seine Faszination war geweckt. Mercy war nicht verrückt, sondern schlau. Und einfallsreich.

»Alles zum Einkochen?«

»Natürlich. Und bevor Sie fragen, es gibt auch Solarzellen, medizinische Instrumente, ein schwerkraftgetriebenes Wassersystem und ein Gewächshaus.«

»Waffen?«

»Selbstverständlich. Möchten Sie sonst noch etwas wissen?«

Ja. »Im Moment nicht. Wobei brauchen Sie heute Abend Hilfe?«

»Ich brauche keine Hilfe.«

»Aber ich möchte, dass Sie morgen klar denken können. Was kann ich tun, damit Sie schneller wieder verschwinden können?« Er baute sich vor ihr auf und verschränkte die Arme. Wenn er Holz hacken musste, um Zeit mit ihr zu verbringen, dann würde er es tun.

Sie versteifte sich. Einen Sekundenbruchteil später stürzte sie zum Lichtschalter, schaltete das Innen- und Außenlicht aus und ließ alles in Dunkelheit versinken. Er hörte, wie sie durch das Zimmer rannte, und dann ertönte ein leises Knacken.

Truman konnte sich nicht bewegen. Das schwache Licht des Laptop-Bildschirms reichte nicht aus, um genug zu erkennen. »Mercy?«

»Pssst.« Ihre Stimme war ihm näher, als er erwartet hatte, und er sah, wie ihre Silhouette vor dem Laptop verharrte. Sie drückte mehrere Tasten und ließ vier grobkörnige Kameraansichten auf dem Bildschirm erscheinen. Er erkannte ihre Scheune, die Auffahrt davor und zwei Ansichten ihres Hauses. Auf einen Schlag hatte er nicht länger das Gefühl, im 19. Jahrhundert zu sein.

»Was ist passiert?«, flüsterte er.

»Ich habe ein Fahrzeug gehört und die Infrarot-Flutlichter draußen eingeschaltet.«

Wow.

Sie vergrößerte die Ansicht der Auffahrt, und ihm wurde klar, dass sie in der kurzen Dunkelheit ein Gewehr aufgehoben hatte.

»Sehen Sie was?« Er zog seine Waffe aus dem Schulterholster.

»Stecken Sie die Waffe weg«, befahl sie.

»Sie zuerst.«

Sie schwieg und wirkte angespannt und wachsam, während sie auf den Bildschirm schaute. »Er hat zurückgesetzt. Ich vermute, er hat das Haus entdeckt und beschlossen, den Rückweg anzutreten.«

»Ich habe nichts gesehen. War da ein Fahrzeug?«

»Das kurze Aufblitzen eines Kühlergrills, als ich die Kamera aufrief, die auf die Zufahrt gerichtet ist.«

»Vielleicht ist er falsch abgebogen. Oder hat nicht damit gerechnet, hier ein Haus vorzufinden.«

»Oder er hat genau das entdeckt, wonach er gesucht hat«, knurrte sie grimmig. »Ich war fest davon überzeugt, dass mir am Montagabend jemand gefolgt ist. Aber es gelang mir, ihn abzuschütteln. Ich habe Sie heute Abend nicht bemerkt, weil ich mit den Gedanken woanders war. Ich wette, er ist Ihnen gefolgt.«

Truman wurde bei dem Gedanken, dass er jemanden direkt zu Mercys Haus geführt hatte, mulmig zumute. »Wer sollte Ihnen folgen? Und warum?«

Schweigen.

»Wegen der Fälle?«, fragte Truman.

»Vielleicht.«

»Weswegen sonst?«, hakte er nach. »Warum sollte sich jemand in dieser abgelegenen Gegend für eine FBI-Agentin aus Portland interessieren?«

Vielleicht interessieren sie sich für den ehemaligen Teenager aus Eagle's Nest.

»Ich denke, es ist Zeit, dass Sie mir alles erzählen, Mercy.«

Sie erschauderte.

NEUNUNDZWANZIG

Er hatte die Spur beinahe verloren.
Dann entdeckte er den Tahoe des Polizeichefs im Straßengraben. Einen Moment lang glaubte er, der SUV sei von der Straße abgekommen, dabei parkte er bloß sehr merkwürdig.

Er hatte gezögert, die Straße entlangzufahren, jedoch keinen Fußmarsch riskieren wollen. Der Chief war offensichtlich zu Fuß weitergegangen, und er wollte dem Mann lieber nicht im Dunkeln begegnen. In seinem Fahrzeug fühlte er sich sicherer. Er wartete zwanzig Minuten, überlegte, was er tun sollte, und fuhr dann die unbefestigte Straße entlang. Als er gerade das Licht hinter einem A-förmigen Haus entdeckt hatte, wurde es plötzlich dunkel, und er legte rasch den Rückwärtsgang ein.

Ungeschickt steuerte er den Wagen und trat aufs Gaspedal, als er den kurvigen Weg zur Hauptstraße zurückfuhr. Die Verfolgung des Polizeichefs hatte sich gelohnt. Er hatte eigentlich vorgehabt, Mercy zu folgen, dann aber bemerkt, dass der Chief dasselbe tat. Als der Chief mit ausgeschaltetem Licht hinter der Agentin hergefahren war, hatte er ihm einfach folgen müssen.

Warum versteckt sich der Chief vor Mercy Kilpatrick?

Schweißüberströmt legte er auf der Hauptstraße den Gang ein und gab Vollgas.

Ich weiß jetzt, wohin sie geht. Aber warum?

Das wusste er nicht, und es war auch egal.

Es zählte nur, dass sie zurückgekehrt war. Fünfzehn Jahre

lang hatte er sich im Schatten herumgetrieben, bewusst darauf geachtet, keinen Ärger zu machen, auf den richtigen Moment gewartet und sich mit allen gut verstanden. Er hatte sich die größte Mühe gegeben, nicht in Schwierigkeiten zu geraten, nachdem er gesehen hatte, was deswegen mit seinem Freund geschehen war. Aber jetzt hatte Mercy alle möglichen Erinnerungen wachgerufen und seine Pläne mit den Waffen ruiniert.

Die Waffen.

Sein goldenes Ticket.

Er hatte nicht vorgehabt, die Prepper zu töten, aber als er die Waffen des ersten eingeladen hatte, war ihm klar geworden, dass der alte Mann wissen würde, wer ihn bestohlen hatte. Die Frustration hatte ihn wütend gemacht; er hatte seinen Plan nicht gut genug durchdacht. Lehrer und Freunde hatten ihn immer wieder niedergemacht und behauptet, er könne nicht mal zwei Stunden vorausschauen und müsse besser planen lernen.

Aber die Prepper waren einfach zu manipulieren gewesen. Ein Schuss. Das war ziemlich einfach gewesen, und er hatte gewusst, dass er dasselbe tun musste, um die anderen Waffen zu stehlen. Das zweite Mal war nicht wie erwartet verlaufen, aber er hatte nie zuvor so etwas wie den Adrenalinschub nach dem Kampf mit Jefferson Biggs erlebt.

Er hatte sich unbesiegbar gefühlt.

Auch bei Anders Beebe hatte er diesen Rausch erlebt, bis draußen Motorgeräusche zu hören gewesen waren. Wütend darüber, dass er gestört wurde, hatte er die Waffen zurückgelassen.

Und jetzt war all das irrelevant. Die Regierung hatte ihm die Waffen weggenommen. *All die harte Arbeit ...*

Mercy würde es noch bereuen, sich eingemischt zu haben. Er klopfte mit den Fingern aufs Lenkrad, als er sich an eine

Nacht vor fünfzehn Jahren erinnerte. In dieser Nacht hatte er nicht bekommen, was er wirklich haben wollte. Wut stieg in ihm auf, als er an die gestohlenen Waffen dachte.

Vielleicht war es an der Zeit. Er hatte es verdient.

DREISSIG

Truman bestand darauf, dass sie ihre Hütte sofort verließen. Sie stimmte zu, aktivierte ihr Sicherheitssystem, schloss die Tür ab und fuhr ihn zu seinem Truck, der an der Straße parkte. Dort diskutierten sie kurz über ihr weiteres Vorgehen. Sie wollte, dass sie ihre jeweiligen Schlafstätten aufsuchten, aber er blieb hartnäckig und beharrte darauf, dass ihre Diskussion noch nicht beendet war.

»Ich warte nicht bis morgen, wenn Sie die Sache abtun und mir aus dem Weg gehen können«, erklärte er und hielt ihrem Blick stand.

Dabei hatte sie genau das vorgehabt.

Er gab seine Adresse in ihr GPS ein und folgte ihr aus dem Wald hinaus. Am Ende der Fahrt war sie überrascht, als sie vor einem winzigen, recht neuen Haus in einer belebten Straße voller identischer Häuser in Eagle's Nest anhielt. Nichts an dem Haus deutete darauf hin, dass Truman Daly dort lebte. Sie hatte etwas Männlicheres und Robusteres erwartet, nicht so ein Durchschnittshaus.

»Ich habe es gemietet«, antwortete er auf ihre Frage. »Das fühlte sich sicherer an, als ein Haus zu kaufen.«

Hatte er geglaubt, der Job als Polizeichef wäre doch nicht das Richtige für ihn?

Er bat sie, im Wohnzimmer zu warten, während er einen schnellen Rundgang durch das Haus machte und den kleinen eingezäunten Garten überprüfte. Als Mercy dort saß, schlenderte auf einmal eine wunderschöne schwarze Katze ins Zimmer und sprang auf die Armlehne der Couch, um

Mercy anzustarren. Sie richtete ihre goldenen Augen auf Mercy, und ihre Schwanzspitze zuckte, als würde sie darauf warten, dass Mercy ihr erklärte, was sie hier zu suchen hatte.

Als Truman zurückkehrte, saß die Katze auf Mercys Schoß und sah äußerst zufrieden aus. Truman zog bei diesem Anblick eine Augenbraue hoch. »Das ist Simon.«

»Dies ist kein Kater.«

»Ich weiß. Ich habe ihr von dem kleinen Nachbarskind einen Namen geben lassen. Sie tauchte ungefähr eine Woche nachdem ich eingezogen war, hier auf. Niemand hat Anspruch auf sie erhoben, daher ließ ich sie bleiben.«

Die goldenen Augen sahen Mercy an. *Das glaubt er.* Allem Anschein nach hatte sich die Katze eher ihn ausgesucht.

»Ich brauche ein Bier. Was möchten Sie trinken?«, fragte er.

»Ich trinke nicht.«

»Und ob Sie das tun.« Er starrte sie an.

»Wodka und Orangensaft«, gab sie zu. Sie konnte etwas Vitamin C gebrauchen und wollte nicht mit ihm streiten. Die nächste Stunde würde schon schwer genug werden.

Er nahm einen Stuhl vom Esstisch, stellte ihn direkt vor sie und reichte ihr das Getränk. Dann setzte er sich seufzend und trank einen großen Schluck Bier. Der zitronige Hopfenduft wehte durch den Raum zwischen ihnen und kitzelte sie in der Nase.

Erschöpfung breitete sich in jedem Muskel und in ihrem Gehirn aus, und sie nippte an ihrem Getränk. Es war nicht stark. Was auch immer Truman vorhatte, er wollte sie jedenfalls betrunken machen, damit sie ihm ihr Herz ausschüttete. Er sah sie über den Rand seines Glases hinweg mit seinen braunen Augen an, und Unbehagen regte sich in ihrem Magen. *Was will er von mir?*

»Ich habe zwei Fragen«, sagte er leise. »Erstens, warum

glauben Sie, jemand würde Ihnen folgen, und zweitens, was ist vor fünfzehn Jahren passiert, das Sie dazu veranlasst hat, die Stadt zu verlassen? Ich habe mich erkundigt. Es gibt keine Polizeiberichte über Ihre Familie aus dieser Zeit. In diesem Jahr ist wenig passiert, abgesehen von den Morden an Jennifer Sanders und Gwen Vargas. Aber Sie sagten bereits, dass sie Freundinnen Ihrer Schwester waren, nicht Ihre.«

Sie nickte und nahm einen weiteren winzigen Schluck. »Das alles geht Sie nichts an.« *Ich werde es ihm nicht verraten.*

Er kniff die Augen zusammen. »Wenn Sie mich fragen, beeinträchtigt das alles Ihre Leistung bei diesen Ermittlungen. Sie bekommen nicht genug Schlaf, und das merkt man. Sie sind ständig abgelenkt, und ich vermute, Sie verbringen mehr Zeit damit, Leuten in der Stadt aus dem Weg zu gehen, als sich dem Fall zu widmen.«

Sie zuckte zusammen, und Simon sprang von ihrem Schoß herunter. Die Krallen der Katze schabten über den Hartholzboden, als sie aus dem Zimmer huschte. »Ich nehme diese Ermittlungen sehr ernst! Ich bin kein Faulpelz, sondern gebe mein Bestes.« Zornig kniff sie die Augen zusammen. *Wie kann er es wagen?* »Wer hat denn heute diese Waffen gefunden?«

»Wir beide.«

»Schwachsinn. Ich bin bäuchlings in diesen Raum gekrochen, nachdem ich Sie zu dieser Höhle geführt hatte. Wenn jemand in diesem Fall kompromittiert ist, dann wohl eher Sie, weil Sie sich auf Ihren Onkel konzentriert haben. Es gab nämlich noch drei weitere Opfer«, fauchte sie. Eigentlich entsprach das überhaupt nicht der Wahrheit, aber wenn er sie schon derart reizen musste, würde sie sich wehren. »Sie laufen durch diese Stadt, als wären Sie als Einziger auf der Suche nach Gerechtigkeit. Dabei reißen wir uns hier alle den Arsch auf.«

Er saß ganz still da. Sie hatte eine empfindliche Stelle getroffen. »Ich führe keinen noblen Kreuzzug, um Gerechtigkeit walten zu lassen«, erklärte er. »Ich will nur, dass mein Onkel gerächt wird. Da draußen denkt jemand, er wäre schlauer als ich, und ich werde ihm das Gegenteil beweisen. Genau das ist mein Plan.«

Sein durch und durch gleichmäßiger Tonfall verstörte sie. Truman Daly hatte entweder alles unter Kontrolle, oder er war nur den Bruchteil einer Sekunde davon entfernt, völlig auszurasten. Sie wusste nicht, was von beidem zutraf.

»Wir wollen beide dasselbe«, sagte Mercy.

»Dann müssen Sie reinen Tisch machen. Irgendetwas belastet Sie doch. Ich sehe, wie es zum Vorschein kommt, wenn Sie Menschen aus Ihrer Vergangenheit begegnen. Aber das passiert nicht bei jedem. Nur bei einigen. Warum bringt Joziah Bevins Sie derart aus der Fassung?«

»Aufgrund unserer Vergangenheit. Unsere Familien waren zerstritten.«

»Das müssen Sie mir genauer erklären.«

Sie zuckte mit den Achseln. »Dad sagte, er hätte eine unserer Kühe erschossen.«

Truman lehnte sich auf seinem Stuhl zurück und starrte sie überrascht an. »Eine Kuh? Das ist alles?« Er blinzelte. »Das ist zugegebenermaßen schrecklich, aber nicht Jahre der ...«

»Es war eine Botschaft an meine Eltern. Sie hatten sich geweigert, der Bevins-Gemeinde beizutreten. Wieder einmal.«

»Der Gemeinde? Ich kann Ihnen nicht folgen ...«

»Erinnern Sie sich, dass Sie vorhin gesagt haben, dass es bei den Preppern oft um Gemeinschaft geht? Und gefragt haben, warum ich meine Hütte ganz allein vorbereite?«

»Ja.«

»Einige dieser Gemeinschaften nehmen sich sehr ernst. Sie

sind praktisch Mikrostädte voller Spezialisten. Sie brauchen Ärzte, Tierärzte und Mechaniker. Und es gibt immer einen sehr starken Anführer.«

Sie konnte erkennen, wie es ihm dämmerte.

»Und die Leute schwören der Gemeinde Treue?«, fragte er. »Sie versprechen, diesen Menschen zu helfen, wenn es zur Katastrophe kommt? Deshalb gab es Ärger zwischen Ihrem Vater und Joziah Bevins?«

»Ja. Mein Vater ist ein ruhiger Mensch. Die Leute vertrauen ihm und wollen sich ihm anschließen. Joziah ist energisch und verlangt Gefolgschaft und regiert dann mit eiserner Faust. Mein Vater wollte nichts mit ihm zu tun haben.«

»Ihre Mutter ist Hebamme«, begriff Truman. »Jeder in der Stadt schwört auf sie.«

»Und mein Vater hat Erfahrung mit Tieren. Eine sehr wichtige Fähigkeit.«

Truman kratzte sich am Kopf. »Okay. Jetzt verstehe ich es langsam, aber was hat das mit Ihrem Weggang zu tun?«

»Das ist eine lange Geschichte.«

»Ich habe die ganze Nacht Zeit – und etwa die halbe Nacht ist noch übrig. Fangen Sie lieber an zu reden.«

Sie wollte ihm alles erzählen. Niemand war ihr je so unter die Haut gegangen wie Truman. Sie *mochte* ihn.

Ich mag ihn sehr. Mehr, als ich sollte.

Ihre Geheimnisse hatten zu lange in ihrem Herzen und ihrem Verstand geschlummert. Was riskierte sie, wenn sie ihm alles sagte?

Ihren Job.

Ihre Familie. Levis Familie.

Eine Gefängnisstrafe?

»Sie zittern.« Vor Schreck und Sorge riss er leicht die Augen auf.

»Sie haben ja keine Ahnung, worum Sie mich da bitten.«

Er hatte recht; ihre Beine zitterten, als würde sie frieren. Mit bebender Hand stellte sie ihr Getränk auf den Beistelltisch.

»Großer Gott. Wie schlimm ist es denn?«

»Ich könnte ins Gefängnis wandern«, flüsterte sie, und ihre Gedanken überschlugen sich. »Mein Bruder ebenfalls. Er hat eine Tochter. Ich habe niemanden, daher wäre das nicht ganz so schlimm …«

Er beugte sich vor. »Verletzen Sie irgendjemanden, indem Sie nicht darüber reden?«

»Das glaube ich nicht. Und ich kann Ihnen versichern, dass ich mich das schon eine Million Mal gefragt habe.« *Mir ist so kalt.* Sie zog den Reißverschluss ihres Mantels zu und wünschte sich plötzlich einen heißen Tee, eine heiße Schokolade, einen heißen Kaffee. Etwas Tröstliches.

Er rückte seinen Stuhl näher heran, stellte sein Bier neben ihr Getränk und nahm ihre Hände. Seine waren unglaublich warm, und sie entspannte sich ein wenig.

»Haben Sie jemanden umgebracht, Mercy?«

Sie hielt seinem Blick stand, sah aber auch den riesigen bodenlosen Abgrund neben ihren Füßen. *Kann ich ihm vertrauen?* Sie schwankte eine Sekunde lang am Abgrund und wagte dann einen Schritt. »Ich denke schon.«

Er blinzelte nicht. »Warum sind Sie sich nicht sicher?«

»Weil Levi auch geschossen hat. Wir haben beide geschossen.« Jetzt gab es kein Zurück mehr. Eisige Krämpfe schüttelten ihre Brust und zuckten ihre Arme entlang hinunter zu ihren Händen. Er umklammerte sie noch fester.

»Wen haben Sie erschossen?«

»Wir wissen nicht, wer es war. Wir kannten ihn nicht.«

»Hat er Ihnen wehgetan?«, fragte er vorsichtig.

»Rose. Er hat Rose angegriffen. Und dann mich«, fügte sie leise hinzu.

»Dann waren Sie im Recht.« Er ließ den Kopf sinken und seufzte.

»Aber wir haben ihn versteckt. Wir haben es fünfzehn Jahre lang geheim gehalten. Es niemandem erzählt. Es darf auch jetzt niemand wissen, dass wir ihn getötet haben.« Die Worte sprudelten nur so aus ihr heraus, die sie so lange tief in ihrem Inneren vergraben hatte.

»Ich werde Sie nicht drängen, es irgendjemandem zu erzählen ... Augenblick mal.« Er umklammerte ihre Hände fester. »War das dieselbe Person, die Jennifer und Gwen getötet hat?«

»Wir gehen davon aus.«

* * *

Mercy sah aus, als würde sie jeden Moment zerfließen. Ihre Hände fühlten sich eiskalt an und zitterten unaufhörlich. *Wie ist es, fünfzehn Jahre lang ein großes Geheimnis mit sich herumzutragen?* Wie gern hätte er ihr diesen Stress genommen. Ihr Geheimnis überraschte ihn nicht. Ihre verletzlichen Blicke hatten ihn gewarnt, dass sie etwas Großes verbarg.

Sie hat mir erzählt, dass sie jemanden umgebracht hat. Und das ändert nichts an meinen Gefühlen für sie.

Das erstaunte ihn fast noch am meisten.

Ihr Schuss schien ihm gerechtfertigt gewesen zu sein, aber hatte sie die anderen Mordermittlungen durch ihr Schweigen behindert? Wie würde das FBI mit dieser alten Geschichte umgehen? Hatte sie die laufenden Ermittlungen durcheinandergebracht, indem sie ihre Vermutungen hinsichtlich der früheren Morde nicht aussprach?

Truman bezweifelte, dass sie wegen Mordes ins Gefängnis musste, aber sie würde wegen einer Menge anderer Dinge gewaltige Schwierigkeiten bekommen.

Was ist meine Rolle in dieser Sache? Polizist oder Freund?
Er schob die Frage für den Moment beiseite, da er die Antwort nicht näher begutachten wollte. Mercy hatte sich ihm anvertraut. Sie war ein großes Risiko eingegangen, und er hatte sie dazu gedrängt. Schuldgefühle machten ihm zu schaffen.

»Wusste Ihr Vater davon? Sind Sie deshalb gegangen?«

Sie schüttelte den Kopf und blickte zu Boden. »Niemand außer Levi und Rose weiß davon. Und jetzt Sie. Wir haben meinen Eltern nicht die ganze Wahrheit gesagt, sondern behauptet, jemand hätte versucht, ins Haus einzubrechen ... und dass Rose seine Stimme als die eines Mannes erkannt hatte, den sie mit der Bevins-Ranch in Verbindung brachte, seinen Namen jedoch nicht kannte. Ich wollte, dass mein Vater Joziah zur Rede stellte und Rose die Stimmen seiner Arbeiter hören ließ, weil der Mann auch Jennifer und Gwen ermordet hatte. Doch mein Vater weigerte sich.«

»Moment mal. Ich dachte, der Angreifer sei tot? Wen genau hat Rose gehört?«

»Da war noch ein zweiter Mann. Sie hörte ihn in dieser Nacht reden, und die Stimme kam ihr bekannt vor, sie konnte sie aber nicht zuordnen. Er entkam, bevor Levi oder ich ihn sehen konnten. Wir hörten seinen Wagen wegfahren.«

Zwei Männer?

»Er hat seinen Freund zurückgelassen? Tot?«

»Ja.«

»Er kam nie zurück, um nach seinem Komplizen zu suchen oder nach ihm zu fragen?«

»Nein. Wir hatten damit gerechnet, aber es war, als ob der Tote zu niemandem gehörte. Keiner hat nach ihm gesucht oder ihn als vermisst gemeldet.«

Mercys Geschichte wurde von Minute zu Minute seltsamer. *Wer lässt denn seinen vermissten Freund im Stich?*

Ein Mordkomplize.

»Wusste der Mann, der geflohen ist, dass der andere erschossen worden war?«

»Wir hörten den Motor kurz nach den Schüssen. Ich bin mir sicher, dass die Schüsse ihn verscheucht haben, aber er konnte nicht wissen, ob sein Freund getroffen worden war.«

»Ich bin also gar nicht die vierte Person, die weiß, was passiert ist. Noch jemand weiß davon – der Mann, den Sie in die Flucht geschlagen haben.«

Mercy nickte.

»Erzählen Sie mir alles von Anfang an.«

Mercy erzählte ihm stockend eine Geschichte, die ihm die Haare zu Berge stehen ließ. Ein Einbruch. Ein Angriff. Erst auf Rose und dann auf sie. Schüsse. Er hatte die schlimmen Fotos von Jennifer Sanders und Gwen Vargas gesehen. Mercy und Rose hatten kurz davorgestanden, genauso zu enden.

Truman schwieg, während er die Tragweite ihrer Worte verarbeitete. »Wo ist der Tote?«, fragte er schließlich.

Sie schien in sich zusammenzusinken. »Levi hat die Leiche versteckt.«

»Herrgott.« Truman stand auf, ging im Kreis und fuhr sich mit den Händen durchs Haar. Noch ein Verbrechen, für das sie und Levi angeklagt werden konnten. »Wo zum Teufel hat er sie versteckt?«

Sie schwieg.

»Kommen Sie schon, Mercy.«

Ihr Pferdeschwanz fiel über ihre Schulter, als sie den Kopf schüttelte und den Blick in die Ferne richtete. »Das ist Levis Bürde. Ich werde die Sache nicht noch schlimmer machen.«

Keine Leiche, kein Beweis.

Sie hat die Grenze gezogen. Ihre Geschichte ist nur eine Geschichte, solange es keine Leiche gibt.

Er setzte sich wieder und nahm ihre Hände. Sie versuchte,

sie wegzuziehen, aber er hielt sie fest. »Ich bin bereit, Sie zu unterstützen. Wir werden einen Weg finden, das durchzustehen.«

»Nein. Niemand darf davon erfahren.«

»Ich werde es niemandem erzählen.«

Das würde er nicht tun. Er hatte sich für seine Rolle in ihrer Geschichte entschieden.

Es war eine einfache Entscheidung gewesen, die ihn überraschte. Eigentlich hätte er geistig und emotional mit dem Entschluss ringen müssen, aber er hatte sein Herz befragt und sofort die Antwort erhalten.

Mercy war eine ehrliche Person. Wäre der Schuss nicht gerechtfertigt gewesen, hätte sie es zugegeben.

Ich will verdammt sein, wenn ich zulasse, dass ihr wegen dieses alten Verbrechens etwas zustößt.

Es mochte die falsche Entscheidung sein, aber es war seine Entscheidung, und er würde dazu stehen.

Menschen machten Fehler, und Mercy und Levi hatten einige schlechte Entscheidungen getroffen. Aber niemand konnte leugnen, dass der Schuss gerechtfertigt gewesen war, nachdem der Mann Mercy und Rose angegriffen hatte.

Habe ich gegen meine eigenen Moralvorstellungen verstoßen?

Er hatte eine Grenze überschritten, was er nie für möglich gehalten hätte. Als Polizist war er verpflichtet, einen Todesfall und dessen Vertuschung zu melden. Für einen anständigen Menschen galt dasselbe. Doch angesichts der gestressten Frau vor ihm erschien ihm dies im Augenblick unbedeutend.

Kann ich mit meiner Entscheidung leben?

Definitiv.

»Ihr Vater wollte die Sache mit Joziah Bevins nicht noch weiter verkomplizieren? Hat er sich deshalb geweigert, mit ihm zu reden?«

Mercy nickte, als ob ihr Kopf fünfzig Pfund wiegen würde. »Als ich darauf hinwies, dass der Einbrecher die anderen Mädchen möglicherweise ermordet hatte, tat er es einfach ab. Ich sagte ihm, wir würden andere Frauen gefährden, wenn wir unserer Vermutung nicht nachgingen. Als er sich weiterhin weigerte, wusste ich, dass ich nicht länger unter seinem Dach leben konnte.«

»Welche Gründe nannte er dafür?« Truman ahnte bereits, welche Haltung ihr Vater vertrat.

»Er sagte, andere Frauen gingen uns nichts an und dass wir uns nur auf unsere eigenen konzentrieren sollten.«

Sein Verdacht erwies sich als korrekt.

»Und das kam bei Ihnen nicht gerade gut an?«

Ihr entrüsteter Blick gefiel ihm. Endlich kam die alte Mercy wieder zum Vorschein.

»Ich würde es als moralische Differenzen bezeichnen.« Sie zuckte mit den Achseln. »Wenn Sie einen Nagel auf der Straße sehen, heben Sie ihn auf, damit er nicht im Reifen eines anderen stecken bleibt, nicht wahr? Warum in aller Welt sollte man einen möglichen Mörder dann frei herumlaufen lassen?«

»Sie waren damals achtzehn, oder? Und Levi war noch etwas älter. Sie hätten zur Polizei gehen können«, merkte er an. »Sie hätten das nicht von Ihrem Vater abhängig machen müssen.«

Sie lachte auf. »Wir haben die Polizei damals nicht als Autorität angesehen. Das waren die Leute, die Strafzettel verteilten. Autorität und Vollstreckung lagen in den Händen von Joziah Bevins. Wenn wir Antworten und Lösungen wollten, mussten wir mit Joziah reden.«

Truman wollte ihr widersprechen, hielt dann aber den Mund. Wie oft hatte er den Bürgermeister und sogar Ina schon sagen hören, sie sollten vor einer neuen Entscheidung

Joziah Bevins' Rat einholen? Truman hatte gedacht, der Grund dafür wäre, dass der Mann im Stadtrat saß, und nicht etwa, dass alle eine Heidenangst vor ihm hatten.

Hat Joziah einige meiner Entscheidungen beeinflusst?

Nein. Das konnte er mit Überzeugung behaupten. Und er war nicht mit Joziah Bevins aneinandergeraten. Noch nicht.

Ich bin ein größerer Außenseiter, als mir bewusst war. Niemand hatte ihm von Joziah erzählt. Sollte er sich dem Rest der Gemeinde unterordnen? Die würden eine Überraschung erleben. Truman hatte kein Problem damit, für das einzustehen, was er für richtig hielt.

Weiß Mike, wie mächtig sein Vater ist?

Natürlich weiß er das. Das muss einer der Gründe sein, warum er gehen will. »Sie glauben also, der zweite Mann in jener Nacht in Ihrem Haus war einer von Joziahs Männern.«

Ein widerstrebendes Nicken. »Ja. Rose war sich nicht sicher, wo sie seine Stimme schon einmal gehört hatte. Für Levi und mich reichte das nicht aus, um Bevins allein gegenüberzutreten. Aber unser Vater hätte es tun können.«

»Ihr Vater wollte nichts damit zu tun haben.«

»Und dann hat Levi sich auf seine Seite gestellt«, sagte Mercy verbittert. »Es gibt einen starken patriarchischen Kern in meiner Familie. Levi wandte sich gegen mich, als ich drohte, es auf eigene Faust herauszufinden. Mein Vater sagte, ich würde die Familie zerstören, wenn ich zu Joziah gehe und ihm vorwerfe, ein möglicher Angreifer würde auf seiner Ranch arbeiten. Und mein Vater hatte recht. Jeder Mann in meiner Familie flehte mich an, die Sache auf sich beruhen zu lassen, und drehte mir dann den Rücken zu, als ich sagte, dass ich das nicht tun kann. Und die Frauen hielten zu ihnen.«

»Sie konnten Ihrer Familie nicht jeden Tag in die Augen sehen und das vergessen.«

»Nein. Und ich konnte all diese veralteten Regeln nicht länger ertragen. Levi mochte damals Teil der Philosophie ›Schütze unsere Frauen‹ gewesen sein, aber damit ist es heute glücklicherweise vorbei. Das kann ich von Owen nicht behaupten. Er redet immer noch nicht mit mir. Ich glaube, meine Schwestern haben das meiste davon überwunden.«

»Die Weigerung Ihres Vaters, etwas zu unternehmen, das andere Frauen vor dem Tod hätte bewahren können, war für Sie der Tropfen, der das Fass zum Überlaufen brachte«, erkannte Truman. »Aber, Mercy, wenn Sie so davon überzeugt waren, warum haben Sie es dann nicht selbst gemeldet?«, fragte er erneut.

»Ich hatte solche Angst, dadurch zu verraten, dass ein Mann gestorben war. Ich wollte nicht, dass die Polizei zu uns kommt, um einen möglichen Angriff zu untersuchen, und Beweise dafür findet, dass Levi und ich jemanden erschossen hatten«, flüsterte sie.

»Verständlich. Aber es muss sehr schwer gewesen sein, damit zu leben.«

»Ja. Ich habe mich geschämt, als ich die Stadt verließ, und ich habe monatelang die Nachrichten verfolgt und darauf gewartet, von weiteren ermordeten Frauen zu hören, aber das geschah nicht, und ich war erleichtert. Vielleicht hat der Tod des ersten Angreifers ausgereicht, um den anderen Mann von weiteren Überfällen abzuhalten.«

»Gut möglich«, sagte Truman.

»Ich hatte schon eine Weile mit dem Gedanken gespielt, Eagle's Nest zu verlassen. Nach den Überfällen griff mein Vater hart durch und teilte mir mit, ich könne alle Pläne, aufs College zu gehen, vergessen. Er sagte, ich solle mir einen Ehemann suchen, und machte mir sogar ein paar Vorschläge für Männer, von denen er dachte, dass sie sich gut um mich kümmern würden.«

Truman schnaubte. *Wenn es eine Frau gibt, die keiner Fürsorge bedarf ...*

»Unglaublich, oder?« Sie verzog den Mund.

»Kannte Ihr Vater Sie denn überhaupt nicht?«

»Ich bin nicht mehr dieselbe Person wie damals. Lange Zeit war ich ein braves Mädchen. Ich habe getan, was sie wollten, und ihre Regeln befolgt. Aber dann entdeckte ich mehr und mehr das, was außerhalb des engen Kreises lag, in dem ich aufgewachsen war. Ich wollte eigene Entscheidungen treffen.«

»Die nur in die Hölle führen.«

»Das hat zumindest meine Familie befürchtet.«

»Bereuen Sie, es mir erzählt zu haben?«, fragte Truman. Er hatte noch immer ein schlechtes Gewissen, weil er sie unter Druck gesetzt hatte, bis sie ihr Geheimnis preisgab.

Sie betrachtete ihn einen langen Moment. »Nein. Ich bin erleichtert.«

»Sie glauben also, die zweite Person von damals wäre Ihnen diese Woche gefolgt – möglicherweise sogar zweimal.«

Sie spannte erneut die Schultern an. »Das wäre eine Möglichkeit, aber sie erscheint mir unwahrscheinlich. Allerdings habe ich keine Feinde in der Stadt, von denen ich wüsste. Aber ich kann mir nicht vorstellen, dass jemand, der an diesen Morden beteiligt war, fünfzehn Jahre lang in Eagle's Nest bleiben würde.«

»Mir scheint, als würden nur wenige Menschen diese Stadt verlassen.« Truman warf einen Blick auf die Uhr auf dem Kaminsims. Es war fast zwei Uhr morgens. »Mist. Ich muss in drei Stunden aufstehen.«

Mercy rührte sich nicht. Er hatte erwartet, dass sie schnurstracks zur Tür gehen würde, aber er bemerkte, dass ihre grünen Augen zum ersten Mal seit mehreren Stunden ruhig wirkten. »Ich will jetzt nicht auf mein Zimmer zurück ...«, sagte sie langsam. »Ich mag jetzt nicht allein sein. Macht es Ihnen etwas aus, wenn ich ein paar Stunden auf Ihrer Couch schlafe?«

Seine Gedanken schossen an mehrere Orte gleichzeitig, aber er hörte sich antworten: »Kein Problem. Das ist sogar sinnvoll, wenn man bedenkt, dass Sie heute Nacht vielleicht verfolgt wurden – von jemand anderem als mir. Wollen Sie das wirklich?«

Sie entspannte sich und schenkte ihm ein Lächeln. »Ja. Geben Sie mir einfach eine Decke, und ich bin in zwei Minuten eingeschlafen.«

Er holte ihr eine Decke und zeigte ihr das Gästebad. Dummerweise hatte er kein Bett für sein Gästezimmer gekauft, sonst hätte sie dort schlafen können. Aber in dem Raum standen nur ein Laufband und eine Hantelbank. Die Couch war alles, was er zu bieten hatte.

Er reichte ihr ein Kissen. »Brauchen Sie sonst noch etwas?«

»Nein. Ich bin so müde, dass ich im Stehen schlafen könnte. Beichten ist offenbar anstrengend.«

»Sie haben das schon so lange mit sich herumgetragen.« Er mochte sich gar nicht vorstellen, wie sich das angefühlt haben musste.

»Ich hatte mich daran gewöhnt, aber seit ich hierher zurückgekommen bin, ist es schlimmer geworden. Überall lauern Erinnerungen. In Portland kann ich es vergessen. Meistens jedenfalls.«

Er wünschte ihr eine gute Nacht.

Als er Minuten später in sein Bett kroch, fragte er sich, ob er überhaupt schlafen konnte, wenn er wusste, dass Mercy Kilpatrick unter seinem Dach weilte. Er verbrachte zehn Minuten damit, den Tag Revue passieren zu lassen und über ihr Dilemma nachzudenken. Sie hatte ihm in den letzten

Stunden sehr viel anvertraut, und nichts davon änderte seine Meinung über sie. Mercy war immer noch eine äußerst unabhängige Frau und eine erfahrene, scharfsinnige Agentin. Wenn überhaupt, dann bewunderte er sie nur noch mehr.

Er wollte ihr helfen. Das war sein Ziel. Aber diesmal fühlte es sich anders an. Es ging ihm nicht nur darum, ihr zu helfen, er hatte noch ein weiteres Motiv.

Er wollte mit ihr zusammen sein.

EINUNDDREISSIG

»Was zum Teufel?« Mercy umkreiste ihren Wagen erneut. Was nichts an der Tatsache änderte. Alle vier Reifen waren platt.

Wer war das?

Truman verließ sein Haus und schloss die Tür ab. Sie blickte gerade rechtzeitig auf, um sein breites Lächeln zu sehen. Er grinste, seit er sie in seiner Küche mit einem Löffel in der Erdnussbutter entdeckt hatte. Sie war hungrig aufgewacht.

»Was zum Henker?« Er blieb stehen, und sein Lächeln verschwand, als sein Blick von ihrem Gesicht zu ihren Reifen wanderte. »Alle?«, fragte er in grimmigem Ton.

»Ja. Kameras?«

»Nein.« Er blickte über die Straße. »Keiner meiner Nachbarn hat welche.«

Sie seufzte.

»Ich fahre Sie zur Polizei und rufe die Werkstatt an. Er wird ihn im Handumdrehen reparieren.«

Mercy presste sich die Handflächen auf die Augen. »Wie soll ich das erklären?«

»Warum müssen Sie platte Reifen erklären? Das ist doch eindeutig Vandalismus.«

Sie nahm die Hände weg und starrte ihn wütend an.

»Oh.« Sein Grinsen kehrte zurück. »Das sieht wirklich schlimm aus.«

Er genoss ihr Unbehagen viel zu sehr. Ihr Handy vibrierte, und sie zog es aus der Tasche. Eddie.

Wo sind Sie?

Es hatte begonnen. Sie antwortete, dass sie auf dem Polizeirevier von Eagle's Nest war. »Lassen Sie uns aufbrechen«, sagte sie zu Truman. »Ich habe Eddie gerade geschrieben, ich wäre schon im Revier. Vielleicht merkt er nicht, dass mein Wagen nicht da ist.«

Auf der kurzen Fahrt zur Polizeiwache schwieg sie, und ihre Gedanken rasten, während sie versuchte, sich eine Erklärung dafür einfallen zu lassen, warum ihr Wagen vor Trumans Haus stand. Sie war nicht bereit, irgendjemandem von ihrer Hütte oder dem Überfall vor fünfzehn Jahren zu erzählen, daher musste sie ebenso verschweigen, dass sie verfolgt worden war und bei Truman übernachtet hatte, weil die Tat ebenso anstrengend wie ihre Beichte gewesen war.

»Sie denken zu viel nach.« Truman hielt den Blick auf die Straße gerichtet.

»Ich bin nicht bereit, jedem mein Privatleben zu offenbaren«, erklärte Mercy. »Sie waren der Erste, und es einer Person zu erzählen, reicht mir für diesen Monat. Wahrscheinlich sogar für das ganze Jahr.«

»Wer hat Ihrer Meinung nach Ihre Reifen zerstochen?«

»Da gibt es zwei Möglichkeiten: Es war Zufall oder Vorsatz. Falls es Vorsatz war, wird es derjenige gewesen sein, der letzte Nacht meine Hütte aufgesucht hat. Er muss Ihren Wagen an der Hauptstraße gesehen haben und ist dann später an Ihrem Haus vorbeigefahren.«

Sie beobachtete, wie ein Muskel an seinem Kiefer zuckte und er die Augenbrauen zusammenzog. »Dieser Gedanke gefällt mir nicht«, murmelte er.

»Geht mir genauso.«

»Ich frage mich, ob sie zuerst bei Sandy's Bed & Breakfast

waren. Und als sie merkten, dass Ihr Wagen nicht da war, fuhren sie zu meinem Haus.«

»Oder es war Zufall. Es waren irgendwelche Idioten aus der Highschool oder jemand, der einfach ein Problem mit der Polizei hat.«

Er sah sie an. Sein Blick verriet, dass er nicht an Zufall glaubte.

Ihr Bauchgefühl gab ihm recht.

»Ihnen folgt ganz bestimmt jemand«, sagte er. »Aber die aufgeschlitzten Reifen beweisen, dass er kindisch und unreif ist. Wütend. Wahrscheinlich hat er schlechte Laune und lässt sie an Ihrem Wagen aus statt an Ihnen.«

»Oder er hat Angst vor mir«, fügte Mercy hinzu.

»Wie meinen Sie das?«

»Etwas, das ich getan habe, hat ihm Angst gemacht, und er versucht, mich aufzuhalten. Warum sollte jemand Angst vor mir haben? Das Einzige, was mir einfällt, ist, dass wir möglicherweise kurz davorstehen, herauszufinden, wer Ihren Onkel und die anderen Prepper getötet hat.«

»Oder er befürchtet, dass Sie ihn vor fünfzehn Jahren gesehen haben.«

»Ich wäre damals zur Polizei gegangen, wenn ich genau gewusst hätte, wer das war«, erklärte sie.

»Etwas, das Sie vor Kurzem getan haben, macht jemandem Feuer unterm Hintern.«

»Wir haben gestern ein großes Waffenlager entdeckt«, stellte sie fest. »Vielleicht sind wir näher dran, als wir denken.«

Er fuhr einen Moment lang schweigend weiter. »Sind Sie nervös?«

Sie wollte ihren Ohren kaum trauen. »Weil jemand meine Reifen zerstochen hat? Überhaupt nicht. Ich bin *sauer*.«

»Seien Sie ja vorsichtig.«

»Ich bin immer vorsichtig.«

»Ich weiß nicht, wie es bei Sandy um die Sicherheit steht«, fügte Truman hinzu.

»Dort gibt es schwere Türen und gute Schlösser. Glauben Sie mir, ich habe es überprüft.«

Sie parkten hinter dem Revier. »Cooley ist hier«, stellte Truman erstaunt fest. »Offensichtlich wollte er sofort anfangen, als er sagte, er würde die Akten der alten Morde durchsehen.«

Mercy war erleichtert, dass sie Eddie zuvorgekommen waren. Sie war nicht bereit, seine Fragen zu beantworten. Im Gebäude begegnete sie Ben Cooley, einem großen, fröhlichen Mann, der immerzu lächelte und den sie sofort ins Herz schloss. Truman strahlte, als er den Officer sah, und schüttelte ihm energisch die Hand.

»Die Bräune steht Ihnen, Ben.«

»Die Langeweile war furchtbar.« Er zwinkerte Mercy zu. »Ich kann es nicht ertragen, den ganzen Tag im Liegestuhl zu sitzen oder in Museen herumzustehen und Kunst anzustarren. Mein Gehirn braucht etwas zu tun.«

Sie konnte das nachvollziehen, da auch ihr längeres Nichtstun schwerfiel.

Ihr Handy klingelte, und sie entschuldigte sich. Es war Natasha Lockhart, die sofort zur Sache kam.

»Anders Beebe hatte Rohypnol im Körper. Genau wie die anderen drei ermordeten Männer.«

Mercy war nicht überrascht.

»Ich hörte, es befand sich bei Jefferson Biggs noch im Magen. War das bei Anders auch so?«

»Nein. Es hatte sich bereits in seinem Körper verteilt. Er muss es etwa zwölf Stunden vor seinem Tod zu sich genommen haben.«

Dann hatte er möglicherweise abends Besuch, der ihm das Mittel gab.

Doch als der Besucher zurückkehrte, war Anders schon auf den Beinen und bereitete sich auf den Tag vor. Mercy fragte sich, wie stark die Droge bei ihm gewirkt hatte. Sie wusste, dass er es geschafft hatte, sich anzuziehen, Kaffee zu kochen und auf den Eindringling zu schießen. Vielleicht hatte er keine so starke Dosis abbekommen wie die anderen Opfer.

Die Gerichtsmedizinerin hatte keine weiteren neuen Informationen für sie und beendete das Gespräch.

Mercy gesellte sich zu Truman und Ben und stellte fest, dass Lucas zusammen mit Eddie aufgetaucht war. Sie hatten beide Kaffeebecher in den Händen und schienen zusammen aus dem Café ihres Bruders hergekommen zu sein. Sie informierte sie über Natashas Anruf.

»Darby Cowan hat mich heute Morgen angerufen«, teilte Eddie ihr und Truman mit. »Alle registrierten Waffen, die aus den Häusern unserer Prepper verschwunden waren, befanden sich in dem Stapel, den Sie gestern gefunden haben. Zusammen mit einer Menge Waffen, die im Laufe der Jahre als gestohlen gemeldet wurden.«

Truman hielt Mercy grinsend eine Hand hin. Sie schlug dagegen. »Ja!«, rief sie. »Ich wusste es.«

»Das ist ein erstaunlicher Fund«, sagte Eddie. »Das Bend-Büro untersucht die Waffen momentan gründlich. Hoffentlich finden sie übereinstimmende Fingerabdrücke darauf, damit wir jemanden festnageln können.«

»Ich habe nicht die geringste Ahnung, wovon Sie reden«, gestand Ben Cooley und sah von einem Agenten zum anderen. Truman brachte ihn auf den neuesten Stand. »Na, ich will verdammt sein«, murmelte Ben. »Ich habe diese Wanderung seit Jahrzehnten nicht mehr gemacht. Jemand muss wirklich entschlossen gewesen sein, all diese Waffen dort hochzuschleppen.«

Mercy stimmte ihm zu. »Was ist mit den gestohlenen Waffen aus den fünfzehn Jahre alten Fällen?«

»Sie waren nicht dabei«, antwortete Eddie.

Mercy verzog die Lippen und bedauerte diese Tatsache. Sie mochte es, wenn alles genau zusammenpasste. Aber wenn zwischen den Fällen fünfzehn Jahre lagen, musste es unwillkürlich Unterschiede geben.

»Ich konnte heute früh schon die Akten zu Sanders und Vargas durchsehen«, sagte Ben. »Es tut mir wirklich leid, aber ich habe ihnen nichts hinzuzufügen. Die Notizen waren so, wie ich sie in Erinnerung hatte, und beim Lesen fiel mir nichts Neues dazu ein.«

Trumans Schultern sackten ein wenig herunter, und er klopfte Ben auf die Schulter. »Ich weiß es zu schätzen, dass Sie vorbeigekommen sind.«

»Haben Sie eine Tochter namens Teresa, Ben?«, fragte Mercy unverblümt.

Er zog die dicken weißen Brauen hoch. »Das ist korrekt. Woher wissen Sie das?«

»Pearl Kilpatrick ist meine Schwester«, erklärte Mercy. »Ich glaube, sie war mit Teresa auf der Highschool. Jennifer Sanders war Pearls beste Freundin.«

Er nickte nachdenklich und musterte Mercy. »Könnte sein.«

»Kannte Teresa Jennifer oder Gwen sehr gut?«

Ben nickte. »Ich weiß noch, dass sie nach ihrem Tod ganz schön erschüttert war.«

»Glauben Sie, sie würde einem Gespräch zustimmen, um uns einen Einblick in das damalige Leben der Mädchen zu verschaffen?«

Trumans Lippen zuckten, als sie taktvoll ein harmloses Gespräch mit Teresa vorschlug.

Der alte Polizist steckte die Hände in die Taschen. »Das

könnte in der Tat hilfreich sein, aber Sie werden mit ihr telefonieren müssen. Sie hat vor einem Monat ein Baby bekommen und lebt jetzt in Florida.«

Damit steht fest, dass Teresa nicht an den aktuellen Verbrechen beteiligt war. Bleibt die Frage, wie es bei den früheren aussieht.

»Wir werden es im Hinterkopf behalten«, erwiderte sie lächelnd. »Danke für die Hilfe.«

»Jederzeit.« Ben sah Truman an und fragte leise: »Was höre ich da über Joziahs Gesundheitszustand?«

Mercy spitzte die Ohren. Sie und Truman tauschten einen Blick.

»Ich weiß von nichts, Ben. Was haben Sie denn gehört?«

Ben sah verwirrt aus. »Ich halte nichts von Gerüchten, aber meine Frau hat es mir erzählt, und sie hat von Inas Sohn gehört, dass Joziahs Krebserkrankung erneut ausgebrochen ist.«

Truman zuckte zusammen. »Das tut mir sehr leid, sollte sich aber nicht weiter rumsprechen, bis Joziah es bestätigt hat.«

»Angeblich will Mike das Geschäft nicht übernehmen.« Offensichtlich war Ben noch nicht fertig.

»Mike hat vielleicht eigene Pläne, was sein Leben angeht«, bemerkte Truman.

»Joziahs Tod würde ein riesiges Loch in diese Gemeinde reißen«, ergänzte Ben.

»Da haben Sie recht.«

Mercys Gedanken überschlugen sich. Wenn Mike das Geschäft nicht übernehmen wollte, hieß das dann, dass Joziahs Prepper-Gemeinde ohne Anführer dastehen würde? Oder würde jemand anderes einspringen?

Oder ließ sie sich von Klatsch und Gerüchten anstecken, die keinerlei Grundlage besaßen?

»Hey, Chief?«, rief Lucas von seinem Schreibtisch aus. »Tom aus der Werkstatt sagt, er ist bei Ihnen zu Hause. Er hat Mercys Tahoe auf seinen Truck geladen und bringt ihn gerade in die Werkstatt.«

Alle Augen im Büro waren auf Mercy gerichtet.

Sie begegnete Eddies neugierigem Blick. »Es ist nicht so, wie Sie denken.«

»Ich frage mich nur, was mit Ihrem Truck passiert ist«, erwiderte Eddie. Ein teuflisches Funkeln trat in seine Augen.

»Ich habe einen Platten.«

Eddie grinste Truman an. »Und das ist bei Ihnen zu Hause passiert?«

»Korrekt. Tatsächlich sind alle vier Reifen platt.«

»Was?«, fragten Ben und Eddie gleichzeitig.

Mercy hob die Hände. »Sagen Sie es ihnen«, befahl sie Truman und marschierte in das kleine Zimmer, das er ihr und Eddie zur Verfügung gestellt hatte.

* * *

Eddie hatte sich schweigend zu Truman umgedreht und wartete auf eine Erklärung, nachdem Lucas die Nachricht über Mercys Tahoe verkündet hatte.

Truman sagte, Mercy sei nach dem langen Arbeitstag erschöpft gewesen und bei ihm geblieben. Ohne weiter ins Detail zu gehen, schilderte er ihren Verdacht, dass ihr jemand gefolgt sei. Eddie merkte ganz offensichtlich, dass er sich zurückhielt, aber der FBI-Agent wollte in Gegenwart von Ben und Lucas keine Fragen stellen.

Später teilte Truman ihr mit, die anderen Männer würden wissen, dass nichts zwischen ihnen vorgefallen sei, was ihm einen bösen Blick einbrachte.

Vier Stunden später trieb Mercys Unruhe Truman in den Wahnsinn.

Sie hatten die Akten der vier jüngsten Morde durchforstet und gelegentlich in die Akten der Frauen geschaut, wenn ihnen etwas auffiel. Bis jetzt hatte er das Gefühl, sie würden sich im Kreis drehen. Mercy war still, klopfte aber unentwegt mit den Fingern auf den Tisch, und ihm waren die kleinen Halbmonde aufgefallen, die ihre Nägel in ihren Handflächen hinterlassen hatten, weil sie die Fäuste geballt hatte.

Er wusste, was in ihr vorging. Sie hatten beide das Gefühl, dem Mörder unglaublich nahe zu sein und die Antwort direkt vor Augen zu haben, sie jedoch nicht zu sehen.

Mercy sah nicht aus wie eine Frau, die in der vergangenen Nacht kaum geschlafen hatte, sondern wirkte erfrischt und einsatzbereit. Er war nicht überrascht gewesen, als sie am Vorabend eine Reisetasche mit sauberer Kleidung aus ihrem Tahoe geholt hatte. Diese Frau war auf alles vorbereitet.

Das gefiel ihm. Ihm gefiel vieles an Mercy Kilpatrick.

Sag es ihr.

Das konnte er nicht. Es wäre ein Verstoß gegen alle Berufsregeln gewesen, die er kannte. Gestern Abend hatte er in seinem Haus etwas sagen wollen, aber es schien ihm falsch, es auszusprechen, da sie völlig verunsichert gewesen war. Er würde durchhalten müssen, bis dieser Fall abgeschlossen war.

Dann wird sie gehen.

Vielleicht arbeitet sie im Büro in Bend.

In seinen Gedanken packte sie ihre Sachen, wechselte den Arbeitsplatz und zog nach Bend, weil er an ihr interessiert war.

Und er hatte bisher kein Wort gesagt.

Idiot.

Er klappte Enoch Finchs Notizbuch zu. Mercy zuckte zusammen und stutzte, als sie seinen Gesichtsausdruck bemerkte. Er fragte sich, was sie darin erkannte. Entschlossenheit? Verliebtheit?

»Was ist?« Sie saß aufrecht auf ihrem Stuhl, und ihre Hände ruhten auf den Papieren, die sie durchgeblättert hatte. »Ist alles in Ordnung?« Ihr Blick war besorgt.

Anscheinend sehe ich krank aus, nicht entschlossen.

Er schaute ihr in die grünen Augen und wurde schüchtern. »Wir müssen eine Stunde Pause machen. Es ist Mittagszeit, und ich habe dieselbe Seite jetzt drei Mal gelesen und kann Ihnen immer noch nicht sagen, was da steht.«

»Essen kann ich immer.«

»Dann gehen wir. Ich brauche einen Tapetenwechsel.«

Dreißig Minuten später parkte Truman auf einem schrägen Parkplatz vor einem Restaurant im Old Mill District von Bend. Die Gegend war wunderschön. Geschäfte, Restaurants, saubere Gehwege und Fußgängerbrücken über den Deschutes River. Das Viertel war in den letzten Jahrzehnten renoviert worden, verlieh der Stadt ein Herz und bezauberte die Touristen. Zwei Frauen joggten mit Kinderwagen vorbei, Pärchen wanderten mit Kaffeebechern umher, und Truman entdeckte genau das, wonach er sich gesehnt hatte: einen Tisch im Freien mit Blick aufs Wasser, direkt neben einer Wärmelampe. Der Himmel war klar und blau, aber es lag Kälte in der Luft. Mercy hatte protestiert, als sie aus Eagle's Nest hinausfuhren, um etwas zu essen, aber er hatte bemerkt, dass sie sich auf ihrem Sitz entspannte und interessiert aus dem Fenster schaute.

Sie schnappte nach Luft, als er in den Old Mill District einbog. »Hier hat sich seit meiner Abreise ja vieles verändert. Früher sah alles ganz anders aus.«

»Das ist einer meiner Lieblingsorte«, sagte Truman. Obwohl das Viertel mit den nahe gelegenen Hotels, Weinbars und trendigen Geschäften auf Touristen ausgerichtet war, fühlte er, wie sein Stresslevel bei jedem Besuch merklich sank. Dasselbe wünschte er sich für Mercy.

Ihr Lächeln zeigte ihm, dass er auf dem richtigen Weg war.

Sie nahmen an einem Tisch auf der Terrasse Platz und bestellten sich etwas zu essen und Kaffee. Mercy setzte die Sonnenbrille auf, lehnte sich auf ihrem Stuhl zurück und wandte das Gesicht der Sonne zu. Sie verharrten mehrere Minuten in freundschaftlichem Schweigen, und er hätte sich gern ein Bier bestellt. Ihre stressigen Fälle waren kurzzeitig vergessen, und er fühlte sich wie ein normaler Mensch ohne jegliche Verantwortung. Der Regen vom Wochenanfang war nur noch eine schwache Erinnerung, und die neueste Wettervorhersage versprach für die nächsten zwei Wochen Sonne pur. So, wie es sein sollte. Er war glücklich.

»Besser?«, fragte er.

»Auf jeden Fall.«

»Ich war in diesem kleinen Raum kurz vor dem Durchdrehen.«

Mercy nickte. »Ich werde immer richtiggehend reingesogen. Wenn ich an einem Fall arbeite, habe ich das Gefühl, dass jeder Moment, in dem ich nicht damit beschäftigt bin, Zeitverschwendung ist. Aber ich weiß, dass jeder besser arbeitet, wenn er sich eine Pause gönnt.«

»Und Sie schlafen nicht genug.«

Sie hob eine Schulter. »Ich schlafe.« Der Kellner servierte das Essen und verschwand wieder.

Truman machte sich über seinen Burger her.

»Denken Sie auch an die Zeit nach diesem Fall?«, fragte er einige Minuten später.

Sie blickte auf ihren Salat hinunter und schob sich die Sonnenbrille ins Haar. »Ständig. Ich will ihn lösen.«

Er rückte mit seinem Stuhl ein paar Zentimeter nach vorn. »Das meinte ich nicht.«

Sie sah ihn mit ihren grünen Augen an. Er verlor sich in der Farbe und in ihren dichten schwarzen Wimpern.

Der Anblick raubte ihm den Atem.

»Was meinen Sie dann?« Sie würde es ihm nicht leicht machen.

»Ich würde gern mit Ihnen ausgehen, wenn das hier vorbei ist.« Einfach und direkt.

Sie blieb vollkommen reglos und sah ihm noch immer in die Augen. »Das gehört sich nicht«, stellte sie fest.

»Sobald der Fall abgeschlossen ist, ist das doch kein Problem mehr.«

Die Gespräche der Menschen um sie herum erschienen ihm plötzlich sehr laut.

»Ich lebe in Portland«, sagte sie schließlich und wandte den Blick ab.

»Und?«

Ihr Blick zuckte zu ihm zurück. »Empfinden Sie das denn nicht als problematisch?«

»Es stellt durchaus ein Hindernis dar. Aber da Sie das als Erstes ansprechen, scheinen Sie keine weiteren Einwände zu haben. Ich will doch nur herausfinden, ob Sie bereit sind, es zu versuchen, Mercy. Geben Sie mir eine klare Antwort, damit ich nachts besser schlafen kann?«

Sie sah ihn mit großen Augen an. »Das ist Ihr Ernst.«

»Verdammt richtig. Sie sind doch nicht liiert, oder?«

»Nein.«

»Gut.« Er beugte sich ein Stückchen vor. »Sie machen mich ein bisschen verrückt, Mercy. Ich weiß nicht, was genau es ist, aber ich merke, dass ich mehr davon will. Lassen Sie uns diesen verdammten Fall abschließen, damit ich Sie zu einem guten Steak einladen kann.«

Sie warf einen Blick auf seinen Burger und ihren Salat. »Okay.« Sie blinzelte. »Aber ...«

»Kein Aber. Wir gehen alle Probleme an, wenn sie auftreten. Aber wir werden nie erfahren, was sein könnte, wenn wir es nicht versuchen.« Etwas an ihr war ihm in den letzten Tagen sehr wichtig geworden, und er wollte nicht, dass es endete. Eine Ader an ihrem Hals pochte, und er kämpfte gegen den Drang an, sie sanft zu berühren. *Noch nicht.* Er hatte keine Ahnung, was er wollte, aber er wusste, dass er sie nicht einfach wieder verschwinden lassen konnte, nachdem der Fall abgeschlossen war.

»Es ist Ihnen egal, dass ich jemanden getötet und es vertuscht habe.« Sie musterte ihn skeptisch.

Ist das ein Test?

»Sie haben mich nie gefragt, ob ich jemanden getötet habe.« Ihr Gesicht war voller Mitgefühl. Sie sagte nichts.

»Sie tragen eine solche Last nicht als Einzige«, sagte er leise.

»Da haben Sie recht. Tut mir leid.«

»Es gibt nichts, wofür Sie sich entschuldigen müssen. Ich verstehe, wie überwältigend die eigenen Probleme sein können, aber wenn man hört, dass andere Leute auch Ballast mit sich herumschleppen, kommt einem der eigene manchmal nicht mehr so schwer vor. Sie sind nicht allein, Mercy. Und ich bin definitiv nicht perfekt.«

»Ich weiß nicht, wie das geht«, sagte sie langsam.

»Dann werden wir beide es im Laufe der Zeit herausfinden.«

»Ich hatte schon ewig kein Date mehr«, gab sie zu. »Mein Job ist unglaublich hart. Wenn Männer hören, was ich mache, verhalten sie sich sofort merkwürdig.«

»Wahrscheinlich muss man bei der Polizei sein, um das zu verstehen.«

»Wegen ihres Egos ist es schwer, mit ihnen auszugehen.« Sie verzog die Lippen.

»Verständlich. Ich glaube, wir stehen beide ziemlich weit unten auf der Ego-Skala. Und, nehmen Sie meine Einladung zum Abendessen an?«

Ihr Lächeln wurde breiter. »Ja. Hier oder in Portland?«

Eine schwere Last fiel von seinen Schultern.

Sein Handy klingelte. Lucas. Er versuchte, es zu ignorieren, aber gleichzeitig meldete sich auch Mercys Telefon. Furcht überkam ihn, und ihr Gesicht war besorgt. »Es ist Eddie«, sagte sie.

Sie sahen einander in die Augen und gingen beide ran. »Jemand ist bei den Kilpatricks eingebrochen«, rief Lucas Truman ins Ohr. »Ihre Tochter Rose wird vermisst.«

Mercy hatte das Telefon am Ohr und wurde kreidebleich, als sie Eddie zuhörte.

ZWEIUNDDREISSIG

Mit rasendem Herzen sprang Mercy aus Trumans Wagen und eilte die Auffahrt zum Haus ihrer Eltern hinauf.

Déjà-vu.

Vor drei Tagen war sie voller Angst und Nervosität auf dieses Haus zugegangen, um sich mit ihrer Schwester zu treffen, mit der sie seit fünfzehn Jahren nicht gesprochen hatte. Jetzt fürchtete sie um das Leben ihrer Schwester. Royce und Eddie waren kurz zuvor im Haus angekommen und sprachen mit ihren Eltern. Eddie hatte einen Arm um ihre Mutter gelegt.

Das Haar ihrer Mutter war von grauen Strähnen durchzogen, aber sie trug es noch immer größtenteils mit einer breiten Haarspange am Hinterkopf zurückgebunden. Nostalgie überkam Mercy, als sie das alte Sweatshirt ihrer Mutter wiedererkannte, und sie verspürte das überwältigende Verlangen, diejenige zu sein, die einen Arm um sie legte. Ihr Vater hatte gebeugte Schultern, aber den Kopf in einer widerspenstigen Pose erhoben, die sie nur zu gut kannte.

Sie begegnete Eddies Blick, der voller Mitgefühl und Sorge war, als sich alle umdrehten, um zu sehen, wer eingetroffen war.

Mercys Schritte wurden langsamer, und sie hielt den Atem an, während ihr Blick von Gesicht zu Gesicht glitt.

Werden sie mich ausschließen?

Ich kann die Ablehnung im Moment nicht verkraften.

Ihrer Mutter fiel die Kinnlade herunter, und sie trat unter

Eddies Arm hervor. Mercy sah nur noch die grünen Augen ihrer Mutter, und sie lief geradewegs in ihre offenen Arme.

Akzeptanz.

Alles war vertraut. Dieselbe Gestalt, derselbe Geruch, dieselbe Umarmung.

Mercy schloss die Augen und verdrängte alle anderen Gedanken. »Wir werden sie finden, Mom.«

Ihre Mutter löste sich aus ihrer Umarmung und legte Mercy die Hände auf die Wangen, während ihr Tränen übers Gesicht strömten. Sie war sichtlich gealtert. Mehr Falten, mehr Fältchen, eine neue Weichheit. »Ich bin so froh, dich zu sehen, Mercy.«

Worte, die Mercy nie vergessen würde.

Sie lehnte ihre Stirn an die ihrer Mutter und erinnerte sich daran, wie ihre Mutter das jeden Morgen vor der Schule getan hatte. Ihre Mutter umarmte sie erneut.

Truman sah erfreut aus und zog eine Augenbraue hoch.

Sie nickte ihm zu. Alles war gut. In diesem Sekundenbruchteil war alles gut.

Rose.

Sie trat zurück und packte ihre Mutter an den Schultern. »Was ist passiert, Mom?«

Ihre Mutter holte tief und zitternd Luft, aber ihr Vater antwortete zuerst. »Wir sind eben nach Hause gekommen. Die Haustür stand offen, und ich kann erkennen, dass in der Küche ein Kampf stattgefunden hat.«

»Auf dem Küchenboden ist Blut«, flüsterte ihre Mutter. »Glasscherben, überall Chaos.« Sie verzog das Gesicht. »Sie ist weg. Ihr Handy liegt auf der Küchentheke. Sie würde nie ohne ihr Handy irgendwohin gehen.«

Mercy sah ihren Vater an. Er hatte keine Anstalten gemacht, auf sie zuzukommen, und sie stand ebenso still da.

»Dad.«

Er nickte ihr zu. »Mercy.« Seine Augenbrauen waren zusammengezogen, seine Augen eiskalt.

Ist das alles?

Gestärkt durch die Umarmung ihrer Mutter, spürte Mercy die Ablehnung ihres Vaters kaum noch. *Mit ihm werde ich fertig.*

»Wir würden uns das Haus gerne ansehen«, brach Truman das Schweigen.

»Wer war schon drin?«, fragte Mercy ihre Mutter.

»Nur wir. Wir haben nichts angefasst. Als wir die offene Tür sahen, wussten wir, dass etwas nicht stimmte. Und als wir hineingingen ...«

»Haben Sie bei Ihrer Ankunft irgendwelche Fahrzeuge wegfahren sehen? Wurde irgendetwas Ungewöhnliches zurückgelassen?«, fragte Royce.

Ihre Mutter konnte die Hände nicht still halten. Sie berührte ihre Tasche, ihren Gürtel und ihre Ärmel und sah zu ihrem Mann hinüber, der den Kopf schüttelte. »Uns ist nichts aufgefallen.«

»Lasst uns nachsehen.« Truman reichte jedem Überschuhe und Handschuhe. Während Mercy sie anzog, betrachtete sie die schwere Tür mit den vielen Schlössern. Nichts war kaputt oder verbogen. Rose musste die Tür unverschlossen gelassen haben, obwohl sie allein zu Hause war. Mercy wusste, dass viele Hausbesitzer auf dem Land die Türen nicht abschlossen, aber ihr Vater hatte darauf bestanden, dass sie sie immer verriegelten. Insbesondere nach den Morden an Jennifer und Gwen.

Fehler Nummer eins.

Oder hast du jemanden reingelassen, den du kennst?

Das Haus wirkte makellos, mit Ausnahme der Küche. Auf dem Boden waren Kartoffeln verstreut. Manche geschält, andere nicht. Zwischen den Kartoffeln lag eine zerbrochene

Glasschüssel. Mercy warf einen Blick in die Spüle, deren Boden mit Schalen bedeckt war. Ein Gemüseschäler lag mitten in dem Durcheinander.

Wie oft habe ich in dieser Küche Kartoffeln geschält?

Sie musterte ihre Eltern, die den Officers aus dem Weg gingen, und war erfreut, dass ihr Vater die Hand ihrer Mutter hielt.

Manche guten Dinge haben sich nicht geändert.

Sie achtete darauf, wohin sie trat, als sie über den Fliesenboden ging. Blutflecken zeigten an, wo ein Kampf stattgefunden hatte. Mercy hockte sich hin, um es sich genauer anzusehen, und entdeckte ein kleines Schälmesser auf dem Boden, das fast unter den Herd gerutscht war. Sie zeigte darauf, und Royce nickte und richtete seine Kamera auf das Messer. Er hatte seit ihrem Eintreten Fotos gemacht, und Mercy wusste, dass er gründlich vorging.

Die Blutspuren führten zur Vorderseite des Hauses, verschwanden aber schnell wieder und ließen keinen Hinweis darauf zu, wohin die Person gegangen war. Mercy lief den Flur entlang und suchte mit ihrer kleinen Taschenlampe Boden und Wände nach weiteren Blutflecken ab. Sie leuchtete mit der Lampe in die Gästetoilette neben der Eingangstür und erstarrte. »Mom?«

Ihre Mutter erschien mit Truman, Eddie und ihrem Vater direkt hinter ihr.

»War der Badezimmerspiegel vorher schon kaputt?«

Ihre Mutter streckte automatisch die Hand aus, um den Lichtschalter zu betätigen, aber Mercy hielt sie fest. »Nicht anfassen.« Mercy trat zurück, damit ihre Mutter besser ins Zimmer sehen konnte, und richtete ihre Taschenlampe hinein. Über einem Waschbecken voller Spiegelscherben hing ein kleiner leerer Rahmen.

»*Neeeeein*, Rose!«

Mercy packte den Arm ihrer Mutter, als ihre Knie nachgaben. Ihr Vater drängte sich in die kleine Toilette, nahm seine Frau in die Arme und mahlte mit dem Kiefer, während er schweigend auf das Chaos im Waschbecken starrte.

Sie erinnerten sich.

Truman fluchte leise. »Wir müssen das Gelände der Ranch absuchen. Royce?« Der andere Officer erschien. »Rufen Sie Lucas an. Wir brauchen hier draußen mehr Leute. Sagen Sie ihm, er soll Jeff Garrison im FBI-Büro in Bend kontaktieren und ihm mitteilen, dass wir einen Fall haben, der mit den Prepper-Morden zusammenhängt.«

* * *

Eine Stunde später war Rose auch nach einer Durchsuchung der Ranch noch immer nicht wieder aufgetaucht.

Mercy war übel, seit sie sich im Haus aufhielt, und Truman hatte sie bereits zweimal gefragt, ob sie gehen wolle. Als sie das Blut in der Küche zum ersten Mal betrachtet hatte, drohte der Gedanke, dass Rose vom Prepper-Killer entführt worden war, ihr Gehirn zu überfluten; sie hatte ihn beiseitegeschoben, weil sie Beweise wollte. Doch sobald sie den zerbrochenen Spiegel sah, war die Realität über sie hereingebrochen und hatte ihre Zweifel ertränkt.

Er hat sie.

Wer ist er?

Er war Mercy zu ihrer Hütte gefolgt. Mindestens zweimal, vielleicht öfter. Er hatte ihre Reifen zerstochen. Warum?

Sie hatte keine Beweise, aber sie war in der Lage, eins und eins zusammenzuzählen. *Aber warum Rose?*

Truman hatte rasch ein Ermittlungsteam zusammengestellt. Aus dem Deschutes County waren einige Beamte eingetroffen, um das gesamte Grundstück zu begehen, und Jeff kam mit einem weiteren Agenten aus dem Büro in Bend herüber.

An Hilfe mangelte es ihnen nicht.

Mercy saß mit ihren Eltern im Arbeitszimmer ihres Vaters. Die Möbel waren seit der Nacht, in der sie und Rose angegriffen worden waren, umgestellt und der Teppich ausgetauscht worden, aber sie spürte immer noch die Echos des damaligen Zwischenfalls. Vielleicht waren es aber auch die von heute.

»Hat sich irgendjemand auf der Ranch herumgetrieben?«, fragte sie ihre Eltern. *Konzentrier dich darauf, die richtigen Fragen zu stellen.*

Sie konnte sich nicht entspannen, als sie ihren Eltern gegenübersaß. In ihr kochten die Gefühle hoch und kühlten dann wieder ab.

Konzentrier dich.

»Niemand Neues«, antwortete ihr Vater. »Wir haben viele Leute, die kommen und gehen, aber die kennen wir alle.«

»Können Sie uns die Namen aller Personen aufschreiben, die in der letzten Woche hier waren, Karl?«, bat Truman ihren Vater.

Er nickte, nahm ein Blatt Papier von einem Stapel auf seinem Schreibtisch und machte sich ans Werk.

»Hat Rose sich über irgendetwas Ungewöhnliches beschwert?«, fragte Mercy. »Hatte sie das Gefühl, beobachtet zu werden?«

Sie spürte Trumans Blick auf sich ruhen.

Ihre Eltern sahen einander an und schüttelten den Kopf. »Sie hat mich gebeten, sie am Mittwoch zur Bevins-Ranch zu bringen. Das fand ich seltsam«, fügte Karl hinzu.

»Was hat sie dort gemacht?« Mercys Rücken verkrampfte sich.

»Nichts. Ich habe mich geweigert, sie hinzubringen«, erwiderte er mit diesem vertrauten, unnachgiebigen Blick. »Sie wollte einige Arbeiter dazu motivieren, ihre Kinder in ihre Vorschule zu schicken. Aber ich war nicht bereit, sie zum Betteln auf sein Grundstück zu fahren.«

Deborah Kilpatrick berührte das Bein ihres Mannes. »Das war kein Betteln. Ihr ging es wirklich darum, dass sie vor der Schule bereits etwas lernen, genau wie die anderen Kinder hier.«

Das klingt ganz nach Rose. Aber warum jetzt?

»Also ist sie nicht hingegangen«, fasste Mercy zusammen. Deborah starrte auf ihren Schoß.

»Mom?«

Sie warf ihrem Mann einen raschen Blick zu. »Ich habe sie nicht mitgenommen, aber ich weiß, dass sie am Donnerstag dorthin gefahren ist.«

Mercy konnte es kaum ertragen, wie ihre Mutter den Kopf senkte, wenn sie ihren Mann ansah. »Wer hat sie hingebracht?«, fragte Mercy.

Deborah sah sie direkt an. »David Aguirre. Er ist der Pfarrer unserer Kirche, in der Rose Vorschullehrerin ist.«

Karl stieß den Atem aus und verschränkte die Arme. Seine Frau ignorierte ihn.

Truman tippte Mercy auf die Schulter. »Kann ich draußen mit Ihnen reden?«

Sie nickte und folgte ihm. Truman schloss die Tür zum Arbeitszimmer und führte sie auf die Veranda. Unter Eddies und Jeffs Anleitung untersuchten die Beamten des Countys noch immer den Tatort.

»Sie vermuten, Rose ist wegen Ihrer Unterhaltung am Dienstagabend zur Bevins-Ranch gefahren?«, fragte Truman leise.

»Ja. Ich glaube, sie hat versucht, die zweite Stimme aus jener Nacht zu finden.«

»Glauben Sie, dass sie ihn gefunden hat?«

»*Irgendetwas* ist passiert.« Mercy deutete auf das Innere des Hauses.

»Okay. Ich kenne David Aguirre ziemlich gut. Ich suche ihn auf, frage ihn nach Roses Verhalten auf der Ranch und finde heraus, ob er weiß, mit wem sie gesprochen hat. Ich melde mich, sobald ich etwas in Erfahrung gebracht habe.« Er drückte ihren Arm zum Abschied und schenkte ihr ein aufmunterndes Lächeln.

Mercy sah ihm hinterher, wie er die Stufen zum Haus ihrer Eltern hinunterlief und sich dabei den Hut aufsetzte, und verspürte ein ungewohntes Verlangen in der Brust.

Wenn das alles vorbei ist ...

Oh, Rose. Habe ich dich in Gefahr gebracht?

Mercy ging wieder hinein und legte eine Hand auf die Türklinke des Arbeitszimmers. Sie spürte Trumans Abwesenheit überdeutlich. Sie hatte sich daran gewöhnt, ihn an ihrer Seite zu haben. Jetzt musste sie sich allein ihren Eltern stellen. Aus dem Arbeitszimmer drang Weinen, und sie stieß die Tür auf. Truman war sofort aus ihren Gedanken verschwunden. Ihre Mutter weinte, ihr Vater war wütend.

Ihr ganzes Leben lang hatte sie gewusst, dass ihr Vater ihre Mutter niemals schlagen würde. Er mochte in manchen Dingen altmodisch sein, aber er hatte ihren Brüdern beigebracht, dass ein Mann in dem Moment, in dem er eine Frau schlägt, aufhört, ein Mann zu sein.

Ihre Mutter hatte Angst um Rose.

»Sie ist mein Baby«, sagte sie mit tränenüberströmtem Gesicht zu Mercy. »Gut, sie ist kein kleines Kind mehr, aber ich wusste, sie würde immer bei uns sein. Jetzt ist sie weg.« Sie schluchzte. »Möglicherweise ist sie bei einem Mörder. Oh, Karl! Was geschieht gerade mit ihr?«

Ihr Vater richtete seine Wut gegen Mercy. »Du hast das angezettelt. Das ist *deine Schuld*. Wir haben seit deiner

Abreise fünfzehn Jahre lang in Ruhe und Frieden gelebt, und in der ersten Woche, in der du zurück bist, kommt Rose auf so dumme Ideen. Wir hatten sie davon überzeugt, es auf sich beruhen zu lassen! Was hast du zu ihr gesagt? Möglicherweise hast du sie damit umgebracht!«

Mercy biss sich auf die Zunge und spürte, wie sie die Fäuste ballte.

Antworte als FBI-Agentin, nicht als ihre Tochter.

»Ich muss wissen, was sie in letzter Zeit über irgendjemanden auf der Bevins-Ranch gesagt hat.« Sie hasste den schrillen Ton ihrer Stimme.

»*Sie verkehrt mit niemandem von dort!*«, brüllte ihr Vater. »Das tut keiner von uns!«

»Ich habe gesehen, dass Levi in seinem Café mit mehreren dieser Leute geredet hat«, fauchte Mercy. »Und Joziah Bevins hat mich diese Woche freundlich begrüßt. Du hegst einen einseitigen Groll!«

»Ich habe seine Familie nie bedroht«, zischte ihr Vater. »Und seine Tochter ist nicht *verschwunden!*«

Mercy erstarrte. »Wann hat Joziah unsere Familie bedroht?«

Karl wandte den Blick ab. »Vor einer Ewigkeit.«

»Was hat er gesagt?«, fragte sie scharf.

Ihre Mutter presste sich eine Hand vor den Mund, während ihr Blick zwischen Mercy und ihrem Ehemann hin und her wanderte.

»Es war keine direkte Drohung«, räumte Karl ein.

»Großer Gott!« Mercy wollte ihn am liebsten erwürgen. »Als unsere Kuh erschossen wurde, hast du uns eingetrichtert, Joziah Bevins wäre der Teufel in Person, das weiß ich noch genau. Hat er uns nun mit körperlicher Gewalt gedroht oder nicht?«

Ihr Vater schaute weg.

Mercy zählte bis zehn und sah ihre Mutter an. »Hat er deine Kinder direkt bedroht?«

»Nicht direkt. Er wollte unsere Fähigkeiten und Kontakte«, flüsterte Deborah. »Er hat mich mehrmals in der Stadt angesprochen und verlangt, dass ich Karl dazu überrede, sich ihm anzuschließen.«

»Wir halten uns von ihm fern«, sagte ihr Vater ernst. »Wenn die Zeit gekommen ist, wissen wir, wer unsere Freunde sind.«

Mit einem Mal fühlte sie sich völlig ausgelaugt. »Es gibt im Leben mehr, als sich auf das Ende der Welt vorzubereiten, Dad.«

Enttäuschung trübte seinen Blick. »Natürlich gibt es das. Aber der Seelenfrieden ist wichtig. Ich würde es mir nie verzeihen, wenn ich aus Faulheit eine Gelegenheit verstreichen ließe, mich auf die Zukunft vorzubereiten.«

»Niemand kann dir vorwerfen, faul zu sein«, murmelte sie.

»Und ich weiß, dass du es nicht aufgegeben hast«, fügte er hinzu.

Mercy sah ihn an und bemühte sich um eine ausdruckslose Miene.

»Ich weiß von deiner Hütte. Dachtest du, der Verkauf würde mir entgehen? Du hast dort oben gute Arbeit geleistet.« Er nickte anerkennend.

Am liebsten wäre sie im Boden versunken.

»Wovon sprichst du?«, fragte ihre Mutter und runzelte irritiert die Stirn.

Er hat mein Geheimnis bewahrt.

DREIUNDDREISSIG

Truman traf David Aguirre zu Hause an.
Der Pfarrer lebte in einem kleinen Doppelhaus, das dem vorherigen Pfarrer gehört hatte, der es seiner Kirche vermachte. Der Garten war gepflegt, und Truman wusste, dass der Anstrich neu war, denn die Gemeinde hatte sich im letzten Sommer versammelt und das Haus als Überraschung für den Pfarrer gestrichen. David öffnete Truman die Tür und ließ ihn sofort herein. Irgendwie hatte Truman gehofft, ihn beim Biertrinken und Footballgucken anzutreffen, doch stattdessen ließ der Anblick einer Bibel, aufgeschlagener Notizbücher und eines Laptops auf dem Esstisch darauf schließen, dass er gearbeitet hatte.

Irgendetwas an David hatte ihn schon immer gestört. Truman konnte nicht genau sagen, was es war, aber Mercys offensichtliches Misstrauen gegenüber dem Mann hatte Trumans Unbehagen noch verstärkt.

David war Truman gegenüber immer freundlich gewesen; seine Abneigung war unbegründet.

»Schön, Sie zu sehen«, sagte David und bedeutete Truman, am Küchentisch Platz zu nehmen. »Mein Telefon klingelt ununterbrochen. Kaffee?«

»Gern. Wer ruft Sie denn an?«

David warf ihm einen Seitenblick zu, während er Kaffee in eine riesige Tasse goss. »So gut wie jeder. Ein Haufen Polizisten, die überall auf Karl Kilpatricks Farm herumwuseln? Alle wollen wissen, was dort passiert ist. Ich weiß nicht, warum sie glauben, ich könnte ihnen das beantworten.«

»Rose Kilpatrick wird vermisst.«

Davids Hand zuckte, und Kaffee schwappte auf die Arbeitsplatte. »*Rose?*«

»Sie haben sie gestern zum Haus der Bevins gebracht, oder?«, fragte Truman und beobachtete Davids Reaktion.

»Das habe ich. Sie rief am Mittwochabend an und sagte, sie wolle mit ihm darüber sprechen, die kleinen Kinder in ihrer Vorschule zu unterrichten. Sie sagte, ihr Vater würde sie nicht hinfahren.«

»Überrascht Sie das?«

»Die Tatsache, dass ihr Vater dagegen war? Oh nein. Jeder weiß, dass die Oberhäupter der Familien Kilpatrick und Bevins einander nicht leiden können.«

»Das gilt aber nicht für die jüngere Generation, oder?«

David schüttelte den Kopf. »Die Jüngeren sind immer nachsichtiger. Das hat sich daran gezeigt, dass Rose dorthin wollte. Und Levi und Owen scheinen nichts dagegen zu haben, mit Mike Bevins Zeit zu verbringen. Ich dachte, das wäre eine persönliche Angelegenheit zwischen den beiden älteren Männern. So war es einfach schon immer.« Er zog eine Augenbraue hoch und sah Truman an. »Wie sehen Sie das als Zugezogener?«

»Genauso. Was genau hat Rose dort gemacht?«

David stellte eine Kaffeetasse vor Truman. »Sie glauben, dieser Besuch hat etwas mit ihrem Verschwinden zu tun?« Seine Stimme klang ungläubig.

»Ich verfolge nur ihre letzten Bewegungen.«

»Rose ist bei allen beliebt. Sie hat Schokoladen-Scones mit auf die Ranch genommen und dort verteilt. Sie weiß, wie sie Männer dazu bringt, ihr zuzuhören: indem sie ihren Magen befriedigt.«

»Es ist also nichts Ungewöhnliches passiert? Wissen Sie noch, mit wem sie gesprochen hat? Haben Sie Joziah gesehen?«

David saß Truman gegenüber und beugte sich vor. Seine braunen Augen blickten besorgt drein. »Sie glauben doch nicht etwa, dass irgendjemand von dort dieser Frau etwas antun würde.«

»Kennen Sie jeden Mann auf der Ranch?«, fragte Truman. »Es muss doch eine gewisse Fluktuation geben.«

Der Pfarrer wirkte nachdenklich. »Ich habe gestern einige neue Gesichter gesehen und Rose das Reden überlassen. Ich wollte nicht, dass sich jemand unter Druck gesetzt fühlt, weil ich sie zum Gottesdienst einlade. Und ich habe deutlich erklärt, dass es Roses Idee war, mit ihnen zu reden.«

Truman drehte sich der Magen um.

»Was hat sie getan?«

»Na ja, sie wollte mit allen sprechen und dass kein Kind übergangen wird. Selbst wenn ich wusste, dass ein Mann Single war, bestand sie darauf, ihm etwas Gebäck zu geben und ihn zu fragen, ob er kleine Kinder kenne, die ein wenig Unterstützung beim Lernen gebrauchen könnten.« David rieb sich die Bartstoppeln am Kinn. »Ich war die ganze Zeit bei ihr. Sie hält einen gern am Arm, wenn sie irgendwohin geht, wo sie sich nicht auskennt, müssen Sie wissen.«

»Waren die Männer höflich?«

»Definitiv. Bei einer hübschen Frau mit Selbstgebackenem sind sie immer höflich.«

»Hat sie sich irgendwann merkwürdig verhalten?« Truman fragte sich allmählich, ob er auf der falschen Fährte war. »Wirkte sie von den Leuten, mit denen sie sprach, überrascht oder verblüfft?«

David überlegte und schüttelte den Kopf.

»Hat irgendjemand vermieden, mit ihr zu reden?«

»Nicht, dass es mir aufgefallen wäre.«

Truman schwirrte der Kopf. *Was jetzt?*

Rose hatte jeden Quadratzentimeter des Zimmers mit den Fingerspitzen abgetastet und war erleichtert, dass er ihr die Hände nicht auf dem Rücken gefesselt hatte.

Trotz der Fesseln an den Hand- und Fußgelenken konnte sie sich dank ihres ausgezeichneten Gleichgewichtssinns bewegen. Es war nicht gerade leicht gewesen, aber jetzt hatte sie eine recht genaue mentale Karte des Zimmers im Kopf. Es war klein. Nichts an den Wänden. Ein Bett.

Der Holzboden war rau und musste aufgearbeitet werden. Ein Vorleger aus geknoteten Stoffresten in der Mitte des Zimmers erinnerte sie an die Teppiche, die sie mit ihrer Schwester in ihrer Jugend gemacht hatte. Er war fast platt gedrückt und hatte an mehreren Stellen Löcher. *Alt.* Sie war auf dem Vorleger aufgewacht, mit dem Geruch von Staub und Chemikalien in der Nase. Sie hatte ein paarmal gerufen, aber sofort gewusst, dass sie entweder allein im Haus war oder dass er sie ignorierte.

Sie hatte sich zur Zimmertür vorgetastet, und der alte Metallknauf und das untere Schlüsselloch bestätigten, was ihre Nase vermutet hatte.

Ein sehr altes Haus.

Das Vorhandensein eines Betts bekräftigte ihre Überzeugung, dass sie in einem Wohnhaus eingesperrt war. Das Laken und das Bettzeug rochen säuerlich und ungewaschen. Ihre Hände hatten die Matratze und die Bettdecke leicht berührt, während ihre Nase Hinweise auf den früheren Bewohner aufnahm.

Männlich.

Alt. Oder krank.

Sie lag selten falsch. In mehr als drei Jahrzehnten, in denen sie an Menschen roch, hatte sie gelernt, zu erkennen, wenn jemand krank war oder Medikamente nahm und wie oft er duschte. Ihr ganzes Leben lang war sie von Männern umgeben gewesen, die im Freien arbeiteten. Der vorherige Bewohner dieses Schlafzimmers hatte eindeutig Zeit im Freien verbracht.

Das Zimmer hatte kein Fenster, aber es gab eine kleine Schranktür mit einem identischen Knauf und Schlüsselloch. Auch sie war verschlossen. Rose tastete die Rahmen beider Türen ab, suchte nach einer Öffnung, einer Schwachstelle, einem Fluchtweg. Die gefesselten Hände konnte sie nicht so weit ausstrecken, wie sie wollte, und zweimal fiel sie hin, weil sie vergessen hatte, dass ihre Füße gefesselt waren.

Sie presste ein Ohr an die Wand gegenüber der Tür. Ein leises Geräusch. Wasser. Nicht das Wasser in den Rohren, sondern ein echter Fluss oder Bach in der Nähe. Aber das Geräusch war nie gleichmäßig, und sie fragte sich, ob sie es sich nur einbildete. Sie lauschte an den anderen drei Wänden. Stille.

Das Zuschlagen einer weit entfernten Tür hatte sie aufgeweckt, und seitdem gab es keine menschlichen Geräusche mehr. *Ist er gegangen?*

Es war ein Mann gewesen, der das Haus ihrer Eltern betreten hatte. Sie hatte die Hintertür unverschlossen gelassen in der Absicht, die Kartoffelschalen zu entsorgen, sobald sie mit dem Schälen fertig war. Sie hatte seine Anwesenheit gespürt, bevor sie das Schließen der Tür gehört hatte, und war mit dem kleinen Schälmesser in der Hand herumgewirbelt. Er hatte kein Wort gesagt, drei Schritte in die Küche gemacht und sie gepackt. Sie hatte mit dem Messer zugestoßen und zugestochen und ihrem Angreifer schmerzerfüllte Grunzlaute entlockt. Die Schüssel mit den Kartoffeln war umgekippt, und sie war gestolpert und hatte ihren Angreifer mit zu Boden gerissen. Er hatte sich auf ihren Bauch gesetzt, die Hände um ihre Kehle gelegt und ihr die Luft abgeschnürt, und sie hatte sich vorgestellt, wie ihre Eltern nach Hause kamen und sie tot zwischen den verschütteten Kartoffeln vorfanden. Ein Schlag auf den Kiefer ließ Lichtexplosionen hinter ihren Augenlidern aufblitzen, und sie war einen kurzen Moment lang erstaunt über den Anblick gewesen, bevor sie den Schmerz spürte.

Dann war sie hier aufgewacht.

Nicht vergewaltigt. Nicht tot.

Sie war dankbar dafür.

Ich brauche eine Waffe. Etwas Kleines und Scharfes. Unerwartetes.

Sie kniete sich auf den Boden und tastete die alten Bretter nach einem Holzsplitter ab. Bruchstücke des alten Lacks glitten unter ihre Fingernägel und zerbröselten sofort. Der Bettrahmen war ihr nächstes Ziel, aber er bestand aus robustem Hartholz. Nachdem sie jedes Brett abgetastet hatte, setzte sie sich auf die Bettkante und dachte angestrengt nach. Außer dem Bettzeug gab es im Zimmer nichts. Entweder war alles weggeräumt worden, oder es war von vornherein nicht viel da gewesen.

Hingen an den Wänden vielleicht früher einmal Bilder? War ein Nagel zurückgeblieben?

Sie machte sich erneut daran, die Wände abzutasten, bewegte sich dabei jedoch langsamer. Bei ihrer ersten Suche war sie schnell vorgegangen und hatte nach größeren Gegenständen getastet. Ihre kleinen Finger wurden immer taub, wenn sie länger die Hände hob, und sie ließ sie ein paar Minuten baumeln, bevor sie sich erneut der Wand zuwandte.

Ich sollte schreckliche Angst haben.

Doch die hatte sie nicht. Ihr Herz raste gelegentlich, als wäre sie auf einem Laufband gerannt, aber hauptsächlich war sie konzentriert und ruhig. Sie hatte fünfzehn Jahre lang darauf gewartet, dass er zurückkehrte. Ihr Gehirn hatte jede mögliche Begegnung durchgespielt, und sie hatte es vor langer Zeit aufgegeben, Angst zu haben.

Ich weiß, dass er es ist.

Hatte ihr Besuch auf der Bevins-Ranch die Vergeltung ausgelöst?

Sie hatte die zweite Stimme nie wieder gehört. Nicht gestern. Niemals.

Hat er die ganze Zeit in Eagle's Nest gelebt und es geschafft, mir aus dem Weg zu gehen?

Oder ist er gerade erst zurückgekommen?

Ihre Finger blieben an der Kante der abblätternden Tapete hängen, und sie zerrte frustriert daran, wobei sie das Geräusch genoss. Keine Nägel.

Ein Dielenbrett knarrte, und sie erstarrte.

Er ist wieder da.

Das Geräusch kam von unten, als wäre sie in einem höheren Stockwerk. Es konnte aber auch aus dem Keller gekommen sein.

Soll ich schreien? Ihm zu verstehen geben, dass ich bei Bewusstsein bin? Oder wäre es klüger, zu schweigen? Ihre Unentschlossenheit ließ nur noch mehr Schweiß ihren Rücken hinabrinnen. *Und was mache ich, wenn er es nicht ist?*

Von unten kam ein weiteres Knarren.

»Helfen Sie mir.« Sie hustete, war überrascht über ihre schwache Stimme und den rauen Klang. *Er hätte mich beinahe erwürgt.* »Helfen Sie mir!« Beim zweiten Mal klang sie wie ein krankes Kätzchen.

Schritte waren zu hören. Schnelle Schritte.

»Hilfe!«, kreischte sie und presste den Mund gegen den Türrahmen. »Neeeeein!«, kreischte sie, als die Schritte leiser wurden. *Jemand rannte weg.*

Sie rutschte an der Wand zu Boden.

Vielleicht holt er Hilfe.
Er wird die Polizei rufen. Mercy muss inzwischen wissen, dass ich vermisst werde.
Bitte beeil dich.

VIERUNDDREISSIG

Später an diesem Abend trat Truman auf die Veranda des Kilpatrick-Hauses und holte tief Luft. Die Anspannung im Haus weckte in ihm das Verlangen nach einem Schnaps. Oder gleich fünf. Mercys Geschwister waren am Nachmittag eingetroffen. Alle in unterschiedlichen Stadien der Trauer und Panik über Roses Entführung. Truman hatte ihr Trost gespendet, wenn es nötig war, sich aber größtenteils zurückgehalten und die Interaktionen zwischen Mercy und ihrer Familie beobachtet.

Levi und ihre Mutter standen fest auf Mercys Seite. Owen und ihr Vater waren gegen Mercy. Pearl schwankte zwischen beiden Lagern, was Truman nachvollziehen konnte. Sie wollte sich nicht auf eine Seite stellen, sondern wünschte sich, dass alle glücklich waren.

Eine Friedensstifterin.

Zwei FBI-Agenten aus Bend arbeiteten mit Eddie und dem Deschutes County zusammen. Mercy war aufgrund ihrer Beziehung zum Opfer von den Ermittlungen ausgeschlossen worden, und das nahm sie allen übel. Sie sah abwechselnd so aus, als würde sie jeden Moment zusammenbrechen oder als wollte sie jedem in den Hintern treten. Truman wusste, dass sie es verstand, aber er befürchtete, sie würde Sheriff Ward Rhodes mit Kartoffelsalat bewerfen, nachdem er ihr die Schulter getätschelt hatte.

Es gab überall Essen.

Royce stand vor dem Haus der Kilpatricks, um die Schar wohlmeinender Nachbarn auf Distanz zu halten. Alle zehn

Minuten brachte er einen Auflauf oder ein Dessert an die Haustür. Pearl nahm alles entgegen und stellte es zum Rest auf den Küchentisch. Sie lief zwischen ihren Eltern und der Küche hin und her, schenkte Getränke nach, holte neue Löffel und kochte unzählige Kannen Kaffee.

Es glich einer Mahnwache, während der alle darauf warteten, dass das Telefon klingelte.

Die FBI-Agenten verhörten Deborah und Karl Kilpatrick weit über eine Stunde lang. Dann sprachen sie mit Mercy und holten David Aguirre herein, um ihn über Roses Ausflug zur Bevins-Ranch zu befragen. Truman hatte Mercy aufmerksam beobachtet und abgewartet, ob sie von dem Angriff vor fünfzehn Jahren erzählen würde. Sie hatte geschwiegen. Er bemerkte, dass Levi lässig an der Wand lehnte und Mercys Verhör lauschte, den Blick fest auf ihr Gesicht gerichtet.

Er fragt sich auch, ob sie darüber sprechen wird.

Truman fühlte sich schuldig. Mercys Geschichte ging ihm zum hundertsten Mal durch den Kopf. Er sah immer noch keinen Sinn darin, ihre Geschichte zu erzählen: *Eine zweite Person bei einem Angriff vor fünfzehn Jahren. Die Zeugin, die seine Stimme gehört hat, wird vermisst.*

Was konnte die Polizei mit diesen Informationen anfangen?

Truman konnte keine Spur erkennen. Aber wenn plötzlich etwas auftauchte, das die Informationen relevant machte, würde er Mercy so lange unter Druck setzen, bis sie es erzählte.

Was wäre, wenn wir durch die von Levi versteckte Leiche einen Hinweis erhalten könnten?

Aber wer konnte schon sagen, wie viele Monate das dauern würde? Und eine fünfzehn Jahre alte Leiche würde nichts darüber verraten, wo Rose Kilpatrick gerade festgehalten wurde.

Oder doch?

Seine Unentschlossenheit bereitete ihm Magenschmerzen. Aber in diesem Fall hatte Mercy das letzte Wort. Sie würde wissen, ob ihre Geschichte die Ermittlungen vorantreiben konnte. Der Anspannung in ihrem Gesicht nach zu urteilen, hatte sie die ganze Zeit an nichts anderes gedacht. Als er nicht länger hinsehen konnte, war er nach draußen gegangen.

Royce kam mit einem Korb die Verandastufen herauf. Der Duft frischer Zimtschnecken stieg Truman in die Nase.

»Machen Sie eine Pause«, sagte er zu Royce. »Essen Sie was. Ich passe vorn auf.«

»Nein danke«, murmelte Royce. »Es kommt mir falsch vor, in solch einer Situation etwas zu essen.«

»Dann gehen Sie spazieren.«

Der Officer nickte und brachte die neuen Leckereien ins Haus. Truman ging zu Royces Wagen, der die Einfahrt der Kilpatricks blockierte, lehnte sich an die Fahrertür und blickte die Straße hinunter. Die Sonne war vor ein paar Minuten untergegangen, aber es war noch hell. Er starrte in den dunkler werdenden Himmel und bat Gott erneut um Roses Befreiung.

Scheinwerfer kamen die Einfahrt der Kilpatricks hinauf. Truman richtete sich auf, als das Auto näher kam und parkte. Er erkannte die junge Frau am Steuer, konnte sich aber nicht an ihren Namen erinnern. Eines der hinteren Fenster fuhr herunter, und er bemerkte zwei kleine Jungen in Kindersitzen. Die Mutter stieg mit einer abgedeckten Schüssel in der Hand aus.

»Guten Abend, Rachel«, grüßte Truman, als ihm wie durch ein Wunder ihr Name in den Sinn kam.

»Gibt es irgendwelche Neuigkeiten, Chief?«, fragte sie und reichte ihm das warme Gericht.

»Nein.«

Sie blickte zurück zu ihren Söhnen. »Meine Kinder sind in ihrer Vorschulklasse. Sie lieben Miss Rose sehr.«

»Wissen sie Bescheid?«, erkundigte sich Truman leise. *Wie erklärt man so etwas einem Vierjährigen?*

Rachel schüttelte den Kopf, und Tränen stiegen ihr in die Augen. »Ich kann es ihnen nicht sagen, und ich weiß wirklich nicht, wie ich damit umgehen soll ... wenn ...«

Truman hielt die Schüssel fest. *Wenn sie tot aufgefunden wird.*

»Grüßen Sie ihre Eltern bitte von mir.« Rachel ließ die Schultern hängen, als sie zu ihrem Auto zurückging. Die Jungen starrten Truman ernst an.

Sie wissen, dass etwas nicht stimmt.

Die ganze Gemeinde litt, wenn einem Mitglied etwas passierte. Der Fülle von Essen und Glückwünschen nach zu urteilen, hatte Rose Kilpatrick alle berührt.

Ein King-Cab-Pick-up fuhr von der einspurigen Auffahrt ab, um Rachels Wagen passieren zu lassen. Truman erkannte einen der Lastwagen der Bevins-Ranch. Mike Bevins saß am Steuer, und Truman entdeckte weitere Männer im Wagen. Er fragte sich, ob einer von ihnen Joziah war.

Drei Ranchhelfer stiegen zusammen mit Mike aus. Truman sah Craig Rafferty mit einem riesigen Saftbehälter in der Hand. Die anderen Männer trugen abgedeckte Schüsseln.

Hätte ich so etwas in meinem alten Job jemals gesehen? Nein. Er hatte trauernde Familien und Gottesdienste für die Opfer miterlebt, aber nie zuvor so viel Anteilnahme wie bei Rose Kilpatrick. Die Fürsorglichkeit der Gemeinde schnürte ihm die Kehle zu.

Aus diesem Grund lebe ich hier.

Er nickte den vier Männern zu. »Gibt es Neuigkeiten?«, erkundigte sich Mike.

Truman schüttelte den Kopf. »Danke, dass ihr vorbeigekommen seid.«

»Können wir ihren Eltern Grüße ausrichten?«, fragte einer der Helfer.

»Nicht jetzt. Sie sind unter Stress und sprechen gerade mit dem FBI.« Truman merkte, dass er Rachels warmes Gericht immer noch in der Hand hielt. »Stellt die Sachen einfach auf die Stufen. Ich bringe sie dann rein.«

»Können wir irgendetwas tun?«, fragte Mike, als er seine Schüssel auf die Veranda stellte. Er schob die Hände in die Vordertaschen seiner Jeans und sah Truman ernst an. »Ich habe ein paar Männer, die sich freiwillig für die Suche melden. Sag mir nur, wo sie gebraucht werden.«

»Es gibt noch keine Hinweise auf ihren Aufenthaltsort, aber wenn euch etwas Verdächtiges auffällt, sagt uns Bescheid. Du kannst deine Leute fragen, ob einer von ihnen zufällig hier vorbeigekommen ist und ein wegfahrendes Fahrzeug gesehen hat.«

Mike sah seine drei Männer mit hochgezogenen Augenbrauen an. Sie schüttelten alle den Kopf. »Die anderen frage ich, wenn ich wieder auf der Ranch bin.«

Die Tür der Kilpatricks ging auf, und Mercy trat heraus. Truman fand, dass sie blasser und dünner aussah als sonst, aber das konnte auch an der zunehmenden Dunkelheit liegen.

»Das mit deiner Schwester tut mir sehr leid, Mercy«, sagte Mike und nahm den Hut ab.

Die anderen drei nickten und murmelten mitfühlende Worte.

»Danke. Und danke für das Essen. Es ist eine große Hilfe.«

Stille breitete sich aus, während die Männer verlegen im Kies mit den Füßen scharrten. Sie verabschiedeten sich und fuhren davon. Mercy stieß einen tiefen Seufzer aus, als sie und Truman den vom Wagen aufgewirbelten Staub beobachteten.

»Alles okay da drinnen?«, fragte Truman. Mercy hatte die Arme um den Oberkörper geschlungen und wirkte gequält.

»So okay, wie es eben sein kann.« Ihre Stimme zitterte.

»Hey.« Truman trat vor sie und legte ihr die Hände auf die Schultern. Ein leichtes Zittern durchfuhr ihren Körper, doch sie sah ihm in die Augen, und er erkannte, dass sie am Ende ihrer Kräfte war. Sie ließ sich nichts anmerken und verhielt sich, als würde sie alles ertragen, doch er vermutete, dass sie nur noch Sekunden vom Zusammenbruch entfernt war.

Jedes Wort, das er ihr sagen wollte, fühlte sich nichtig und leer an. Er wollte ihr keine nutzlosen Ermutigungen ins Ohr säuseln, wenn ihre Welt bis ins Mark erschüttert worden war.

Seinem Instinkt folgend zog er sie an sich und nahm sie in die Arme. Sie war fast so groß wie er, und ihr Kinn ruhte eine Sekunde lang auf seiner Schulter, bevor sie den Kopf senkte und das Gesicht an seinen Hals drückte. Ihr ganzer Körper zitterte, als sie keuchend Luft holte.

»Ich wünschte, ich wäre nie nach Eagle's Nest zurückgekehrt.«

»Sie sind aus einem guten Grund hier.«

»Das FBI hätte jemand anderes schicken sollen.« Noch ein tiefer, kratziger Atemzug. Sie hatte die Arme weiterhin um ihren Oberkörper geschlungen, als hätte sie Angst, sich loszulassen. Er verstärkte seinen Griff, und ihr Haar verfing sich an seinem Kinn. Sie roch nach Kaffee, Zimtschnecken und Schmerz.

»Sie sind die beste Person, die sie hätten schicken können. Niemand weiß so gut wie Sie, was diese Leute denken.«

»Ich war zu lange weg. Alles hat sich verändert.«

»Trotzdem haben Sie einen besseren Einblick als jeder andere Agent.«

»Ich mache alles nur schlimmer. Rose wäre jetzt noch zu Hause, wenn ich die damaligen Angriffe nicht erwähnt hätte. Sie hätte nie wieder angefangen, nach der Stimme zu suchen.«

Truman konnte nichts sagen, was ihre Meinung ändern würde.

»Ich konnte nicht mehr da drinbleiben. Jedes Mal, wenn mein Vater in meine Richtung schaut, spüre ich seinen Hass.«

»Er hasst Sie nicht.« *Leere Worte.*

Sie erschauderte. »Er gibt mir die Schuld. Wenn ich nur so still und gehorsam gewesen wäre wie die Tochter, die er haben wollte, wäre nichts davon passiert.«

Truman trat einen Schritt zurück und sah ihr in die Augen. »Vier Männer wären trotzdem tot. Und zwei Frauen. Und nur dank Ihnen sind wir kurz davor, einen Mörder zu fassen.«

»Aber meine Schwester«, flüsterte sie. Endlich ließ sie den Tränen freien Lauf. »Ich hätte früher Kontakt aufnehmen sollen. Ich habe aus Stolz fünfzehn Jahre verschwendet. Wir hätten ...«

»Hören Sie damit auf«, befahl Truman und drückte ihre Schultern, um seinen Worten Nachdruck zu verleihen. »Sie müssen konzentriert sein, wenn wir den Kerl schnappen wollen, der Ihre Schwester entführt hat.«

»Verdammt, Truman. Das war ein beschissener Tag.« Sie wischte sich über die Augen. »Und natürlich hat mich Jeff von Roses Fall abgezogen. Er hat versprochen, mich auf dem Laufenden zu halten, und ich kann bei allen Gesprächen dabei sein, aber außer meinen Eltern und David Aguirre hat sie niemand gesehen.«

»Sie sind immer noch an den Prepper-Fällen dran. Jeder Fortschritt, den wir dort machen, ist auch ein Schritt in Richtung Rose.«

»Das stimmt.« Sie richtete sich auf, holte tief Luft, hob das Kinn und sah ihm in die Augen. »Ich werde nicht noch einmal so zusammenbrechen.«

»Mercy, wenn jemand das Recht hat, jetzt zusammenzubrechen, dann ja wohl Sie.«

Er umarmte sie erneut, und diesmal legte sie die Hände zögernd um seine Hüften.

»Danke«, flüsterte sie. »Sie sind die einzige Person, auf die ich mich verlassen kann.«

Die Wärme ihres Körpers drang durch sein Hemd, und er war überrascht, wie dünn sie sich anfühlte. Er wusste, dass es ihm schwerfallen würde, sie wieder loszulassen.

»Jederzeit.«

FÜNFUNDDREISSIG

Schritte kehrten zurück.

Rose setzte sich auf und bemerkte sofort die harte Oberfläche des Bodens. Sie war auf dem Teppich eingeschlafen, weil sie ihn dem schmutzigen Bett vorzog. Ihr war kalt, aber nicht kalt genug, um sich in die stark riechenden Decken zu wickeln. Das würde sie erst tun, wenn es unbedingt nötig war.

Es war spät. Oder sehr früh. Ihre innere Uhr verriet ihr, dass es noch ein paar Stunden bis zu ihrer üblichen Aufstehzeit waren. Einen Moment lang vermisste sie ihr Handy und schämte sich ein wenig, wie abhängig sie in Sachen Wecker und Uhrzeit davon geworden war. »Ich hab's dir ja gesagt«, hörte sie ihren Vater mahnen. Er nutzte die Technologie, um das Beste aus seiner kleinen Ranch herauszuholen, aber er verließ sich nie darauf. Er sorgte dafür, dass alles auch ohne Strom so normal wie möglich lief.

Doch ohne ihr Handy fühlte sie sich hilflos.

Die Schritte im Flur verharrten vor ihrer Tür. Sie unterschieden sich von den schnellen Schritten, die sie Stunden zuvor gehört hatte. Diese hier waren schwerer, selbstbewusster. Jemand klopfte laut an die Tür, und sie zuckte zusammen.

»Bist du wach?«

Da war die Stimme. Endlich. Nach fünfzehn Jahren des Wartens wusste sie nun eindeutig, dass dies der zweite Mann war, der sie in jener Nacht angegriffen hatte. Er hämmerte erneut an die Tür.

»Aufwachen!«

»Ich bin wach«, antwortete sie, bevor sie entscheiden konnte, ob es besser wäre zu schweigen.

»Geh von der Tür weg«, befahl er. »Aufs Bett.«

Ohne nachzudenken, kletterte Rose auf das alte Bett. Ein schaler Geruch stieg ihr in die Nase, als sie sich ans Kopfende lehnte.

Dann schaltete sich ihr Gehirn ein: Wird er mich vergewaltigen?

Der Schreck ließ ihre Muskeln erstarren, als ihr das durch den Kopf schoss. Schweiß sammelte sich unter ihren Armen, und ihr Magen begehrte auf. Sie griff nach dem dünnen Kissen und drückte es sich auf den Bauch. Als ob ihn das aufhalten würde.

Sie hatte den gesamten Raum erkundet, und es gab nichts, was sie als Waffe verwenden konnte.

Ich habe meine Hände und Füße. Meinen Kopf.

Sie würde mit jeder Faser ihres Körpers zurückschlagen, denn sie hatte nichts zu verlieren.

* * *

Vorsichtig öffnete er die Tür und ließ das Licht vom Flur ins Zimmer fallen. Bei den Vorbereitungen für seine Gefangene hatte er die Lampe und alles andere entfernt. Er hatte überlegt, das Bett rauszunehmen, aber entschieden, dass es nützlich sein könnte.

Das Licht fiel auf Rose Kilpatricks Gesicht, aber sie zuckte nicht zusammen.

Nimmt sie überhaupt kein Licht wahr?

Sie kauerte wie befohlen auf dem Bett und sah aus wie ein in die Enge getriebenes Tier, bereit, zuzubeißen, wenn er ihr zu nahe kam. Er hatte sie immer als Kätzchen betrachtet. Ein hilfloses, kleines Tier, das jemanden brauchte, der sich um es kümmerte und es beschützte. Jahrelang hatte er von einer solchen Beziehung mit Rose geträumt.

Er hatte sie entführt, weil er es verdiente. Er hatte sich über ein Jahrzehnt lang an die Regeln gehalten und sich bis gestern nichts anmerken lassen. Bis Mercy und ihr Herumschnüffeln dem ein Ende gesetzt hatten.

Die Wut über die gestohlenen Waffen hatte ihn zum Handeln getrieben. Mit einem einzigen Manöver hatte er die Frau bestraft, die seinen Plan durchkreuzt hatte, und sich die Belohnung geschnappt, die ihm vor fünfzehn Jahren durch die Lappen gegangen war.

Rose.

Seit jener Nacht hatte er Rose schweigend beobachtet und sich gefragt, wie ihr Leben wohl war. Hier und da hatte er flüchtige Blicke erhascht. Rose, wie sie durch einen Laden ging, eine Hand auf dem Arm ihrer Mutter. Rose, wie sie mit den Vorschulkindern sprach, die zu ihren Füßen saßen. Er verstand nicht, wie sie ihnen ein Buch vorlesen konnte und wusste, wann sie die Seiten umblättern musste, aber die Kinder hatten mit gespannter Aufmerksamkeit zugesehen und zugehört.

Nun war er ihr ganz nah. Ihre Augen waren wie immer geschlossen, doch ihre Hände umklammerten das Kissen vor ihr.

Als ob mich ein Kissen aufhalten könnte. Aber zuerst brauchte er eine Antwort. »Wer hat die Tür geöffnet?«, fragte er sie.

»W-was?«

»*Wer hat die Haustür aufgemacht?* Die Haustür stand weit offen, als ich hier ankam.«

»Ich weiß es nicht! Ich war in diesem Raum eingesperrt!«

Er betrachtete ihr Gesicht, sah aber nur Verwirrung.

Wenn sie etwas gehört hatte ... Wenn jemand ins Haus gekommen war, hätte sie sicher um Hilfe geschrien. *Habe ich die Tür offen gelassen?* Es war egal, sie war noch da.

»Erinnerst du dich an mich, Rose?«, fragte er mit leiser, sanfter Stimme.

»Ja.« Sie sah aus, als wollte sie ihm jeden Moment die Kehle durchschneiden.

Er lächelte. Ihr Trotz löste eine angenehme Wärme in seinem Bauch aus. »Sag meinen Namen.«

»Ich kenne nur deine Stimme.«

Eine große Last fiel von ihm ab. Lange hatte er sich gefragt, ob Rose ihn identifizieren konnte – er hatte gehört, dass Blinde ein erstaunliches Gehör besitzen. Die wenigen Male, die er sie begrüßen oder ihr danken musste, hatte er die Stimme gesenkt und gehofft, dass sie sie nicht erkannte, während er gegen das Bedürfnis ankämpfte, sie ganz zu besitzen.

Als er sie auf dem Bett anstarrte, wallte dieses Verlangen in ihm auf.

Geduld.

»Weißt du, was in dieser Nacht mit Kenny passiert ist?« Sie schwieg.

»Antworte mir, Rose. Dann wird später einiges leichter.« Sie presste die Lippen aufeinander.

»Ich habe die Schüsse gehört. Du hast ihn getötet, nicht wahr?«

Ein leichtes Zittern durchfuhr ihren Körper. Es war ein erhabenes Gefühl, eine Person anzustarren, ohne dass sie einen sah. Und noch besser war, dass sie keine Ahnung hatte, wer mit ihr sprach. Er sah sich satt an dieser schönen, blinden Frau.

»Ich wusste, dass er tot war«, fuhr er fort. »Ich habe seine Sachen entsorgt und dem Boss gesagt, er wäre in eine andere Stadt gezogen. Er war erst seit ein paar Wochen bei uns und hatte ein hitziges Temperament. Keiner hat ihm eine Träne nachgeweint.« Kennys Verschwinden war ihm völlig egal gewesen. Er hatte immer gewusst, dass der Mann gefährlich war, denn er war die treibende Kraft hinter den Angriffen auf die Frauen gewesen. Er war Kennys Beispiel gefolgt und hatte den gleichzeitigen Rausch von Macht und Gefahr ebenso geliebt wie gehasst.

Er hatte gewusst, dass es so nicht weitergehen konnte.

Aber er hatte aus seinen Abenteuern mit Kenny etwas gelernt. Er mochte es, wenn eine Frau sich seinen Forderungen unterwarf. Die Macht war berauschend. Eines Tages hatte er erkannt, dass Rose die perfekte Frau für ihn war. Sie *brauchte* einen Mann auf eine Art und Weise, wie es keine andere Frau tat.

Aber nachdem Kenny weg war, hatte er jahrelang Angst gehabt. Er hatte versucht, auf dem rechten Weg zu bleiben. Er hatte ein paar längere Beziehungen mit Frauen gehabt und jedes Mal festgestellt, dass er ihren Wünschen nachkommen musste und nicht umgekehrt. Sie hatten es geschafft, in der Beziehung das Sagen zu haben. Nicht er.

Nicht so, wie er es *wollte*.

Er wusste, dass es mit Rose anders sein würde. Er hatte lange auf sie gewartet.

Und jetzt gehört sie mir.

»Weißt du, wo Kennys Leiche ist?«, fragte er.

Sie machte ein störrisches Gesicht.

Genugtuung durchströmte ihn. »Ich bezweifle, dass in nächster Zeit irgendjemand über seine Knochen stolpern wird.« Er lehnte sich gegen den Türrahmen, verschränkte die Arme vor der Brust und erinnerte sich daran, wie er wochenlang in Angst gelebt hatte, dass jemand an seine Tür klopfen und fragen würde, ob er etwas über einen Überfall auf das Haus der Kilpatricks wusste.

Stattdessen passierte nichts. Keine Gerüchte kursierten. Keine Polizisten tauchten auf.

Der Überfall wurde nie erwähnt.

Die Kilpatricks hatten es für sich behalten. Genau, wie man es ihm versprochen hatte.

Karl Kilpatrick war ein Mann, der sich um seine Leute kümmerte und keine Einmischungen von außen mochte. Er hatte sich oft vorgestellt, wie der Patriarch jede Erwähnung des Angriffs auf seine Töchter unterbinden würde, weil er nicht wollte, dass die Polizei in seinem Haus herumschnüffelte, insbesondere, weil einer der Angreifer auf dem Grundstück getötet worden war.

Ihm kam ein Gedanke. »Dein Vater weiß, was in jener Nacht passiert ist, nicht wahr?«

Ihre Finger schlossen sich fester um das Kissen, aber sie blieb ruhig.

»*Er weiß es nicht?* Ihr Mädchen habt es eurem Vater nicht erzählt?« Er war schockiert und lachte auf. »Heilige Scheiße. Ich bin beeindruckt.«

Rose hielt vollkommen still.

So etwas wie Bewunderung wärmte ihm die Brust. »Das ist einer der Gründe, warum Mercy damals die Stadt verlassen hat, nicht wahr? Sie musste weg von deiner verlogenen Familie. Wenn du nur wüsstest, wie viele Lügner den Nachnamen Kilpatrick tragen. Wenn man jemanden getötet hat, lebt man mit einem großen Geheimnis, und ich war wirklich überrascht, sie als FBI-Agentin wiederzusehen. Ich frage mich, ob das Bureau weiß, dass sie eine Mörderin ist.«

Diesmal hielt Rose den Atem an, und es erfüllte ihn mit Freude, dass er eine Reaktion ausgelöst hatte. »Ich wüsste zu gern, was passieren würde, wenn sie einen anonymen Hinweis über den Hintergrund einer ihrer Agentinnen erhalten.«

Sie runzelte die Stirn. »Dann würde man auch bald vor deiner Tür stehen. Ich kann gern allen erzählen, was du damals getan hast.«

Ein breites Grinsen erschien auf seinem Gesicht. »Wie willst du das denn machen, wenn du mich nicht identifizieren kannst?«

Sie legte den Kopf schief, und ein leises Lächeln umspielte ihre Lippen. »Da irrst du dich aber, Craig Rafferty.«

* * *

Es war gewissermaßen ein Ausschlussverfahren.

Rose hatte die mysteriöse Stimme erstmals vor fünfzehn Jahren auf der Bevins-Ranch gehört. Als er vor einer Minute sagte, er habe seinem Boss erzählt, Kenny sei abgehauen, nahm sie an, dass die beiden Angreifer wahrscheinlich Rancharbeiter waren. Dieser Job war für seine hohe Fluktuation bekannt, und Bevins stellte oft Arbeiter ein, die auf Jobsuche in die Stadt kamen. Wenn dieser Mann Kennys Spuren beseitigen konnte, indem er einfach seine Sachen entsorgte, dann war Kenny einer dieser Arbeiter gewesen, die herumreisten, bis sie eine Ranch fanden, auf der sie unterkamen.

Während dieser ganzen Zeit waren nur wenige Männer dauerhaft auf der Ranch beschäftigt gewesen.

Sie konnte die Stimmen von Mike Bevins, Chuck, Tim, Randy und Les problemlos erkennen.

Craig Rafferty glich normalerweise einem stillen Schatten, wenn sie auf die Rancharbeiter traf. Jemand, dessen Anwesenheit sie immer spürte und den die Aura eines großen, schweigsamen Mannes umgab. Sie hatte angenommen, dass er in Gegenwart von Frauen schüchtern oder wortkarg war.

Als sie am Donnerstag Scones auf die Ranch brachte, hatte sie genau zugehört. Craig Rafferty war nicht da gewesen, und die meisten Männer, die sie getroffen hatte, waren zu jung. Erst als sie in diesem Zimmer eingesperrt war, ging ihr auf, dass sie Craig nicht angetroffen hatte.

Hatte er sie bewusst gemieden?

Seine schweren Schritte verrieten ihr, dass ihr Entführer ein großer Mann war. Er hatte mit ihr gesprochen, als ob er sie kennen würde, was er ja auch tat.

Sie hatte alle Namen bis auf einen von ihrer Liste streichen können.

Und sie hatte sich bemüht, so zu tun, als wüsste sie seinen Namen nicht, bis er ihre Schwester bedroht hatte. Niemand bedrohte ihre Familie.

Was habe ich getan?

Ihre Beine fingen an zu zittern.

Sie hatte ihre Schwester instinktiv verteidigt, und nun hatte Craig eine Zeugin, die ihn identifizieren konnte.

Zum ersten Mal hatte sie schreckliche Angst.

Das Kissen vor ihrem Bauch würde ihn nicht aufhalten.

SECHSUNDDREISSIG

»Mercy?«

Es dauerte einen Moment, bis ihr klar wurde, dass die geflüsterte Stimme nicht Teil ihres Traums war. Als sie aufwachte, stellte sie überrascht fest, dass sie eingeschlafen war. Voller Unruhe war sie noch bis nach zwei Uhr morgens im Haus ihrer Eltern auf und ab gegangen. Ihre Eltern waren zu Bett gegangen, und Pearl war in einem Gästezimmer eingeschlafen, während das FBI und der County Sheriff in der Küche schweigend Wache hielten.

Truman hatte ihr irgendwann befohlen, sich auf die Couch zu setzen, und neben ihr Platz genommen. Er drohte, sie festzuhalten, wenn sie nicht aufhörte, im Zimmer herumzulaufen. »Geben Sie mir Ihre Hand«, verlangte er.

Sie hatte ihn seltsam angeschaut, aber eine Hand ausgestreckt. »Jetzt lehnen Sie den Kopf zurück, schließen Sie die Augen und ... zählen Sie Holzstücke, während Sie sich vorstellen, die Axt zu schwingen.« Sie hatte geschnaubt. Er hatte die Handcreme ihrer Mutter vom Beistelltisch genommen, etwas davon auf seine Handfläche gegeben und angefangen, ihre Finger und Handfläche zu massieren.

Mercy schmolz augenblicklich dahin. »Grundgütiger. Wo haben Sie das gelernt?«

»Augen zu.«

»Jaja.« Er knetete fest ihre Finger. »Schwingen Sie die Axt?«

»Ja«, murmelte sie. »Hören Sie ja nicht auf.« Es war beinahe schmerzhaft. Jedes Gelenk, das sie mit einem Axthieb nach dem anderen strapaziert hatte, schmolz dahin.

»Meine Mutter hat das immer bei mir gemacht, als ich während der Highschool für das Highway Department gearbeitet habe. Ich musste den ganzen Sommer mit einer Schaufel hantieren und hatte jeden Abend verkrampfte Hände.«

Mercy konnte nichts erwidern.

Dann rief eine leise Stimme ihren Namen, und sie erwachte mit dem Kopf auf Trumans Schulter, wobei sie beide auf dem Sofa lagen. Tatsächlich schmiegte sie sich von der Hüfte aufwärts an seine Seite. Sie setzte sich auf und spürte deutlich die Kälte, die seine Körperwärme ersetzte. »Levi?«, flüsterte sie. Schwaches Licht beleuchtete eine Silhouette, die vor ihr hockte.

»Ich muss mit dir reden. Draußen.«

»Was ist passiert?« Der Schock ließ sie schlagartig wach werden. »Haben sie Rose gefunden? Geht es ihr gut?«

»Nichts Neues von Rose«, flüsterte er. Sie stieß die Luft aus.

»Komm mit.« Er nahm ihre Hand und zog sie hoch. Mercy stand auf und gähnte. »Wie spät ist es?«

»Fast fünf.«

»Mercy?«, fragte Truman hinter ihr. »Was ist los?«

»Nichts«, erwiderte sie. »Sie haben Rose nicht gefunden. Ich muss mit Levi reden.«

»Sollte ich das nicht auch hören, Levi?«, wollte Truman wissen.

Mercy erstarrte bei dem Misstrauen in seiner Stimme. Sie begegnete Levis Blick. Sogar in dem trüben Licht konnte sie die Qual und den Schmerz in seinen Augen sehen.

Und die Schuldgefühle.

»Levi?« Ihre Stimme brach. »Was ist los?« Besorgnis überkam sie.

Er drückte ihre Hand fester. »Wir müssen reden.« Er klang, als wäre er den Tränen nahe.

»Ich komme auch mit.« Truman stand auf. »Nach draußen. Sofort.«

Mercy blickte zur Küche und hörte leises Stimmengemurmel. *Was hat Levi getan?*

Im Freien streifte sie sich die Jacke über, zog den Reißverschluss bis zum Kinn hoch und vergrub die Hände in den Taschen. Die Sonne war noch nicht aufgegangen, und die Kälte erinnerte sie daran, dass der Winter demnächst anbrechen würde. Die warmen Tage würden bald nur noch eine schwache Erinnerung sein. Sie schnüffelte und atmete die frische Luft ein, die nach Schnee und Eis roch.

Levi sah irgendwie krank aus. Seine Augen waren blutunterlaufen, und seine Schultern hingen herab.

Er vermied den Blickkontakt. Truman stand schweigend neben ihr, und sie fragte sich, was ihn dazu bewogen hatte, sie zu begleiten.

»Ich weiß vielleicht, wer Rose entführt hat«, begann Levi.

Ein glühender Schock durchfuhr Mercy. »Wer? Sag es der Polizei. Sofort!«

Levi hob die Hände. »Hör mir erst zu. Ich könnte mich irren.«

»Nein! Wenn du eine Idee hast, müssen wir es *sofort* erfahren!«

»Gib mir sechzig Sekunden, Mercy!«

»Sie haben bereits einen halben Tag vergeudet«, knurrte Truman. »Spucken Sie es aus, Levi. Und zwar schnell.«

Levi schien unter seinem Mantel noch kleiner zu werden. »Weißt du noch, wie ich dir erzählt habe, dass ich ... *sie* allein entsorgt habe?«

Mercy bekam keinen Ton heraus.

»Herrgott noch mal«, fauchte Truman. »Hat Ihnen jemand bei der Beseitigung der Leiche geholfen?«

»Er weiß es?«, zischte Levi.

»Er weiß einiges«, sagte Mercy, die völlig durcheinander war. »Er weiß, dass wir den Angreifer erschossen haben und dass du dich um ihn gekümmert hast.«

»Oh Gott.« Levi drehte sich weg und presste sich die Hände auf die Augen. »Ich wandere ins Gefängnis.«

»Ich habe Mercy versprochen, ihre Geschichte geheim zu halten, bis ich der Ansicht bin, dass die Wahrheit ans Licht kommen muss. Allerdings hatte ich nicht erwartet, irgendjemandem damit zu schaden, doch das hat sich anscheinend soeben geändert, oder?«, fragte Truman. »Wer war es?«

»Craig Rafferty.«

Truman sog Luft zwischen den Zähnen ein. »Er hat Ihnen geholfen, die Leiche loszuwerden?«

»Ja.« Levi konnte keinem der beiden in die Augen sehen. »Ich wusste nicht, wen ich in dieser Nacht sonst anrufen sollte.« Er räusperte sich. »Der Typ hieß Kenny.«

»Der, der gestorben ist?«, murmelte Mercy.

Levi nickte. »Er und Craig waren an diesem Abend im Haus.«

»Was? *Du wusstest die ganze Zeit, dass Craig Rafferty uns angegriffen hat?*« Mercys Knie zitterten, während Truman laut fluchte. Er machte einen Schritt auf ihren Bruder zu, und sie packte seine Jacke und hielt ihn zurück.

Levi wusste, dass es Craig war? Und er hat nichts unternommen?

Sie rang nach Luft. Die Bretter unter ihren Füßen schienen zu schaukeln, als stünde sie auf einem Boot. Sie schwankte und hielt sich zum Ausgleich an Trumans Mantel fest.

»Warte! Hör mir zu. Es ist nicht das, was du denkst«, flehte Levi.

»Reden Sie lieber schneller«, drohte Truman. Mercy schien sich mit jedem Satz weiter in ihre Bestandteile aufzulösen, während Truman größer, gewaltiger und bedrohlicher wirkte. Er strahlte unbändige Wut aus.

»Du hast Craigs Wagen vor dem Fenster gesehen«, begriff Mercy. »Dabei hast du damals behauptet, nicht zu wissen, wer es war.«

»Ich habe ihn kurz gesehen. Daher war ich mir ziemlich sicher, dass Craig auch dort war, aber ich konnte nicht glauben, dass er meinen Schwestern etwas antun wollte.«

»Und dann rufen Sie ihn an, um die Leiche zu entsorgen?«, fragte Truman. »Den Komplizen? Was in aller Welt haben Sie sich dabei gedacht?«

»Ich dachte, er hätte einen guten Grund, den Mund zu halten«, erwiderte Levi. »Ich lud Kenny auf die Ladefläche meines Wagens und fuhr zu Craig. Er war zu Tode erschrocken, als er mich sah, und erschüttert über Kennys Tod. Er sagte, Kenny und er hätten nur kurz vorbeigeschaut, als Kenny Rose angegriffen hätte. Craig flippte aus und rannte los. Er hatte eine Heidenangst, und ich glaubte ihm. Dann sagte er mir, er glaube, Kenny hätte die beiden anderen Frauen umgebracht.«

»Craig hat behauptet, er sei nicht mit Kenny bei Jennifer und Gwen gewesen?«, fragte Mercy. »Dieser Lügner.«

»Ich habe ihm damals geglaubt. Ich versprach, den Mund über seine Beteiligung an dem Überfall auf unser Haus zu halten, wenn er mir hilft, die Leiche loszuwerden. Er wollte Gewissheit, dass du und Rose ihn nicht gesehen hattet und mit niemandem darüber redet. Ich sagte ihm, Rose hätte eine zweite Stimme gehört, aber wir hätten bereits vereinbart, darüber Stillschweigen zu bewahren.«

»Augenblick mal.« Mercys verwirrtes Gehirn klammerte sich an einen Gedanken. »Wie konntest du ihm versichern, dass Rose und ich nicht zur Polizei gehen würden?«

Levi verzog das Gesicht. »Ich versprach, dafür zu sorgen,

dass Dad es nicht zulässt. Und dass du alles tun würdest, was Dad anordnet.«

»Ich musste die Stadt verlassen, weil ich mit Dad gestritten hatte!« Truman hielt sie am Ellbogen fest, als sie einen Schritt zurückwich. Ihr Blickfeld verengte sich; das Einzige, was sie noch sehen konnte, war Levis schuldbewusstes Gesicht. *Wie konnte er so etwas versprechen? Waren Rose und ich bloß seine Marionetten?* »Du warst auf Dads Seite! Aber du hast nur deine eigene Haut retten wollen!«

»Ich habe auch deine Haut retten wollen! Wer weiß, was passiert wäre, wenn du zur Polizei gegangen wärst? Wir hätten beide im Gefängnis landen können. Oder wenn Rose Craigs Stimme auf der Bevins-Ranch erkannt hätte? Das hätte den Konflikt zwischen Dad und Joziah ins Unermessliche treiben können. Bis zum ausgewachsenen Krieg.«

»Oh mein Gott! Oh mein Gott! Oh mein Gott!« Mercy wandte sich von Levi ab. Dem Bruder, dem sie immer vertraut hatte ... Sein Verrat hatte sie völlig aus der Fassung gebracht, und sie stand kurz davor, in die Knie zu gehen. Ihr Zuhause zu verlassen, war das Schwerste gewesen, was sie je getan hatte. Nun zu erfahren, dass Levi dabei eine entscheidende Rolle gespielt hatte, machte alles nur noch schlimmer. »Verdammt, Levi«, flüsterte sie. Ihr war übel.

Wie konnte er Rose und mir das antun?

»Du musst mir glauben, dass ich dachte, der Mörder wäre mit Kenny gestorben. Ich glaubte nicht, dass Craig etwas mit den Angriffen zu tun hatte«, sagte Levi ernst. Er berührte sie am Arm, und sie schüttelte ihn ab, war unfähig, ihn anzusehen. »Erst als du die Spiegel erwähnt hast, kamen mir Zweifel.«

»Warum haben Sie dann nichts gesagt?« Truman klang, als würde er ihrem Bruder am liebsten den Kopf abreißen.

»Die Fälle waren zu unterschiedlich! Damals wurden

Frauen vergewaltigt und ermordet. Nicht alte Männer, denen man in den Kopf geschossen hatte! Craig behauptete, Kenny wäre ein Perverser, und ich dachte, wir täten das Richtige, indem wir seinen Tod geheim hielten.«

»Ich wette, Craig war die ganze Zeit bei ihm«, sagte Mercy leise.

»Ich weiß es nicht«, gab Levi zu. »Aber es wäre denkbar.«

Ihr kam ein Gedanke. »Könnte Craig derjenige gewesen sein, der die Abschlussballfotos gestohlen hat, da er beide Frauen kannte? Ich kann mir nicht vorstellen, dass Kenny sie eingesteckt hat, da die Frauen für ihn Fremde waren.« Sie sah Levi an. »Hat Mama noch Pearls alte Abschlussballfotos?«

Levi überlegte kurz. »In Dads Büro sind ein paar alte Fotoalben. Unser Highschoolzeug. Warte hier.« Er rannte die Verandatreppe hinauf.

»Pearl war auf demselben Abschlussball wie Jennifer und Gwen, richtig?«, fragte Truman.

»Ja. Bei uns zu Hause war das eine große Sache. Dad war strikt dagegen, dass Pearl mitgeht, aber Mom hat ihn überredet, da Pearl mit mehreren Mädchen und nicht mit einem Jungen hingegangen ist.«

»Was hoffen Sie, auf den Bildern zu sehen?«

»Einen sehr großen jungen Mann namens Craig.«

»Das wäre kein Beweis.«

»Das nicht«, stimmte Mercy zu. »Aber es wäre ein roter Faden, der die Fälle miteinander verbindet.«

Levi kam heraus und blätterte in einem dicken Album. »Hier.« Er tippte auf eine aufgeschlagene Seite und zeigte ihnen mehrere Schnappschüsse von Pearl in ihrem Ballkleid vor dem Holzofen ihrer Eltern. Ein weiteres Foto zeigte sie und Jennifer an derselben Stelle.

Mercy blinzelte und war verblüfft, dass die Kleider und Frisuren so altmodisch wirkten. An diesem Abend hatte sie geglaubt, ihre Schwester sähe aus wie ein Filmstar. Sie blätterte um und entdeckte ein formelles Gruppenfoto, das der Fotograf des Abschlussballs geschossen hatte.

Eine Nacht in Italien. Die Gruppe stand vor dem Bild eines italienischen Palasts.

Craig Rafferty befand sich in der hinteren Reihe. Fünf Mädchen. Drei Jungs. Sie sahen alle unglaublich glücklich aus.

»Glauben Sie, dass dies das Bild ist, das von den Tatorten verschwunden ist?«, fragte Truman.

»Ja«, antwortete Mercy. »Ich frage mich, warum er sie mitgenommen hat.«

»Souvenirs«, murmelte Levi.

Was hat den netten jungen Mann auf diesem Bild dazu getrieben, Frauen zu töten, die er kannte?

Ich ziehe voreilige Schlüsse.

»Craig hat also behauptet, Kenny und er wären in der Nacht, in der sie uns angegriffen haben, einfach so vorbeigekommen?«, fauchte Mercy, als sie das Album zuklappte.

»Er sagte, sie wollten mich besuchen und er hätte nicht gewusst, was Kenny tun würde, bis er plötzlich Rose angriff.«

»*Schwachsinn!* Rose sagte, zwei Männer hätten sie angegriffen.«

»Ich wusste nicht, was ich denken sollte!«, flehte Levi. »Meine Hauptsorge war, die Leiche zu verstecken und dich und Rose zu beschützen.«

»Rose ist jetzt nicht mehr sicher«, erklärte Truman. »Sind Sie mit Ihrer Geschichte fertig, Levi? Weil wir dem FBI sagen müssen, dass Craig Rafferty zur Fahndung ausgeschrieben werden muss.« Er wandte sich ab und ging zurück zum Haus.

»Wann wusstest du es?«, wisperte Mercy. »Wann wusstest du, dass Craig Rose in seiner Gewalt hat?« Ein dünner, brüchiger Faden verband sie mit ihrem Bruder. Ein Faden,

den sie diese Woche repariert hatte. Nun stand er kurz davor, abermals zu reißen.

»Ich weiß nicht, ob er sie hat«, gab Levi zu. »Ich habe es dir nicht gleich gesagt, weil ich mir nicht sicher war. Ich bin mir immer noch nicht sicher. Ich vermute es nur.«

»Du lügst. Wo bist du um Mitternacht hingegangen?« Levis Gesichtsausdruck verriet ihr, dass er schon immer geglaubt hatte, dass Craig darin verwickelt war. *Warum hat er nicht gleich etwas gesagt?*

Weil es ihn in einem schlechten Licht dastehen ließ.

Ihr brach erneut das Herz.

Ich kann ihm nie wieder vertrauen.

Seine Schultern sackten herab. »Ich bin zu Craig gegangen, um nachzusehen. Da ist niemand.«

»Verdammt, Levi«, fluchte Mercy erneut, Tränen strömten ihr über die Wangen, der Faden wurde bedrohlich straff. »Wenn Rose tot ist, dann ist das allein deine Schuld.«

Ihr Bruder fing an zu weinen.

SIEBENUNDDREISSIG

Zwei Stunden später waren alle verfügbaren Einsatzkräfte mobilisiert, doch Craig Rafferty war nirgends zu finden.

Nach Levis Geständnis hatte Truman Jeff Garrison, Eddie und Sheriff Ward Rhodes in der Küche der Kilpatricks angesprochen. Um Mercy zu schützen, ging er mit Bedacht vor und erzählte ihnen, dass Rose Levi kürzlich erzählt habe, sie vermute, Craig Rafferty hätte vor fünfzehn Jahren versucht, in ihr Haus einzubrechen. Karl Kilpatrick hatte mit den Beamten zusammengesessen und erklärt, dass Rose in dieser Nacht zwar eine Stimme gehört hatte, aber nicht gewusst hätte, wer vor ihrem Haus gewesen war. Sheriff Ward fragte, ob Karl die Störung damals gemeldet hatte, und Karl erwiderte: »Warum hätte ich das tun sollen? Es ist doch nichts passiert.«

Dies war ihre beste Spur, und die Officers setzten alles daran, Craig Raffertys Aufenthaltsort ausfindig zu machen.

Craigs Haus war leer. Sein Wagen verschwunden. Mike Bevins hatte ihn nicht mehr gesehen, seit sie letzte Nacht bei den Kilpatricks vorbeigekommen waren, um Hilfe anzubieten. Keiner von der Bevins-Ranch wusste, was er danach gemacht hatte. Jeff beantragte die Herausgabe seiner Handydaten, und die Officers patrouillierten weiter auf der Suche nach seinem Wagen.

Sein Verschwinden bestärkte sie darin, dass sie auf dem richtigen Weg waren.

Eddie hatte Truman einen seltsamen Blick zugeworfen und gefragt, warum Levi Craig nicht schon früher erwähnt hatte. Truman hatte nur mit den Achseln gezuckt und gelogen. Er hatte behauptet, Rose sei sich bei der Identifizierung nicht sicher gewesen und Levi habe die Ermittlungen nicht in die falsche Richtung lenken wollen. Eddie hatte genickt und Trumans Blick festgehalten, und Truman vermutete, dass er die Lüge ahnte.

Die anderen Officers hatten sich auf die Spur gestürzt, ohne sich um die Quelle zu kümmern.

Und es sah nach einer handfesten Spur aus.

Aber niemand konnte Craig Rafferty finden.

Jeff Garrison kritzelte etwas auf einen Notizblock. »Wer sind seine Freunde? Wo hält er sich auf? Besitzt er noch andere Grundstücke? Geht er angeln oder jagen und nutzt dabei die Hütte von jemandem? Wenn er eine Geisel hat, braucht er einen Ort, an dem er sie festhalten kann, ohne neugierige Blicke auf sich zu ziehen.«

»Das trifft auf fast jeden Ort hier zu«, murmelte Truman.

»Holen Sie seinen Boss her«, verlangte Garrison. »Ich möchte mit allen reden, mit denen er zusammenarbeitet. Wir müssen wissen, was er gern macht.«

»Das ist das erste Mal, dass er jemanden entführt hat«, bemerkte Eddie. »Die anderen Opfer wurden bei sich zu Hause getötet. Warum verhält er sich jetzt anders?«

»Wir vermuteten, die letzten Morde wurden wegen der Waffen begangen«, erklärte Sheriff Rhodes. »Rose Kilpatricks Entführung hat doch nichts mit Waffen zu tun, oder?« Er sah Karl an, der den Kopf schüttelte.

»Ich besitze nicht mehr als ein Dutzend Waffen«, sagte ihr Vater. »Und sie sind alle noch da. Ich habe es überprüft.«

»Dann hat er nach einer fünfzehnjährigen Pause wieder angefangen, Frauen zu töten und zu vergewaltigen?«, murmelte der Sheriff.

Karl wurde blass.

»Das wissen wir nicht«, warf Truman ein. »Roses Entführung deutet auf ein völlig anderes Ziel hin.« Er hätte dem Sheriff am liebsten in den Hintern getreten, weil er so etwas in Gegenwart ihres Vaters gesagt hatte.

»Was für ein Ziel ist das?«, fragte Garrison und sah die anderen Männer an. »Das könnte uns helfen, sie zu finden.«

Die Männer tauschten Blicke.

»Nachdem Rose gestern die Bevins-Ranch besucht hat«, sagte Truman langsam, »könnte er zu dem Schluss gekommen sein, dass sie seine Stimme identifizieren wollte. Nach den Prepper-Morden haben wir uns die Fälle von Jennifer Sanders und Gwen Vargas genau angesehen. Er könnte nervös geworden sein, weil er glaubt, deswegen hinter Gittern zu landen. Daher beschließt er, die Zeugin zu eliminieren.«

»Aber wenn er Rose mitnimmt, macht er alles nur noch schlimmer«, entgegnete Eddie.

»Ich habe nicht behauptet, dass er ein heller Kopf ist«, meinte Truman.

»Rose und ich haben neulich über den Einbruchsversuch gesprochen«, sagte Mercy.

Truman hatte sie nicht ins Zimmer kommen hören. Ihre Augen waren rot und feucht. Dunkle Schatten lagen darunter.

»Sie hat sich lange gefragt, wessen Stimme sie in dieser Nacht gehört hat«, fuhr Mercy fort. »Ich glaube, dass die Sache durch meine Anwesenheit in der Stadt und meine Nachforschungen bezüglich der alten Morde wieder in Bewegung geraten ist.«

»Sie haben einen Mörder aufgespürt?«, fragte Jeff.

Mercy hielt seinem Blick stand. »Möglicherweise.«

Truman fragte sich angespannt, ob sie ihm gleich die ganze Geschichte erzählen würde. »Sie sagten, Rose habe in dieser Nacht jemanden vor dem Haus gehört? Und Sie beide haben es geschafft, ihn zu verscheuchen?«

Sie sah ihn an. Unentschlossenheit schimmerte in ihren Augen. Würde sie die Wahrheit sagen oder die alte Geschichte, die sie auch ihren Eltern erzählt hatte?

»Ja«, antwortete sie.

»Das hätten Sie damals der Polizei sagen sollen«, murmelte Rhodes. »Vielleicht hätten wir den Mörder dieser Mädchen dann fassen können.«

»Das ging uns nichts an«, fuhr Karl Kilpatrick Rhodes an. »Ich wollte nicht, dass die Polizei in meinem Haus herumschnüffelt, wenn doch gar nichts passiert war.«

»Ich wette, *jetzt* wollen Sie unsere Hilfe«, erwiderte Rhodes.

Karl sprang auf, wobei sein Stuhl quietschend durch die Küche rutschte.

Jeff schlug mit den Händen auf den Tisch. »Hören Sie damit auf! Sich darüber zu streiten, was jemand vor fünfzehn Jahren nicht getan hat, hilft uns nicht weiter. Setzen Sie sich!« Er zeigte auf Karl. Der Mann starrte zurück, nahm aber wieder Platz.

»Wir werden Ihre Tochter finden«, sagte Jeff mit ruhiger Stimme zu Karl.

Mercys Vater sackte auf seinem Stuhl in sich zusammen.

Mercy starrte ihren Vater ein paar Sekunden lang an und verließ dann das Zimmer. Truman folgte ihr ins Freie, wo sie sich an das Verandageländer lehnte. »Ganz schön warm da drin«, sagte sie.

Truman nickte. »Wo ist Levi?«, erkundigte er sich.

»Er ist nach Hause gefahren, um da zu sein, wenn Kaylie zur Schule geht. Ich glaube, er wird danach zurückkommen.« Sie drehte den Kopf zu ihm und musterte ihn fragend. »Woher wussten Sie, dass Levi etwas verheimlicht?«

»Das wusste ich nicht.«

»Sie wollten hören, was er zu sagen hatte, als er mich heute Morgen aufgeweckt hat. Warum?«

Truman stellte sich neben sie ans Geländer. »Ich habe gestern Abend alle beobachtet. Pearl. Ihren Vater. Levi. Er konnte nicht stillhalten. Das ist kein Grund zur Beunruhigung, aber jedes Mal, wenn er Ihre Mutter ansah, wirkte er irgendwie seltsam. Er sah niedergeschlagen aus ... aber auch schuldig. Ich schrieb es dem Stress der Situation zu. Aber als ich ihn heute Morgen sah, als er Sie weckte, wirkte er wie ein Mann, der ein Geständnis ablegen will.«

»Also wussten Sie nicht, was er getan hat?«

»Nein. Ich wusste nur, dass es schlimm werden könnte.«

»Es fällt mir schwer, zu glauben, dass Craig Rafferty ein Mörder ist«, sagte Mercy. »Ich kenne ihn schon fast mein ganzes Leben lang. Er ist mit meinen Brüdern befreundet.«

»Ich weiß nicht, ob Levi ihn als Freund bezeichnen würde. Ihre Beziehung basiert darauf, dass sie sich voreinander fürchten.« *Was wäre geschehen, wenn ich Craig an jenem Tag am Fluss nicht gerettet hätte? Wären die Mädchen dann auch gestorben? Wäre irgendetwas davon passiert?*

Er sah Mercy an. *Hätte ich sie getroffen?*

Das hätte er. Irgendwann hätten sich ihre Wege gekreuzt – irgendwie. Davon war er ebenso überzeugt wie von der Tatsache, dass sich sein Leben an dem Tag verändert hatte, als er zwei FBI-Agenten durch das Haus seines Onkels geführt hatte.

Manchmal trifft man einen Menschen, der für immer Teil seines Lebens sein wird.

Sie wusste es vielleicht noch nicht, er schon.

Inmitten von Morden und Trauer war etwas Gutes aufgetaucht.

Hast du sie zu mir geschickt, Onkel Jefferson?

Seit dem Tod seines Onkels war er wütend und deprimiert gewesen, aber im Rückblick erkannte er, wie sich alles geändert hatte, als sie in die Stadt gekommen war. Jeden Tag wachte er auf und freute sich darauf, sie wiederzusehen.

Empfindet sie dasselbe?

»Ich kann hier nicht einfach nur herumstehen«, sagte Mercy und stieß sich vom Geländer ab. Sie schritt über die Veranda, so wie sie am Abend zuvor auf und ab gegangen war. »Ich muss etwas tun.«

»Garrison wird nicht zulassen, dass Sie sich da einmischen.«

»Dann wird es ihm egal sein, wenn wir eine Runde drehen. Wir können wenigstens nach Craigs Wagen Ausschau halten. Vielleicht ist er zur Höhle am Owlie Lake zurückgekehrt.«

»Die von den Forensikern auseinandergenommen wurde?«

Sie blieb stehen, sah ihn an und stemmte die Hände in die Hüften. »Holen Sie mich hier raus, Truman.«

»Ja, Ma'am.«

* * *

Eine Stunde später starrte Mercy aus dem Fenster und konnte nicht vergessen, was Truman am Vortag gesagt hatte. Sie waren jede Straße in Eagle's Nest abgefahren, hatten sich unterwegs einen Kaffee geholt und darüber diskutiert, welchen Highway sie als Nächstes absuchen sollten. Truman hatte gewonnen, und sie fuhren los und überprüften jeden vorbeifahrenden Truck, um herauszufinden, ob es Craigs Chevy war.

»Wessen Tod haben Sie verursacht?« Sie sprach leise und sah aus dem Fenster, bemerkte aber, wie sein Spiegelbild erstarrte.

»Den einer anderen Polizistin. Ich habe gezögert, als ich hätte handeln sollen. Und dann habe ich die falsche Entscheidung getroffen. Eine Frau – vielleicht zwei – sind gestorben, weil ich gezögert habe.«

Er erzählte stockend die Geschichte von einem brennenden Auto, die ihr die Tränen in die Augen trieb. »Ich finde, Sie haben in einem sehr stressigen Moment die richtige Entscheidung getroffen. Mit dem Feuerlöscher hätten Sie das Feuer möglicherweise löschen können.«

Er erwiderte nichts.

»Sie haben bestimmt Dutzende verschiedener Szenarien durchlebt.«

»Zu wissen, dass meine Untätigkeit zum Tod eines anderen Menschen geführt hat, ließ mich für eine Weile an meinem Beruf zweifeln. Ich dachte schon, ich würde den Dienst quittieren, dabei hatte ich mich dafür entschieden, weil ich Menschen helfen wollte, und dann das Gegenteil getan ...«

»Truman ...«

»Lassen Sie mich ausreden.« Er hielt den Blick auf die Straße gerichtet. »Dieser Job in Eagle's Nest hat eine Tür geöffnet, von der ich glaubte, sie sei fest verschlossen. Jetzt bete ich jeden Tag, dass ich das nächste Mal die richtige Entscheidung treffen werde.«

»Es tut mir leid, Truman«, flüsterte sie. Die Schuld des Überlebenden. Zweifel an seiner Entscheidung. Sie wusste, was in ihm vorging.

Tue ich das Richtige, indem ich mein Geheimnis bewahre?

Sein Handy klingelte. Er drückte einen Knopf am Lenkrad. »Daly.«

»Chief Daly?«

»Ja. Sie sind auf Lautsprecher, und ich habe Special Agent Mercy Kilpatrick bei mir. Wer spricht da?«

»Hier ist Sharon Cox. Ich bin Tobys Mutter.«

Mercy merkte auf, als sie den Namen des Zeugen hörte, den sie vor Tagen befragt hatte.

»Ja, Sharon. Ist mit Toby alles in Ordnung?«, fragte Truman besorgt.

»Na ja, nicht wirklich. Er war die ganze Nacht wach und ist äußerst verstört. Ich habe ihn noch nie so erlebt.« Sie hielt inne. »Er bestand darauf, dass ich Sie anrufe. Er läuft auf und ab und weint, und ich kann ihn nicht dazu bringen, sich zu entspannen. Ich rufe nur an, weil ich möchte, dass er sich beruhigt und ...«

»Was sollen Sie mir denn ausrichten?«, unterbrach Truman sie.

Der Atem der Frau dröhnte aus den Lautsprechern. »Das wird jetzt lächerlich klingen, aber er sagt, er habe gestern im Haus von Ned Fahey einen Geist gesehen.«

Mercy lächelte, als sie sich an Tobys Angst vor Geistern erinnerte. Doch Truman runzelte die Stirn und lenkte den Tahoe abrupt auf den roten Kies am Straßenrand. Mercy hielt sich an der Türklinke fest.

Truman starrte angestrengt aufs Armaturenbrett, als könnte er Sharon Cox darin sehen. »Kann Toby diesen Geist beschreiben? Kann ich mit Toby sprechen?«

»Nun«, murmelte Sharon widerstrebend. »Ich denke schon. Wenn es Ihnen nichts ausmacht. Ich wollte wirklich nicht, dass er Sie belästigt, aber ich halte es bald nicht mehr aus ...«

»Holen Sie ihn ans Telefon«, bat Truman.

Sie hörten Sharon nach Toby rufen.

»Sie glauben, jemand war in Neds Haus«, flüsterte Mercy. *Hat Craig Rose dorthin gebracht?*

»Ich glaube, Toby hat etwas gesehen. Andernfalls wäre er nicht so aufgeregt. Es könnte nur ein falscher Alarm sein, ist aber einen Blick wert.« Er sah in beide Richtungen und wendete den Wagen.

»Chief Daly?«, dröhnte Tobys Stimme aus den Lautsprechern, und Truman drehte die Lautstärke herunter.

»Ja, Toby. Mercy vom FBI kann Sie auch hören. Was ist passiert?«

»Ich habe Neds Geist gehört! Sie haben sich geirrt, sein Geist ist gar nicht fortgegangen!«

»Wo haben Sie ihn gehört, Toby?«

»Ich bin in sein Haus gegangen«, sagte Toby langsam. »Ich weiß, das darf ich nicht, aber ich wollte sehen, ob seine Leiche wirklich weg ist.«

»Sie ist weg. Mercy und ich haben es Ihnen doch erzählt. Was haben Sie dort gesehen?«

»Ich habe es nicht bis in sein Schlafzimmer geschafft. Aber ich habe seine Stimme gehört – er klang, als wäre er verletzt!«

»Haben Sie nach ihm gesucht?«, fragte Truman. Er beschleunigte und fuhr in Ned Faheys Richtung.

»Nein! Ich bin so schnell wie möglich rausgerannt!«

»Konnten Sie irgendwelche Worte verstehen?«, fragte Mercy nach.

»Ich glaube, er hat mich gebeten, ihm zu helfen.« Toby bekam einen Schluckauf. »Hätte ich ihm helfen sollen? Ich hatte solche Angst. Ich musste einfach da raus.«

»Sie haben das Richtige getan«, beruhigte Truman ihn. »Toby, war das Haus nicht abgeschlossen? Haben Sie einen Schlüssel?«

»Ich habe keinen Schlüssel. Ned würde niemandem einen Schlüssel geben.« Seine Stimme zitterte. »Er wird so wütend auf mich sein.«

»Toby«, sagte Mercy bestimmt. »Wie sind Sie ins Haus gekommen?«

»Ich habe den Tunnel benutzt«, flüsterte er.

Mercy und Truman tauschten einen Blick. »Den Tunnel?«, fragte sie. »Wo finden wir den?«

»Er beginnt im Holzschuppen. Man muss einen kleinen Stapel Holz ganz hinten zur Seite schieben, aber ich habe ihn offen gelassen«, jammerte er. »Ned hat mir immer gesagt, ich soll dafür sorgen, dass er wieder mit Holzscheiten abgedeckt ist, damit ihn niemand findet.«

Ein Tunnel. Mercy war beeindruckt.

»Warum hatte er einen Tunnel?«, fragte Truman.

»Damit er fliehen kann, wenn die Polizei ihn holen kommt«, antwortete Toby. Mercy fragte sich, was der alte Prepper wohl von ihr gehalten hätte, einer Bundesbeamtin, die versuchte, den Mord an ihm aufzuklären.

»Ich bin durch die Vordertür rausgerannt.« Toby stöhnte. »Die habe ich auch offen gelassen. Ich will nicht zurückgehen und sie schließen. Aber Ned wird so wütend sein, weil ich sie nicht zugemacht habe.«

»Ned ist tot«, sagte Mercy sanft. »Er ist nicht böse auf Sie.«

»Er ist da drin«, beharrte Toby. »Er sagte, er würde mich heimsuchen, und jetzt macht er es. Was soll ich tun, wenn der Geist rauskommt und mir nach Hause folgt? Oder wenn er schon bei mir zu Hause ist?«, jammerte er.

»Toby, Mercy und ich sind auf dem Weg. Trauen Sie uns zu, dass wir uns um den Geist kümmern?«

Aus den Lautsprechern ertönte ein Schluchzen.

»Wir gehen zu Ned, und dann kommen wir bei Ihnen vorbei und erzählen Ihnen, was wir gefunden haben. Ich glaube nicht, dass Neds Geist daran interessiert wäre, Sie heimzusuchen. Er würde doch viel lieber Leighton Underwood Streiche spielen, oder? Warum sollte er Sie ärgern, wo Sie ihm doch so oft geholfen haben?«

»Das stimmt ...«

»Wir sind gleich da. Lassen Sie mich noch einmal mit Ihrer Mutter reden.« Sharon kam ans Telefon.

»Ich werde bei Faheys Haus vorbeischauen«, teilte Truman ihr mit. »Ist Ihnen dort etwas aufgefallen?«

»Ich habe keine Geister gesehen«, fauchte sie. »Toby hat

sich da etwas in den Kopf gesetzt, was ihn nicht mehr loslässt, und damit geht er allen um ihn herum auf die Nerven.«

»Wir sprechen mit ihm, nachdem wir uns das Haus angesehen haben. Wir sind in zehn Minuten da.« Truman beendete das Gespräch.

»Was für eine schreckliche Frau«, murmelte Mercy. »Der arme Toby. Ob er wirklich eine Stimme gehört hat?«

»Ich glaube, er hat jemanden um Hilfe rufen hören.« Er sah Mercy an. »Ich hoffe, diese Person ist Ihre Schwester.«

»Aber das war letzte Nacht«, flüsterte sie, und ihr Mund war auf einmal staubtrocken. »In zwölf Stunden kann viel passieren.« Ihr schwirrte der Kopf. Hatte er wirklich einen Menschen gehört? *Könnte Rose dort sein?*

Trumans Antwort bestand darin, aufs Gaspedal zu treten.

Sie nahm ihr Handy in die Hand, ihre Gedanken rasten, ihre Hoffnung wuchs. *Bitte, lass es Rose sein.* Sie klammerte sich an die neue Information und spürte, wie positive Energie in ihrer Brust aufkeimte. Zum ersten Mal seit Levis Geständnis empfand sie Hoffnung. »Ich werde Eddie Bescheid sagen, wohin wir fahren. Er kann die anderen informieren.«

Halte durch, Rose.

ACHTUNDDREISSIG

Rose nahm noch einen Schluck aus der Wasserflasche. Es war ihre letzte. Mit dem Inhalt der anderen Flasche hatte sie sich gewaschen. Es erschien ihr verschwenderisch, Trinkwasser für etwas so Unwichtiges wie Sauberkeit zu verwenden, aber sie hatte verzweifelt versucht, Craig Raffertys Essenz von ihrem Körper zu entfernen.

Jetzt war sie sauber, aber das Brennen zwischen ihren Schenkeln und der Schmerz an ihrem Hals erinnerten sie weiterhin an das, was er getan hatte.

Ich lebe noch. Das ist mehr, als Jennifer und Gwen von sich behaupten können.

Er hatte ihr zwei Flaschen Wasser, einen Eimer, ein Handtuch und einen Schokomuffin dagelassen.

Sie war dankbar dafür.

Als sie die Plastikfolie vom Muffin entfernte, drang ihr der Geruch des *Coffee Cafés* in die Nase. *Kaylie hat ihn gebacken.* Der Gedanke an ihre Nichte trieb ihr fast die Tränen in die Augen, aber es kamen keine, weil Rose keine Tränen mehr hatte. Craig hatte sie ihr in der letzten Nacht im Verlauf mehrerer Stunden entrissen. Das Zimmer stank nach ihm. Das Bett stank nach ihm. Ihr Haar stank nach ihm.

Ich lebe noch.

Er hatte ihr in allen Einzelheiten erzählt, was er und Kenny Jennifer Sanders und Gwen Vargas angetan hatten. Worte, die sie nie vergessen würde. Dann hatte er sie gewürgt und ihr zugeflüstert, dass ihr Leben vorbei sei, und während er den Griff um ihren Hals verstärkte, war ein lautes Summen in ihrem Kopf nahezu übermächtig geworden. Doch als sie kurz davorstand, das Bewusstsein zu verlieren, nahm er die Hände weg, und ihr Gehör kehrte zurück. Dann tat er es wieder. Und wieder.

Irgendwann hörte sie auf zu zählen, wie oft er sie dem Tod nahe gebracht hatte.

»Ich halte dein Leben in meinen Händen«, trällerte er mit den Fingerspitzen an ihrem Hals und den Lippen an ihrem Ohr. »Im wahrsten Sinne des Wortes gehört dein Leben jetzt mir.«

Er spielte dumme Spiele und fragte, wie viele Finger er hochhielt, welchen Gesichtsausdruck er machte und ob er der bestaussehende Mann war, dem sie je begegnet war. Sie hatte eine Ohrfeige bekommen, weil sie nicht antwortete, daher stieß sie wahllos Wörter hervor und streichelte sein Ego. Er zwang sie, ihm immer wieder Komplimente zu machen. Zu ihrer Überraschung machten ihn ihre Worte genauso glücklich wie echte Komplimente. Er freute sich riesig, nachdem sie ihm gesagt hatte, wie stark er war, dankte ihr dafür, dass sie es bemerkt hatte, und sprach dann über die Männer, gegen die er gekämpft hatte.

Mit seinem Gehirn war irgendetwas nicht in Ordnung. Es war verdreht, verzerrt. Sie stellte sich vor, dass es brandig roch und sich schwammig anfühlte.

Als er ihr erzählt hatte, Levi habe verschwiegen, was er über die Morde an den Frauen wusste, hatte sie sofort mit den Fäusten nach ihm geschlagen und geschrien, das sei nicht wahr. Zu ihrer Überraschung hatte er einen Rückzieher gemacht und ihr versichert, Levi würde das Falsche glauben.

»Was meinst du damit?«, hatte sie gefragt.

»Levi glaubt, Kenny habe Jennifer und Gwen allein getötet. Er denkt, ich hätte keine Ahnung gehabt, dass Kenny in dieser Nacht vorhatte, dich anzugreifen«, erklärte er. »Wir wissen beide, dass das nicht wahr ist, oder?« Beim schleimigen Klang seiner Stimme drehte sich ihr der Magen um. »Es ging immer nur um dich, Rose«, flüsterte er. »Wir wussten nicht, dass deine Schwester in dieser Nacht zu Hause war. Du bist so unschuldig, gehst durch die Stadt und vertraust darauf, dass dir niemand etwas antun oder dir etwas verweigern wird. Aber ich wette, du bist nicht so unschuldig, wie du tust. Hattest du schon mal zwei Männer gleichzeitig, Rose?«

Sie weigerte sich, ihm zu antworten, und bekam einen Schlag in die Magengrube, der eine neue Tränenflut auslöste. Er entschuldigte sich sofort.

»Warum hast du die Spiegel zerbrochen?«, flüsterte sie.

Er schwieg sehr lange, bevor er antwortete. »Du hättest meinen Vater kennenlernen sollen. Spiegel bedeuteten für ihn Eitelkeit, und Eitelkeit war etwas, das man seinen Kindern austreiben musste. Als ich aufwuchs, gab es in unserem Haus keine Spiegel. Ich kann mich noch gut daran erinnern, wie er einen kleinen Spiegel meiner Mutter zerbrach, den er in ihrer Handtasche gefunden hatte, und sie daraufhin als hochmütig und sündig bezeichnete. Sie sollte nur ihn ansehen. Als er ihren Spiegel zerbrach ... Dieser Ausdruck auf ihrem Gesicht.« Seine Stimme nahm einen verträumten Tonfall an. »Das war Macht. Die Art, wie sie ihn voller Ehrfurcht und Angst ansah. Diese Frauen – Jennifer und Gwen – waren eitel. Sie mussten lernen, dass sich die Welt nicht um ihr Aussehen dreht.« Sein Finger glitt über ihre Wange. »Du hast nie einen Spiegel gebraucht. Du besitzt keinerlei Eitelkeit. Du bist, wie eine Frau sein sollte.«

»Lass mich gehen«, flüsterte sie.

Er streichelte ihr übers Haar. »Wenn die Zeit gekommen ist.«

Sein wehmütiger Tonfall verriet ihr, dass sie tot sein würde, bevor er sie gehen ließ.

Als er keine Lust mehr auf ihren Körper hatte, legte er sich neben sie in das schmutzige Bett, legte ihren Kopf auf seine Brust und spielte weiter mit ihrem Haar, während er redete. Und redete.

»Ich werde in Eagle's Nest eine wichtige Rolle spielen«, versprach er. »Ich habe lange darauf gewartet. Ich habe viel investiert und es verdient. Joziah Bevins wird nicht mehr lange durchhalten.«

Bei dem Namen war sie erstarrt, was er spürte.

»Glaubst du, Mike wird Joziahs Königreich erben? Mike will nichts damit zu tun haben. Joziah wird den Mann auswählen, den er für den geeignetsten hält, und das werde ich sein.«

»Wieso?« Sie musste es einfach fragen. *Was macht dich so besonders?*

»Na ja, ich wollte ihm genug Waffen für eine ganze Armee schenken. Ich war schon auf dem besten Weg, als ich einen Blick auf Enoch Finchs Arsenal werfen konnte. Was macht ein alter Prepper mit so vielen Waffen? Joziah hätte mich danach nicht mehr ignorieren können. Wir müssen auf alles vorbereitet sein, weißt du. Wenn die Regierung eingreift und beschließt, uns unser Land zu nehmen. Aber deine Schwester hat meinen Plan ruiniert. Jetzt muss ich ihn nur noch davon überzeugen, dass ich am besten geeignet bin.«

»Du kanntest Enoch?«

Er lachte auf. »Ich kannte sie alle. Ich habe diese alten Männer sorgfältig ausgekundschaftet, um herauszufinden, wer Waffen hortete. Sie sind einsam. Sie behaupten, Menschen zu hassen, aber wenn sie ein bisschen Alkohol trinken, reden sie und hören gar nicht mehr damit auf. Ich habe viele Abende mit einer Flasche Schnaps in ihren Häusern verbracht, über die Gesellschaft gesprochen, die wir haben sollten, und sie haben mir alles gezeigt. Ihre Waffenarsenale. Es war leicht, etwas in ihr Getränk zu mischen, damit ich ihre Waffen einladen konnte. Aber sie durften nicht wieder aufwachen.

Es war perfekt. Niemand verdächtigte mich. Ich war seit Jahrzehnten Teil dieser Gemeinde.« Er fuhr mit der Hand durch ihr langes Haar. »Dein Haar ist so schön. Du bist die Art von Frau, die wir brauchen werden, wenn TEOTWAWKI eintritt, Rose. Du bist geschickt. Du hörst auf deinen Mann und tust, was man dir sagt. Wir werden Frauen für unterstützende Positionen brauchen. Ein Haufen Männer, die zusammenleben, sorgen für ein riesiges Durcheinander, verstehst du? Die Gemüter kochen hoch. Frauen wissen, wie sie uns beruhigen können.«

Wurde ich dafür erzogen?

»Frauen wie deine Schwester – nun ja, sie machen nur Ärger. Es gibt einen Grund, warum Gott Männern Kraft und Frauen die Fähigkeit gegeben hat, Kinder zu gebären.« Er streichelte ihren Bauch, und sie erstarrte. »Ich verstehe nicht, wie dein Vater sie weglaufen und für die Regierung arbeiten lassen konnte. Das ist auf so vielen Ebenen falsch. Dein Vater muss sich gedemütigt fühlen. Sie hat meine Waffen gestohlen«, murmelte er. »Sie waren mein Eigentum. Meine Chance, Joziah zu beeindrucken. Sie ist keine richtige Frau. Sie tut vielmehr so, als wäre sie ein Mann. Wahrscheinlich kriegt sie keinen in ihr Bett.«

An der Wange spürte sie, wie sich seine Bauchmuskeln verhärteten. Sie zuckte zusammen. *Nicht schon wieder.*

NEUNUNDDREISSIG

Die Gegend um Neds Haus fühlte sich anders an als bei Mercys erstem Besuch am vergangenen Montag. Heute war es sonnig, weit und breit war keine Wolke zu sehen. Die Pfützen waren getrocknet, und die Blätter raschelten in der leichten Brise. Was für ein krasser Gegensatz zu dem nassen, trüben Wetter an ihrem ersten Tag hier.

Als sie aus Trumans Tahoe ausstieg, war sie einen Moment lang wütend über das perfekte Wetter. Die Welt hatte vielleicht Nerven, sich wie immer weiterzudrehen. Sonnenschein, Vögel, Wärme. *Weiß sie nicht, dass Rose tot sein könnte?*

Die Sonne ließ den verfallenen Zustand von Neds Haus deutlich erkennen. Verzogene Bretter, lockere Dachschindeln, Unkraut. Aber Mercy wusste, dass der Anblick täuschte. Dies war eine Festung, die den Anschein von Unordnung und Armut vermitteln sollte: *Geht weiter, hier gibt es nichts zu holen.*

Mercy betrachtete den vertrauten Vorgarten mit seinen Gerümpelhaufen und Hecken und erinnerte sich daran, wie sie Eddies Kommentar über die scheinbar chaotische Struktur korrigiert hatte. Im Haus war es still, und sie fragte sich, ob Tobys Geist doch eine wilde Katze gewesen war.

»Die Haustür ist geschlossen«, bemerkte Truman, als er zur Beifahrerseite kam. »Toby sagte, er hätte sie offen gelassen, als er rausgerannt ist.«

Das hat er gesagt. Die Härchen an ihren Armen stellten sich auf, ihre Sinne wurden immer aufmerksamer. »Bleiben wir vorerst auf dieser Seite des Fahrzeugs.«

Truman legte die Hände trichterförmig an den Mund. »Hallo! Ist jemand zu Hause?«

Schweigen.

»Was denken Sie?«, fragte sie.

»Möglicherweise hat sich Toby nur etwas eingebildet«, gab er zu. »Er ist noch nicht darüber hinweg, dass er Neds Leiche gefunden hat.«

Er schrie erneut zum Haus hinüber, ohne dass etwas passierte. »Versuchen wir es an der Vordertür«, schlug Mercy vor.

Truman hielt inne, und sie konnte sehen, wie er die Idee abwog. »Ich werde Lucas wissen lassen, dass wir angekommen sind und hineingehen.«

»Falls wir reinkommen«, fügte sie hinzu, während er telefonierte. »Ned hatte beeindruckend viele Schlösser an einer sehr schweren Tür.«

Er ging voran, die Hand neben der Waffe. Mercy folgte ihm und öffnete den Reißverschluss ihrer dünnen Jacke, um an ihre Pistole zu kommen. »Ich fühle mich wie auf dem Weg zur Schlachtbank«, murmelte Truman, als sie den zweiten Müllhaufen umrundeten.

Mercy behielt die Fenster des Hauses aufmerksam im Auge und suchte nach Anzeichen von Bewegung.

An einem der oberen vernagelten Fenster huschte etwas vorbei, und Truman schreckte zurück und stieß einen Schrei aus.

Dann hörte sie den Schuss.

Truman ließ sich fallen, und Mercy tauchte hinter einen Haufen aus rostigem Metall. Ihre Ausbildung machte sich bezahlt, sie streckte sich, zog Truman durch den Dreck in Deckung und wirbelte dann herum, um auf das Fenster zu zielen, hinter dem sie die Bewegung gesehen hatte, hielt den Blick wie einen Laser darauf fokussiert, war nur bestrebt, die Bedrohung zu lokalisieren. *Wo steckt er?*

Nichts rührte sich.

Ihr Herzschlag dröhnte in ihren Ohren, und Schweiß rann ihr den Rücken hinunter, während sie das Haus absuchte. Hinter ihr rang Truman nach Luft und fluchte wie ein wütender Hinterwäldler. Sie drehte sich zu ihm um, riss sich die Jacke vom Leib und machte sich bereit, Druck auf seine Wunde auszuüben. *Scheiße! Scheiße! Scheiße!*

Er hatte den Kopf in den Nacken gelegt, bohrte die Fersen in den Boden und biss vor Schmerz die Zähne zusammen.

Sie konnte kein Blut sehen. »*Wo ist es?*« Ihre Hände tasteten seine Brust und seinen Hals ab und suchten nach dem Einschussloch.

Ich werde ihn nicht sterben lassen.

Er riss sich das zugeknöpfte Hemd auf, sodass seine kugelsichere Weste zum Vorschein kam, und fummelte hektisch an der rechten Seite herum, während er nach Atem rang.

Mercy entdeckte die platt gedrückte Patrone und war außer sich vor Freude.

»Ihre Weste hat Sie gerettet!«

»Ich weiß«, stieß er hervor und holte dann tief und unregelmäßig Luft. »*Aber es tut verdammt weh!*«

»Es wird ein paar Tage lang höllisch schmerzen, aber das wird schon wieder.« Tränen ließen ihr Sichtfeld verschwimmen, als sie die letzten zwanzig Sekunden Revue passieren ließ. *Zum Glück bin ich schon am Boden.* »Ich rufe Verstärkung.« Ihre Finger zitterten, als sie die Nummer wählte.

»Sieht aus, als hätten wir Craig gefunden«, keuchte Truman.

Er hatte recht. Instinktiv wusste Mercy, dass Craig den Schuss abgegeben hatte. Eddie nahm ihren Anruf entgegen. Mercy gab ihren Standort und Trumans Situation durch.

»Bleiben Sie ruhig«, befahl Eddie. »Wir schicken einen Streifenwagen und kommen schnellstmöglich zu Ihnen.«

Sie beendete das Gespräch, während Truman sich mühsam aufsetzte und sich gegen einen verrosteten Kotflügel lehnte, der an einem Ziegelsteinhaufen festbetoniert war. Sie war erleichtert, dass er sich von allein hinsetzen konnte.

»Verdammt noch mal«, murmelte er und wischte sich über die Stirn. »Das will ich nie wieder erleben.«

»Ich habe Sie noch nie so viel fluchen gehört, Chief Daly.«

Er lachte und stöhnte dann über den stechenden Schmerz in seiner Brust. »Ich versuche es normalerweise zu vermeiden. Haben Sie ihn gesehen?«

»Nein.« Mercy warf einen weiteren Blick zum Haus hinüber. »Aber es muss Craig sein. Ich habe gesehen, wie sich etwas hinter dem vernagelten Fenster bewegt hat. Genau dort, wo ich Eddie gezeigt habe, wie man eine perfekte Sicht hat, wenn ein Fremder zu diesem Haus kommt«, erinnerte sie sich. Das Gespräch schien eine Ewigkeit her zu sein. »Wir können von Glück reden, dass er nur einmal geschossen hat.« Sie hatte sich vor der Suche nach Craig Rafferty ebenfalls eine Weste angezogen. Sie war schwer und unbequem, und sie musste sie in ihrem Job selten tragen, doch in einer solchen Situation war sie unerlässlich.

Ihr war aufgefallen, dass Truman fast immer eine unter dem Hemd trug.

Dies hätte auch ganz anders ausgehen können.

»Und jetzt?«, fragte sie. *Kommt er da raus?*

»Wir warten auf die Kavallerie«, antwortete Truman.

»Finden wir irgendwo bessere Deckung?«

»Vermutlich nicht. Ich wäre lieber auf der anderen Seite des Tahoe, aber niemand, der vom Haus aus schießt, kann uns hier erwischen.« Sie betrachtete den Müllhaufen hinter ihnen. »Es sind hauptsächlich Ziegelsteine und Autoteile, aber besser als nichts. Wie fühlen Sie sich?«

»Als ob meine Brust brennt«, sagte er. »Wahrscheinlich habe ich mir ein paar Rippen gebrochen.«

»Können Sie rennen, wenn es sein muss?«

»Wenn es sein muss.«

* * *

Der Schuss weckte Rose.

Ich lebe noch.

Laute Schritte dröhnten den Flur entlang, und sie rutschte in die hinterste Ecke des Betts und so weit wie möglich von der Tür weg. Schlösser klackten, und die Tür flog auf. »Steh auf!«

»Was ist passiert?«, kreischte sie. *Auf wen hat er geschossen?* Der Geruch der abgefeuerten Waffe stieg ihr in die Nase.

»*Aufstehen!*« Craig packte sie am Oberarm und zerrte sie vom Bett. Ihre Beine suchten verzweifelt nach Halt, und sie streckte die Arme aus, um nicht das Gleichgewicht zu verlieren. Er schleuderte sie durch die Tür, und sie fiel auf die Knie.

Die Luft im Flur roch himmlisch im Vergleich zum Schlafzimmer.

Er zog sie auf die Beine und schleifte sie den Flur entlang. Unter den nackten Füßen spürte sie den verzogenen Holzboden. Sie gingen in ein anderes Zimmer, und er stieß sie gegen die gegenüberliegende Wand. »Auf die Knie.«

Rose sank gegen die Wand und spürte alten Putz und raue Bretter unter den Fingerspitzen. Sie kniete nieder und presste die Stirn gegen den Putz. Er drückte ihr ein Bein fest gegen den Rücken, konzentrierte sich jedoch auf eine höhere Stelle. Metall schabte über Holz, und er fluchte. »Wo sind sie hin?«, murmelte er.

Wer?

Nervöse Energie ging von ihm aus, und sein Schweißgeruch erfüllte den Raum. Aber er roch auch noch nach etwas anderem: nach ihr.

Ihr drehte sich der Magen um.

Dann spürte sie seine Klinge an ihrer Wange.

* * *

Truman atmete flach. Bei jedem Einatmen spürte er den Schmerz.

Wenigstens atme ich noch.

»Glauben Sie, Rose ist da drin?«, flüsterte Mercy, als sie sich hinter ihre momentane Deckung duckte.

Trumans Bauchgefühl sagte ihm, dass dem so war. *Aber ist Rose noch am Leben?*

Im Haus ertönten die Schreie einer Frau, und Mercy sprang auf. Truman stürzte sich auf sie und packte sie am Ellbogen, bevor sie zum Haus rennen konnte. »Runter!«, befahl er, während sich ein stechender Schmerz in seiner Brust ausbreitete. Mercy wirbelte zu ihm herum, hatte die Augen weit aufgerissen, und ihre Brust hob und senkte sich. »*Das ist Rose!*«

Die Schreie wurden lauter.

Mercy fiel auf die Knie, presste sich die Hände auf die Ohren und die Waffe gegen ihre Schläfe. »Er bringt sie um«, flüsterte sie.

Truman packte sie am anderen Arm und hielt sie fest, denn er wusste, dass sie nur noch Sekunden davon entfernt wäre, erneut zum Haus zu laufen.

»Wir können nicht warten«, zischte sie und sah ihm in die Augen. »Wir müssen da rein. Ich gehe jetzt.«

Mit einem leisen Stöhnen erhob er sich auf ein Knie und biss vor Schmerz die Zähne zusammen. »Niemand geht in dieses Haus.«

»Wenn wir auf die anderen warten, ist es vielleicht zu spät! Craig muss wissen, dass wir Verstärkung gerufen haben.«

»Wir können nicht durch die Vordertür gehen«, entgegnete Truman mit verkrampften Kiefermuskeln. »Er wird uns töten, bevor wir dort ankommen. Wo ist der Tunnel?«

Mit Mercys Hilfe schaffte es Truman zum Tahoe und fuhr rückwärts die Einfahrt hinauf zur Straße und außer Sichtweite des Hauses, weil er darauf hoffte, dem Schützen weiszumachen, sie wären gegangen. Dann liefen sie zu Fuß durch den Wald zurück zu der Stelle, an der laut Mercys Erinnerung Neds Holzschuppen stand. Jeder Schritt ließ Trumans Brust erzittern und verursachte stechende Schmerzen, die bis in sein Gehirn ausstrahlten. Mercy sah ihn ein paarmal besorgt an, hielt aber den Mund. Er würde so lange weitermachen, bis er nicht mehr konnte, und das wusste sie. Zwischen der Hintertür des Hauses und dem Holzschuppen lagen dreißig Meter. Die Tür des Holzschuppens war von keinem Fenster aus zu sehen. »Ob Craig von dem Tunnel weiß?«, fragte Truman, als Mercy in den Schuppen spähte.

»Dann hätte er diese Tür abgeschlossen.« Sie holte eine kleine Taschenlampe hervor und beleuchtete den Raum. Vom Betonboden bis fast zur Decke war Holz gestapelt. Wenig Spielraum. Sie zwängte sich durch einen schmalen Gang, wobei sich ihre Jacke und ihre Haare am Holz verfingen.

Spinnen.

Mercy schien das nicht zu kümmern, daher verdrängte Truman alle Gedanken an haarige Spinnenbeine und folgte ihr. Ein Stück Holz stieß ihm gegen die Brust, er zuckte zusammen und hielt den Atem an.

»Ich habe ihn gefunden!«

Truman quetschte sich weiter zwischen dem Holz entlang und fand sie kniend in einem größeren freien Bereich vor, wo sie in ein großes Loch spähte. Eine Leiter ragte aus der Öffnung und verschwand in der Dunkelheit.

Großer Gott. Der Weg zwischen den Holzstapeln war schon klaustrophobisch genug gewesen. Beim Anblick des schwarzen Tunnels wurde ihm schwindlig, und er schaute weg.

Sie leuchtete mit ihrer Taschenlampe in das Loch, legte den Kopf schief und lauschte aufmerksam. »Es ist still. Ich bezweifle, dass er von der Existenz des Tunnels weiß.«

»Wo im Haus endet er Ihrer Meinung nach?«

»Ich schätze, im Keller. Unfassbar, dass keiner der Forensiker oder Officers den Tunnel gefunden hat. Er muss gut versteckt gewesen sein.« Sie klemmte sich die Taschenlampe unter den Arm und stieg die Leiter hinab. Das letzte Stück rutschte sie nach unten, hockte sich hin und richtete das Licht der Taschenlampe in den Schacht. »Ich bin beeindruckt«, sagte sie. »Er hat ihn mit Holzbalken gestützt. Ich muss kriechen, aber es ist nicht das bröckelnde Durcheinander, das ich erwartet hatte.«

Sie blickte erwartungsvoll zu Truman auf, doch dann zog sie die Augenbrauen zusammen. »Sie sehen aus, als wäre Ihnen speiübel.«

So fühle ich mich auch.

»Ich gehe«, sagte sie und blickte wieder in den Schacht. »Sie warten auf Verstärkung. Sagen Sie den anderen, was wir tun. Mit gebrochenen Rippen können Sie sowieso nicht kriechen.«

»Ich komme mit.«

VIERZIG

Truman meldete, was sie vorhatten, während er mit seinen inneren Monstern rang. Enge Räume waren ihm noch nie sympathisch gewesen.

Aber er wollte sie nicht allein das Haus betreten lassen. Roses Schreie hallten mal lauter und mal leiser durch die Luft, und Mercy zuckte jedes Mal zusammen.

Dieses Mal würde er nicht zögern. *Geh weiter.*

Rose würde nicht sterben, während er nur wenige Meter entfernt war und keine Entscheidung treffen konnte.

Er stieg rückwärts die Leiter hinunter und fluchte, weil er seine Taschenlampe im Wagen vergessen hatte. Seine Füße trafen auf den Boden, und er duckte sich, um den Gang hinunterzuschauen. Mercy war schon ein paar Meter im Tunnel vorausgerobbt, ihre Taschenlampe erhellte die Bretter und den Boden.

Jede Zelle seines Körpers schrie ihn an, von hier zu verschwinden.

Er atmete tief durch und konzentrierte sich auf Mercy. Sie war als Silhouette im Lichtschein zu erkennen, aber er sah die Besorgnis in ihrem Gesicht.

»Sind Sie sich sicher? Sie sollten …«

»Seien Sie einfach still.« Er schluckte schwer. »Ganz im Ernst. Kein Wort mehr darüber. Das macht es nur noch schlimmer. Gehen Sie einfach weiter.« Er presste die Lippen aufeinander.

Mercy zögerte und nickte dann. Sie drehte sich um und kroch weiter, wobei sie ihre kleine Taschenlampe in einer Hand festhielt.

Truman folgte ihr.

Der Geruch nach Verwesung und nassem Boden schlug ihm entgegen und erinnerte ihn ständig daran, dass er sich *unter der Erde* befand. Er kroch weiter und behielt Mercys Füße im Blick. *Denk an nichts, denk an nichts.* Er stieß mit dem Kopf gegen die Tunneldecke, und Schmutz rieselte auf ihn herab.

Visionen eines Tunneleinsturzes erfüllten sein Gehirn.

Er hielt inne, ließ den Kopf in die Hände sinken und holte tief Luft.

Einsturz. Ersticken.

»Truman? Alles in Ordnung?«

»Ja«, stieß er hervor. »Ich komme.« Er hob den Kopf und schob sich vorwärts, wobei er sich auf ihre Stiefelsohlen konzentrierte. Dass es weder ein Echo noch Hintergrundgeräusche gab, brachte sein Gehirn ganz durcheinander, und die Wände schienen immer näher zu kommen, während der Luftdruck stieg und seine Lunge drohte, den Dienst einzustellen. Schweiß tropfte auf seine Hände.

Fünf Dinge, die du anfassen kannst.

Dreck, Steine, meine Kleidung, mein Gesicht, ein Brett.

Vier Dinge, die du sehen kannst.

Er blinzelte in die Dunkelheit. Ihre Stiefel. Ihr Hintern. Die Umrisse ihres Kopfes. Das Licht.

Er kroch weiter.

Jedes Mal, wenn er eine Hand bewegte, fühlte es sich an, als ob sich ein Messer in seinen Brustkorb bohrte. Er konzentrierte sich auf den Schmerz und war froh über die Ablenkung. *Gebrochene Rippen?* Wahrscheinlich. Spielte keine Rolle. Ein Arzt würde ihn nur verbinden und ihm sagen, er solle es ruhig angehen lassen.

Seine linke Hand landete im Schlamm, und er zuckte zurück. Der Schmerz in der Rippengegend fühlte sich an wie ein Eisenstachel und fuhr ihm direkt ins Gehirn. Er schnappte nach Luft.

»Truman?«

»Immer weiter.« *Sprich nicht darüber.*

Sie setzte ihren Weg fort. Er stellte sich den Abstand zwischen dem Haus und dem Schuppen vor. Höchstens dreißig Meter. *Wie weit sind wir schon gekommen?* Auf der Suche nach einer Ablenkung zählte er seine Handbewegungen und malte sich die Zahlen bildlich aus. Sein Kopf schlug gegen ein Brett, und Sterne erhellten sein Blickfeld.

»Hier ist die Decke niedriger«, warnte Mercy.

Ach was. Sein Rücken streifte die Decke, er spannte die Arme an und ließ den Oberkörper ein paar Zentimeter nach unten sinken. Die Rückseite seines Gürtels blieb am selben Brett hängen, und eine Welle der Panik überrollte ihn. Er ließ sich auf den Bauch sinken und rutschte auf den Ellbogen nach vorn. *Wie lange kann ich das noch durchhalten?*

Kann ich umkehren?

Was machen wir, wenn das Tunnelende verbarrikadiert ist?

Wie sollen wir uns hier drehen?

Er musste aufstehen, er musste die Arme seitlich ausstrecken, er musste Luft holen. Er atmete tiefer ein, seine Lunge rang nach Sauerstoff. Ein Atemzug reichte nicht. *Ich ersticke.*

»Truman! Kommen Sie!«

Er öffnete die Augen. Mercy war gut drei Meter vorgerückt und lag auf der Seite. Sie sah ihn an und richtete die Taschenlampe in seine Augen. »Ich kann nicht atmen.« Er kniff die Augen zusammen. *Fünf Dinge ... Dreck.*

Ich fühle nur Dreck. Denk nicht nach. Denk nicht nach. Raus hier! Sofort!

Er rappelte sich auf alle viere auf und knallte mit dem Rücken gegen die Decke.

Ich muss aufstehen!
Truman versuchte, sich mit den Händen abzustoßen, aber es war einfach nicht genug Platz. Er ließ sich auf den Bauch fallen, hatte die Augen noch immer geschlossen und stemmte die Ellbogen gegen die Tunnelwände.

Schmerz schoss durch seine Hand, und er öffnete die Augen im grellen Licht ihrer Taschenlampe, die nur einen halben Meter von seinem Gesicht entfernt war. Sie hatte den Stiefelabsatz auf seine Hand gedrückt.

»Weiterkriechen. Sofort! Oder ich trete Ihnen ins Gesicht!«, schrie sie.

Er erhob sich aus der liegenden Position und konzentrierte sich auf ihr helles Licht. Der körperliche und geistige Schock hatte gewirkt.

»Berühren Sie meinen Stiefel. Greifen Sie weiter danach, während wir kriechen.« Sie bewegte sich vorwärts und richtete den Lichtschein vor sich.

Er folgte ihr.

»Singen Sie was«, befahl sie.

»W-was?«

»Irgendwas.« Sie stimmte den Refrain von *Live Like You Were Dying* von Tim McGraw an.

»On a bull named Fu Manchu ...«, rezitierte er. Seine Finger berührten kurz ihren Stiefel, bevor er sich vorwärtsbewegte. Sie passten sich an den Rhythmus des Liedtextes an, und er hielt den Blick stur auf ihren Stiefel gerichtet. Sie sangen das Lied zwei Mal leise und heiser. Er dachte an nichts anderes mehr, seine Arme und Beine bewegten sich wie auf Autopilot. »I spent most of the next days looking at the X-rays ...« Sie hörte abrupt auf zu singen.

Truman hielt mitten im Lied inne und blickte an ihr vorbei. Ein Holzbrett versperrte ihnen den Weg.

»Ist eine der Stützen runtergefallen?«, fragte Truman, während erneut Angst durch seinen Körper schoss.
»Hier ist das Ende.«

* * *

Mercy drückte gegen das Brett, aber es rührte sich nicht. Panik durchfuhr sie.
So fühlt sich Truman auf jedem Meter dieses Tunnels.
Sie stemmte sich mit der ganzen Kraft dagegen, drückte mit dem Handballen gegen die untere Ecke des Bretts, und es bewegte sich.
Gott sei Dank.
Mercy tat es noch einmal, und das Brett rutschte herunter. Sie fing es auf und wand sich auf dem Bauch nach vorn, um das Brett aus dem Weg zu schaffen. Frische Luft strömte durch den Tunnel, und Truman seufzte erleichtert. Er hatte sie vor ein paar Minuten zu Tode erschreckt, und sie fühlte sich schlecht, weil sie ihn angeschrien hatte, aber der Schock war nötig gewesen. Sie hatte keine Ahnung gehabt, wie sie ihn sonst aus dem Tunnel bekommen sollte, aber dann war ihr eingefallen, dass Rose einem scheuen Pferd oder Schaf immer etwas vorsang. Das Tier beruhigte sich und konzentrierte sich auf sie. Etwas anderes war ihr nicht eingefallen, und es hatte funktioniert.
Halte durch, Rose. Wir sind ganz nah.
Sie ließ das Brett vorsichtig aus den Händen gleiten, das ein Stück unterhalb der Tunnelöffnung auf dem Boden aufkam. Dann nahm sie ihre Taschenlampe und ließ den Blick durch den Raum vor sich schweifen. Der Tunnel endete im Keller. Behälter- und Kistenstapel füllten den Raum mit der niedrigen Decke. Euphorie durchströmte sie. Sie hatten es ins Haus geschafft und waren vielleicht nur noch wenige Schritte von Rose entfernt.

»Mercy?«, flehte Truman hinter ihr.

Sie eilte den Rest des Weges aus dem Tunnel und drehte sich um, damit sie ihm hinaushelfen konnte. Sein Gesicht und sein Hemdkragen waren schweißnass.

»Wie geht es Ihren Rippen?«, erkundigte sie sich, als er unbeholfen aufstand.

»Der Schmerz lenkt mich ab.«

»Ist das gut?«

»Das war es jedenfalls.« Er wischte sich über die Stirn. »Danke. Ich war mir nicht sicher, ob ich es schaffen würde.«

»Sie hätten es lieber gleich sein lassen sollen.«

»Vergessen wir's, und suchen wir Ihre Schwester.«

»Hören Sie das?« Mercy erstarrte.

»Es klingt, als würden zwei Männer einander anschreien.«

Sie arbeiteten sich zwischen den Behältern hindurch zur Kellertreppe vor und stiegen die Stufen hinauf, wobei sie bei jedem Quietschen zusammenzuckten. Mercy warf einen Blick auf ihr Handy. »Kein Empfang.«

»Das überrascht mich nicht.«

Sie erreichten die Tür ins Innere des Hauses. Durch den Spalt drang schwaches Licht, und sie lauschten. Eine Stimme befand sich im Haus, die andere klang, als käme sie von draußen.

»Das klingt nach Levi!« Ihr stockte der Atem.

»Woher weiß er, dass wir hier sind?«

»Er hat wahrscheinlich von Eddie gehört, dass wir Tobys Geschichte überprüfen wollten. Wenn er zu diesem Zeitpunkt das Haus meiner Eltern verlassen hat, wäre er jedem Polizisten zuvorgekommen, der erst auf meine Bitte um Verstärkung reagiert hat.«

Oder wusste er längst, dass sich Craig hier versteckte?

Mercy zog ihre Waffe und öffnete langsam die Tür. Dahinter befand sich ein Bereich in der Nähe der vernagelten

Hintertür. Mercy schluckte schwer, als sie sich an den ersten Rundgang durch das alte Haus erinnerte. Und an die mit Fliegen bedeckte Leiche oben im Bett.

»Das geht dich nichts an, Levi!«, rief Craig, der sich auf der Etage über ihnen befinden musste.

Es ist wirklich Levi.

»Es ist vorbei, Craig«, schrie ihr Bruder von draußen. »Du musst Rose gehen lassen.«

»Dein Bruder muss doch wissen, dass wir hier irgendwo sind«, flüsterte Truman. »Er konnte meinen Tahoe an der Straße nicht übersehen.«

»Verpiss dich, Levi!«

»Ich rufe die Polizei!«

»Mach doch! Deine andere Schwester ist schon mit eingezogenem Schwanz davongelaufen. Sie trommelt jetzt bestimmt alle Polizisten im Bezirk zusammen, damit sie herkommen.«

»Du hast noch nichts Schlimmes getan! Lass Rose gehen, bevor sie einen Grund haben, dich zu erschießen.«

Craig lachte auf. »Glaubst du, sie wissen nicht, dass ich die Prepper getötet habe? Die richten mich hin.«

»Sie haben keine Beweise«, argumentierte Levi. »Aber wenn du Rose verletzt, können sie dir ans Leder. Lass sie frei, bevor es für dich noch schlimmer wird.«

Craig hat nicht gesagt, dass Rose tot ist. Mercy schöpfte daraus Kraft. Roses Schweigen war fast schlimmer als ihre Schreie. Fast.

»Du willst unseren Deal also rückgängig machen?«, schrie Craig.

»Laut unserer Abmachung sollte ich niemandem erzählen, dass du in dieser Nacht in unserem Haus warst. Ich habe mein Wort gehalten.«

Mercy zuckte zusammen. Das stimmte nicht mehr.

»Und mein Teil der Abmachung sah vor, dass ich ihnen nicht verrate, wo du die Leiche versteckt hast. Klingt, als wären wir noch quitt.«

»Wenn du Rose verletzt, ist unser Deal hinfällig«, rief Levi.

Craig lachte. »Tja, sie wurde bereits verletzt.«

Levi schwieg. Mercy konnte sich seine Wut vorstellen. *Verletzt, nicht tot.* »Wir müssen nach oben«, flüsterte sie. »Er wird abgelenkt sein, solange er mit Levi redet.«

Truman nickte, und sie ging voran zur Treppe. Sie trat auf die Kante jeder Stufe, lief dicht an der Wand entlang und betete, dass das Holz nicht knarrte. Craigs Stimme verriet ihr, dass er sich in dem Zimmer mit Blick auf den Vorgarten befand. Das mit dem vernagelten Fenster mit dem Schlitz, durch den man Besucher ausspionieren konnte. Durch den er auf Truman geschossen hatte.

Glaubt Craig wirklich, dass wir gegangen sind?

Sie warf einen Blick zurück auf Truman. Er hatte sich von der Kriecherei durch den Tunnel erholt, zog jedoch die rechte Schulter seltsam hoch, was ihr verriet, dass seine Rippen schmerzten. Seine Knie und Hände waren genauso schlammig wie ihre, und sie nahm an, dass sie mit der gleichen Dreckschicht bedeckt war. Er sah aus, als wäre er in einen Staubsturm geraten.

Sie erreichten das obere Ende der Treppe und wandten sich dem Zimmer mit dem vernagelten Fenster zu, aus dem Craig das Gespräch mit Levi fortsetzte. Bevor sie die offene Tür erreichten, blieben sie stehen.

»Wenn du Rose verletzt hast, werde ich allen sagen, dass du mir die Prepper-Morde gestanden hast.«

Mercy erkannte die Eskalation in Levis Tonfall. Er stand kurz vor dem Zusammenbruch.

»Das klingt, als wolltest du mich verraten«, brüllte Craig. »Das kann ich nicht zulassen!«

»Wo ist Rose?«, flüsterte Truman. Mercy blickte den Flur entlang.

Alle Türen standen offen. Hatte er Rose woanders eingesperrt?

Ein Wimmern ließ die Haare an ihren Armen zu Berge stehen. *Rose ist bei ihm im Zimmer.*

Truman nickte; er hatte es auch gehört.

»Verdammt noch mal, Craig!«, schrie Levi.

Draußen fiel ein Schuss, aus dem Zimmer drang das Geräusch von splitterndem Holz.

Mit vorgehaltener Waffe duckte Mercy sich durch den Türrahmen und sah, wie Craig auf das vernagelte Fenster zustürmte – das jetzt ein frisches Einschussloch aufwies – und auf ihren Bruder schoss. Rose lag nackt zu seinen Füßen, hatte sich in Embryonalhaltung zusammengerollt, Blut befleckte den alten Teppich unter ihr. *Er wendet uns den Rücken zu.* Sie nickte Truman zu, holte tief Luft, und sie traten beide in den Türrahmen.

Craig lehnte sich ans vernagelte Fenster und schoss auf Levi.

Rose hob den Kopf, der wegen der Blutschicht kaum zu erkennen war. »Mercy?«

Im Bruchteil einer Sekunde begriff Mercy, dass Roses Gesicht mit Schnittwunden übersät war.

Craig wirbelte herum und richtete die Waffe auf sie und Truman.

Mercy leerte ihr Magazin, während Truman das Gleiche tat. Ihr klingelten die Ohren vom lauten Geschützfeuer.

Craig brach zusammen, und Truman rannte zu Rose, während Mercy, erschüttert vom Anblick des blutenden Mannes auf dem Boden, die Waffe sinken ließ.

Es ist vorbei.

Sie lebt.

Rose setzte sich auf und lehnte sich an Truman, während Mercy zum Fenster eilte. »Levi, nicht schießen! Craig wurde ausgeschaltet!«, rief sie, bevor sie durch den Spalt spähte.

Ihr Bruder lag reglos auf dem Boden.

Mercy bekam keine Luft mehr. Sie stand wie angewurzelt am Fenster und hoffte, ihr Bruder würde aufstehen. »Levi!«, schrie sie. Sie konnte sich nicht wegbewegen.

»Mercy!«, sagte Truman scharf.

Sie drehte sich um, und das Adrenalin schoss durch ihre Adern. »Levi bewegt sich nicht! Ich muss zu ihm!«

Truman hatte Rose seine dünne Jacke angezogen, aber sie schlug seine Hände weg, als er versuchte, ihre blutigen Wunden zu untersuchen. »Mir geht es gut«, beharrte Rose. Er wandte sich Craig zu, zog sein Hemd aus und drückte es auf die Blutlache auf seiner Brust.

Mercy stürmte aus dem Zimmer.

* * *

Craig öffnete die Augen und begegnete Trumans Blick.

»Halt durch«, befahl Truman. »Hilfe ist unterwegs.«

»Fick dich«, murmelte Craig röchelnd.

»Ja, ich mag dich auch«, sagte Truman und drückte fester mit dem Hemd auf Craigs Wunde, das immer feuchter wurde.

»Du warst schon immer ein Arschloch«, fauchte Craig. »Du hast immer das Richtige getan.« Schäumendes Blut drang aus seinem Mund, als er hustete.

Zu viel Blut.

Roses Hand berührte Trumans Schulter, die andere streckte sie nach Craig aus. Ihre Fingerspitzen tanzten über seine Brust und spürten das Blut und die Einschusslöcher. Sie berührte seinen Mund, fühlte den roten Schaum und zog sich zurück.

»Das ist nicht gut«, flüsterte sie.

»Diesmal wirst du mich nicht retten, Truman.« Blut floss aus Craigs Mund, und er erstarrte.

»Craig!« Truman schüttelte ihn an der Schulter. Der Blick des Mannes ging ins Leere.

»Er ist tot«, sagte Rose leise. »Die Verletzungen waren zu schwer.«

Truman richtete sich auf, hielt das blutgetränkte Hemd noch in der Hand und starrte den Toten an.

Was hätte ich anders machen können?

EINUNDVIERZIG

Mercy fummelte an den Schlössern an Neds Haustür herum, drehte hier und da, riss schließlich die Tür auf und stürzte die Stufen hinunter. »Levi!«

Ihr Bruder lag ausgestreckt im Dreck. Aus seiner Halsseite sickerte Blut.

Sie sank zu Boden, riss sich die Jacke vom Leib und drückte sie auf die Wunde. Sie konnte erkennen, wie das Blut im Rhythmus seines Pulses aus ihm herausrann.

Craig hatte eine Arterie getroffen.

Wie mache ich eine Aderpresse am Hals?

Levi öffnete die Augen. »Rose?«

Mercy beugte sich näher. »Sie wird wieder.« *Hoffe ich.*

»Gut. Ich hätte dir früher von Craig erzählen sollen.«

»Du warst dir nicht sicher.«

»Vielleicht ja doch.« Er sah ihr in die Augen. »Ich habe dich vermisst. Schön, dass du zurück bist.«

Sie lächelte ihn mit zitternden Lippen an. »Find ich auch.«

»Pass für mich auf Kaylie auf. Halte ihre Mutter von ihr fern.«

Mercy glaubte, ihr Blut würde gefrieren. »*Sag nicht so was.*« Sie drückte fester auf seinen Hals.

»Nicht Pearl«, flüsterte er. »Nicht Mom. *Du.*«

Sie schluckte schwer. Er klang so schwach. Das Pulsieren unter ihren Fingerspitzen wurde langsamer.

Sirenen hallten durch die Luft. Die Verstärkung war im Anmarsch.

»Es wird alles gut«, flehte sie. *Er kann mich doch jetzt nicht verlassen. Ich habe ihn gerade erst zurückbekommen.*

»Sag ihr, dass ich sie liebe.«

»Sag es ihr selbst!«

»Kaylie«, flüsterte er. Er schloss die Augen und holte zitternd Luft.

Mercy starrte auf die Leiche ihres Bruders hinab und ignorierte die Autotüren, die in der Einfahrt zugeschlagen wurden.

Das kann doch alles nicht wahr sein.

ZWEIUNDVIERZIG
Drei Tage später

Mercy hasste Beerdigungen.
Sie hatte in ihrem Leben nur zwei davon besucht, aber diese dritte würde ihr für immer im Gedächtnis bleiben. Sie sah zu, wie Levis Sarg in die Erde hinabgelassen wurde, und gab den Versuch auf, die Tränen zurückzuhalten. Den ganzen Tag über hatte sie dagegen angekämpft und versucht, für den Rest ihrer Familie stark zu sein, aber die Endgültigkeit, ihren Bruder unter der Erde verschwinden zu sehen, war zu viel. Sie blickte nach oben, über die Trauernden und die vielen Bäume hinweg. Vertraute weiße Berggipfel hoben sich vom blauen Himmel ab, und der staubige, trockene Geruch der Kiefern beruhigte sie.

Central Oregon war noch immer ihre Heimat; ihre Wurzeln hier reichten tiefer, als sie gedacht hatte. Die fünfzehnjährige Abwesenheit geriet in Vergessenheit, und sie bezog Kraft aus der Schönheit um sie herum.

Rose umklammerte ihre Hand noch fester.

Sie war der Grund dafür, dass Mercy so sehr versucht hatte, stoisch zu bleiben. Rose hatte durch ihren Entführer gelitten und ihren Bruder verloren, doch Rose war diejenige, die Stärke zeigte. Über den langen Schnittwunden an Roses Gesicht, Brust und Armen hatte sich Schorf gebildet. Auf diese Weise hatte Craig sie zum Schreien gebracht ... um Mercy zu quälen.

Es hatte funktioniert. Sie hörte Roses Schreie noch immer jede Nacht in ihren Träumen.

Die Wunden waren oberflächlich. Rose hatte vielleicht ein paar Narben, aber jedes Mal, wenn Mercy ihre Schwester ansah, kam ihr Craig Rafferty in den Sinn. Rose scherte sich nicht um den Schorf; sie hielt den Kopf hocherhoben. Männer starrten ihre Verletzungen an. Kinder wichen zurück. Frauen weinten. Rose ignorierte ihre Reaktion und bot allen, die mit ihr über Levi sprachen, Unterstützung und Dank an.

»Heute geht es um Levi«, hatte sie zu Mercy gesagt. »Male in meinem Gesicht sind bedeutungslos.«

Im Haus hatte Mercy gesehen, wie sie sanft die Spuren auf ihren Wangen nachfuhr, wobei ihre Miene ausdruckslos blieb. Dann hatte sie staunend ihren Bauch berührt.

Mercy hatte sie angefleht, die »Pille danach« zu nehmen.

Rose weigerte sich.

»Das werde ich nicht tun«, sagte sie. »Wenn ich ein Baby bekomme, dann will ich es auch haben.«

»Aber, Rose«, begann Mercy, der ein Dutzend Gründe dagegen durch den Kopf gingen. *Das Kind eines Vergewaltigers. Was willst du dem Kind sagen? Wird sich eines Tages ein anderer Mann dieses Kindes annehmen?* Dann wurde ihr eines klar: Wenn es irgendjemanden gab, der mit dieser Situation umgehen konnte, dann war das ihre Schwester. Sie hatte ein großes Herz und konnte wahrlich vergeben.

Obwohl sie blind war, zeigte sie mehr Entschlossenheit als Mercy.

Rose wusste nicht, ob sie schwanger war. Aber ihre nachdenkliche Miene verriet Mercy, dass sie es hoffte.

Ihr zweites wichtiges Gespräch drehte sich um den Tod von Kenny, dem ersten Angreifer.

Sie hatte mit Truman vereinbart, Stillschweigen darüber zu bewahren. Die einzigen anderen Personen, die von Kenny gewusst hatten, waren tot.

Die Polizei hatte Jennifers und Gwens Abschlussballfotos in Craigs Wohnung gefunden und auch seine Fingerabdrücke auf den gestohlenen Waffen vom Owlie Lake. In ihrem

Verhör hatte Rose erklärt, Craig habe ihr gestanden, die Prepper und die beiden Mädchen getötet zu haben. Craig Rafferty würde wahrscheinlich die ganze Schuld für die Taten übernehmen müssen, die die beiden Männer begangen hatten.

Auf diese Weise konnten die Fälle wenigstens aufgeklärt werden, und die seit Langem trauernden Familien fanden ein wenig Trost.

David Aguirre sprach ein letztes Gebet an Levis Grab. Um sie herum wurden die Köpfe gesenkt. Mercy starrte auf das klaffende Loch und versuchte, weitere Erinnerungen an ihren Bruder wachzurufen. *Warum habe ich fünfzehn Jahre verstreichen lassen?* Seine letzten Momente im Dreck vor dem Haus der Faheys verfolgten sie, und sie ärgerte sich, dass sie für den Rest ihres Lebens eine prägende Erinnerung bleiben würden.

Um sie herum standen alle auf, und sie erhob sich steif und fühlte sich Jahrzehnte älter. Sie legte Roses Hand auf ihren Arm und folgte ihren Geschwistern und Eltern aus der ersten Sitzreihe, lief blind hinter Pearl her. Ihre Familie stellte sich in einer Reihe auf, doch Mercy entzog sich, gab Roses Hand an Pearl weiter und flüchtete, um fünfzehn Meter entfernt unter einer riesigen Gelbkiefer zwischen alten Grabsteinen stehen zu bleiben. Ihr Vater sah ihr immer noch nicht in die Augen, aber ihre Mutter hatte ihr versichert, dass er nicht sie allein für Levis Tod verantwortlich machte. Mercy war über die Worte ihrer Mutter fassungslos gewesen. *Jetzt geben sie mir auch noch die Schuld daran?*

Sie hatte ohnehin genug Schuldgefühle wegen Levis Tod, aber er war nicht ihretwegen vor diesem Haus aufgetaucht, und sie war auch nicht diejenige gewesen, die die Identität eines möglichen Mörders fünfzehn Jahre lang geheim gehalten hatte. Sie, Truman und Rose hatten vereinbart, Levis Verbindung zu Craig nicht zu verraten. Zu wissen, was ihr Bruder getan hatte, nutzte niemandem.

Die Distanz zwischen ihr und ihrem Vater ließ sich vielleicht nie überbrücken. Ihre Mutter kam langsam zur Vernunft, aber nur so weit, wie es ihr unter dem wachsamen Auge ihres Mannes möglich war. Bei Pearl war es ähnlich, sie verhielt sich in Mercys Gegenwart steif, wenn ihr Mann anwesend war. Owen verhinderte, dass seine Familie überhaupt mit ihr sprach, und Rose hatte zugegeben, dass er wegen Levis Tod sehr wütend war.

Mich interessiert nicht, was meine Familie darüber denkt. Zumindest nicht besonders.

Sie atmete den Duft der Kiefern ein und bemühte sich, keine Scham darüber zu empfinden, dass sie nicht bei ihrer Familie stehen und den Trauernden beim Herunterbeten ihrer Banalitäten zuhören konnte.

Heute geht es um Levi. Ich habe mich verabschiedet.

Sie hatte sich mit dem abgefunden, was Levi ihr und Rose angetan hatte. Vergeben hatte sie ihm nicht. Noch nicht. Aber sie weigerte sich, Hass zu empfinden. Was geschehen war, war geschehen. Wenn sie zuließ, dass die Wut auf ihren toten Bruder weiter in ihr schwelte, würde ihr das nur schaden.

In ein paar Wochen würde sie einige Leute bitten, schöne Erinnerungen an ihren Bruder mit ihr zu teilen. Aber nicht heute.

»Tante Mercy?« Kaylie tauchte neben ihr auf. »Ich will nicht in dieser Schlange stehen.«

Der Anblick ihrer Nichte hob ihre Stimmung. Levi war immer in Kaylies Gesicht und in ihren Gesten präsent. Je mehr Zeit Mercy mit der Teenagerin verbrachte, desto mehr sah sie den jungen Levi in ihr, an den sie sich erinnerte. Das tröstete sie.

Vor zwei Tagen hatte Mercy Kaylie erzählt, ihr Name sei

das letzte Wort auf Levis Lippen gewesen. Das Mädchen war bei dieser Offenbarung zusammengebrochen, aber Mercy hatte gewusst, dass sie sie später trösten würde.

Jetzt legte Mercy ihr einen Arm um die Schultern. »Ich auch nicht. Aber es ist okay, wenn wir hier hinten stehen und zusehen.« Kaylies Mutter war nicht aufgetaucht, was Mercy an Kaylies statt schmerzte.

So allein.

»Dein Daddy hat dich sehr geliebt«, flüsterte Mercy, wohl wissend, dass das Mädchen diesen Satz in den letzten Tagen tausendmal gehört hatte. Mercys Mutter hatte Kaylie zu sich nach Hause geholt und sich um sie gekümmert, und Mercy vermutete, dass die Teenagerin so etwas noch nie erlebt hatte.

»Ich weiß«, sagte Kaylie. Sie holte tief Luft. »Ich möchte dich um einen großen Gefallen bitten.«

»Raus mit der Sprache.«

»Ich möchte mit dir nach Portland ziehen.«

Mercy zuckte zusammen. *Damit* hatte sie nicht gerechnet. Levis letzte Bitte hallte in ihrem Kopf wider, aber sie verdrängte sie. Sie hatte niemandem erzählt, was er von ihr verlangt hatte. »Du hast noch ein weiteres Schuljahr vor dir und solltest die Schule hier beenden. Grandma und Tante Pearl werden gut auf dich aufpassen.« Ihre Stimme zitterte.

Kaylie schüttelte den Kopf. »Sie verstehen mich nicht. Es gab immer nur meinen Dad und mich. Ich weiß nicht, wie ich in eine Familie passen soll.«

»Oh, Kaylie ...«

»Du brauchst dich noch nicht zu entscheiden«, sagte sie schnell. »Denk darüber nach. Ich bin ordentlich und muss auch nicht unterhalten werden.«

Kann ich einen Teenager bei mir aufnehmen?

Sie zog das Mädchen fest an sich und erinnerte sich daran,

wie verlassen sie sich als Teenagerin gefühlt hatte. Das durfte Kaylie niemals erleben.

Aber zuerst musste sie ihr eigenes Leben in den Griff bekommen.

»Keine Sorge«, sagte Mercy. »Ich werde dich nicht im Stich lassen. Aber ich habe noch ein paar Dinge zu erledigen, und dann sage ich dir, was ich entschieden habe.«

Kaylie sah ihr in die Augen. »Versprochen?«

»Versprochen.«

* * *

Truman beobachtete, wie Mercy ihre Nichte umarmte, während er in der Schlange der Kondolierenden wartete, bis er an der Reihe war.

Er wollte sich davor drücken und wie Mercy davonlaufen, aber als Polizeichef hatte man nun mal Pflichten. Er erreichte die Familie, schüttelte Hände, umarmte die Frauen und wiederholte die Worte »Mein Beileid«, bis er sie nicht mehr hören konnte. Danach wandte er sich ab.

»Hey, Truman.« Mike Bevins schloss sich ihm an, und er blieb stehen, um noch einmal eine Hand zu schütteln.

Noch kein Entkommen.

»Ich weiß, dass dies der falsche Zeitpunkt ist, aber ich habe einige Gerüchte gehört und dachte, ich spreche sie mal an.«

»Was hast du denn gehört?«, fragte Truman vorsichtig. Er war schon mehrmals zu der Schießerei in Ned Faheys Haus befragt worden, aber die Neugier der Einwohner war noch lange nicht gestillt.

Mike sah auf seine Stiefel hinab. »Hat Craig wirklich gesagt, dass er diese Männer getötet hat, weil er hoffte, das Unternehmen meines Vaters übernehmen zu können?« Er ließ die Schultern hängen.

Truman holte tief Luft. »Ja, das hat er Rose erzählt. War das neu für dich?«

»In gewisser Weise schon.« Endlich sah Mike ihm in die Augen. »Er war mir immer einen halben Schritt voraus, weißt du? Craig war kein großer Redner, aber wenn er den Mund aufmachte, fragte er mich oft nach meinen Zukunftsplänen und ermutigte mich, nach Portland zu ziehen und Survivalkurse zu geben. Mir war nicht klar, dass er mich damit aus dem Weg haben wollte.«

»Ist dein Vater hier?«, erkundigte sich Truman.

»Nein. Sein Gesundheitszustand hat sich verschlechtert.«

»Das tut mir leid, Mike. Was hast du vor?«

Mike drehte sich um und betrachtete die Reihe der Trauernden, in der Owen Kilpatrick neben seinem Vater stand. »Im Moment werde ich der Mann sein, den mein Vater braucht. Aber ich werde nicht zulassen, dass das mein Leben bestimmt.«

»Du kannst auch beides machen. Die Ranch leiten und Kurse geben.«

»Ich weiß«, erwiderte er. »Aber ich hatte auf einen klaren Bruch gehofft.« Er sah Truman mit seinen blauen Augen an. »Wenn mein Vater stirbt, wird es auf der Ranch einige Veränderungen geben. Es gibt einige Aspekte seiner Philosophie, die ich nicht weiterführen möchte.«

Keine Vorbereitungen auf das Ende der Welt mehr auf der Bevins-Ranch?

Truman fragte sich, wie sich dieser Verlust einer Stütze der Gesellschaft auf den Rest der Stadt auswirken würde. »Viel Glück. Ich bin hier, wenn du mich brauchst.« Er streckte die Hand aus.

Mike schüttelte sie ernst. »Ich weiß. Danke, Truman.« Danach schloss er sich einem Kreis von Männern an, die auf ihn warteten. Truman sah ihm nach und fragte sich, wie stark sich diese Männer auf Mike Bevins verließen. Sie würden ebenfalls einige Veränderungen durchmachen müssen.

Mercy stand jetzt allein unter der Kiefer, und er ging auf sie zu. Er hatte während des Gottesdienstes zwei Reihen hinter ihr gesessen, beobachtet, wie sie Roses Hand hielt, und sich seltsam distanziert gefühlt. Mercy und er waren seit der Schießerei fast ununterbrochen zusammen gewesen. Das gefiel ihm. Er näherte sich ihr und bewunderte ihre grünen Augen, mit denen sie seinen Weg verfolgte. Sie verzog den Mund zu einem Lächeln, als er näher kam, und er staunte, wie sehr er sich zu ihr hingezogen fühlte. Sie hatten immer noch nicht über ihre Beziehung gesprochen.

Haben wir denn eine Beziehung?

Und ob sie eine hatten. Aber keiner von ihnen war bereit, darüber zu sprechen. Stattdessen schwiegen sie, stützten sich in ihrer Trauer und wichen kaum von der Seite des anderen. Er wollte ihr zeigen, dass er immer da sein würde, wenn sie ihn brauchte. Obwohl er es nicht aussprach, sah er das Vertrauen in ihren Augen aufblühen. Er bemerkte die vielsagenden Blicke ihrer Mutter und der anderen Frauen in der Stadt: Truman Daly war nicht mehr zu haben.

Er wusste es schon seit einer Weile, aber Mercy begriff es gerade erst. Er streckte eine Hand aus, als er näher kam, und sie nahm sie. »Kannst du mich hier rausholen?«, fragte sie.

»Wohin willst du denn?«

»Ich möchte einen Berg besteigen.«

* * *

Es war kein richtiger Berg, musste Mercy zugeben. Aber die Wanderung auf den Gipfel hinter dem Owlie Lake war genau das, was sie brauchte.

Sie verbrachte die nächsten beiden Stunden zusammen mit Truman auf der Suche nach Knochen. Sie fanden keine.

Auf einem Felsen mit weitem Ausblick machten sie schließlich eine Pause.

»Ich schätze, wir werden nie erfahren, wo Kennys Leiche liegt.« Mercy drehte das Gesicht der Sonne entgegen.

»Oder seinen Nachnamen«, ergänzte Truman. »Ich habe die Vermisstenakten der westlichen Hälfte der USA durchforstet, aber wenn wir Mike Bevins nicht nach den Personalakten von vor fünfzehn Jahren fragen wollen, weiß ich nicht, was ich sonst tun soll.«

»Die Schuldigen haben gebüßt.«

»Das sehe ich auch so.«

»Danke, dass du unser Geheimnis bewahrt hast.«

Er zuckte mit den Achseln. »Geht es mir gegen den Strich? Ja. Aber wenn ich etwas sage, werden noch mehr Menschen verletzt. Erst recht jetzt.« Er nahm ihre Hand. »Es macht mir nichts aus, das für dich zu tun.«

Sie drückte seine Hand und sah ihm tief in die Augen. Er meinte es ernst. Eine alte Last fiel langsam von ihren Schultern, eine, die sie lange Zeit mit sich herumgetragen hatte. Lag es daran, dass Craig tot war? Oder dass sie sich Truman anvertraut hatte? Jetzt trug er die Hälfte ihrer Last.

»Was hast du mit Jeffersons Haus vor?«, fragte sie.

»Ich werde es vorerst behalten. Ich bin noch nicht bereit, es zu verkaufen.«

»Du hattest den Mörder deines Onkels in Faheys Haus in deiner Gewalt.«

»Das hatte ich«, gab Truman zu. »Rückblickend bin ich stolz darauf, dass ich nicht einfach zugesehen habe, wie er verblutet ist. Wenn ich mehr Zeit gehabt hätte, um darüber nachzudenken, hätte ich es vielleicht getan.«

»So bist du nicht«, widersprach Mercy.

»Nein«, stimmte er zu. »Ich habe in der letzten Woche meine Meinung über ein paar Dinge geändert. Ich möchte mir sogar das Notstrom- und Wasserversorgungssystem meines Onkels genauer ansehen. Vielleicht ist es doch gar nicht so verkehrt, für den Notfall vorbereitet zu sein.«

Sie schlug ihm leicht auf den Oberarm, und er zuckte zusammen. »Pass auf die Rippen auf!«

»Das hatte ich vergessen. Entschuldige.« Sie beugte sich vor, presste die Lippen auf seine und genoss das berauschende Gefühl, das sie durchströmte, als sie seine Haut berührte. In den letzten Tagen hatte es weitere intime Momente gegeben. Genug, um sie ihre Zukunft hinterfragen zu lassen. Er war ihr wichtig geworden, und jetzt war ihr Herz verwundbar. Dieses Gefühl hatte sie seit Jahren nicht mehr erlebt.

Aber sie hatte keine Angst. Es fühlte sich gut an.

»Wann kehrst du nach Portland zurück?«, fragte er schließlich. Die Frage schwebte ihnen beiden schon seit drei Tagen im Kopf herum. Der Fall war abgeschlossen. Sie hatte um eine Woche Urlaub gebeten, der ihr sofort gewährt worden war, jedoch bald zu Ende ging.

»Am Samstag.«

»Ich komme nächstes Wochenende zu Besuch. Die Fahrt ist nicht so schlimm.«

»Wenn wir das mehrmals im Monat machen, wird es nervig«, gab sie zu bedenken.

»Das ist es mir wert.«

»Jeff sagte, sein Büro in Bend hätte die Budgetgenehmigung erhalten und könne nun drei weitere Agenten einstellen.« Sie wartete auf seine Reaktion.

Truman erstarrte. »Ist das dein Ernst?« Sein Lächeln wurde breiter. »Was hast du vor?«

»Ich habe mich bereits beworben.« Die Freude in seinem

Gesicht ließ ihr Herz höherschlagen. »Aber es gibt einen Haken.«

»Was? Der ist mir egal. Sprich es einfach aus.« Er nahm ihre Hände und zog sie hoch, sodass sie beide auf dem Felsen standen und er sie fest umarmen konnte.

»Kaylie wird vielleicht bei mir wohnen.«

»Das ist ja fantastisch. Sie braucht ein Zuhause, und du bist perfekt für sie.«

»Meinst du?« *Macht er Witze?* »Ich weiß nichts darüber, wie man einen Teenager großzieht.«

»Warst du nicht auch mal ein junges Mädchen?«

»Schon, aber meine Situation …«

»Dann hast du mehr Erfahrung als die Hälfte der Bevölkerung.« Er grinste sie an. »Ihr werdet das großartig hinkriegen und gut füreinander sein.«

»Vielleicht kaufe ich mir ein Haus in Bend.« Sie ließ den Blick über das weite Tal schweifen. »Ich brauche das hier. Ich brauche den weiten Himmel und weniger grauen Regen. Ich muss aufschauen und eine lange Reihe weißer Berge sehen. Das beruhigt meine Seele. Ich hatte das bis zu meiner Rückkehr ganz vergessen.« Sie begegnete seinem Blick. »Ich möchte näher bei dir sein … herausfinden, wie es weitergeht.« Sie flüsterte das letzte Wort.

»Bitte mich nur nicht, deinen Kriechkeller zu inspizieren.« Sein Grinsen ließ ihr Herz schneller schlagen.

»Niemals! Ich schwöre bei meinem Leben, dass ich dich nie in einen kleinen Raum zwingen werde.«

»Dann haben wir einen Deal.«

Er schwang sie in eine dramatische Pose und küsste sie erneut.

DANK

2014 saß ich im Flugzeug und war auf dem Weg zum ThrillerFest in NYC. Mein drittes Buch *Verscharrt* war für einen Thriller-Award nominiert, und eine Redakteurin eines anderen Verlags, die meine Bücher mochte, hatte sich an mich gewandt und gefragt, ob ich Interesse hätte, etwas für ihren Verlag zu schreiben. Ich stimmte zu, mich mit ihr in New York zu treffen, und erlebte auf diesem Flug eine Schrecksekunde, als mir bewusst wurde, dass ich ihr gar kein Exposé vorstellen konnte. Ideen fallen mir immer schwer. Ich bin keine Autorin, der so viel einfällt, dass sie gar nicht weiß, wo sie anfangen soll. Stattdessen quäle ich mich bei jeder einzelnen ganz erbärmlich. Damals zückte ich im Flieger mein Notizbuch und fing an zu brainstormen. Mercy Kilpatrick wurde in fünfunddreißigtausend Fuß Höhe geboren, und die Redakteurin war von meinem Konzept begeistert.

Kurz gesagt bat ich meine Agentin, die Idee offiziell meinem aktuellen Verlag vorzustellen. Dort kam sie sehr gut an, und ich war erleichtert, denn ich mag mein Montlake-Team und veröffentliche dort sehr gern meine Bücher. Dieser Verlag gab mir eine Chance, als es kein anderer tun wollte, und dort arbeiten die coolsten und innovativsten Menschen des Planeten. Dies ist mein zehnter Roman, den ich dort veröffentliche, und ich freue mich auf die nächsten zehn.

Zehn Bücher? Wie konnte das denn so schnell passieren?

Ich bedanke mich bei den Special Agents Devinney und Gluesenkamp, die all meine Fragen beantwortet haben. Vielleicht sollte ich mal über ein FBI-Duo mit diesen Namen schreiben ... Außerdem danke ich Charlotte Herscher für ihr hervorragendes Lektorat und meiner Agentin Meg Ruley, die vom ersten Tag an ein begeisterter Mercy-Fan war.

Mein letztes Buch hatte ich meiner Espressomaschine gewidmet. Dieser Roman ist zu einhundert Prozent koffeinfrei, und ich hoffe, dass er meinen Leserinnen und Lesern trotzdem gefällt.